Catherine Bybee

Rückkehr nach River Bend

Roman

Aus dem Amerikanischen
von Stephanie von der Mark

Montlake
Romance

Die amerikanische Ausgabe erschien 2017 unter dem Titel »Staying For Good« bei Montlake Romance, Seattle.

Deutsche Erstveröffentlichung bei
Montlake Romance, Amazon Media E.U. Sàrl
5 Rue Plaetis, L-2338 Luxembourg
November 2017

Die Übersetzung dieses Buches wurde durch AmazonCrossing ermöglicht.

Umschlaggestaltung: bürosüd° München, www.buerosued.de
Umschlagmotiv: © Guy Vanderelst /Getty;
© Taushia Jackson / Shutterstock; © gyn9037 / Shutterstock;
© Matt Gibson / Shutterstock; © Anne Kitzman / Shutterstock;
© tcharts / Shutterstock; © Francey / Shutterstock
Lektorat: Daphne Grossmann
Korrektorat: Gisela Wunderskirchner/DRSVS
Printed in Germany
By Amazon Distribution GmbH
Amazonstraße 1
04347 Leipzig, Germany

ISBN: 978-1-503-94933-1

www.montlake-romance.de

Für Brandy. Weil Freunde manchmal die einzige Familie sind, die wir haben.

Prolog

Der entscheidende Unterschied zwischen einem richtigen Haus und einem Mobilheim waren die Wände. Zoe sagte trotzdem *Haus* dazu. Es war ihr Zuhause. Auch wenn es manche Leute in River Bend gab, die Zoe gegenüber besonders gern betonten, dass es ein *Mobilheim* war. Wenigstens erwähnten Mel und Jo, ihre beiden besten Freundinnen, nie, dass es sich nicht um ein richtiges Haus handelte. Selbst an einem Abend wie diesem. Laut Kalender hatte der Sommer zwar schon begonnen, doch River Bend in Oregon schien das noch nicht mitbekommen zu haben. Die papierdünnen Außenwände waren kaum isoliert und ließen die Kälte herein.

Während der Abschiedszeremonie ihrer Highschool hatte das Wetter einigermaßen gehalten, aber jetzt, als sie ihre Freiheit feierten, begann es wie aus Kübeln zu schütten.

Zoe blickte zu Mel, die auf ihrer Hälfte des Ausziehsofas eingeschlafen war. Das sogenannte Sofa war schon als Couch mehr schlecht als recht, als Bett aber gänzlich ungeeignet. Immerhin lag man nicht direkt auf dem kalten Fußboden. Schließlich waren nicht nur die Wände schlecht isoliert. Jo rollte sich auf dem Fernsehsessel zusammen, der eigentlich schon vor Jahren auf den Sperrmüll gehört hätte. Wahrscheinlich hatte Zoes Mutter ihn genau von dort.

Sie hatten zu dritt eine halbe Flasche Tequila und eine riesige Familienpizza vernichtet. Es war ein Abend der großen Gefühle gewesen. Erst die Freude über die Freiheit, weil sie nun endlich mit der Schule fertig waren. Doch dann hatte Mel ihre Hiobsbotschaft verkündet. Ihre Eltern würden sich scheiden lassen und Mel würde River Bend für immer verlassen.

Der Abschied von der Highschool fiel Zoe nicht schwer. Der von Mel dafür umso mehr. Sie waren natürlich davon ausgegangen, dass eine aus ihrem Trio studieren würde. Und Mel war die Cleverste von ihnen. Gute Noten und aus gutem Hause. Als sie den Zulassungsbescheid fürs College bekommen hatte, freuten sich alle für sie. Doch hatte ja niemand ahnen können, dass Mels Eltern just in dem Moment, in dem Mel das Abschlusszeugnis in die Hand gedrückt bekam, ihre bevorstehende Scheidung verkünden würden. Dabei war die Scheidung nicht das Schlimmste, sondern die Tatsache, dass Mel nun auch in den Ferien nicht nach River Bend zurückkehren würde, wenn ihre Eltern nicht mehr da wohnten.

Das war echt beschissen!

Zoe schwirrte der Kopf vom Jose Cuervo. Sie dachte an die Unterhaltung mit den beiden anderen, bevor sie eingeschlafen waren.

Wie es Tradition war, hatten die Mitschüler für jeden Absolventen eine Zukunftsprognose abgegeben, die im Jahresbuch unter der Rubrik »*… wird am ehesten …*« stand.

Mel hatte die beste Prognose bekommen. *Wird am ehesten beruflichen Erfolg haben.* Ein Studium an der USC würde Melanie Bartlett auf der Karriereleiter weit nach oben bringen.

Für Jo hatte man das Gegenteil vorhergesagt. *Wird am ehesten im Knast landen.* Schließlich war JoAnne Ward immer diejenige, die heimlich den Alkohol besorgte, und alles tat, um ihrem Vater, dem Sheriff des Ortes, eins auszuwischen. Und wenn man bedachte, dass Jo ständig etwas anstellte und bisher immer glimpflich davongekommen war, schien es tatsächlich nur eine Frage der Zeit zu sein. Anscheinend wollte Jo allen zeigen, dass sie keine brave Polizistentochter war. Allerdings wurde Sheriff Ward in River Bend sehr geschätzt und meistens drückte man bei Jos Streichen mehr als ein Auge zu. Aber irgendwann würde Sheriff Ward seinem Töchterchen auch nicht mehr aus der Patsche helfen können.

Und dann war da noch Zoes Prognose. Ihre war für sie die schlimmste von allen. »*Zoe Brown: wird am ehesten River Bend niemals verlassen.*«

Zoe war ganz schlecht geworden, als sie es schwarz auf weiß in dem Buch geschrieben sah.

Die dünnen Wände ihres Zuhauses fühlten sich plötzlich noch dünner an. Die Luft dicker, die Kälte kühler. Das war nicht das, was Zoe für ihr Leben wollte.

Sie wollte die Welt sehen. Wollte modische Klamotten tragen. Sie wollte Möbel, die nicht vom Sperrmüll stammten. Und ein Auto. Ja, sie wollte ein Auto. Um das alles in River Bend zu erreichen, bräuchte sie mindestens drei Jobs und sie müsste jeden Tag viele Stunden hart dafür arbeiten. Bis zu ihrem zehnjährigen Klassentreffen hätte sie höchstens ein, zwei Dinge davon verwirklicht. Oder auch nichts von alledem. Und was, wenn ihr Vater auf Bewährung rauskam? Dieser Drecksack hatte wegen bewaffneten Raubüberfalls lebenslänglich bekommen. Was bedeutete, dass er bei guter Führung nach fünfzehn Jahren entlassen werden konnte. Ihre Mutter war noch nicht mal von ihm geschieden und ihre jüngeren Geschwister kamen jetzt erst in die Highschool. Ihr Bruder Zane war schon als Baby voller Wut, so kam es ihr zumindest vor. Ihre Schwester Zanya war dagegen so zuckersüß, dass sie sicher gleich den Falschen abbekommen würde, sobald sie sich für Männer interessierte.

Wenn Zoe nie aus River Bend wegkam und bei ihrer Familie blieb, dann würde sie in ein paar Jahren mit ihren eigenen Bälgern immer noch unter diesem schäbigen Wellblechdach sitzen, auf das der Regen so prasselte. Auf alten Sesseln, die nach Zigarettenkippen stanken, obwohl niemand rauchte.

Zoe schüttelte den Kopf, um dieses Bild wieder loszuwerden.

Sie schloss die Augen und sah Luke vor sich.

Ihr Ritter. Ihr Retter. Neben Jo und Mel war er der Grund dafür, warum sie weiterhin erhobenen Hauptes durch die Gänge ihrer Highschool lief. Seit zwei Jahren war sie nun mit Luke zusammen und das war ihre Rettung. Ihm – und ihren zwei besten Freundinnen – konnte sie alles erzählen. Beziehungsweise fast alles. Dass sie Angst hatte, nie aus River Bend wegzukommen, hatte sie Luke nicht anvertraut. Sein Vater besaß eine kleine Autowerkstatt und Luke hatte ein großes Talent für alles, was Räder hatte und Benzin brauchte. In seinem Elternhaus durfte Zoe erleben, wie eine Familie eigentlich sein sollte. Lukes Mutter brachte ihr Kochen und Backen bei, was Zoe leidenschaftlich gern tat. Und Lukes Vater war immer ausgeglichen und freundlich. Dass nicht alle Männer Frau und Kinder schlugen, schenkte Zoe Vertrauen.

Luke war *der* Grund, warum alle dachten, dass Zoe nie wegziehen würde.

In Kleinstädten wie River Bend heirateten junge Pärchen recht früh.

Zoe wusste, dass eine Ehe mit Luke ihr so viel geben würde, mehr als sie ohne ihn hätte. Eine Familie. Stabilität. Vielleicht sogar ein Haus mit echten Wänden und einem dicken Teppich.

Aber was würde passieren, wenn Luke vom Motorrad fiel oder wenn er einen Autounfall hätte? Was wäre, wenn sie in fünf Jahren, mit zweieinhalb Kindern und allen Rechnungen, die bei so einem Leben anfielen, plötzlich allein dastand, weil ihrem Ehemann etwas zugestoßen war? Von einem Moment auf den anderen könnte ihr gesamtes Lebensglück zerplatzen. Wie würde sie das überleben?

In einem schäbigen Mobilheim. Mit einem stinkenden Sofa. Genau so würde sie das überleben.

Zoe setzte sich so ruckartig in ihrem Bett auf, dass ihre beiden Freundinnen davon aufwachten.

»Mensch, Zoe, was soll das?« Jo drückte das winzige Kissen, auf das sie im Schlaf gesabbert hatte, zurecht und legte sich wieder darauf.

Mel griff hinüber und berührte Zoes Arm. »He, du bis ja ganz kalt, was ist los?«

Zoe atmete so schnell, als wäre sie gerannt.

»Ich muss mit Luke Schluss machen.«

Mit einem Schlag waren ihre Freundinnen hellwach.

»Wie bitte?«, riefen sie wie aus einem Munde.

Kapitel 1

Elf Jahre später

»Klappe!«

»Felix, das ist ein Soufflé! Da kann man nicht einfach *Klappe* rufen.« Zoe stieg die Hitze des Backofens ins Gesicht, die Studiolichter blendeten sie. Trotzdem hielt sie mitten in der Bewegung inne. Die Kameraleute begannen zu lärmen. Offensichtlich hatten sie zu filmen aufgehört.

»Nicht bewegen, Zoe.« Felix hob die Hand in die Luft, als hätte er magische Kräfte und wolle ihre Füße am Boden fixieren. Irgendwie stimmte das ja auch. Allerdings konnte der kleine, untersetzte Mann mit angehender Glatze höchstens Zoe davon abhalten, sich zu bewegen. Das Schokoladen-Soufflé, das sie mit dem Ofenhandschuh hielt, würde sicher nicht gehorchen.

Das Ding ließ sich nicht in den Ofen zurückschieben, aber sie konnte es auch nicht herausnehmen, dann würde es nur noch schneller zusammenfallen. Also musste sie es über sich ergehen lassen, dass der Ofen sie bei 120 Grad fast zum Glühen brachte. Zwischen ihren Augenbrauen bildeten sich kleine Schweißperlen.

»Felix!«

»Kamera zwei: Zoom aufs Soufflé. Bitte irgendwer Zoes Gesicht pudern!« Und als der *Irgendwer* nicht schnell genug war, schrie Felix: »Sofort!«

Zoe ließ ihr gebackenes Kunstwerk nicht aus den Augen. Die Soufflé-Kruste war perfekt. Schön dunkelbraun am Rand. Ein köstlicher Duft, der Kalorien versprach, die man zwar nicht brauchte, aber unbedingt wollte. Es war wie eine tickende Bombe. Gleich würde es zusammensacken. Zoe hielt die Form, als ob besagte Bombe bei der kleinsten Bewegung in die Luft gehen könnte.

Irgendwer kam mit einem riesigen Pinsel, um ihr Gesicht zu pudern, damit sie vor der Kamera nicht so glänzte.

Als ihr schönes Dessert langsam in Bewegung kam, beschleunigte sich Zoes Puls. »Beeilt euch!«

Felix klatschte in die Hände. »Ruhe! Ruhe auf dem Set!«

Zoe setzte ein Lächeln auf und wartete auf ihren Einsatz.

Ihr gebackenes Meisterstück schien das Wort »Action« jedoch ebenfalls wörtlich zu nehmen.

Als Zoe den Mund öffnete, um dem Fernsehpublikum zu erzählen, wie vorsichtig man beim Herausholen eines Soufflés sein musste, machte es *Puff!* Die Mitte der Souffléhaube fiel zusammen. Gleich drei Leute sagten gleichzeitig *Scheiße.*

»Schnitt!«

Zoe richtete sich auf, während sie mit dem Knie den Ofendeckel zuklappen ließ.

»Verdammt noch mal, Felix.« Den Regisseur anzuschnauzen, könnte sich ein Fernsehkoch von geringerem Format vielleicht nicht erlauben, doch Zoe hatte sich ihren guten Ruf verdient und nahm kein Blatt vor den Mund. Außerdem liebte Felix sie.

Jetzt war es Zoe herzlich egal, wie ihr Backwerk aussah. Sie donnerte die Form auf die Theke, trat aus dem heißen Scheinwerferlicht heraus, und verließ die Küche.

Sechs, sieben Leute wuselten umher, machten sich an den Kameras und Mikrofonen zu schaffen, welche an langen Kabeln von der Decke hingen.

Felix stand bei Kamera zwei und schimpfte leise mit dem Kameramann.

Es war bereits das zweite Soufflé des Tages und Zoe war sich nicht sicher, ob sie noch eins hinkriegen würde.

Sie wartete geduldig, bis Felix fertig war, und zu ihr kam. »Schätzchen, es tut mir leid.« Er musste sich strecken, um ihr Gesicht zu tätscheln.

»Man kann einfach keinen *Schnitt* machen, wenn ich das Ding aus dem Ofen hole. Das habe ich dir doch schon mal gesagt.«

»Die Einstellung hat aber nicht gestimmt. Schließlich soll es später auf dem Bildschirm so aussehen, als ob das jeder so einfach hinbekäme. Und dein Publikum soll dich für eine Göttin der Küche halten.« Es war schwierig, weiter sauer zu sein, wenn ein kleiner, lispelnder Mann beim Sprechen so großartig gestikulierte. Er nannte sich selbst eine Diva wie Vanna White. Doch das Einzige, das er mit ihr gemeinsam hatte, war die Vorliebe für Männer und teure Schuhe.

Zoe zog die winzige Schürze aus, die vornehmlich der Show diente, und drückte sie ihm in die Hand. »Ich habe dir gleich gesagt, dass ein Soufflé keine gute Idee ist.«

»Je schwerer das Gericht, um so höher die Einschaltquoten, Schätzchen. Hör also auf zu motzen und rühr den nächsten Teig an.« Er hielt ihr die Schürze hin, doch Zoe nahm sie nicht an.

»Ich muss erst was essen.«

Felix drehte sich um, griff nach der Backform mit dem Soufflé, ließ das Ding jedoch im selben Moment wieder los und pustete auf seine Finger wie ein Dreijähriger. »Iss das hier.«

»Wenn ich alles essen würde, was ich koche, dann sähe ich bald so aus wie du.«

Er widersprach nicht, sondern klopfte nur auf ihre schlanke Hüfte. »Nein, das wäre fatal.« Dann wandte er sich an die Filmcrew. »So, alle mal herhören, wir machen dreißig Minuten Pause. Prinzessin Zoe muss etwas essen.«

Zoe grinste und gab Felix einen Kuss auf die Wange. »Wir probieren es noch mal, aber versemmel es nicht wieder.«

Er wandte sich um. »Das wird nicht der Fall sein, Schätzchen«, und rief in die andere Richtung nach Rupert.

Zoe ging an den Kameras und den Aufstellwänden des Studios vorbei, den engen Gang entlang zur Künstlerumkleide, die nicht so schick war, wie sie klang. Darin befanden sich lediglich ein beleuchteter Spiegel, eine Kleiderstange und ein winziger Tisch mit zwei ausrangierten Bürostühlen. Außerdem gab es noch einen abschließbaren Spind, der sie an den in ihrer alten Schulturnhalle erinnerte und in dem sie ihre Handtasche aufbewahrte. Hier liefen viel zu viele Leute herum, die sie nicht kannte.

Es klopfte.

»Hi, Zoe. Felix hat gesagt, dass du was essen willst.«

September war die zweiundzwanzig Jahre alte Produktionsassistentin, die wegen ihres ausgefallenen Namens und ihrer quirligen Art den Job bekommen hatte.

»Ja, irgendwas, Hauptsache nichts mit Schokolade.«

»Salat? Oder ein Sandwich?«

»Ja, beides.«

September nickte und war schon wieder verschwunden.

Zoe streifte die hohen Schuhe ab, in denen sie niemals freiwillig in der eigenen Küche stehen würde, holte die Handtasche aus dem Spind und wühlte nach ihrem Handy. Sie wollte nachsehen, ob sie irgendwelche Nachrichten hatte, denn sie erwartete einen Anruf von ihrem Immobilienmakler. Oder eine E-Mail mit Exposés von Häusern, die in Dallas zum Kauf standen.

Es wurde endlich Zeit, sesshaft zu werden. Zoe war seit acht Jahren, seit sie bei der Fernsehshow »Duell der Köche« den zweiten Platz gemacht hatte, ständig auf Achse. Auch wenn sie nicht den ersten Platz ergattert hatte, so war es trotzdem der Auftakt ihrer Erfolgskarriere gewesen. Mittlerweile war sie eine berühmte Köchin. Sie trat oft als Gast bei der wöchentlichen Kochshow von Sternekoch Monroe auf. Dafür musste sie immer wieder nach New York fliegen. Außerdem wurden mit ihr besondere Shows für Thanksgiving oder Weihnachten gefilmt. Wie die Sendung, die sie gerade drehten, und die erst kurz vor Weihnachten, also in acht Monaten, ausgestrahlt werden würde. Ihr tägliches Brot, wenn man das so nennen konnte, verdiente sie als Chefköchin eines Nobelrestaurants in den Trinity Groves in West Dallas. Dort arbeitete sie an zwei Wochenenden im Monat. Darüber hinaus kochte sie auf Benefizveranstaltungen oder anderen Anlässen, bei denen der rote Teppich ausgerollt wurde, und wo Zoe unter den geladenen Hollywoodschauspielern genauso berühmt war wie die Gäste selbst.

Zoe blickte auf das Display. Keine Nachrichten, keine Anrufe. »Mist.«

Sie hatte eine Weile gebraucht, um sich für den Kauf eines Hauses zu entschließen, doch nun konnte sie es kaum noch erwarten, aus ihrer Zwei-Zimmer-Wohnung auszuziehen.

Es war sicher die richtige Entscheidung.

Zoe ließ sich auf den niedrigen Stuhl fallen und lehnte sich gegen die Wand. Die Stylistin würde sich anschließend wieder um ihre Frisur kümmern müssen.

Gerade als sie die Augen schloss, klingelte ihr Handy.

Auf dem Display erschien das Bild ihrer Mutter. Sheryl rief sonst so gut wie nie an. Zoes Herz begann zu pochen.

»Hi, Mom.«

»Hallo, mein Schatz. Hoffentlich störe ich nicht.« Ihre Mutter klang immer, als ob etwas passiert sei. Was in ihrer Familie ja auch oft genug vorkam.

»Mache gerade Pause. Ist alles in Ordnung?«

Sheryls Seufzen, gefolgt von einem leidvollen Stöhnen kündigte das Gegenteil an. »Es geht um Zanya.«

Zoes kleinere Schwester, die ein drei Monate altes Baby hatte. Der Tonfall ihrer Mutter klang jetzt nicht mehr nach einem Notfall. »Mit Blaze ist alles okay, oder?«

»Ja, ja, deinem Neffen geht's gut. Es ist wegen Zanya. Ich glaube, sie ist wieder schwanger.«

Zoes Kinnlade klappte so weit herunter, dass ein ganzer Vogelschwarm in ihren Mund gepasst hätte. Dass Zanya wieder schwanger war, kaum dass die Geburtswunden vom Herauspressen des vier Kilo schweren Babys verheilt waren, hätte sie nun wirklich nicht erwartet.

»Was?«

»Ich habe einen Schwangerschaftstest im Bad gefunden.«

Zoe stützte den Kopf in die freie Hand. Ihre Schläfen hatten schon vorher wegen des Hungers zu pochen begonnen. Jetzt aber würde sie mehr als ein bisschen Protein benötigen, um die Kopfschmerzen wieder loszuwerden. »War er positiv?«

»Nein, noch gar nicht benutzt. Aber das darf doch nicht wahr sein. Hab gleich gewusst, dass das schiefgeht, als sie sich wieder mit diesem Blödmann eingelassen hat.«

Mit *Blödmann* war natürlich Blazes Vater, Mylo Barkov, gemeint.

»Na gut, aber er muss ihn ihr auch nicht gleich wieder reinstecken.« Trotz der ernsten Situation musste Zoe bei der derben Bemerkung ihrer Mutter grinsen. »Kannst du mal mit ihr reden? Auf mich hört sie ja nicht.«

»Vielleicht ziehst du auch nur voreilige Schlüsse.«

»Schwangerschaftstests landen aber doch nicht aus Versehen im Einkaufswagen, Zoe.«

Zoe massierte sich den Steg der Nase. »Mag ja sein.« Gott sei Dank hatte sie selbst nie befürchten müssen, ungewollt schwanger zu sein, wie das bei ihrer Schwester wahrscheinlich schon wieder der Fall war. Zanya war gerade erst volljährig geworden und sie war eine alleinerziehende Mutter, die die Schule abgebrochen hatte, und auch sonst nichts konnte, was ihr einen guten Job verschaffen würde. Sie würde höchstens irgendwo als Verkäuferin oder Kellnerin arbeiten können. Was in einer Kleinstadt wie River Bend bedeutete, dass sie auch in den nächsten Jahren in dem Mobilheim ihrer Mutter wohnen blieb. Zoes Schwester lebte nun genau das Leben, vor dem Zoe damals geflüchtet war. Schade, dass sie ihre kleine Schwester nicht einfach hatte mitnehmen können.

»Ich muss in zwanzig Minuten wieder am Set sein. Ist sie da? Oder soll ich heute Abend anrufen?«

»Jetzt ist sie gerade weg. Aber bitte ruf so bald wie möglich an. Wenn sie nicht wieder schwanger ist, dann muss irgendwer sie mal zwingen, ihre Beine zusammenzuhalten.«

»Mom!«

»Ich meine das ernst, Zoe. Ich liebe euch zwar, aber mir reicht es jetzt mit Kinderhüten. Ich helfe ja gern, aber Blaze allein ist schon ein Vollzeitjob. Noch einen brauch ich wirklich nicht. Ich werde für diesen Scheiß langsam zu alt.«

Eigentlich war sie erst Ende vierzig und noch lange nicht alt. Doch sie sah zehn Jahre älter aus. Sie hatte harte Jahre hinter sich.

September kam mit einer Tüte in der Hand in die Umkleide.

Zoe bedeutete ihr, dass sie gleich fertig sein würde.

»Ich rufe sie an, Mom. Aber mach dir mal deswegen keinen Stress. Wahrscheinlich ist es nur falscher Alarm.«

»Das hoffe ich schwer.«

»Ich muss jetzt aufhören.«

»Ruf sie an«, war das Letzte, was ihre Mutter sagte, bevor sie auflegte.

Zoe warf stöhnend das Handy aufs Sofa.

»So schlimm?«, fragte September, die an der Tür stehen geblieben war.

»Warum kann meine Familie nicht einfach so mal anrufen, zum Plaudern? Warum muss es immer gleich so ein Drama sein?«

September musste lachen. »Zum Plaudern hat man seine Freunde. Die Familie meldet sich nur, wenn sie etwas braucht.«

***

»Ich habe ein schlechtes Gewissen«, stöhnte Zoe ins Telefon.

»Weil du dein eigenes Leben führst?«, wollte Mel wissen, der sie gerade von Zanyas eventuell anderen Umständen berichtet hatte.

»Weil ich nicht zu Hause bin, um meine kleine Schwester vor weiteren Fehlern zu bewahren.«

»Du kannst zwar viel, Zoe, aber deine Schwester vom Sex abzuhalten, übersteigt wahrscheinlich deine Kompetenzen.«

Zoe stützte den Kopf in die Hände. »Ich bin nicht für sie da. Meine Mutter ist kein gutes Vorbild und wie wir beide wissen, kann Zane nicht mal auf sich selbst aufpassen, geschweige denn, länger als zehn Minuten den großen Bruder spielen.«

»Du bist aber ihre Schwester und nicht ihre Mutter. Du kannst ihr den Weg ebnen, gehen muss sie ihn jedoch allein.«

Zoe wusste, dass ihre Freundin recht hatte. »Trotzdem.«

»Ich rede mit ihr. Damit sie weiß, dass sie immer zu mir kommen kann, wenn sie jemanden zum Zuhören braucht. Als alleinerziehende Mutter hat man es nicht leicht. Da kann es schon vorkommen, dass man sich auf den Falschen einlässt, weil man hofft, dass es dann einfacher wird.«

Schließlich wusste Mel, wovon sie sprach. Ihre Tochter, mittlerweile acht Jahre alt, war noch vor Mels zwanzigsten Geburtstag auf die Welt gekommen. Der Vater – Gott habe ihn selig – war ein Scheißkerl gewesen.

Zoe dachte an den Vater von Hope, an das letzte Mal, als sie ihn lebend gesehen hatte. Nathan hatte das Sorgerecht haben wollen, aber nicht, weil ihm seine Tochter sehr am Herzen gelegen hätte. Er hatte sogar Leute beauftragt, die Mel ins schlechte Licht rücken sollten, damit es so aussähe, als habe sie ihre Aufsichtspflicht vernachlässigt. Doch als einer dieser Verbrecher noch sehr viel mehr tat als das, war für Nathan der Schuss nach hinten losgegangen.

»Aber du bist mit Nathan nicht so lange zusammengeblieben.«

»Stimmt. Allein war es trotzdem nicht einfach. Vielleicht wären wir noch zusammen, wenn er nicht so egoistisch gewesen wäre.«

»Mit diesem Mann wäre es niemals gut gegangen.«

»Das ist mir klar. Wenn ich früher schon gewusst hätte, dass es auch Männer wie Wyatt gibt, hätte ich sowieso niemals mit Nathan geschlafen.«

»Ja, aber dann gäbe es Hope nicht. Und du wärst nicht nach River Bend zurückgekommen und hättest nicht die Liebe deines Lebens kennengelernt.«

»Wer hätte gedacht, dass du so romantisch veranlagt bist?«, zog Mel sie auf.

»Bin ich doch gar nicht.«

»Apropos Wyatt. Hat er dich angerufen?«

Zoe musste grinsen. Hatte er nicht, aber sie wusste, warum Mel das wissen wollte.

»Nö, warum?«

»Ach, nur so. Vielleicht hätte er nach meiner Ringgröße fragen wollen.«

Zoe kicherte. »Ich kenne doch deine Ringgröße gar nicht.«

»Sechs. Darüber haben wir doch schon gesprochen.«

»Muss ich wohl wieder vergessen haben.« Wyatt wartete auf den richtigen Moment, um ihr einen Antrag zu machen. Einen Antrag, der, wie jeder wusste, mit Ja beantwortet werden würde.

»Du bist genauso hoffnungslos wie Jo. Vielleicht sollte ich meine Ringgröße auf die Kondomschachtel schreiben.«

»Ich dachte, du nimmst die Pille?«

»Mach ich auch, aber ich hab die blöden Dinger schon zweimal vergessen. Wir müssen deshalb aufpassen.«

»Wie kann es denn vorkommen, dass du so etwas Wichtiges wie die Pille vergisst?« Mel war doch die Clevere, zumindest hatte Zoe das immer gedacht.

»Ich habe sie immer neben dem Waschbecken liegen. Irgendwer hat sie da weggetan und dann habe ich vergessen, sie zu nehmen. Mir ist es erst am nächsten Morgen eingefallen.«

»Wo waren sie denn?«

»In meinem Kulturtäschchen. Da tu ich sie nie rein.«

»Wie konnte denn das passieren? Kann mir nicht vorstellen, dass Wyatt so was macht.« Mel arbeitete in dem Bed & Breakfast von Miss Gina. Sie wohnte dort im Hausmeisterzimmer und ihr Bad wurde auch nicht vom Reinigungspersonal geputzt, das an vollen Wochenenden aushalf. Meistens hielten sich in dem großen viktorianischen Haus nur Miss Gina, Mel und Hope auf. Und manchmal kam noch ein ganz bestimmter Übernachtungsgast. Wyatt. Obwohl Wyatt sein eigenes Haus hatte, das nur etwas außerhalb von River Bend lag.

»Wahrscheinlich bist du halt einfach nur blond.«

»Ha, ha. Sehr lustig.« Melanie war im selben Maße blond, wie Zoe dunkel war. »Also, wann kommst du endlich mal wieder zu Besuch?«

Eigentlich war das *endlich mal wieder* dieser Frage übertrieben, denn im letzten halben Jahr war Zoe öfter nach River Bend gekommen als in den zehn Jahren zuvor. Doch bei jedem Besuch schmerzte ihr Herz. Und mehr noch, wenn sie wieder wegflog. Das wollte sie gern vermeiden.

»Ich bin gerade so beschäftigt, weil ich doch ein Haus kaufen will.«

»Echt? Du willst ein Haus kaufen?«

Zoe versuchte, die Wahrheit zu dehnen, um eine Ausrede zu haben. »Ich habe noch nicht gefunden, was ich suche. Deshalb schaue ich jedes Wochenende, wenn ich nicht arbeite, Häuser an.«

Mel schwieg kurz. »Ah ha. Tatsächlich?«

»Ja, wirklich. Und außerdem sind die letzten Aufnahmen nicht so gut gelaufen. Diesen Monat muss ich oft am Set sein.«

»So, so.« Mel klang wenig überzeugt.

»Komm doch lieber zu mir zu Besuch.«

Ein lautes Lachen war die Antwort. »Soll ich Hope etwa die Schule schwänzen lassen? Außerdem stehe ich erst seit Kurzem wieder auf den Beinen, finanziell gesehen. Ich habe gerade mal genug angespart, um mir eine Karre zu kaufen.«

»Brauchst du denn überhaupt ein Auto?«

»Ich kann mir nicht immer das von Miss Gina ausleihen.«

Zoe nickte, obwohl ihre Freundin sie nicht sehen konnte. »Verstehe. Für mich ist jetzt aber gerade auch kein guter Zeitpunkt, um zu euch zu kommen.«

»Okay. Aber du musst mir was versprechen.«

Mel senkte die Stimme, als ob das, was nun folgen würde, äußerst wichtig wäre.

»Klar, was denn?«

»Du musst mir versprechen, dass deine Besuche nicht ausbleiben, weil du Luke aus dem Weg gehen willst.«

Zoe zögerte und holte tief Luft.

»Natürlich nicht.«

»Zoe?«, sagte Mel in ihrem erzieherischen Mamaton.

»Ich habe dir und Jo versprochen, dass ich nicht verschwinden werde. Und das werde ich auch nicht.« Sie würde schon einen Weg finden, wie sie trotzdem ihre Freundinnen besuchen könnte, ohne ihm begegnen zu müssen.

Allein an ihn zu denken, bereitete ihr körperliche Schmerzen.

Sie hatte die letzten zehn Jahre gut gemeistert. Zehn Jahre, während derer sie Oregon weitestgehend gemieden hatte. Zehn Jahre, in denen sie so getan hatte, als ob Luke einfach nur eine Highschool-Liebe gewesen wäre. Zehn Jahre, in denen sie ihr Leben vorangetrieben hatte. Sie hatte in dieser Zeit auch den einen oder anderen Liebhaber gehabt. Doch das hatte nie lange gehalten und sie hatte auch nie versucht, aus einer der wenigen Bettgeschichten eine ernsthafte Beziehung werden zu lassen.

Seit dem zehnjährigen Klassentreffen hatte sie ohnehin niemanden mehr gehabt.

Vielleicht lag es auch an dem Mangel an körperlicher Nähe, dass sie in letzter Zeit wieder so oft an ihre alte Liebe dachte.

»Ich nehme dich beim Wort.«

»Ich weiß.«

»Gut, dann sind wir uns ja einig. Und jetzt noch mal zu Wyatt …«

Mel erzählte, wie sie ihm weiterhin versteckte Hinweise auf Ringgröße und bevorzugte Modelle geben könnte.

Zoe hörte zu, wie es sich für eine gute Freundin gehörte, und gab ihr Ratschläge.

Als das Gespräch beendet war, fiel Zoe ein, dass sie nach Wyatts Antrag oft nach River Bend kommen müsste. Abgesehen von der Feier selbst würde Zoe bei den Hochzeitsvorbereitungen helfen müssen und bei der Kleidersuche. Sie würde ein Zimmer bei Miss Gina brauchen.

Und es wäre ein Ding der Unmöglichkeit, Luke aus dem Weg zu gehen.

Kapitel 2

Luke rutschte unter Jos Jeep hervor und wischte sich mit einem Lumpen die schmutzigen Hände ab. In der Werkstatt lief Led Zeppelin. Mit Musik konnte er arbeiten, ohne dass ihn irgendwelche Gedanken ablenkten. Laute Musik verschaffte ihm Ruhe, wenn er an einem Motor herumschraubte.

Er brauchte ein Ersatzteil. Er suchte danach, fand es und war schon wieder unter dem Auto verschwunden.

»Luke? Bist du da?«

Eine bekannte Stimme. »Ja. Momentchen.«

Er befestigte den Schlauch mit einer Klemme und tauchte wieder auf.

Wyatt blickte zu der Stelle, wo sonst eigentlich gearbeitet wurde. Es war klar, was er gleich fragen würde.

»Wann wird denn endlich eure Hebebühne repariert?«

»Der Mann von der Reparaturfirma aus Eugene kann erst nächste Woche.«

»Wie unpraktisch.«

»Das kannste laut sagen. Ist jetzt schon das dritte Mal.«

»Vielleicht weiß das Teil, dass du so gern unter Autos liegst.«

Luke rieb sich den schmerzenden Rücken. »Wenigstens sind die meisten Autos hier noch ein bisschen höher als diese tiefergelegten, mit denen die Jugend heutzutage herumfährt.«

»Hey«, lachte Wyatt, »ich gehöre doch auch noch zur Jugend.«

»Du fährst einen Truck.«

»Trotzdem jugendlich.«

Beide waren nicht mehr direkt Jugendliche, auch wenn sie mit Ende zwanzig auch noch nicht zu den Alten zählten.

»Was führt dich zu mir?«

»Vielleicht wollte ich ja einfach nur mal so vorbeischauen?«

»Das machst du sonst nur abends mit 'nem Bier. Jetzt ist mitten am Tag. Heißt also, dass du was brauchst.« Auch ein Zeichen dafür, dass sie keine Jugendlichen mehr waren. Sie hatten schließlich beide einen Job.

Wyatt deutete mit zwei Fingern auf Luke. »Na gut. Also zwei Dinge. Erstens, ich brauche einen Startmann für den Wettlauf am Donnerstag.«

Beim Leichtathletikwettkampf dabei zu sein und die Startpistole zu übernehmen, war für Luke eine willkommene Abwechslung zum Alltag. »Wieder um vierzehn Uhr?«

»Genau.«

»Und zweitens?«

»Zweitens wollte ich dich fragen, ob du mit mir am Samstag nach Eugene fährst.«

»Warum?«

»Es gibt da ein paar Gebrauchtwagen, die ich für Mel ansehen wollte.«

Luke starrte ihn an. »Du willst Mel ein Auto kaufen?«

Wyatt zuckte mit den Schultern. »Sie braucht eines.«

»Sie hätte lieber einen Ring.«

Wyatt schüttelte grinsend den Kopf. »Deshalb schaue ich ja auch nach gebrauchten Autos und nicht nach einem neuen.

Wahrscheinlich würde sie ausflippen, wenn ich sage, dass der Ring warten muss, weil ich mein ganzes Geld für ein neues Auto ausgegeben habe.«

»Aber warum wartest du eigentlich noch mit dem Antrag?« Es war ganz klar, dass Wyatt und Mel den Hafen der Ehe ansteuerten.

Wyatt machte erst keine Anstalten zu antworten. Dann holte er tief Luft. »Mein Haus ist fast fertig.«

Luke hatte sich so etwas schon gedacht. Wyatt wohnte seit sechs Jahren in seinem Haus, einer ständigen Baustelle. Seit er Mel kannte und klar war, dass sie verrückt nacheinander waren, versuchte Wyatt, so schnell wie möglich fertig zu werden. Lustigerweise war Wyatt als Bauunternehmer derjenige, den man in River Bend beauftragte, wenn man Arbeiten am Haus zu verrichten hatte. Nur bei seinem eigenen schien er nicht recht voranzukommen.

»Wusste ich es doch. Wie lange brauchst du noch?«

»Ich versuche, in einem Monat fertig zu sein. Wenn es noch länger dauert, schreibt Mel wahrscheinlich auf jedes Straßenschild die Zahl sechs.«

Luke verstand nicht. »Sechs?«

»Ihre Ringgröße. ›Sollen wir ein Sechserpack nehmen, Wyatt, mit sechs Flaschen?‹ ›Reichen sechs Tacos für uns?‹, ›Wusstest du eigentlich, dass die meisten Frauen die Ringgröße sechs haben?‹ Es vergeht kein Tag, an dem ich nicht diese Zahl höre. Ich habe mit Miss Gina schon Wetten laufen, wie oft sie es am Tag sagt.«

Bei der Vorstellung, wie Miss Gina und Wyatt Wettgeld auf den Tisch legten, musste Luke grinsen.

»Die arme Mel.«

»Ich weiß nicht, warum sie sich Sorgen macht. Ich habe ihr schon gesagt, dass der Tag noch kommen wird.«

»So weit war ich noch nie mit einer Frau.«

Zumindest nicht mehr seit der Highschool. Und damals war er noch jung und grün hinter den Ohren, wie man so schön sagte. »Mach ihr lieber einen Antrag, bevor sie dir ihre Ringgröße noch im Schlaf in den Arm tätowiert.«

»So was würde sie niemals tun. Wenn, dann nimmt sie gleich ein Brandeisen. Also, was ist mit Samstag?«

»Na ja,« Luke fuhr sich durch die Haare, die ein bisschen zu lang waren, »könnte eigentlich nicht schaden, mal rauszukommen.«

Wyatt grinste schief. »Vielleicht sollten wir ein richtiges Männerwochenende daraus machen. Und dich flachlegen lassen.«

Klar, dass sein Kumpel auf bestimmte Bedürfnisse anspielte, die bei einem jungen Mann in einer Kleinstadt zu kurz kamen. »Hätte Mel keine Bedenken?«

Wyatt schüttelte den Kopf. »Wenn sie denken würde, dass ich so ein Typ wäre, dann hätten wir diese Ringdiskussion gar nicht erst.«

Er hatte recht. Mel brauchte vielleicht ein bisschen, bis sie jemandem vertraute, doch dann tat sie es aus vollem Herzen. Außerdem gehörte Wyatt einfach nicht zu dieser Sorte Mann.

»Also, dann fahren wir am Samstag und kommen am Sonntag zurück?«

»Wenn du am Sonntag immer noch zugange bist, kann ich das neue Auto auch ohne dich zurückbringen«, meinte Wyatt.

Klang nach einem guten Plan.

Luke verschwand wieder unter dem Jeep. Er freute sich darauf, mal wieder etwas anderes zu sehen als die Unterseite eines Autos und die vertrauten paar Straßen und Häuser des Orts, in dem er schon von Geburt an lebte. Seit Zoe hatte er keine ernsthafte Beziehung mehr gehabt. Und das war nun elf Jahre her. Hin und wieder hatte es schon eine Frau gegeben, aber meistens war er dafür weggefahren. In Eugene hatte

Nikka gewohnt, die ein paar Jahre seine Bedürfnisse stillte. Es war jedoch nichts Ernstes gewesen. Sie war ein bisschen älter als er und hatte ihn auch nur als Bettwärmer angesehen. Ein Arrangement, das beiden gut gepasst hatte.

Irgendwann aber war es ihnen zu langweilig geworden und Nikka hatte sich einen Neuen gesucht.

Es war schon lange überfällig, dass mal wieder was passierte. Vielleicht sollte er Wyatt überreden, seinen Junggesellenabschied in Las Vegas zu feiern.

Ja. Das klang verlockend.

Ein Wochenende in Las Vegas.

Wo es viele Frauen gab.

Frauen mit langen, schwarzen Haaren. Mit wohlgeformten Beinen und vollen Lippen.

Er kniff die Augen zusammen und versuchte das Bild von Zoe, das sich gerade eingeschlichen hatte, wieder zu vertreiben.

Luke ließ seine überschüssige Energie an dem festsitzenden Deckel des Öleinfüllstutzens aus. Das Testosteron in seinen Adern setzte Kräfte in ihm frei, die vor einer Sekunde noch gar nicht da gewesen waren.

Aber an den Geschmack von Motoröl würde er sich nie gewöhnen.

Er schob sich zurück, nahm einen kleinen Eimer, um die restlichen Tropfen aufzufangen, damit sie nicht weiter in seinem Gesicht landeten. Just in diesem Moment beugte sich sein Vater zu ihm hinunter.

»Mach jetzt bloß keine dummen Bemerkungen«, warnte Luke.

Sein Vater lachte laut auf und ging ohne ein Wort wieder ins Büro zurück.

»Mann, ich brauche echt mal wieder Sex«, flüsterte Luke vor sich hin.

***

»Ich brauche deine Hilfe.«

»Soll ich jemanden verhaften?«

Zoe saß mit Handy am Ohr auf der Terrasse eines Cafés. Vor ihr lag ihr Tablet, mit dem sie im Internet surfte.

»Nein, nichts dergleichen. Du hast letztes Mal doch gesagt, dass du dringend mal Urlaub brauchst.«

»Urlaub? Was ist das?«, gluckste Jo.

»Das ist das, was man ab und zu mal macht, wenn man eine Pause braucht von dem, womit man sein Geld verdient.«

»Und was hat das damit zu tun, dass du meine Hilfe brauchst?«

»Ich will ein Haus kaufen.«

»Ja, das hat mir Mel schon erzählt. Wie aufregend!«

»Aber ich weiß nicht so recht, was ich will. Es soll nicht zu groß sein, aber auch nicht zu klein. Und in der richtigen Gegend. Nicht, dass ich eine falsche Entscheidung treffe. Ist für mich echt ein großer Schritt und ich würde mich sehr viel besser fühlen, wenn mir jemand hilft. Jemand, den ich kenne und dem ich vertraue. Also du.«

»Du willst, dass ich nach Texas komme, um dir bei der Häusersuche zu helfen?«

»Genau. Ich weiß, das kommt sehr spontan, aber da sind gerade ein paar Häuser auf dem Markt, bei denen am Wochenende allgemeine Besichtigung ist.«

»An diesem Wochenende?«

»Jetzt tu nicht so schockiert. Wenn ich dich frage, ob du dir nächsten Monat mal eine Woche freinimmst, kommst du mir wieder mit irgendwelchen Ausreden.« Zoe wartete auf Widerspruch.

Aber der kam gar nicht.

»Na ja, ich könnte tatsächlich mal ein Wochenende woanders vertragen. Aber nur, wenn wir abends … weggehen.«

Zoe grinste. »Du meinst, du willst jemanden abschleppen?«

»Oh Gott, bitte ja.«

Zoe lachte. »Dann planen wir lieber gleich ein langes Wochenende.«

»Ich könnte am Freitag früher Schluss machen und am Montag die Abendschicht übernehmen.«

»Als ob bei euch an einem Montagabend was passiert.«

»Hey«, rief Jo ein wenig entrüstet. »Du würdest staunen, was da alles so passieren kann.«

»Stimmt, da würde ich staunen. Also, dann sehen wir uns am Freitag. Schick mir deine Flugdaten.«

Zoe legte auf, öffnete auf ihrem Tablet den Kalender und trug für das Wochenende *Jo* ein. Zoe war sich sicher, dass ihre Freundin immer noch reglos mit dem Handy in der Hand dasaß, und tippte eine Nachricht an sie: Und lass deinen Sheriffstern und die Pistole zu Hause.

Zoe wartete auf eine schlagfertige Antwort, die die Polizistin immer auf Lager hatte. Die drei Pünktchen zeigten, dass sie bereits dabei war, zu antworten.

Na gut. Die Handschellen bringe ich aber schon.

***

Statt Jo anzurufen, wusch sich Luke und lief den kurzen Weg zur Polizeiwache zu Fuß.

Jo war mittags eigentlich immer auf der Wache anzutreffen, außer wenn es viel regnete und sie raus musste, weil die Straßen unpassierbar wurden. Ansonsten gab es in River Bend nicht oft einen Grund, die Gegend zu patrouillieren. Anfangs hatte Jo noch versucht, keine eingefahrene Routine zu entwickeln. Doch mittlerweile hatte sie, wie früher ihr alter Herr, einen festen

Tagesablauf. Morgens fuhr sie einmal durch die Stadt und dann noch ein zweites Mal während der Happy Hour. Obwohl es so etwas im R&B, der einzigen Kneipe in River Bend, nicht wirklich gab. Wenn es dunkel wurde, zog sie noch ein drittes Mal los. Im Sommer war ein bisschen mehr los, wegen der Teenager, die versuchten, an Alkohol zu gelangen und die hin und wieder zu viel feierten. Doch mittlerweile kannten alle den Tagesablauf von Sheriff Ward und sie wussten, wie sie der Polizistin aus dem Weg gehen konnten. Vielleicht blickte Jo auch einfach absichtlich weg, sofern niemand wirklich gefährdet war oder betrunken Auto fuhr.

Luke öffnete die Tür der Polizeistation und begrüßte die Sekretärin. »Hi, Glynis. Ist sie da?« Er nickte zur Bürotür.

»Wo sollte sie denn sonst sein?«

Grinsend ging er am Schreibtisch vorbei und klopfte an der Tür, bevor er eintrat.

Jo stand mit einem Stapel Papier in den Händen vor dem Aktenschrank. »Hallo«, sagte Luke.

»Ach, hi.« Sie schien überrascht zu sein, ihn zu sehen. Fast ein bisschen nervös.

»Na, heute wieder viele Kriminelle zu verhaften?« Er lachte über seinen eigenen Scherz und setzte sich.

»Verschrei es bloß nicht. Ich will nämlich wegfahren.« Dann zuckte sie zusammen, als ob sie das lieber nicht gesagt hätte.

»Du? Willst du etwa Urlaub machen?«

Sie zuckte mit den Achseln. »So könnte man es auch nennen.«

Jo ging nicht weiter darauf ein.

Vielmehr wandte sie sich schneller als nötig wieder um und wühlte weiter im Aktenschrank herum.

»Wo geht's denn hin?«

»Ähm, nach Texas.« Wahllos zog sie irgendwelche Unterlagen heraus und stieß die Schublade zu. Sie vermied es, ihm in die Augen zu sehen.

Texas. Darum war sie so komisch. »Wie geht es Zoe?«

»Gut. Ihr geht's gut.« Sie setzte sich mit einem gezwungenen Lächeln. »Und wie geht's meinem Jeep?«

Luke ließ sich auf den Themawechsel ein. »Er braucht einen neuen Anlasser. Ich hab schon einen bestellt, aber wir kriegen ihn erst am Samstag.«

»Mist. Ich fliege am Freitag.«

»Warum *Mist,* dann brauchst du ja dein Auto gar nicht vorher, oder?«

»Aber ich muss doch irgendwie zum Flughafen kommen. Ich kann schließlich schlecht den Einsatzwagen dort stehenlassen.«

»Ich könnte dich hinbringen.«

Jo schaute ihn wortlos an. Dann sagte sie trocken: »Du hast ein Motorrad. Und manchmal fährst du den Abschlepplaster.«

»Ich leihe mir den Truck von meinem Dad.«

»Nein, nein, mach dir keine Umstände.«

In Wirklichkeit wollte sie bloß nicht erzählen, dass sie Zoe besuchte. Die ganze Stadt wusste, dass er sofort zu einem Nervenbündel wurde, wenn man seine alte Flamme aus Highschool-Zeiten erwähnte.

»Ich mach mir keine Umstände. Wyatt und ich wollten sowieso am Wochenende nach Eugene. Vielleicht fahren wir einfach schon einen Tag früher los und nehmen dich mit zum Flughafen.«

Jo zögerte, aber dann nickte sie doch. »Okay, das wäre … also gut.«

Es klang eher so, als würde sie *ihm* einen Gefallen tun, nicht umgekehrt.

»Also, mein Anlasser ist kaputt?«, wechselte Jo wieder das Thema.

»Ja. Bis Montag ist der neue eingebaut.«

»Das wäre super.« Als sie auf die Uhr blickte, nahm er das zum Anlass, sich zu verabschieden.

Luke richtete sich auf und klopfte auf den Schreibtisch. »Ich melde mich noch mal bei dir wegen der Fahrt nach Eugene.«

»Danke, Luke.«

»Keine Ursache.«

Er verabschiedete sich mit einem Nicken bei Glynis.

Die Luft in River Bend roch nach Pinien, als er zur Werkstatt zurücklief. Er winkte dem Schulleiter der Highschool zu, der gerade vorbeifuhr, als Luke bei Rot über die Straße ging. Das Windspiel vor dem Geschenkeladen, in dem es schöne, handgemachte Dinge gab, tönte leise.

Er steckte die Hände in die Hosentasche und bog um die Ecke.

Vor Sam's Diner, dem einzigen Restaurant der Stadt, sah er Sheryls altes Auto. Er blickte kurz durch die Fenster ins Innere. Immer wenn er Zoes Mutter sah, beschlichen ihn gemischte Gefühle. Sie hatte dieselben Augen wie Zoe. Aber statt der langen, glänzenden schwarzen Haare besaß Sheryl schulterlange Zotteln, die allmählich grau wurden. Die Frau wirkte älter, als sie es tatsächlich war. Sheryl war der eigentliche Grund gewesen, weshalb Zoe aus ihrer Heimatstadt geflohen war. Und genau deshalb fiel es Luke schwer, diese Frau zu mögen.

Er selbst hatte nie den Drang verspürt, River Bend zu verlassen. Aber in letzter Zeit fragte er sich öfters, ob das nicht vielleicht ein Fehler gewesen war. Die Welt, die jenseits von seiner Heimatstadt lag, war riesig. Und er hatte erst so wenig davon gesehen.

Im Gegensatz zu Zoe, die bereits mehr Länder bereist hatte als Luke Bundesstaaten.

Er blieb nur ein paar Sekunden vor Sam's Diner stehen, dann lief er weiter.

Kurz darauf betrat er wieder die offene Werkstatt und ging an Jos Jeep vorbei ins Büro. Auf einem Zettel neben dem Telefon stand, dass sein Vater für das Mittagessen nach Hause gefahren war.

Luke ließ seine Blicke über die Werkhalle schweifen. Wo sonst könnte man eine Werkstatt einfach so offen lassen, ohne Angst haben zu müssen, dass etwas geklaut wurde?

Eigentlich wollte er nirgends wohnen, wo man ständig alle Türen zusperren musste. Andererseits war seit letztem Jahr eine Langeweile aufgekommen, die sich wie ein wachsender Tumor ausbreitete.

Und zwar seit dem Klassentreffen. Seit er Zoe wiedergesehen hatte.

Die kurze Begegnung mit ihr und den anderen ehemaligen Schulkameraden hatte ihm vor Augen geführt, wie wenig er bisher aus seinem Leben gemacht hatte.

Vielleicht wurde es Zeit, in den Spiegel zu sehen und herauszufinden, ob er wirklich glücklich oder ob er vielleicht einfach nur faul war.

Statt sich weiter darüber Gedanken zu machen, nahm er das Telefon und rief Wyatt an.

Ein Extratag in Eugene war eine Spitzenidee.

Kapitel 3

»Die Stadt wird ohne dich schon nicht auseinanderfallen, Jo. Entspann dich.«

»Ja, ja, du hast ja recht.« Ein letzter Blick aus dem Rückfenster von Wyatts Truck, dann drehte sie sich um und sah nach vorn.

Luke legte seinen Arm auf die Rückenlehne der Beifahrerbank und beobachtete amüsiert Jos Gesichtsausdruck. Die Frau war völlig aufgelöst.

»Wann hattest du das letzte Mal frei?«, fragte Wyatt, der den Wagen lenkte.

»Na ja …«

Luke sah zu Wyatt, dann wieder zu Jo. »Außer, du machst dich vielleicht heimlich aus dem Staub, ansonsten würde ich mal schätzen, dass dein letzter Urlaub war, bevor du den Sheriffstern bekommen hast.«

»Ich habe schon hin und wieder mal frei.«

»Du hast mal einen freien Abend, ja. Ich meine aber *wegfahren.* Und dabei nicht arbeiten. Das ist das, was der Rest der Welt als Urlaub bezeichnet.«

»Ich war schon ein paarmal weg. Und du musst gerade reden. Wann warst denn *du* das letzte Mal weg, Luke?«

Jetzt war er es, der um eine Antwort verlegen war. »Also, ähm …«

»Na schau, wer im Glashaus sitzt …«

»Ich fahre schon mal ab und zu nach Eugene«, sagte er.

»Was ja eher die Erweiterung deines Gartens ist.«

Sie hatte recht. »Stimmt, ich sollte öfter mal verreisen. Ist ja eine große Welt da draußen.«

»Ich habe immer gedacht, dass ich mehr davon sehen würde«, sagte Jo.

»Kannst du ja immer noch«, meinte Wyatt. »So alt bist du schließlich noch nicht.«

Jo zog die Augenbrauen zusammen, als ob sie das anders sah. Sie starrte wieder aus dem Fenster.

»Ich finde, er hat recht.«

»Ich habe nichts von der Welt gesehen, als mein Dad noch Sheriff war, und jetzt habe ich leider wenig Gelegenheit dazu.«

»Heißt aber nicht, dass du das nicht ändern könntest.«

Sie blickte ihn flüchtig an, dann wieder zum Fenster hinaus.

Da wurde ihm etwas klar.

Luke hatte zwar immer geglaubt, dass ihm in seinem Leben alle wichtigen Entscheidungen abgenommen wurden und dass alle großen Veränderungen schon passiert seien. Doch das stimmte nicht. Er verdiente in der Autowerkstatt seines Vaters genügend Geld für ein einfaches, aber sorgenfreies Leben. Er hatte sein eigenes kleines Haus. Seine Eltern hatten ihm finanziell geholfen und wollten nicht, dass er etwas zurückzahlte. Sein Anker in River Bend waren seine Eltern. Und ein Job, den er liebte. Das Leben, das er dort hatte. Aber Jo? Was war ihr Anker? Der einzige Halt war ihr Job. Für den sie wahrscheinlich mehr Pflicht als Freude empfand. Sie hatte nur ihre Freunde. Und die Fußstapfen ihres verstorbenen Vaters. Luke dagegen hatte die Wahl gehabt und sich freiwillig entschieden, in dem Städtchen zu bleiben. Es war für ihn gar keine Frage gewesen. Für Jo war es vielmehr eine Verpflichtung, eine Bürde. Sie konnte nicht anders und deshalb sah sie auf dem Weg zum Flughafen ständig aus dem Rückfenster von Wyatts Truck.

Die Wochenendpläne von Jo und Zoe hatten ihn nicht nur wegen seiner Schwäche für seine alte Highschool-Liebe interessiert. Er freute sich auch, wenn Jo mal aus River Bend herauskam. Es wurde Zeit, dass sie mal wieder ein bisschen lebte.

»Und was für verrückte Sachen habt ihr am Wochenende vor?«, fragte er.

»*Verrückt* ist da vielleicht der falsche Ausdruck.«

»Aber ihr werdet wohl kaum auf der Couch sitzen und stricken.«

Da lachte sie. Was Luke schon länger nicht bei ihr gesehen hatte.

»Wir schauen Häuser an.«

Er dachte an die großen Häuser in Texas. Erst nach einer halben Minute dämmerte ihm, was das bedeutete. »Zoe will ein Haus kaufen?«

»Scheint so, ja.«

»Wow.« Plötzlich hatte er einen Kloß im Hals. Wenn sie ein Haus kaufte, dann würde sie also nicht mehr zurückziehen. Eigentlich hatte er schon längst damit gerechnet, dass sie irgendwann heiratete. Oder zumindest eine ernsthafte Beziehung einging, mit einem von diesen Hollywood-Leuten, mit denen sie ständig zu tun hatte. Als er sie beim Klassentreffen zum ersten Mal seit zehn Jahren wiedersah und danach, beim zweiten Mal, als Mels Tochter Hope vermisst wurde, hatte es seinem Herzen einen Stich versetzt.

Jo stupste seinen Arm von der Rückenlehne fort.

Er schaute sie fragend an.

»Tu dir selbst einen Gefallen, Luke, und fahr nie nach Las Vegas.«

»Wie bitte?«

»Du hast echt kein Pokergesicht drauf«, sagte sie.

Als er Zoe begegnet war, war es ihm ganz gut gelungen, seine Emotionen zu verbergen. Offensichtlich schaffte er das jetzt bei Jo und Wyatt nicht.

»Dann muss ich das vor dem Junggesellenabschied wohl noch ein bisschen üben.«

Jo richtete sich auf. »Junggesellenabschied?«

Wyatt klopfte mit der Faust auf Lukes Brust, der prompt husten musste. »Ups.«

»Willst du mir vielleicht irgendetwas sagen, Wyatt?«, wollte Jo wissen.

Wyatt blickte in den Rückspiegel, dann hinüber zu Luke. »Irgendwann sag ich dir irgendwas.«

»Irgendwann? Meinst du irgendwann bald?«

Wyatt zuckte mit den Schultern.

Jetzt blickte Jo auffordernd zu Luke.

»Schau mich nicht so an. Es gibt so etwas wie einen Männerkodex. Aber wenn, dann steht vielleicht Las Vegas auf dem Programm.«

»Mel will sicher nicht in Las Vegas heiraten«, meinte Jo.

»Nein, aber der Junggesellenabschied soll in Las Vegas sein.«

Jo klopfte Wyatt auf die Schulter. »Dann lass diesen Typen hier lieber nicht in die Nähe der Pokertische, okay?«

»Okay.«

»So unfähig bin ich auch wieder nicht«, verteidigte sich Luke.

Jo und Wyatt sagten gleichzeitig: »Oh doch!«

***

»Mann, ist voll heiß hier!«

Eine solche Begrüßung war typisch für Jo. Aber sie grinste.

Zoe quietschte etwas mädchenhaft, als sie ihrer Freundin, die gerade aus der Sicherheitszone herausgekommen war, stürmisch um den Hals fiel.

Jo hielt auf der einen Seite ihre Reisetasche, mit dem freien Arm umarmte sie Zoe.

»Du bist in Texas. Hier ist es immer heiß.«

Jo setzte die Tasche ab und zog die Jacke aus. Zoe nahm das Gepäck. »Hast du noch einen Koffer aufgegeben?«

»Ist nur ein langes Wochenende, da brauche ich doch kaum was.«

Zoe prüfte das Gewicht der Tasche. »Solange du deine Waffen zu Hause gelassen hast.«

Jo blickte sich nervös um.

»Wir sind hier in Texas. Hier mag man Waffen.«

»Psst, aber doch nicht am Flughafen.«

Zoe schob ihre Ralph-Lauren-Sonnenbrille auf die Nase und führte Jo zum Parkhaus.

»Ich kann es gar nicht glauben, dass dir nicht in letzter Minute eine Ausrede eingefallen ist«, meinte Zoe, als sie im Auto saßen. Die Klimaanlage lief auf der höchsten Stufe.

Jo seufzte und lehnte den Kopf zurück. »Eigentlich hätte ich fast abgesagt, aber mein Unterleib wollte unbedingt kommen.«

Zoe prustete los.

Sie kamen zu dem Zahlhäuschen und Zoe krümmte sich immer noch vor Lachen, während sie dem Parkwächter das Geld reichte.

Als sie sich wieder beruhigt hatten, blickte Zoe kurz zu Jo hinüber und schon begann das Gelächter von Neuem.

»Wann war denn dein letztes Mal?«, wollte Zoe wissen.

»Sag ich nicht. Das ist zu peinlich.«

»Doch, sag. Ich sollte schon wissen, ob du dich wie eine Wilde gleich auf den ersten Schwanzträger stürzt oder ob du ihn vorher noch zu Wort kommen lässt.«

»Ich dachte, wir werden uns die ganze Zeit nur Häuser ansehen.«

Zoe konzentrierte sich auf den Verkehr. »Das auch. Morgen stehen ein paar Häuser auf dem Programm. Der Termin mit dem Makler ist aber erst um eins und am Sonntag um zwei. Wir können uns also die ganze Nacht um die Ohren schlagen und am nächsten Morgen ausschlafen.«

»Gut mitgedacht, Brown.«

Wenn Jo Zoes Nachnamen verwendete, dann klang das immer nach großer Anerkennung, auch wenn Zoe diesen Namen eher verfluchte.

»Aber jetzt mal im Ernst. Wann war dein letztes Mal. Ich meine ohne Batterie.«

»Ist fast zwei Jahre her. Oder?« Jo blickte nach oben, als ob die Antwort auf der Sonnenblende stehen würde. »Nee, tatsächlich zwei Jahre.«

»Shit.«

»Na ja, mit irgendwem aus River Bend was anzufangen kommt nicht infrage und Eugene ist für was Regelmäßiges halt doch zu weit weg.«

»Nicht, wenn es der Richtige ist.«

Jo drehte sich auf ihrem Sitz und deutete mit zwei Fingern auf die rechte Seite ihrer Brust.

»Weißt du, was ich von meinem Sheriffstern gelernt habe?«

Zoe ahnte, was Jo sagen würde, aber sie sagte artig: »Nein, was denn?«

»Dass Polizisten nicht dafür bestimmt sind, ein Liebesleben zu haben.«

»So ein Quatsch. Viele Polizisten sind verheiratet.«

»Und noch mehr sind geschieden.«

Zoe bremste und sah nur halb zu Jo. »Du musst ja nicht gleich heiraten oder dich scheiden lassen. Du könntest auch einfach nur ab und zu mit jemandem ausgehen.«

»Die meisten Typen, die ich bisher kennengelernt habe – auch wenn es nicht viele waren – hatten kein Interesse mehr, sobald sie erfahren haben, was ich beruflich mache.«

»Männer wollen für Frauen sorgen. Die meisten wissen nicht, wie sie mit so einer selbstständigen Frau wie dir umgehen sollen.« Zoe hatte bereits selbst diese Erfahrung gemacht.

»Ich glaube, es liegt eher an der Sorte Mann, die ich anziehend finde.«

»Du hast schon in der Highschool auf die schlimmen Jungs gestanden«, erinnerte sich Zoe.

»Das hat sich bis heute nicht geändert«, seufzte Jo. »Es gibt da einen kleinen Interessenskonflikt.«

»Ist es zwei Jahre her, weil du bewusst nicht ausgegangen bist oder weil es sich nicht ergeben hat?« Zoe fuhr von der Autobahn ab.

»Sowohl als auch. Aber wahrscheinlich sollte ich auch nicht davon ausgehen, dass irgendwann einer einfach so vor meiner Tür steht.«

Zoe grinste. »Messerscharf analysiert.«

»Ich sollte zur Kommissarin befördert werden.«

Zoe parkte und stellte den Motor aus.

Beim Öffnen der Autotür schlug ihnen die Hitze entgegen. »Ich glaube, daran könnte ich mich nie gewöhnen«, sagte Jo.

»Dabei ist es jetzt noch gar nicht so arg. Im Sommer ist es schlimmer.«

»Es ist jetzt schon heißer als bei uns zu Hause.«

Zoe wollte nicht an River Bend als ihr »Zuhause« denken. »Tja, mir ist es in River Bend trotzdem zu heiß. Wegen des Dramas mit meiner Familie.«

Jo folgte Zoe in die kühle Wohnung.

»Apropos Drama, hast du mit deiner Schwester gesprochen?«, fragte Jo.

Zoe warf die Schlüssel in eine Schüssel auf dem Tischchen am Eingang und legte die Tasche daneben. »Sie ist nicht schwanger. Gott sei Dank!«

»Das habe ich auch schon gehört.«

»Aber sie hätte es sein können. Deshalb der Pinkelstreifen im Bad.« Zoe ging durch die Wohnung und winkte Jo, ihr zu folgen. Im Gästezimmer zeigte sie aufs Bett und Jo setzte ihre Reisetasche dort ab. »Ich habe schon befürchtet, dass ich deiner Mutter Handschellen anlegen muss, damit sie Mylo nicht den Schwanz abreißt.«

»Da gibt es sicher noch andere, die das machen wollen. An deiner Stelle würde ich mein Augenmerk mehr auf Zane richten.«

Zoes Bruder war eher derjenige, der immer wieder mal Schwierigkeiten machte. Er hatte das Temperament seines Vaters geerbt.

»Zane hat seit letztem Sommer nichts mehr angestellt.« Jo setzte sich auf das Bett und hopste, um die Matratze zu prüfen. »Er hat jetzt einen richtigen Job in Waterville und Josie sagt, dass er nicht mehr so oft kommt.«

Josie war die Inhaberin des R&B.

Zoe hatte zwar dasselbe von ihrer Mom gehört, aber wenn Jo es nun bestätigte, stimmte es wahrscheinlich auch. Schließlich neigte ihre Mutter dazu, alles zu beschönigen. Es sei denn, es ging um so etwas wie ein hypothetisches zweites Enkelkind. Aber bei Zane hatte ihre Mutter schon immer weggesehen und sich lieber selbst Vorwürfe gemacht, weil er ohne Vater aufwuchs.

Zoe lehnte sich gegen das Bett. »Ich hoffe nur, dass es so bleibt.«

»Oh ja, ich auch. Es gibt nichts Schlimmeres, als den Bruder der besten Freundin verhaften zu müssen.«

Zoe dachte an ihren Vater. »Und wie ist das mit dem Dad der besten Freundin?«

Jo hob eine Augenbraue.

»In ein paar Monaten könnte er schon auf Bewährung freigelassen werden.«

»Schafft er nie.«

Zoe merkte, wie sich ihre Schultern verspannten. »Er sitzt ja nicht wegen Mordes. Irgendwann wird er rauskommen.«

»Er ist doch bei jeder Schlägerei dabei, Zoe. Das stimmt die Bewährungskommission sicher nicht milde und seine Haftstrafe wird verlängert. Ich kann mir nicht vorstellen, dass er bald rauskommt.«

Sie sprachen sonst nie über ihren Dad. So überzeugt, wie Jo klang, schien sie zu wissen, wie solche Bewährungsgeschichten abliefen. »Heißt das, du bist über seinen Fall informiert?«

Jo zuckte nur mit den Achseln. »Du würdest doch das Gleiche für mich tun.«

Zoe beugte sich hinab und umarmte ihre Freundin. »Ich hab dich lieb.«

Jo legte kurz die Hand auf Zoes Rücken, dann schob sie die Freundin wieder von sich. »Ich bin zwar scharf auf Sex, aber dir fehlen ein paar entscheidende Körperteile.«

Zoe umarmte sie noch fester und vertrieb die Gedanken an ihren Vater.

***

»Du machs' einen auf James Dean, oder?«

Die Frau, die neben Luke an der Bar saß, hatte dunkle kurze Haare und ein hübsches Lächeln. Er hätte ihr beinahe einen Drink spendiert, doch an ihrem Lallen merkte er, dass sie schon einen über den Durst getrunken hatte.

»Wieso James Dean?«

Sie beugte sich vor, um Lukes Haare von der Stirn zu streichen. Dabei fiel sie fast vom Barhocker.

Neben ihm lachte Wyatt in sein Bierglas hinein.

»Du has' diesselb'n Haare.«

Luke fing sie auf, bevor sie auf seinem Schoß landete.

Was ihn vielleicht nicht gestört hätte, wenn sie nüchtern gewesen wäre.

Ihre glasigen Augen wanderten zu Wyatt. »Dein Freund is' aber auch ganz süß.«

Wyatt wackelte zum Gruße mit den Fingern. »Hi, Darlin'.«

»Ach, wie süß.«

Anscheinend fand sie gerade alles süß.

»Trish war dein Name, oder?«

Sie klopfte Luke auf die Schulter und kam ihm dabei so nahe, dass er ihre Alkoholausdünstungen riechen konnte. »Du erinnerst dich.«

»Genau. Bist du mit Freunden hier?«

Trish drehte sich schwankend um. Dabei zeigte sie zum anderen Ende der Bar, wo zwei ähnlich gekleidete Frauen mit ein paar Männern Pool spielten.

Statt Trish zu ihren Freunden zu schicken, stand Luke auf und gab vor, zur Toilette zu müssen. Wyatt würde auch allein mit ihr zurechtkommen.

Luke ging zu einer der beiden Freundinnen von Trish. Sie hielt in einer Hand den Queue, in der anderen das Bierglas. »Sie sind doch mit Trish hier, oder?«, fragte er, während er nach hinten zeigte.

Die Frau grinste breit. »Macht sie etwa wieder Ärger?«

»Sie hat ganz schön einen sitzen. Wahrscheinlich wäre es gut, wenn ihr etwas auf sie aufpasst, sonst steigt sie noch mit dem nächstbesten Trucker in den Laster.«

Sie rollte mit den Augen. »Hey, Jen. Wir müssen Trish retten.«

Die andere, die sie Jen genannt hatte, stöhnte auf. »Nicht schon wieder.«

Die beiden gaben die Billardstöcke zurück und drängten sich an den Leuten vorbei. Sie nahmen Trish mit und Luke gesellte sich wieder zu Wyatt.

»Du wirst mir nicht glauben, was sie alles mit uns beiden machen wollte«, grinste Wyatt.

»Ich kann es mir ungefähr vorstellen.« Luke kippte das restliche Bier hinter und stellte die leere Flasche auf einem Tisch ab.

***

»Was trinken Sie?«

Zoe bemühte sich um ein Lächeln, als sie sich umwandte. Der Mann, der sie gerade ansprach, war mit dem anderen Kerl gekommen, der gerade von Jo an der Dartscheibe geschlagen wurde. Kurzer Militärhaarschnitt, Stiernacken, breite Schultern und, seinem Grinsen nach zu urteilen, ein ebenso breites Ego.

»Sprudel. Perrier mit Limette.«

Sein Grinsen verrutschte.

»Ich muss noch fahren.« Nicht, dass sie ihm eine Erklärung schuldig war, aber sie sagte es trotzdem.

»Ein Whiskey-Cola«, bestellte er beim Barkeeper.

Zoe blickte in ihr fast leeres Glas und schwieg.

»Wohnen Sie hier in der Nähe?«

Zoe schüttelte den Kopf. »In Wisconsin«, log sie.

Das Lächeln, das er für eine halbe Sekunde zeigte, wurde schnell zu einem schmalen Strich.

»Machen Sie hier Urlaub?« Während er fragte, sah er einer langbeinigen Blonden nach.

Zoe freute sich über ihre nächste Lüge. »Nein, Missionsarbeit. In welche Kirche gehen Sie?«

Der Barmann brachte das Getränk. Ihr Gesprächspartner legte einen Geldschein hin, leerte mit einem großen Schluck das Glas und stand auf. »War eine nette Unterhaltung mit Ihnen …«

Sie entließ ihn mit einem freundlichen Lächeln. »Ja, fand ich auch.«

Damit ging er. Neben ihr lachte jemand.

***

»Das ist jetzt schon unsere dritte Bar.«

»Früher war es doch auch nicht so schwer«, stöhnte Luke.

Wyatt bewegte die Bierflasche hin und her, während er redete. »Ich bin so gut wie verheiratet und du stehst halt nicht zur Verfügung.«

»Ich stehe sehr wohl zur Verfügung«, protestierte Luke.

»Für die beschwipste Frau in der Billardhalle?«

»Betrunken, nicht beschwipst.«

»Und was war mit der Blondine im Shiners?«

»Blondine«, wiederholte er, als ob die Haarfarbe schon alles sagte.

Wyatt kniff die Augen zusammen.

»Sie hatte einen Ring an der rechten Hand. Entweder frisch geschieden oder gerade getrennt. Das will ich nicht.«

»Was ist verkehrt an frisch geschieden?«

Luke wusste es selbst nicht, also kam er wieder auf die Haarfarbe zurück. »Blondinen waren noch nie mein Fall.«

Wyatt blickte sich um. »Was ist mit ihr?« er deutete mit der Bierflasche auf eine Brünette, die gerade vorbeikam.

Eigentlich ganz attraktiv. Ein bisschen zu klein. Luke zuckte mit den Achseln.

»Schau, nicht verfügbar. Du willst gar nicht.«

Luke winkte dem Barkeeper. »Mein Kopf sagt, dass ich schon wollen sollte.«

Wyatt lachte. »Dein Kopf ist in Texas.«

Jetzt war der Barmann bei Ihnen und obwohl sich Luke eigentlich ein Bier hatte bestellen wollen, sagte er: »Einen Jack Daniels. Ohne Eis.«

Wyatt zog die Augenbrauen hoch.

Selbst in der lauten Bar schien das Schweigen zwischen ihm und Wyatt so offensichtlich wie ein Eisberg im Pazifik.

Luke leerte den Whiskey in einem Zug und winkte dem Barkeeper erneut.

Der schaute zwischen beiden hin und her und ging, als Luke das zweite Glas hob. Im Spiegel hinter der Bar tanzte das Gesicht von Zoe.

»Mein Kopf ist überhaupt nicht in Texas«, sagte Luke.

Wyatt bestellte noch ein Bier.

Die Musik aus der Jukebox änderte sich. Nicht mehr Country, sondern Classic Rock.

»Das geht zwar gegen den Männerkodex, aber leider muss ich dir jetzt sagen, dass du einen Haufen Mist redest.«

Der Alkohol führte einen kleinen Stepptanz in Lukes Kopf auf und erinnerte ihn daran, dass er kein Teenager mehr war.

»Ich denke gar nicht an sie.«

Wyatt setzte das Bier ab, machte die Schultern breit. Jetzt würden sie endlich mal Klartext reden.

»Ich verstehe nicht, warum ihr nicht zusammen seid.«

»Sie hat mich verlassen.« Auch wenn kein Name genannt wurde, so wusste Wyatt ganz genau, um wen es ging. Luke musste Wyatt gegenüber nicht so tun, als ob Zoe nicht existierte. »Ich bin darüber hinweg.« Er leerte das Glas.

»Vielleicht warst du *früher* über sie hinweg. Aber seit dem Klassentreffen nicht mehr.«

Für das zehnjährige Klassentreffen war Zoe wieder in die Stadt zurückgekehrt. Sie war lange genug geblieben, um Erinnerungen zu wecken und neue Leidenschaft knistern zu lassen. Kurz nach der Feier reiste sie wieder ab. Als bald darauf Melanies Tochter ins Krankenhaus musste, kam sie erneut. Sie hatten sich ein bisschen unterhalten. Gespräche geführt, die ihn denken ließen, dass vielleicht mal … Aber eben nur vielleicht.

Und dann war sie wieder verschwunden.

Und erst mal nicht zurückgekommen.

»Sie wohnt in Texas. Ich in Oregon.«

»Und?«

»Es würde nicht ... Es ist nicht …« Es würde nicht klappen. Sie lebte in Texas. Und noch viel entscheidender: Sie war diejenige gewesen, die Schluss gemacht hatte. Gut, damals waren sie noch jung. Zu jung, um sich ein festes Versprechen zu geben, aber er war nie ganz über sie hinweggekommen. Obwohl er es gewollt hatte. Und zwar sehr. Aber als er sie wiedersah, hatte es ihn in einen Strudel hinabgezogen. Das war gar nicht zu vermeiden gewesen. Und plötzlich war alles zurückgekommen. Der Sommer seines letzten Highschool-Jahres, der Plan einer gemeinsamen Zukunft mit seiner Traumfrau.

Das waren seine Teenagerträume. Hormongesteuerte Träume, weil er das heißeste Mädchen der Schule begehrte. Egal wie sehr er sie zu überreden versuchte, damit sie blieb und gemeinsam mit ihm durchs Leben ging. Aber sie verschwand und er musste erkennen, wie machtlos er war. Eine Weile trauerte er ihr hinterher, dann versuchte er, die Erinnerung an sie zu verscheuchen, indem er sich mit jedem Mädchen, das er kriegen konnte, über den Schmerz hinwegtröstete. Es dauerte aber nicht lange, bis er merkte, dass das nicht funktionierte. Daraufhin wurden seine Wochenendtrips immer seltener.

Er hatte alle Folgen von »Duell der Köche« aufgenommen und angesehen. Mit dem zweiten Platz in der Kochshow hatten sich plötzlich unzählige Möglichkeiten für sie aufgetan. Wenn er auf dem Bildschirm sah, wie sie sich eine Haarsträhne aus dem Gesicht strich, dann erinnerte er sich, wie er ihre Haare genommen und nach hinten gestrichen hatte, um ihren Hals zu küssen.

Wenn durch die Kochserie Bilder voller Lust entstanden waren, stellte er den Fernseher aus und fuhr für den Abend nach Eugene.

»Darf ich dir was sagen?«, unterbrach Wyatt seine Gedanken.

»Ist ja eine freie Welt.«

»Ich glaube, du bist es dir selbst schuldig, dass du es noch mal versuchst.«

Luke drehte sich auf seinem Barhocker. »Welchen Teil des Satzes *›Sie lebt in Texas‹* hast du nicht verstanden?«

Wyatt kniff kopfschüttelnd die Augen zu.

***

»Mineralwasser mit Limette? Ich hätte nicht geglaubt, dass das funktioniert, wenn ich es nicht selbst gesehen hätte.«

Ein schlanker, großer Mann im Anzug. Seinem leichten Akzent zufolge wohnte er in Texas, er trug aber weder Stiefel noch Cowboyhut, was für einen echten Texaner eher untypisch war.

Zoe nahm einen Schluck von ihrem Wodka-Tonic. »Es hätte ja wirklich sein können.«

»Betonung auf *hätte.*«

Sein Lächeln gefiel ihr. »Zoe«, sagte sie und streckte ihm die Hand entgegen.

»Raymond«, stellte er sich vor. Und indem er ihr seine linke Hand zeigte, fügte er hinzu: »Verheiratet.«

»Nicht verheiratet«, sagte Zoe und winkte ebenfalls mit den Fingern.

»Ich nehme mal an, dass Sie auch keine Missionarin sind.«

»Nicht mal annähernd, nein.«

»Ich könnte mir vorstellen, dass sich eine schöne Frau wie Sie, immer wieder etwas Neues einfallen lassen muss, um Männer abzuwimmeln.«

»Da muss man nicht sehr schlau sein, wenn man mit Besoffenen zu tun hat. Aber stimmt.« Sie sah hinter ihm einem anderen Paar zu, das sich unterhielt. »Wo ist denn Ihre Frau?«

»Daheim.« Das Lächeln verschwand aus seinen Augen. »Und nein, ich versuche nicht, Sie anzumachen.«

Sie hatte auch nicht das Gefühl, das er das tat. Trotzdem musste sie ihn einfach fragen.

»Sie sind also an einem Freitagabend allein in einer Bar, während Ihre Frau zu Hause ist, vermutlich mit den Kindern. Schon sehr verdächtig, Raymond.«

Er sagte nichts dazu. »Sie sind auch in einer Bar und trinken etwas.« Er nahm ihr Glas, roch daran, stellte es wieder ab. »Wodka. Und Sie schwindeln, damit Sie nicht angemacht werden. Schon sehr verdächtig, Zoe.«

Zoes Lachen vermischte sich mit dem von Jo.

Ihre beste Freundin flirtete jetzt auf der anderen Seite der Bar mit einem Mann, der doppelt so groß war, wie sie selbst und den Bizeps eines Boxers hatte. Unter seinem T-Shirt-Ärmel spitzte ein Tattoo hervor und unter dem abgewetzten Cowboyhut pures Verlangen. *Lass es krachen, Jo!*

»Sie sind die Babysitterin für Ihre Freundin, oder?«

Zoe verschluckte sich fast an ihrem Drink. Lachend antwortete sie: »Jo braucht keinen Babysitter.«

»Ich weiß nicht. Das ist einer, der mit allen flirtet.« Raymond nickte zu dem Mann hinüber.

»Meine Freundin auch.« Zoe drehte sich zu ihrem neuen Trinkgefährten zurück. »Sie sind wohl öfters hier, wenn sie die Leute so gut kennen.«

Er ging nicht darauf ein. Stattdessen bestellte er eine zweite Runde für sich und Zoe.

Kapitel 4

Das Sonnenlicht schmerzte in Lukes Kopf. Die Zunge klebte am Gaumen, sein Hals fühlte sich an, als ob sich darin ein dicker Wattebausch befand.

Er verscheuchte eine Fliege von seinen verschlossenen Augen und versuchte, sich zur Seite zu rollen.

»Aufwachen.«

Wyatts Stimme, gefolgt von einem Klopfen auf der Stirn, veranlasste ihn dazu, ein Auge zu öffnen. Es war gar keine Fliege, sondern ein Umschlag, mit dem Wyatt herumwedelte.

»Hey, was zum Henker soll das?« Es war zu früh. Viel zu früh für so etwas.

Wyatt warf den Umschlag auf Lukes Brust und wartete. »Du hast zwei Stunden.«

»Zwei Stunden? Für was denn?«

»In zwei Stunden geht dein Flieger.«

Das Laken rutschte auf seine Hüfte hinab, als sich Luke aufsetzte. »Flug? Was für ein Flug?«

»Der zu Zoe.«

Luke rieb sich den Schlaf aus den Augen. Er brauchte eine Aspirin oder einen Whiskey. Je nachdem, was besser half.

»Jetzt fang mal von vorn an.«

»Ich habe dir ein Flugticket gekauft. Man kann es nicht zurückgeben, also denk gar nicht erst darüber nach.«

»Hab ich denn irgendwas davon gesagt, dass ich nach Texas will?«

Wyatt stand auf und warf Lukes Tasche aufs Bett. »Los.«

Luke spürte, wie der Pulsschlag in seinem Kopf schneller wurde.

Er schwang die Beine aus dem Bett und verbarg den Kopf in den Händen.

Zoe.

»Du musst das machen, Luke. Allerletzter Versuch. Wenn du zurückkommst, wirst du einen neuen Weg einschlagen. Dieses ständige Herumeiern ist doch nichts.«

»Was ist mit dem Auto, das wir für Mel heimbringen wollten?«

»Du kannst es Probe fahren, wenn du zurückkommst. Jetzt beweg deinen Hintern.« Wyatt blickte auf die Uhr. »Eine Stunde und fünfundfünfzig Minuten.«

Erst in einer Höhe von sieben Kilometern über dem Erdboden hatte er Gelegenheit, darüber nachzudenken, was er da gerade tat.

Was in aller Welt sollte er bloß zu ihr sagen?

***

Zoe blickte von der Zeitung hoch, die sie auf ihrem Tablet las, als sie die Schlüssel in der Haustür hörte.

Jo tappte leise, mit den Schuhen in der Hand, herein und zog die Tür hinter sich zu.

Zoe stellte sich mit der Kaffeetasse in den Türrahmen der Küche.

»Na, da hat es eine wohl ganz schön krachen lassen, oder?«

Jo schreckte erst zusammen, dann grinste sie.

Das Make-up vom Vorabend war so gut wie verschwunden und ihre Haare waren etwas zerzaust. Dazu das dicke Grinsen im Gesicht sprach Bände.

»War wohl richtig gut, was?« Zoe war fast ein wenig neidisch.

»Mein lieber Scholli, der Mann hat vielleicht viel Energie.«

Zoe freute sich für sie und ging wieder zum Esstisch zurück. »Es gibt Kaffee.«

»Ich liebe dich.«

»Ja, ja, schon gut.« Sie goss ihrer Freundin einen Kaffee ein und setzte sich, um, wie man es unter besten Freundinnen so machte, über Jos Nacht zu plaudern. »Weißt du, wie er heißt?«

Jo nickte. Dann wurde aus dem Nicken ein Kopfschütteln.

Beide kicherten über den Rand der Tassen hinweg.

Ein paar Stunden später standen sie auf der großen Terrasse des zweistöckigen Einfamilienhauses, das Anton, der Immobilienmakler, ihnen zeigte. Er schwärmte von der guten Gegend, den Schulen und der nicht vorhandenen Kriminalitätsrate.

»Keine Kriminalitätsrate gibt's nicht«, sagte Jo zu dem Makler.

Dieser beschwichtigte sie mit einem strahlenden Lächeln.

Zoe warf Jo, die mit der Drahtgestellsonnenbrille eigentlich schon von Weitem als Polizistin zu erkennen war, einen versteckten Blick zu, den Anton aber nicht mitbekam. »Wie viele Quadratmeter umfasst denn das kriminalitätslose Gebiet? Und wie hoch ist die Einwohnerdichte?«

Er blinzelte unsicher. »Ich kann das für Sie herausfinden.«

»Ja, tun Sie das.«

»Wie gefällt dir das Haus?«, fragte Zoe ihre Freundin.

Jo ging an Anton vorbei und wieder ins Haus zurück. »Etwas spießig.«

Das fand Zoe eigentlich auch. »Aber es hat eine super Küche.«

»Ich glaube, es ist nichts für dich.«

Zoe seufzte. »Also gut, weiter geht's.«

***

»Sie sind wieder hier?« Raymond war für einen Samstagabend besser angezogen, als die meisten anderen Leute.

»Sie auch.«

Diesmal trank Zoe tatsächlich Perrier. Sie zeigte mit der grünen Flasche zur anderen Seite der Bar, wo Jo schon wieder mit Mr Weiß-nicht-wie-er-heißt flirtete.

»Aha, verstehe.«

Zoe blickte sich um. »Immer noch ohne Frau hier?«

Er setzte sich neben sie und zog sein Handy aus der hinteren Hosentasche. Er fand, was er suchte und reicht ihr das Telefon.

Eine Frau in einem Rollstuhl blickte ihr entgegen. Neben der körperlichen Behinderung, schien auch etwas in ihrem Blick zu fehlen. »Autounfall vor drei Jahren.«

Zoe blieb die Luft weg, als ob ihr gerade jemand in den Bauch geschlagen hätte. »Das ist Ihre Frau?«

Raymond nahm ihr das Handy wieder ab. »Ich hätte sie fast verloren.« Wieder scrollte er auf dem Handy herum, gab es ihr abermals. Diesmal ein Bild von den beiden aus besseren Zeiten. Sie standen am Strand, er küsste gerade ihren Kopf und sie lachte in die Kamera. »Sie ist sehr schön.«

»Ja.« Seine Stimme klang traurig. »Ich habe sie vor Kurzem in ein Heim geben müssen. Seit dem Unfall kann sie nicht mehr laufen und ihr Gehirn ist Matsch.«

Zoe war fassungslos. »Wie lange waren Sie vor dem Unfall schon verheiratet?«

»Drei Jahre.«

»Das ist furchtbar.«

Er zuckte mit den Schultern. »Ihre Eltern haben mir geraten, dass ich mich scheiden lassen soll. Damit ich mein Leben weiterleben kann.«

Zoes Herz zog sich zusammen. Sie verstand den Vorschlag schon, wenn man praktisch dachte, aber sie konnte sich nicht vorstellen, dass er so etwas tun würde.

Der Blick von Raymond sagte ihr alles. »Sie lieben Sie immer noch.«

Er nickte kurz. »Schwer sich auf jemand Neues einzulassen, wenn man immer noch eine andere liebt.«

Sie legte ihm eine Hand auf den Arm. »Das tut mir wirklich leid.«

Jo kam hinzu, stellte sich dazwischen und legte den Arm um Zoes Schultern. »Ich geh jetzt.«

Zoe verdrehte die Augen und stieß Jo von sich. »Ja, hau ab, du Flittchen.«

»Bis Mittag bin ich wieder zurück.«

Sie freute sich, ihre Freundin so happy zu sehen.

»Und frag, wie er heißt!«, rief Zoe ihr hinterher.

Die Antwort darauf war der Mittelfinger, den Jo, ohne sich umzudrehen, nach hinten zeigte.

Plötzlich entdeckte Zoe ein Augenpaar, das sie anstarrte.

Sie hörte auf zu atmen, ihr Puls raste in die Höhe.

Raymond berührte ihren Arm. »Alles in Ordnung mit Ihnen?«

»Luke.«

Raymond blickte sich um und Luke war gerade im Begriff wieder zu gehen.

Zoe sprang auf und bahnte sich einen Weg durch die Menge.

An der Tür hatte sie ihn eingeholt. »Luke!«

»Es war ein Fehler.«

»Was machst du denn hier?«

Er fuhr sich durch das dichte Haar. »Weiß ich selber nicht.«

Jemand rempelte sie an.

Zoe ging nach draußen. Die Feuchtigkeit lag schwer in der Luft. Sie packte Luke an der Schulter.

Für eine Weile starrten sie sich nur an.

Sie erinnerte sich an ihren ersten Kuss. Damals hatten sie die Schule geschwänzt und sich vor Graysons Farm getroffen. Sie hatte schon gewusst, dass sie sich küssen würden, aber nicht, dass sie sich so verlieben würde. Er hatte damals genauso nervös ausgesehen wie jetzt.

Viele Jahre lang, nachdem sie von River Bend fortgegangen war, hatte sie sich vorgestellt, dass er irgendwann einfach so auftauchen und vor ihr stehen würde. Wie jetzt. Sie hatte davon geträumt, dass er plötzlich am Set stand oder in ihrer Küche, mit seinen etwas zu langen Haaren und diesem verrücktmachenden Grinsen.

River Bend zu verlassen, war das Schwerste und das Klügste gewesen, das sie je getan hatte.

Jetzt war der Teil von ihr, den sie damals zurückgelassen hatte, hier und tausend Erinnerungen holten sie ein. Sie wartete, dass er etwas sagte. Warum er in Texas war, in ihrer Gegend, in ihrer Bar.

»Was machst du hier, Luke?«

»Ich … äh … ich musste dich sehen.« Er sah durch die Tür zurück ins Innere der Bar. »Aber du bist mit einem anderen Mann hier.«

Verwirrt zog sie die Augenbrauen zusammen. »Raymond?«

Luke versuchte, sich wieder auf sie zu konzentrieren. »Er heißt also Raymond?«

»Oh Gott, du bist eifersüchtig!«

Er steckte die Hände in die Gesäßtaschen seiner Jeans und wippte auf den Fersen. »Bin ich nicht.« Luke betrachtete seine Schuhe.

»Du bist ein schlechter Lügner.«

»Hat man mir schon öfters gesagt.«

»Es ist elf Jahre her, Luke.«

»Ich weiß.« Jetzt blickte er ihr in die Augen. Drinnen wurde es laut, eine Liveband hatte zu spielen begonnen.

»Ich war darüber hinweg. Aber dann bist du zurückgekommen.«

Der ganze Schmerz des ersten Trennungsjahres kam wieder zurück.

»Ich musste weggehen, Luke. Du weißt, dass ich nicht in River Bend bleiben konnte.« Sie hatten diese Konversation bereits geführt. An dem Abend, als sie Schluss gemacht hatte. Sie hatte geweint, er war wütend geworden. Er hatte ihr damals gesagt, dass sie nicht gehen solle, hatte dann aber ihre Hand losgelassen, als sie sie wegzog.

»Ich weiß, Zoe.«

»Wenn du das weißt, warum bist du dann hier?«

Aus der Bar stürzte ein Paar heraus, eng umschlungen, lachend.

Luke nahm ihre Hand, zog sie auf die Veranda. Als er war, wo er sein wollte, ließ er ihre Hand los und lehnte sich gegen die Säule. »Ich bin mit Wyatt nach Eugene gefahren, um irgendwen kennenzulernen.«

Sie schluckte. Sie hatte sich das schon gedacht, als Jo ihr von der gemeinsamen Fahrt zum Flughafen erzählte.

»Und?«

»Wyatt findet, dass ich zu wählerisch bin.«

Sie bemühte sich, nicht zu grinsen. »Du hast also keine kennengelernt.«

Als er kaum merklich den Kopf schüttelte, zogen sich ihre Mundwinkel nun doch nach oben.

»Wyatt hat mich mit einem Flugticket in der Hand geweckt und mir gesagt, dass ich hierherfliegen soll.«

»Und seit wann machst du alles, was man dir sagt? Wo ist der Kerl von früher, mit dem ich mal zusammen war? Der mit dem großen Selbstvertrauen, der seine eigenen Entscheidungen trifft?«

Er sah bestürzt aus. »Ich weiß es nicht. Aber ich will ihn auch zurück, Zoe.«

»Bist du hergekommen, um ihn zu finden?«

Er warf die Hände in die Luft. »Ja, bin ich«, sagte er unglücklich.

Zoe setzte sich aufs Geländer und stützte sich mit beiden Händen ab. »Wie kann ich dir dabei helfen?« Sie hatte ihm kein Leid zufügen, sondern nur dem eigenen entkommen wollen.

»Ich muss einfach wieder weiterleben.«

Jetzt war sie diejenige, die ihre Schuhe betrachtete. »Ich habe nie gewollt, dass dein Leben stehen bleibt.«

»Ich habe auch nicht gedacht, dass das der Fall ist. Aber als letztes Jahr alle zum Klassentreffen da waren … ich weiß auch nicht … ich bin eben nie weggegangen. Jetzt fühle ich mich, als ob ich stecken geblieben wäre und nur darauf warten würde, dass sich etwas ändert.«

»Viele Leute bleiben in ihrer Heimatstadt. Du hast nie davon geredet, dass du wegwillst.«

»Du auch nicht. Bis du dann gegangen bist.«

Richtig. Sie hatte eine Flasche Tequila gebraucht und den Kater dazu, um zu realisieren, wie ihre Zukunft aussehen würde, wenn sie blieb. »Willst du damit sagen, dass du aus River Bend wegwillst?«

Er starrte sie an, als ob ihr Vorschlag keinen Sinn ergab.

»Ich weiß auch nicht, was ich damit sagen will, Zoe.«

Es klang so schön, wenn er ihren Namen sagte.

Musik und Gelächter drangen aus der Bar. Die Geräusche lösten den Bann, der entstanden war, als er ihren Namen sagte. »Wo übernachtest du denn?«

Er blickte zum Parkplatz. »Ich habe ein Auto gemietet.«

Sie musste lachen. »Du hast das echt nicht geplant, oder?«

Luke zupfte das T-Shirt von der Brust weg, als ob er sich dadurch ein bisschen Abkühlung verschaffen könne.

»Du kannst gern bei mir übernachten.«

Seine Augen leuchteten auf.

»Ich habe ein Gästezimmer«, sagte sie schnell. »Ich bezweifle, dass Jo es braucht.«

»Jo … Shit, ich habe ja ganz vergessen, dass sie auch hier ist.«

»Ist sie nicht. Na ja, eigentlich schon, aber sie hat einen tätowierten Hengst klargemacht. Außerdem gibt es immer noch eine Couch.«

Er lachte. »Freut mich für sie.«

»Wann ist dein Rückflug?«

»Am Montag in der Früh.«

»Dann bleib bis Montag bei mir. Du wirst dich wieder an alle meine grässlichen Angewohnheiten erinnern und mich nicht mehr vermissen. Dann kannst du wieder flirten, wenn du nach Eugene zurückfliegst.«

Er versuchte zu lächeln. »Du hast keine grässlichen Angewohnheiten.«

Oh doch. »Komm.« Sie stieß sich ab und klopfte sich die Hände an der Jeans sauber. »Lass uns eine Flasche Tequila kaufen und in Erinnerungen schwelgen.«

Luke holte tief Luft und bot seinen Arm an.

Ihr Magen hüpfte, als sie sich bei ihm einhängte und sie den kurzen Weg zu ihren Autos gingen.

***

Als Luke aufwachte, hatte er den Geschmack von Papierkleber im Mund. Er versuchte nicht darüber nachzudenken, warum er wusste, wie Papierkleber schmeckte.

Er öffnete ein Auge und brauchte einen Moment, bis er begriff, wo er war.

Ein Plüschkissen steckte hinter seinem Rücken. An der Wand hing ein großer Fernseher.

Zoes Wohnung.

Er ließ den Kopf zurücksinken und kniff die Augen zusammen.

Im Gegensatz zu früher hatten sie nur so viel Tequila getrunken, bis sie beschwipst, aber nicht sturzbesoffen waren. Er hatte auf der Couch geschlafen, für den Fall, dass Jo vorgehabt hätte, mitten in der Nacht zurückzukommen. Eine Frau, die sonst Männer überwältigte, die doppelt so groß waren wie sie, sollte man lieber nicht erschrecken.

Seine volle Blase brachte ihn schließlich dazu, den müden Hintern zu erheben.

Als er vom Klo kam, lud der offene Türspalt zu Zoes Schlafzimmer ihn ein, Voyeur zu spielen. Er konnte einfach nicht anders und gab der Tür mit dem kleinen Finger einen leichten Schubs.

Zoe schlief tief und fest, ihre Haare lagen zerzaust auf dem Kissen, die Lippen waren leicht geöffnet.

Er hatte sie vermisst.

Die stillen Momente, das Lachen, dass er alles sagen und machen konnte, ohne sie zu vertreiben.

Sie war trotzdem gegangen, aber nicht seinetwegen.

In Texas führte sie jetzt ein Leben, dass sie niemals gehabt hätte, wenn sie in River Bend geblieben wäre.

Luke ließ die Tür los und ging den Flur entlang.

Bis jemand erschrocken nach Luft schnappte.

»Heilige Scheiße.«

Jo hielt die Schuhe in den Händen. Sie sah aus, als wäre sie einem Geist begegnet.

»Pssst, sie schläft.« Er blickte zu Zoes Schlafzimmertür.

»Was machst *du* denn hier?«, zischte sie.

Jetzt merkte er, wie es aussehen musste. Dass er gerade halb nackt aus Zoes Zimmer kam.

Luke ging zwei Schritte auf sie zu, zog Jo von der Schlafzimmertür fort. »Ich habe auf der Couch geschlafen.«

Er zeigte auf Decke und Kissen.

Jo starrte ihn weiter an. »Du warst doch in Eugene.«

»Es gibt viele Flugzeuge am Himmel, Jo.« Er ging nicht weiter darauf ein und machte sich auf den Weg in die Küche. »Kaffee?«

»Heilige Scheiße«, hörte er Jo erneut fluchen. Und diesmal meinte sie, was sie sagte.

Kapitel 5

»Bei einem Haus mit drei Stockwerken muss man aber viel Treppen steigen.«

Zoe warf Jo einen Blick zu, als Luke seine Meinung äußerte.

Sie hatten zwei Häuser zuvor das Apartment verlassen, ohne dass es vorher eine Gelegenheit gegeben hätte, mit Jo unter vier Augen zu sprechen.

Sobald Anton Luke erblickte, wich er bei den Hausbegehungen nicht mehr von seiner Seite.

Die Reaktion des Immobilienmaklers auf Lukes gutes Aussehen beantwortete alle Fragen bezüglich seiner sexuellen Orientierung.

»Nicht mehr oder weniger als im Bed & Breakfast von Miss Gina«, meinte Zoe.

»Das hier ist aber ein Wohnhaus, keine Frühstückspension.«

»Schon gut. Es ist riesig. Planst du, dass deine Mutter mit einzieht? Oder Zanya und Blaze?«, fragte Luke.

Zoe schluckte schwer. Allein die Vorstellung, dass ihre Mutter irgendwo in der Nähe von Dallas wohnen könnte, brachte sie zum Schwitzen. Glaubte ihre Familie vielleicht, dass das eine Option wäre? Nach Texas ziehen und bei ihr wohnen?

»Vielleicht ist es tatsächlich ein bisschen zu groß.«

Jo knuffte ihren Arm. »Die Häuser, die wir gestern angeschaut haben, waren doch noch größer.«

»Aber ich habe nicht an meine Familie gedacht.«

»Ist Ihre Mutter schon etwas älter?«, fragte Anton.

»Nein«, seufzte Zoe. »Nur sehr fordernd.«

»Deine Mutter würde doch nicht aus Oregon wegziehen.«

Zoe war sich da nicht so sicher, so gern sie auch glaubte, dass sich ihre Mutter nicht in ihr Leben einmischen würde. Und Zanya wälzte sich auch nicht gerade in Geld. Dann merkte sie, wie egoistisch solche Gedanken waren.

Sie war gemein. Vielleicht sollte sie doch nach größeren Häusern schauen, nach einem Haus, in dem sie mit ihrer Familie wohnen könnte.

»Denk noch nicht mal daran, Zoe«, warnte Jo.

»Sie haben so wenig.«

Luke kam näher. »Jeder ist seines Glückes Schmied, meine Liebe. Darüber haben wir doch früher schon immer geredet. Es hat sich nichts geändert. Wenn du jetzt deiner Mutter alles gibst, oder deiner Schwester oder gar Zane, dann wirst du das für den Rest deines Lebens tun.«

Sie hatten recht.

»Wie ich es hasse, dass ihr beide schon wisst, was ich denke, bevor ich es selbst tu.«

Luke und Jo grinsten sich an.

»Vielleicht wäre ein etwas kleineres Häuschen die bessere Wahl«, meinte Anton.

»Das würde nicht schaden, ja.«

Sie aßen im Restaurant *15 Coins* spät zu Mittag. Zoe kannte den Chefkoch, der extra aus der Küche kam, um sie persönlich zu begrüßen und ihnen Menüempfehlungen zu geben. In River Bend war so etwas normal, aber in Dallas eher außergewöhnlich. Trotz der Gelassenheit des texanischen Akzents und der bemühten Höflichkeit herrschte hier sonst eher die Anonymität einer Weltstadt. Ein freundliches Lächeln und ein kurzes Hallo waren normalerweise das höchste der Gefühle.

»In so ein edles Restaurant darf man doch eigentlich nicht in Shorts und T-Shirts gehen.«

»Schau dich um, Jo. Hier haben sich nicht so viele Leute extra in Schale geworfen.«

Jo und Luke mussten ihr zustimmen.

»Ich kann echt nicht glauben, wie riesig die Häuser waren«, sagte Jo. »Die kosten sicher Unsummen an Strom, weil bei dieser Hitze ständig die Klimaanlage läuft.«

»Wir sind in Texas. Hier will man viel Platz haben. Man hat hier begehbare Kleiderschränke, die so groß sind wie ein ganzes Apartment in New York. Aber ich finde schon was Passendes. Ich muss einfach nur weitersuchen.«

»Du brauchst auf jeden Fall einen großen Schrank für deine ganzen Schuhe, die du im Gästezimmer lagerst.«

Offenbar schien es ihr peinlich zu sein, auf die Größe ihrer Schuhsammlung angesprochen zu werden. »Die Schuhe gehören zu meinem Kochshow-Outfit.«

Luke grunzte. »Ich habe dich zwar schon im Fernsehen kochen gesehen, aber dass du dafür deine Füße benutzt, ist mir noch nie aufgefallen.«

Bei der Vorstellung krümmte sie sich angewidert.

Jo musste lachen.

Jemand tippte Zoe an die Schulter. Sie blickte auf. »Felix.«

»Wusste ich doch, dass du es bist. Keiner kombiniert so raffiniert eine Jeansshorts mit einer Seidenbluse wie du.«

Zoe umarmte den Regisseur und sah sich suchend um. »Bist du allein hier?«

Felix machte einen Schmollmund. »Alfonzo hat mich im Stich gelassen wegen seiner Pediküre.«

Sie schmunzelte. »Pediküren sind wichtig.«

Felix zwinkerte und wandte sich an Jo und Luke. »Lasst mich raten, ihre seid Freunde aus der Heimatstadt.«

Zoe zeigte auf Jo. »Das ist Felix, mein Modeberater, Freund und, na ja, ab und zu sagt er mir beim Dreh, was ich tun soll. Das ist Jo.«

Als Felix ihr die Hand entgegenstreckte, schien er sich zu erinnern. »Ach, die Dame von der Gendarmerie?«

»Die meisten nennen es Polizei, aber Gendarmerie klingt auch gut.«

»Mein liebes Bisschen, Sie sind ja ganz eine Hübsche. Mit so einem Leuchten in den Augen.«

Es war amüsant zu beobachten, wie Jo rot wurde. Komplimente war sie nicht gewohnt.

Dann wandte sich Felix zu Luke. »Ach, lasst mich raten …« Er klopfte sich mit dem Finger gegen das Kinn und blickte dann zu Zoe. »Ist *er* das?«

Sie hatte zwar von ihren früheren Freunden erzählt, konnte sich aber nicht daran erinnern, Felix diesbezüglich irgendwelche Geheimnisse anvertraut zu haben.

»Das ist dein Luke, stimmt's?«

Luke machte große Augen, dann begann er zu grinsen.

»Ich würde nicht unbedingt sagen, dass er *mein* Luke ist.«

Luke gab ihm die Hand. »Sehr erfreut.«

Jetzt wurde Felix rot. »Jammerschade, dass Sie nicht auf meiner Uferseite herumlaufen. Die Tollen sind leider immer hetero.«

Luke, dieser grinsende Mistkerl, zog vom Nachbartisch einen freien Stuhl heran. »Bleiben Sie doch bei uns. Ich würde gern hören, was Zoe so über uns erzählt hat.«

Was übersetzt hieß, er wollte wissen, was sie über *ihn* erzählt hatte.

»Ich will euch doch nicht stören.«

»So ein Quatsch«, sagte Zoe energisch, »jetzt setz dich zu uns!«

»Du bist so forsch. Seht ihr, was ich alles aushalten muss?« Felix setzte sich und bestellte sich beim vorbeilaufenden Kellner sogleich einen Martini.

In den nächsten zwei Stunden dominierte Felix das Gespräch. Luke hörte gespannt zu, während Zoes extravaganter Freund herausplauderte, was er in den letzten Jahren alles über Luke erfahren hatte. Dass Luke die große Highschool-Liebe gewesen sei. Der Mann, den sie in der Heimatstadt zurückgelassen hatte. Es stimmte alles. Und alles gehörte zu dem großen Thema, über das man sich sonst angewöhnt hatte zu schweigen. Luke hörte aufmerksam zu, als Felix Zoe daran erinnerte, dass sie vor einem Jahr während eines Drehs in New York eine Affäre hatte. Sein Name war Gary. Ein Produktionsassistent, der in sie verknallt gewesen war und den sie auch ganz attraktiv gefunden hatte. Sonst ließ sie sich nicht mit Leuten aus der Arbeit ein. Gary war eine Ausnahme gewesen. Wie Felix betonte, musste er Luke recht ähnlich gesehen haben.

Die Affäre dauerte nur ein paar Monate.

Als Gary mehr wollte, hatte sie die Beziehung beendet.

Egal, wen sie sonst kennenlernte, sie war immer zu distanziert für etwas Dauerhaftes.

Felix bestand darauf, die Rechnung zu übernehmen und versprach, mal nach River Bend zu kommen, wenn er das nächste Mal zufällig in der Gegend war. Da sonst niemand *zufällig* in die Gegend kam, standen die Chancen, dass der Fall eintreten würde, eher gering.

Felix hängte sich bei Jo ein, als sie das Restaurant verließen. Luke ging neben Zoe und zischte: »So, so, dieser Gary hat mir also sehr ähnlich gesehen?«

Sie setzte die Sonnenbrille mit den breiten Gläsern auf und sah ihn nicht an. »Lass uns nicht weiter darüber sprechen.«

Luke lachte und imitierte Felix, indem er ihren Arm auch bei sich einhängte.

***

»Es ist unglaublich, wie schnell das Wochenende vergangen ist.«

Luke trat einen Schritt zurück, während sich Jo und Zoe vor der Sicherheitskontrolle für den Rückflug nach Eugene verabschiedeten.

»Du solltest echt öfters mal deine Uniform ausziehen und herkommen.«

»Du solltest aber auch öfters mal zu uns kommen«, antwortete Jo, als sie den Tragegurt ihrer Tasche auf die Schulter zog.

»Sag Mel und Miss Gina viele Grüße von mir.«

»Mach ich.« Sie wandte sich an Luke: »Wir sehen uns am Gate.«

Damit ließ sie die beiden allein.

Als Zoe ihn anblickte, wirkte sie nervös.

»Ich bin froh, dass du gekommen bist«, sagte sie.

»Ich auch. Ich verstehe, warum es dir hier gefällt.«

»Wirklich?« Sie schien überrascht zu sein.

»Ja, hier ist viel los. Gute Freunde, gutes Essen. Alles, was du magst.«

»Ja, stimmt schon.«

»Und kein Familiendrama.« Was der eigentliche Grund war, warum ihr Dallas so gefiel.

»Sie finden trotzdem ihre Wege, wie sie zu mir vordringen.«

»Aber nicht mehr so einfach«, sagte er.

Zoe blickte hinter ihn, wo Jo bereits in der Menschenmenge der Sicherheitskontrolle verschwunden war.

»Also, nicht, dass du noch deinen Flug verpasst.«

Er öffnete die Arme, um sie zum Abschied zu umarmen, wie gute Freunde das eben machten. Sie trat zu ihm und er zog sie näher.

Luke wusste nicht genau, wer von beiden als Erstes aufseufzte, er oder sie. Er atmete tief ein, genoss, wie sie sich anfühlte, wie sie roch, dann legte er die Wange auf ihren Kopf. Er wollte ihr sagen, wie sehr er sie vermisst hatte. Dass er eine zweite Chance wollte.

Aber er tat es nicht.

Mit einem weiteren lauten Seufzer ließ er sie wieder los.

Ihre dunklen Augen waren voller Gefühl und sie waren feucht. Er wollte etwas darüber sagen.

Aber auch das tat er nicht.

Er nahm seinen Rucksack und schwang ihn über die Schulter.

Zoe beobachtete ihn mit bemühtem Lächeln.

»Sag deinen Eltern viele Grüße von mir.«

»Mach ich.«

»Auf Wiedersehen, Luke.«

Ohne ein weiteres Wort grüßte er mit zwei Fingern und ging.

Aber nur drei Schritte.

Dann kehrte er um und gab ihr gar keine Chance zurückzuweichen. Er ließ die Tasche vor ihren Füßen fallen, griff in ihr Haar und küsste ihren erschrockenen Mund. Der Seufzer von vorhin war nichts im Vergleich zu dem Stöhnen, das beide von sich gaben, als sie sich küssten.

Sie war wie Honig auf seinen Lippen, süß und so verlockend, dass man nicht aufhören konnte.

Jetzt erinnerte er sich wieder. Wie sie sich seiner Umarmung hingab, wie sie erst zaghaft seine Brust berührte und wie er dann ihre Fingernägel auf der Haut spürte, weil sie mehr wollte. Er küsste sie so, dass es sich ganz eindeutig um keinen Abschiedskuss handelte.

Eher um einen Begrüßungskuss.

Und zwar nicht so wie früher, als sie noch halbe Kinder waren. Vielmehr eine Begrüßung zwischen zwei Erwachsenen, die genau wussten, was sie wollten. Der Beginn von etwas Neuem, etwas Gutem.

Er schmeckte ihre Zunge, nahm kaum die Leute wahr, die an ihnen vorbeigingen.

Als er als Antwort auf ihren Körper hart wurde, musste er aufhören. Ihr Kopf war noch immer zu ihm geneigt, die Lippen lustvoll geöffnet.

Zoe öffnete blinzelnd die Augen. Er legte ihr einen Finger auf die Lippen.

»Ich werde wiederkommen«, sagte er mit einem Zwinkern.

Er wollte sie zurückhaben.

Als sich dieser Gedanke in seinem Gehirn manifestierte, musste er grinsen.

Bevor sie nur eine Silbe sagen konnte, hatte er ein zweites Mal die Tasche geschultert, und ging.

***

Es fühlte sich an, als ob im Studio Minusgrade herrschten, weshalb Zoe und September draußen an einem kleinen Tisch saßen, der zwischen den Gebäuden für Raucher aufgestellt war.

»Du sagst in letzter Zeit so wenig.«

Nur langsam verschwand das Bild von Luke.

»Hmmm?«

»Mann, wo bist du nur mit deinen Gedanken? Ist alles in Ordnung bei dir?«

Eine streunende Katze blickte aus ein paar Meter Entfernung zu ihnen. »Ja, alles ist gut.«

September sagte etwas, aber irgendwie konnte Zoe die Augen nicht von der grau-weiß gestreiften Katze nehmen. Als ob das Tier spürte, dass es beobachtet wurde, hob es die Schnauze, lief elegant durch die Sonne in den Schatten des einzigen Baumes und legte sich hin.

»… wegen eines Mannes, stimmt's?«

Zoe hörte nur, dass sie irgendetwas von einem Mann gesagt hatte. »Was?«

September fuchtelte vor Zoes Gesicht herum. »Hallo?«

Zoe schloss die Augen und versuchte sich zu sammeln. »Tut mir leid, ich war abgelenkt.«

»Offensichtlich. Ich habe gesagt, dass es sicher um einen Mann geht, oder?«

»Ja.« Es brachte nichts, ihr etwas vorzuspielen. »Erst taucht er aus dem Nichts auf wie Nebelschwaden am Strand und dann küsst er mich. Wer macht denn so was?«

September grinste. »Das ist eine rhetorische Frage, oder? So was machen viele Männer, wenn sie genau wissen, was sie wollen.«

»Er will mich nicht. Ich habe mich verändert. Ich bin nicht mehr das Mädchen von früher.«

»Jetzt mal ganz von vorn. Um welchen Mann geht es denn überhaupt?«

Zoe schaute September an, als ob sie nicht mehr alle Tassen im Schrank hätte. »Na, um Luke. Du weißt schon. Luke!«

September hob fragend die Hand. »Ich habe noch nie von einem Luke in deinem Leben gehört.«

»Aus River Bend.«

»Immer noch keinen blassen Schimmer, von wem du sprichst.«

Jetzt erst wurde Zoe bewusst, dass sie September noch nie etwas von Luke erzählt hatte. »Wir sind zusammen zur Schule gegangen. Er war mein Abschlussballpartner. Wir haben auf der Rückbank seines Trucks hinter Graysons Farm rumgeknutscht, bis die Sonne aufging. Er war mein Erster …« Ihre erste Liebe und ihr erstes Alles.

»Das klingt süß.«

»Genau. Wie Schokolade. Lecker, süß. Aber wenn man zu viel davon hat, wird man fett und geht in die Breite.«

September verzog das Gesicht. »Klingt nicht sehr appetitlich.«

Zoe dachte daran, wie er am Flughafen gegangen war. Aufrecht, voller Selbstvertrauen. Der selbstsichere Mann, den sie aus Schulzeiten kannte. »Oh doch, er ist sehr appetitlich. Seine Haare sind immer ein bisschen zu lang. Und am Wochenende rasiert er sich nicht.« Sie berührte ihre Wange, dachte daran, wie sich die Bartstoppeln in ihrem Gesicht angefühlt hatten. Bei dem Kuss. Wie hatte sie nur vergessen können, wie gut seine Küsse waren? »Breite Schultern, leuchtend blaue Augen. Alle Mädchen haben mich beneidet.«

»Was ist dann passiert?«

»Ich bin weggezogen.«

»Zum Studieren?«, fragte September.

»So ähnlich.« Sie seufzte.

»Ah ha. Also, dieses Sahneschnittchen ist wie Nebel aus dem Nichts aufgetaucht und hat dich nach all den Jahren geküsst?«

»Ja. Welcher Mann macht so was?«

»Einer, der weiß, was er will und sich nicht so leicht abschrecken lässt.«

Seine Abschiedsworte erklangen in ihrem Kopf wie ein Lied. »Und dann hat er gesagt ›Ich werde wiederkommen‹. Als ob er der Terminator wäre oder so.«

September musste lachen.

Würde er wirklich wiederkommen?

Sie konnte es vermeiden, ihm zu begegnen, indem sie einfach nicht nach River Bend fuhr. Aber wenn er herkam, ging das wohl kaum.

Und seit Mel wieder in River Bend war und Miss Gina jede zweite Woche anrief, weil sie wissen wollte, wie man so etwas Einfaches wie Gumbo-Eintopf kochte, war sich Zoe ohnehin nicht mehr so sicher, ob sie ihre Heimatstadt überhaupt vermeiden wollte. Sie könnte öfters wieder zu Besuch kommen und die kühleren Temperaturen genießen, wenn es in Texas zu heiß wurde.

Aber was dachte sie denn da für dummes Zeug? Sie wollte in Dallas sesshaft werden. Ja, sie wollte sich doch, verdammt noch mal, ein Haus kaufen.

Ein Mitarbeiter von der Filmcrew steckte den Kopf durch die Tür zu ihnen hinaus. »Dein Typ wird am Set verlangt, Zoe.«

Richtig. Das *Set* gab es in River Bend schließlich auch nicht.

***

Eine Woche später rief Mel an. Sie kicherte wie ein Schulmädchen und redete so schnell, dass Zoe sie kaum verstehen konnte.

Wyatt hatte ihr einen Antrag gemacht.

Sie wollte zu einer kleinen Verlobungsfeier einladen und ob Zoe nicht einfach alles stehen und liegen lassen könne, um zu kommen?

Drei Wochen nach dem Besuch von Jo und Luke fuhr Zoe in einem Mietwagen die zweistündige Strecke von Eugene in ihren Heimatort.

Im Gegensatz zu früher lächelte sie und spürte einen Funken Hoffnung.

Kapitel 6

Miss Ginas Bed & Breakfast sah immer noch so aus wie früher. Der VW-Bus aus den Sechzigerjahren stand frisch poliert in der gekiesten Auffahrt. Es war Miss Ginas Baby und der Wagen wirkte wie nagelneu.

Als Zoe parkte, ging schon die Tür auf und Hope hüpfte mit ihrem kleinen Energiebündel, dem Labrador Sir Knight, die Stufen hinunter.

»Tante Zoe!«

Sie ging in die Hocke, um das Mädchen zu umarmen. »Mann, bist du groß geworden!« Melanies Tochter war jetzt acht und Sir Knight knapp ein Jahr alt. Kein kleiner Welpe mehr, aber immer noch lebhaft und tollpatschig.

»Mom und Onkel Wyatt werden heiraten!«

Zoe streichelte den Hund und versuchte ihm beizubringen, die Pfoten auf der Erde zu lassen, statt an ihr hochzuspringen. »Dann wirst du ihn bald nicht mehr Onkel Wyatt nennen.«

Hope hatte die blonden Haare ihrer Mutter und dasselbe Lächeln. »Er sagt, dass ich ihn jetzt auch Dad nennen kann.«

»Machst du das?«

Hope zuckte mit den Schultern.

Zoe hatte keine Zeit, sie weiter zu fragen, denn schon schlug ein zweites Mal die Innentür mit dem Fliegengitter.

Miss Gina blieb auf der Veranda stehen, aber Mel rannte, wie zuvor ihre Tochter, die Treppen herunter. »Ich heirate!«

Vor der Umarmung hielt sie ihre Hand direkt vor Zoes Gesicht. »Schau!«

Ein runder, funkelnder Brillant, der wie eine Krone in Ringgröße sechs Mels Hand schmückte. »Wurde aber auch Zeit.«

Mel quietschte fröhlich und ihre Aufregung steckte auch Sir Knight an, der bellend im Kreis um sie herumsprang.

»Kannst du es glauben?«

»Es wäre schwerer zu glauben, wenn er dich *nicht* gefragt hätte.«

Der Wind zerzauste Mels Haare, die sie unwirsch aus dem Gesicht strich.

»Danke, dass du gekommen bist.«

»Du hättest es nicht verhindern können.«

Mel warf ihr einen ungläubigen Blick zu. Dann hängte sie sich bei Zoe ein und begleitete sie die Stufen des alten viktorianischen Gebäudes hinauf, in dem sie sich früher schon alle mehr zu Hause gefühlt hatten als bei ihren Familien daheim.

In einem Batikrock und einer flatternden Bluse, passend zu ihrem Hippiewagen, empfing Miss Gina sie mit einer Umarmung, die kräftiger ausfiel, als man es von einer Frau ihres Alters erwarten würde. Wobei sie nicht wirklich alt war. Mitte sechzig wahrscheinlich, aber bisher hatte sich noch niemand getraut, sie zu fragen. »Jetzt bist du schon zum dritten Mal wieder hier. Dann sind wir am Ende vielleicht doch gar nicht so schlimm?«

»Du mich auch!«, sagte Zoe liebevoll.

Der blumige Duft des Empfangszimmers, beziehungsweise Wohnzimmers, brachte eine Million Kindheitserinnerungen zurück, als Zoe eintrat.

»Warst du schon bei deiner Mom?«, erkundigte sich Mel, während sie den kleinen Koffer am Treppenabsatz abstellte.

»Noch nicht. Dafür ist später noch genügend Zeit.«

»Wahrscheinlich ratsam, vor dem Besuch ein Gläschen Limonade zu trinken«, meinte Miss Gina.

Der rote Krug auf dem Silbertablett schrie förmlich nach Aufmerksamkeit. »Ich geh mir schnell die Hände waschen.«

Nicht nur dies, sondern auch die Seife war noch dieselbe wie früher. Zoe lächelte und fühlte sich wohl. Egal, wo sie in den letzten Jahren gewesen war, nirgendwo hatte es sich so vertraut angefühlt wie bei Miss Gina.

Sie kehrte ins Wohnzimmer zurück und nahm das Glas »Limonade« entgegen. Die wodkahaltige Limonade oder besser gesagt, der limonadehaltige Wodka schmeckte besser als jeder Cocktail im edelsten Restaurant von Dallas. »Bin nur ich der Meinung oder ist das einfach das beste Gesöff, das es je gegeben hat?«

»Es ist das beste!« Mel erhob das Glas. »Ich werde heiraten!«

Zoe konnte sich schon jetzt ausmalen, wie das Wochenende verlaufen würde.

»Also, was steht auf dem Plan?«

Mel setzte das Glas ab. »Wyatts Eltern fliegen morgen her. Mein Dad kommt erst am Abend zur Party.«

Zoe war ein bisschen überrascht. »Haben deine Eltern Wyatt schon kennengelernt?«

»Wir haben meine Mutter letztes Weihnachten in Eugene getroffen. Und mein Dad war hier für die …« Mel stockte. Sie sah zu ihrer Tochter, die mit dem Hund spielte und die Unterhaltung mit halbem Ohr mitbekam.

Mel formte mit den Lippen das Wort *Gerichtsverhandlung*.

Als plötzlich alle schwiegen, blickte Hope hoch und merkte, dass alle drei sie anstarrten. Der Mann, der Hope damals vom Bed & Breakfast weggelockt hatte und am Abhang einfach hätte sterben lassen, war wegen Kindesentführung, versuchten Mordes und wegen Totschlags von Hopes Vater angeklagt worden. Es hatte bereits eine Verhandlung gegeben, aber wahrscheinlich würde es noch mindestens ein Jahr dauern, bis feststand, was mit ihm geschah. Er wurde auch in London gesucht und sollte dort verurteilt werden, weil er Engländer war. Allerdings wollten die Behörden in Oregon nicht riskieren, dass er heimgeschickt wurde und dann irgendwie durch das britische Rechtssystem schlüpfte. Zum Glück war Wyatts Vater ein einflussreicher Anwalt. Zwar trat er sonst als Strafverteidiger auf, aber in diesem Fall war er mehr als bereit gewesen, auf der Klägerseite zu stehen, um dem Verbrecher an die Kehle zu gehen.

Sie nahmen ihr Gespräch wieder auf, und äußerten sich nicht weiter über die Gerichtsverhandlung.

»Dein Dad kommt, aber deine Mutter nicht?«

»Nein, sie findet, dass es reicht, wenn sie meinen Dad erst an der Hochzeit sehen muss.«

»Mein Gott, das ist jetzt doch schon zehn Jahre her.« Miss Gina trank in einem Zug die Hälfte ihres Glases aus.

»Elf«, korrigierte Zoe.

»Noch schlimmer. Erinnere mich daran, deiner Mom eine Ohrfeige zu geben, wenn ich sie das nächste Mal sehe.«

Zoe lachte. »Da musst du dich hinten anstellen.«

»Aber erst nach der Hochzeit. Vorher bitte kein Drama.«

Es war schön, die Freundin so strahlen zu sehen.

»Was schwebt euch beiden denn vor? Eine kirchliche Hochzeit oder romantisch im Freien? Oder schnell auf der Treppe im Standesamt?« Der letzte Vorschlag erntete den Blick, den Zoe sich erhofft hatte.

»Hör mir bloß auf.«

»Also?«

»Eine Hochzeit im Freien wäre schon toll, aber man kann sich ja nicht auf gutes Wetter verlassen.«

»Also doch in der Kirche?«

»Ich würde ein Zelt vorschlagen«, warf Miss Gina ein. »Wenn an eurem großen Tag flüssiger Sonnenschein vom Himmel fällt, wird niemand nass. Und falls sich die Sonne blicken lässt, öffnet man einfach die Seitenwände, und freut sich über den Schatten.«

»Ich glaube, wir müssen als Erstes eine Gästeliste erstellen, bevor wir uns entscheiden. Schon allein für Wyatts Familie werden wir viele Einladungskarten verschicken müssen.«

»Halb River Bend erwartet eine Einladung. Am besten setzt ihr die einfach gleich in die Zeitung.«

»Ihr kennt ja meinen Garten«, sagte Miss Gina. »Wir haben genug Platz.«

Der Garten war riesig, obwohl Wyatt letzten Sommer noch ein zweites Häuschen errichtet hatte. Die Umgebung des hektargroßen Grundes der Pension war ebenfalls unbebaut, das nächste Haus lag fast zwei Kilometer entfernt.

»Wir müssen uns noch viele Gedanken machen«, meinte Mel. »Aber wir sind ja schon einen Schritt weiter. An diesem Wochenende geht es erst mal um unsere Verlobung. Danach haben wir immer noch genug Zeit, um über die eigentliche Hochzeit zu sprechen.«

»Wo steigt denn die Fete?«

Miss Gina rollte mit den Augen. »Na, hier natürlich. Ich dachte an Cocktails und Häppchen. Mir haben letztes Jahr besonders deine Garnelenpasteten so gut geschmeckt.«

»Wer hat denn gesagt, dass ich was koche?«, fragte Zoe mit einem Schmunzeln.

»Veräpple mich nicht, Kleine. Ich habe die Küche voll mit dem Zeug, das du so gern magst und die hier«, sie zeigte mit dem Daumen auf Mel, »kann nicht kochen und was Sam anlangt, landet alles entweder in der Fritteuse oder bleibt zu lange im Ofen.« Sam war der Inhaber des Diners am Ort. Es war eigentlich das einzige Restaurant in der Gegend.

»In River Bend gibt es aber noch andere Leute, die kochen können«, versuchte es Zoe, obwohl sie ihren Platz in Miss Ginas Küche niemals einem anderen überlassen würde.

»Ja, aber nur einen richtigen Küchenchef.«

***

Ein Schild, auf dem »belegt« stand, hing an der Eingangspforte und ein zweites an der Eingangstür des Bed & Breakfast. Langsam füllte sich die Pension mit Familienangehörigen und guten Freunden, die bei der Verlobungsfeier am nächsten Tag dabei sein würden.

Miss Gina wollte kein Geld für die Übernachtung annehmen, die Hilfe der Gäste dagegen schon.

Hope spielte Gastgeberin und freute sich über die viele Aufmerksamkeit, die sie bekam.

Erst am zweiten Tag verließ Zoe Miss Ginas Pension, um ihre Mutter zu besuchen.

Es war ja nicht so, dass sie sie nicht liebte. Aber als älteste Tochter hatte sich Zoe stets gefühlt, als ob sie ihre Rollen getauscht hätten. Zoe hatte sich schon früh um ihre jüngeren Geschwister kümmern müssen. Hatte zum Einkommen beigetragen, weil Sheryl nicht mit Geld umgehen konnte, und hatte den Haushalt geschmissen, wenn die Mutter lange arbeiten war.

Und selbst jetzt schickte Zoe jeden Monat Geld nach Hause, damit ihre Mom die Rechnungen zahlen konnte.

Ihre Mutter hatte große Fehler gemacht, als sie jung war. Sie war mit sechzehn schwanger geworden, hatte die Schule abgebrochen und den falschen Mann, Zoes Vater, geheiratet, von dem sie noch zwei weitere Kinder bekam. Der war dem Stress nicht gewachsen gewesen, hatte sich dem Alkohol hingegeben und seiner Meinung mit Fäusten Nachdruck verliehen. Als er ins Gefängnis kam, warf das zwar einen Schatten über Zoes Mom, doch war es gleichzeitig ihre Rettung gewesen.

Ziggy Brown hatte darauf bestanden, dass die Vornamen seiner Kinder wie sein eigener mit Z begannen. Während der Gerichtsverhandlung hatte Zoe allerdings erfahren, dass Ziggy eigentlich gar nicht der richtige Name ihres Vaters war. Sondern Theodore.

Warum sie gerade jetzt daran denken musste, wusste sie auch nicht. Sie stieg aus dem Mietwagen und lief den mit Unkraut überwucherten Weg zu dem Mobilheim, in dem sie achtzehn Jahre ihres Lebens gewohnt hatte.

Ihr Zuhause war es längst nicht mehr.

Sie zögerte vor der Haustür. Schließlich überwand sie sich, klopfte kurz und öffnete die Tür.

Sofort stieg ihr der vertraute Geruch in die Nase. Es roch muffig nach alten Möbeln und dem Teppich, der noch nie gründlich gereinigt worden war. Zudem stank es nach vollen Babywindeln, was sie daran erinnerte, dass ihr Neffe Blaze auch hier wohnte.

Im leeren Wohnzimmer lief der Fernseher auf voller Lautstärke. Zoe blickte in die Küche, aber da war auch niemand. »Hallo?«

Sie hatte ihre Mom zuvor angerufen, Sheryl wusste also, dass sie kommen würde.

»Mom!«

»Hier hinten.«

Zoe legte die Handtasche auf dem Couchtisch ab. Hier hatte sie früher gesessen, um Hausaufgaben zu machen. Oder hatte mit ihren Freundinnen Pizza gegessen und heimlich Alkohol getrunken.

Zoe folgte der Stimme ihrer Mutter bis zu Zanyas Zimmer. Ihre Mom hatte gerade Blaze gewickelt.

Sheryl trug alte, schlecht sitzende Klamotten, die Zoe von früher noch kannte. Blaze nur ein T-Shirt und eine frische Windel.

»Ja, wer ist denn da schon so groß?«, fragte Zoe in höchsten Tönen, als sie ihren kleinen Neffen sah.

»Ich habe mich schon gefragt, wann du uns wohl mal mit deiner Anwesenheit beehrst.« Sie klang eifersüchtig.

»Ach Mom.« Zoe umarmte sie mit einem Arm und gab ihr einen Kuss auf die Wange. Blaze grinste sie frech an und strampelte, als Sheryl ihn hinsetzte.

»Wo ist Zanya?«

»Arbeitet. Sie hat einen Job in Waterville, in einem Imbissladen.« Das erklärte auch, warum in der Einfahrt kein Auto stand.

»Schön, dass sie eine Arbeit gefunden hat.«

Sheryl schnaubte. »Ja, aber dafür muss ich jetzt babysitten.«

Man sah ihrer Mutter an, wie gestresst sie war. Sie hatte schon immer zehn Jahre älter ausgesehen, als sie eigentlich war, aber in letzter Zeit war sie noch mehr gealtert.

Zoe streckte die Arme nach Blaze aus, der sich freute, dass jemand anderes mit ihm spielen würde.

Sie nahm ihn hoch und gab ihm einen Kuss auf den Kopf. Er roch frisch und unschuldig. Ein Kontrast zu allem, was die dünnen Wände des Mobilheims repräsentierten. »Hallo, mein Kleiner.«

Sheryl freute sich über die Pause und verließ das Zimmer.

Zoe folgte ihr mit Blaze. Sie setzte sich mit ihm auf die Couch, er betrachtete sie aufmerksam. »Du siehst aus wie deine Mommy.« Das stimmte tatsächlich. Er hatte, wie sie alle, dunkle Haare, dunkle Augen und olivfarbene Haut.

Sheryl ging in die Küche. »Kann man nur hoffen, dass er nicht so fett wird wie sein nutzloser Vater, der keinen Unterhalt zahlt.«

»Mom!«

»Was denn? Es stimmt doch.«

»Vielleicht, aber das muss Blaze ja nicht unbedingt zu hören kriegen.«

»Er versteht noch nichts.«

»Stimmt, aber wenn du das weiterhin sagst, ist er irgendwann drei und versteht alles.«

»Bis er drei ist, haben Zanya und Mylo hoffentlich ihren Scheiß geklärt und wohnen allein. Ich mach das nicht ewig mit.«

Egal wie sehr sich ihre Mutter jetzt beschwerte, sie würde die beiden doch niemals rauswerfen. Dazu hatte sie nämlich zu große Angst vor dem Alleinsein.

»Wenn Zanya jetzt einen Job hat, ist vielleicht bald alles geklärt.«

Sheryl schnaubte wieder, weil sie anderer Meinung war.

»Ach komm, Mom, du müsstest es doch am besten wissen, wie schwer es ist, wenn man so jung ein Kind kriegt.«

»Ich dachte, ich hätte euch allen gesagt, dass ihr aufpassen sollt, damit euch das nicht auch passiert.«

»Wahrscheinlich kann man leichter Ebbe und Flut beeinflussen, als jemandem den Sex zu verbieten. Zanya ist ein kluges Mädchen, sie wird es schon schaffen.«

»Zanya ist noch ein halbes Kind, das gerade in die Fußstapfen ihrer Mutter tritt und alles falsch macht. Wenigstens war ich mit eurem Vater verheiratet.«

So eine Aussage hätte Zoe nicht erwartet. »Als ob es besser wäre, von ihm verprügelt zu werden.«

»So schlimm war es auch nicht.«

Zoe war sprachlos. Wie konnte ihre Mutter so etwas sagen? »Ich war selbst dabei, Mom. Es war schlimmer als schlimm. Zanya ist besser dran, wenn sie allein bleibt, als sich mit so jemanden wie Ziggy einzulassen.« Die Ehre, dass Zoe ihn *Vater* oder gar *Dad* nannte, hatte er nicht verdient.

»Immerhin hat er manchmal Geld heimgebracht.«

»Oh Gott, warum sagst du denn so was?« Blaze musste die steigende Anspannung bemerkt haben und begann auf Zoes Schoss herumzuzappeln. Sie wusste nicht viel über Babys, aber sie hatte gesehen, wie Mütter ihre kleinen Kinder manchmal auf dem Schoß hopsen ließen und das tat sie nun auch, um ihn zu beruhigen.

Es funktionierte.

»Er hat dich mehr als einmal krankenhausreif geschlagen, Mom. Niemand von uns war vor ihm sicher, wenn er was getrunken hatte.«

»In den vielen Jahren im Gefängnis hat er sicher dazugelernt.«

Zoe spürte ein Engegefühl in der Brust. »Worum geht es hier eigentlich? Wir haben seit Jahren nicht über ihn geredet.«

Sheryl wandte ihr in der Küche den Rücken zu und hantierte mit irgendetwas herum, das Zoe nicht sehen konnte. »Ich weiß nicht. Ich glaube, Blaze erinnert mich halt an die Zeit, als ihr klein wart. Entweder ist es jetzt schwerer oder es war damals gar nicht so schlimm.«

»Oder vielleicht hast du einfach nur genug davon, jetzt wieder Mommy zu spielen. Aber das ist ja auch okay. Es macht dich zu keinem schlechten Menschen, wenn du nicht für sie einspringst. Aber zu vergessen, wie schlimm es damals mit Ziggy war, ist echt dumm.«

»Willst du damit sagen, dass ich dumm bin?«

So war das immer. Sie führten ein normales Gespräch, aber sobald Zoe logisch argumentierte, tat Sheryl, als würde Zoe sie beschimpfen.

»Nein, Mom! Das will ich nicht.« Blind vielleicht. Vergesslich. Aber nicht dumm.

»Nicht alle haben es so gut wie du.«

Wieder ein kleiner Hieb in die Magengrube.

Blaze begann zu weinen.

»Ich muss hart dafür arbeiten, um es gut zu haben.« Als ob sie das erklären müsste.

»Du kochst.«

Am liebsten würde sie gleich mitweinen.

Auf der anderen Seite der Couch stand eine elektrische Babywippe. Zoe hatte sie Zanya damals zur Babyparty vor Blazes Geburt geschenkt. Sie gab dem Gefühl nicht nach, sondern küsste ihren Neffen und legte ihn in die Wippe. Sie drückte auf den Knopf und sofort beruhigte er sich.

Wenn sie blieb, würde nur ein richtiger Streit entstehen. Deshalb holte Zoe ihre Tasche und schwang sie über die Schulter.

»Wo willst du denn hin? Du bist doch gerade erst gekommen.«

»Ich gehe einkaufen, für alles, was ich so koche.«

Sheryl sah sie missbilligend an.

»Die Party fängt um fünf an. Bring Blaze mit. Es werden genügend Leute da sein, die ihn gern nehmen und dann hast du die Pause, die du offensichtlich dringend brauchst.« Damit drehte sich Zoe um und ließ die Tür hinter sich zufallen.

Statt nach rechts zu Miss Gina zu fahren, bog sie links in den Ort. Erst wollte sie bei der Wache vorbeifahren, um kurz mit Jo zu sprechen. Aber da würde sie vielleicht nicht den Trost bekommen, den sie jetzt brauchte. Natürlich hörte ihre Freundin zu, aber eigentlich war Luke derjenige, der sie am besten verstand.

Millers Autowerkstatt hatte es schon in River Bend gegeben, bevor sie geboren wurde.

Mr Miller war ein robuster, sympathischer Mann, der viel lachte. Seine Körpergröße würde ein kleines Kind einschüchtern, aber er wirkte eher wie ein großer Teddybär. Mrs Miller war auch etwas rundlich. Sie kochte gern und ihr Mann aß gern. Ein perfektes Paar.

Zoe fuhr in die Einfahrt und parkte neben dem einzigen Abschleppwagen der Stadt.

Die Heavy-Metal-Musik in der Werkstatt sagte ihr, dass Luke irgendwo sein musste. Wenn er nämlich nicht da war, hörte Mr Miller ausschließlich Country-Songs. Sie hatte sich schon immer über den unterschiedlichen Musikgeschmack von Vater und Sohn amüsiert.

Der Geruch von Motorenöl und Gummireifen brachte viele Erinnerungen zurück. Sie war auch in Dallas schon in verschiedenen Autowerkstätten gewesen, aber keine davon hatte so gerochen wie die von Millers. Drinnen stand ein alter Pritschenwagen zur Reparatur, darunter schauten zwei Füße hervor. Mit hübschen roten Schuhen daran hätte es auch wie eine Filmszene aussehen können. Seine alten Turnschuhe hatten allerdings nicht denselben Effekt.

Zoe beugte sich hinab, um den Menschen zu sehen, an dessen Füßen diese Schuhe saßen.

Wie erwartet, lag dort Luke auf dem Rücken und schraubte an irgendetwas herum. Die Ölflecken auf seinem Hemd waren ein fester Bestandteil seiner Arbeitskleidung. Einen Moment lang genoss sie einfach nur seinen Anblick. Seinen schlanken Körper, die definierten Muskeln an Armen und Brust. Selbst so schmutzig auf dem Rücken unter einem Auto liegend, war er eine Augenweide.

Luke musste ihren Blick gespürt haben.

Er zuckte nicht zusammen, als er sie sah, kam aber auch nicht gleich hervor. Er zeigte nur sein verführerisches Lächeln. »Hi.«

»Hi.«

Er hob einen Finger, um anzudeuten, dass er noch eine Minute brauchte, und arbeitete weiter. Zoe richtete sich wieder auf und blickte sich in der Zwischenzeit in der Werkstatt um. Sie lehnte sich gerade gegen die Arbeitsbank, als Mr Miller hereinkam. »Hey, Luke, wem gehört denn das Auto da in der …«

Er hörte sofort auf, weiterzureden, als er sie erblickte. »Ach, sieh an, wer da ist!«

Mr Miller öffnete die Arme und Zoe folgte seiner Aufforderung.

Er hob sie während der Umarmung hoch und drehte sie einmal im Kreis umher, bevor er sie wieder absetzte.

Dann musterte er sie von oben bis unten und sagte: »Mensch, Mädel, isst du eigentlich auch mal das, was du kochst?«

Sie schlug ihm freundschaftlich auf die Brust. »Schön, Sie zu sehen.«

Er umarmte sie ein zweites Mal, während Luke unter dem Auto hervorkroch. »Krieg ich auch 'ne Umarmung?«, fragte er und öffnete ebenfalls die Arme.

»Wie schmutzig sind deine Hände?«, fragte sie. Nicht, weil sie das wirklich wissen wollte, sondern nur, weil sie das damals während der Highschool immer gefragt hatte.

Luke grinste genauso freudig wie sein Vater. »Komm her.«

Und das tat sie. Als er sie fest umarmte, musste sie allerdings nicht kichern wie bei seinem Vater. Sie gab eher ein lautes Seufzen von sich.

»Ich habe dich vermisst«, flüsterte er ihr ins Ohr, sodass nur sie es hören konnte.

Bevor sie ihm sagen konnte, dass es ihr genauso gegangen war, hatte er sie schon losgelassen und betrachtete sie eingehend. »Ist alles okay?«

Er wusste immer, wenn etwas mit ihr nicht stimmte. »Ich habe mich mit meiner Mom gestritten«, flüsterte sie.

Er berührte sie kurz mit seinen kräftigen Händen an den Schultern. »Gib mir einen Augenblick, ich wasche mich schnell.«

»Okay.«

Luke ging nach hinten und ließ sie mit seinem Dad zurück.

»Luke hat erzählt, dass du in Dallas ein Haus kaufen willst.« Er stellte die Musik leiser.

»Wenn ich eines finde, das funktioniert.«

»Sind denn nicht alle Häuser funktionstüchtig?«

»Lassen Sie es mich anders ausdrücken: Wenn ich eines finde, das für mich passt.«

Mr Miller sah sie prüfend an. »Lass mich raten. Du willst eine große Küche?«

»Die ist ein Muss!«

»Nicht zu dicht bei den Nachbarn?«

»Das wäre auch gut«, sagte sie.

»Platz für einen Kräutergarten?«

Daran hatte sie noch gar nicht gedacht. Aber klar. Zoe nickte.

»Das wird doch leicht zu finden sein. Was ist das Problem?«

»In den guten Gegenden sind die Häuser alle riesig. Und ein kleines findet man nur in den schlechteren Stadtteilen.« Sie winkte ab. »Ich werde schon was finden.«

»Da bin ich mir sicher, mein Bienchen. Du arbeitest nicht zu viel, hoffe ich.«

»Doch natürlich. Tun wir doch alle, oder?«

Er zuckte mit den Schultern. »Freut mich jedenfalls, dass du dir die Zeit nimmst, uns zu besuchen. Ich nehme an, dass du wegen Mel und Wyatt hier bist.«

»Ich kann sie ja schlecht mit Würstchen im Schlafrock und Fertigkeksen ihre Verlobung feiern lassen, oder?«

»Du bist aber nicht nur eingeladen, um zu kochen.«

Das wusste sie. Aber sie tat es gern.

»Ich würde es nicht anders zulassen.«

Er beugte sich vor. »Machst du dann auch wieder diese Garnelen-Dinger?«

Zoe rollte mit den Augen und klopfte ihm auf den Bauch. »Als ob Sie die nötig hätten.«

»Stimmt. Aber ich werde ja nicht jünger, weißt du. Ich sehe dich nicht allzu oft.«

Sie liebte das Gefühl, gebraucht zu werden. »Ich sehe zu, was ich für Sie machen kann, Mister M.«

Er zwinkerte, so wie Luke es immer machte.

»Nervst du sie wieder mit Essenswünschen, Dad?« Luke hatte sich ein frisches Hemd angezogen und die Haare gekämmt. Selbst die Hände waren jetzt schön sauber.

»Ich helfe nur mit Menüvorschlägen.«

»Kann ich dafür mit der leckeren Bananen-Sahnetorte von Misses M. rechnen?«, erkundigte sich Zoe.

»Ich richte aus, dass du dir das besonders wünschst. Vielleicht kriegen wir auf diese Weise ein paar Pfunde auf deine Hüfte.«

Lukes Eltern waren so anders als ihre Mutter. Darüber war sie sehr froh und gleichzeitig richtig traurig.

Luke, der anscheinend den Wandel ihrer Stimmung gemerkt hatte, nahm ihren Arm. »Ich mache eine Kaffeepause«, sagte er zu seinem Vater.

»Viel Spaß, Kinder. Lasst euch Zeit, ich bin ja hier.«

Luke zog sie zu seinem Motorrad.

Seit sie achtzehn war, hatte sie nicht mehr darauf gesessen.

Er startete den Motor und reichte ihr einen Helm.

Zoe setzte ihn auf, schloss den Riemen, und stieg, ohne etwas zu sagen, hinter Luke.

Das Motorrad heulte auf. Sie hielt sich an Lukes Taille fest.

Als sie auf die Hauptstraße bogen, machte es plötzlich Klick. Jetzt erst fühlte sie sich wirklich richtig daheim.

Kapitel 7

Sie hatten sich früher oft hinter Graysons Farm getroffen. Und hinter der Sportplatztribüne oder hinter dem Haus von Miss Ginas Bed & Breakfast. Die Farm aber mochten sie am liebsten, weil sie außerhalb des Orts lag und sie dort unbeobachtet waren. Außerdem gab es dort ein Stückchen Wald, bevor dahinter die felsigen Abhänge kamen. Die Bäume sorgten für Windschutz und die Feuchtigkeit für gutes Wachstum von Graysons Getreide.

Zoes Arme um sich zu spüren, als sie zu ihrer früheren Lieblingsstelle fuhren, erwärmte sein Herz mehr, als er zugeben wollte.

Sie hatte Kummer. Und wie früher war sie in diesem Fall zu ihm gekommen. Selbst beim Klassentreffen letztes Jahr waren sie zweimal rausgegangen, weil sie ihm etwas sagen wollte. Sie hatte schon immer gefunden, dass er gut zuhören konnte. Er hatte ihr früher nie einen Rat gegeben, wie sie ihre Probleme lösen sollte. Wie denn auch? Sie waren ja schließlich so jung gewesen. Jetzt hatte er Angst, dass er vielleicht einen Rat gab, den sie gar nicht hören wollte. Als Teenager hätte er so gern ihre Probleme gelöst. Aber jetzt, als Erwachsener, bestand vielleicht wirklich die Möglichkeit, das zu tun.

Er hielt das Motorrad an und stellte den Motor aus.

Zoe rührte sich nicht. »Es hat sich nichts verändert.«

»Die Bäume sind ein bisschen größer geworden.«

Dann ließ sie seine Hüfte los. Sofort vermisste er ihre Wärme. Sie schüttelte die Haare aus, als sie den Helm absetzte.

»Erinnerst du dich an das Jahresschulfest?«

Wie würde er das jemals vergessen können. Er hatte geplant, nach der Party genau zu der Stelle zu fahren, an der sie gerade standen. Er hatte sogar ein Zelt aus Decken gebaut als Schutz gegen den Wind, falls sie sich ausziehen würden. Aber dann war Jo mit ihrem Date aufgetaucht, beide sturzbesoffen. Sie waren mit Mel gekommen, deren Begleiter völlig nüchtern war. Am Ende schliefen sie zu sechst in dem Zelt und es passierte gar nichts.

»Du warst so wütend.«

»War ich nicht.«

»Oh doch. Jo hatte völlig die Kontrolle verloren. Kaum zu glauben, wie sehr sie sich geändert hat.«

Luke blickte in die Wipfel der Pinien. »Na ja. Als ich bei dir in Dallas war, kam sie mir wieder ein bisschen so vor wie früher.«

»Ihr Sheriffstern ist wie eine enge Schlinge um den Hals.«

»Das habe ich mir auch immer gedacht. Sie ist aber eine verdammt gute Polizistin.«

»Ich bin auch immer noch froh, dass sie dieses ganze Sheriffzeugs gemacht hat. Die Alternative wäre schlechter gewesen.«

Er war derselben Meinung, aber er wollte eigentlich nicht weiter über Jo sprechen. Vielmehr wollte er wissen, was Zoe auf dem Herzen lag. »Was war denn mit deiner Mutter?«

Luke lehnte sich gegen einen Baum, während Zoe von ihrem Besuch bei Sheryl erzählte. Er wusste, wie sehr Zoe ihren Vater hasste, und war deshalb bestürzt über das, was er hörte.

Vor allem ärgerte ihn, dass Sheryl gar nicht zu schätzen wusste, wie schwer Zoe arbeitete. Sie hatte viel riskiert, hatte einen Studentenkredit aufgenommen, um die Kochschule zu finanzieren. Sie hatte sich ihren Hintern aufgearbeitet und verdiente mehr Respekt, als die Mutter ihr zollte.

»Du bist mehr als nur eine gute Köchin«, sagte er zu ihr.

»Ich weiß. Aber es verletzt mich trotzdem. Wann wird mich das, was sie sagt, nicht mehr verletzen, Luke? Ich bin doch eine erwachsene Frau.«

»Und sie ist deine Mutter. Für unsere Eltern werden wir immer die Kinder sein.«

»Und was sollte dieser Scheiß mit Ziggy? Als ob sie die Knochenbrüche und blauen Flecke völlig vergessen hätte.«

Sie waren noch nicht zusammen gewesen, als Ziggy damals ins Gefängnis gesteckt wurde. Luke wusste zwar, dass der Mann ein Arschloch war, aber wie schlimm er wirklich war, hatte er erst viel später erfahren. Und wahrscheinlich hatte Zoe manche Details noch verschwiegen. Luke war froh, dass sie erst danach zusammengekommen waren. Wenn er nur einmal mitbekommen hätte, wie Ziggy die Hand gegen Zoe erhob, dann wäre Luke jetzt wohl auch im Knast.

»Ich weiß, dass das beschissen ist, aber ich glaube, es gibt keinen wirklichen Grund, sich Sorgen zu machen. Es ist ja schließlich nicht so, dass deine Mom ihn einfach zum Essen einladen könnte.«

Ein Zweifel huschte über Zoes Gesicht.

»Was?«, fragte er.

Sie zuckte mit den Achseln. »Ach, passiert wahrscheinlich eh nicht.«

Sie klang beunruhigt. »Was passiert nicht?«

»Er könnte auf Bewährung entlassen werden.«

»Das könnte er doch schon länger und hat es nie geschafft.«

»Ja, schon. Aber er hat keinen Mord begangen. Lebenslänglich für mindestens fünfzehn Jahre heißt, dass nach fünfzehn Jahren einfach alles möglich ist.«

»Sitzt er denn nicht schon zwanzig?«

»Siebzehn.« Ihre Stimme zitterte.

»Du hast wirklich Angst davor, dass er entlassen wird, oder?«

Zoe tat, was sie immer tat. Sie versuchte, ihre Angst zu überspielen. »Jo meint, es ist eher unwahrscheinlich, dass er überhaupt wieder rauskommt. Wegen Schlägereien im Knast, die seine Haftstrafe verlängern.«

Zum Glück. »Du machst dir trotzdem Sorgen.« Das stimmte, auch wenn sie es zu verbergen versuchte.

»Nachdem ich meine Mom so reden gehört habe, befürchte ich, dass sie ihn wieder aufnimmt, falls er doch freigelassen wird.«

»Glaubst du, das würde sie tun?«

»Ich weiß nicht, was ich denken soll. Ich habe mich immer gefragt, warum sie mit keinem anderen Mann mehr ausgegangen ist, nachdem Ziggy eingelocht wurde.«

»Hast du sie mal gefragt?«

Zoe schüttelte den Kopf. »Nein. Ich habe sie vor Jahren mal gefragt, ob sie eigentlich von ihm geschieden ist.«

»Und?«

»*Natürlich,* hat sie gesagt. Aber manchmal sagt sie statt der Wahrheit auch nur das, was man hören will.«

Luke strich sich die Haare aus den Augen. »Wie kann man denn mit so jemandem verheiratet bleiben wollen?«

»Weiß nicht. Er verleiht dem männlichen Geschlecht keinen guten Ruf.«

Luke erinnerte sich daran, wie ängstlich Zoe früher war, wie eingeschüchtert von seinem Vater, allein schon wegen seiner

Körpergröße. Und wie lange sie gebraucht hatte, mit ihm warm zu werden. Luke hatte ein paar Monate, nachdem er mit Zoe zusammengekommen war, mit seinem Vater geredet. Daraufhin hatte sich sein Vater sehr bemüht, Zoe klarzumachen, dass sie bei ihnen ein Zuhause hatte.

»Wenn Jo sagt, dass er dort bleibt, dann musst du nichts fürchten.«

Zoe sah nicht überzeugt aus. »Wenn er doch entlassen wird, kommt er sicher direkt hierher. Ist ja nicht so, als ob meine Mutter woanders hingezogen wäre.«

Er hasste die Angst in ihrer Stimme, die angespannten Muskeln an ihrem Hals, während sie sprach. »Wie kann ich helfen?«

Sie schüttelte den Kopf. »Gar nicht. Mir zuhören.«

»Das kann ich.«

Zum ersten Mal, seit sie angekommen waren, lächelte Zoe. Sie schauten sich eine halbe Minute an, ohne etwas zu sagen.

»Du hast mich geküsst«, wechselte sie das Thema.

»Das habe ich.« Und sein Grinsen sagte, dass er es nicht bereute. »Du hast mich zurückgeküsst.«

»Das habe ich.« Sie seufzte. »Ich weiß noch nicht, ob das vielleicht ein Fehler war.«

»War es nicht.«

»Wie kannst du dir da so sicher sein?«

Er trat einen Schritt näher. »Weil du bei mir in der Werkstatt aufgetaucht bist.«

Zoe versuchte, sich herauszureden. »Ich musste mit jemandem sprechen.«

»Deine Freundinnen wohnen eine Straße weiter. Und trotzdem hast du mich als Zuhörer gewählt.«

Luke stand so nahe, dass er ihren Pulsschlag am Hals sah. Wie ein Vampir wollte er diese Stelle mit den Zähnen berühren.

Er legte eine Hand auf ihre Taille.

Sie leistete keinen Widerstand.

»Ich will dir nicht wieder wehtun, Luke.«

»Ich war ein Teenager, als du mich verlassen hast. Jetzt bin ich ein Mann.«

»Ich wohne in Texas. Ich habe dort mein Leben.«

Er zog sie spielerisch zu sich.

»Ich weiß, wo du wohnst.«

Zoe sah ihn an. Ihre Zungenspitze benetzte ihre Unterlippe. Ihr keckes Lächeln von vorhin war verschwunden.

Dann spürte er ihre Hand an seiner Hüfte.

»Das ist nicht klug«, murmelte sie, ihre Lippen sehnten sich nach seinen.

Luke bestätigte das weder, noch stritt er es ab. Er schloss einfach die Lücke zwischen ihnen und gab ihr das, was sie wollte.

Dieser Kuss war nicht wie der am Flughafen. Diesmal küsste er sie langsam und sanft. Ein Willkommenskuss, eine Wiedervereinigung. Sie schmeckte wie Blumen und Schokolade und sanfte Wellen des Ozeans. Zoe schloss die Augen und er zog sie noch näher zu sich heran. Luke hörte auf, an Rosen und Schoko zu denken, er gab sich ganz ihrer Umarmung hin. Sie war sicherer als früher, sie führte an, indem sie sich für ihn öffnete, ihn schmeckte.

Als sie seinen Rücken packte, wuchs auch Lukes Leidenschaft. Ihre Zungen tanzten miteinander, ihre Körper rieben sich an den richtigen Stellen.

Sie zog die Lippen zurück, atmete stoßweise. Luke fand die Stelle an ihrem Hals, die er schmecken wollte, und biss sanft hinein.

»Oh Gott.«

Damals hatte er sie gegen einen Baumstamm gedrückt, bis sie seinen Namen rief. Er war ihr Erster gewesen und das würde er nie vergessen. Auch wenn sie nicht die erste Frau war, mit der er Sex hatte, so war Zoe doch die Erste, die er geliebt hatte. Er erinnerte sich deutlich an den Unterschied.

Sie strich über seine Hüfte und packte seinen Hintern.

Es wurde plötzlich eng in der Jeans, seine Erektion verlangte nach Aufmerksamkeit.

Daraufhin umfasste er eine ihrer Brüste. Er fühlte, wie sich unter ihrem T-Shirt eine harte Knospe bildete, und küsste sie durch den Stoff hindurch. Zoe reckte sich ihm entgegen, sie warf den Kopf zurück.

Er widmete sich der anderen Seite.

Zoe hielt ihn auf, brachte seine Lippen wieder zu ihren.

Luke drückte sie gegen den Baumstamm, aber er versuchte nicht, ihre Kleidung auszuziehen. Er küsste sie nur, bis ihre Lippen pochten und seine Frisur zerzaust war.

Als ihre Hände unter sein T-Shirt wanderten, trat er zurück. »Lass uns das nicht hier machen.«

Sie umklammerte ihn, grub sich in seine Haut. »Früher hattest du auch nichts dagegen.«

Er küsste sie kurz, bis sie die Augen öffnete. »Früher hatten wir keine andere Wahl. Heute schon.«

Zoe lehnte den Hinterkopf gegen die Baumrinde und grinste. »Wir waren ganz schön verwegen.«

»Sind wir immer noch.« Denn sich in dieses Feuer zu wagen, war wie ein Sprung ins Ungewisse. Nach der Landung war die Gefahr vorüber, doch blieb einem beim freien Fall fast das Herz stehen.

Luke gefiel, wie sie ihn begehrlich anschaute.

»Wie kann es sein, dass du jetzt sogar noch besser aussiehst als damals?«

Er fuhr durch ihre Haare, strich eine Strähne hinters Ohr. »Gute Gene.«

Darüber musste sie laut lachen.

»Ich darf gar nicht so lange wegbleiben, sonst macht sich Mel noch Sorgen.«

Sein Körper widersprach ihm, aber er wusste, dass sie besser nichts überstürzen sollten.

»Verdammte Vernunft.«

Zoe lachte wieder.

»Komm«, sagte er und zog sie vom Baum fort. »Sonst ändere ich noch meine Meinung.«

Sie klopfte auf den Baum, als würde es sich um eine dicke Matratze handeln. »Viele schöne Erinnerungen an diese Stelle.«

»Ich kann dir noch schönere an bequemeren Stellen hinzufügen.«

Diesmal war sie diejenige, die seinen Vorschlag weder bejahte noch verneinte. Sie stieg wieder hinter ihm aufs Motorrad und schlang die Arme um seine Mitte.

***

Zoe tanzte summend durch Miss Ginas Küche und bereitete die Häppchen vor. Wenn am Ende irgendwer hungrig blieb, wäre er selbst schuld.

Miss Gina kam herein und schnappte sich einen Apfel aus der Obstschale. »Du wirkst so fröhlich, als hättest du guten Sex gehabt.«

Zoe hatte kein Wort von Luke erwähnt. Erst recht nichts davon, dass er plötzlich bei jeder Gelegenheit mit ihr herumknutschte.

»Ich koche halt gern in deiner Küche.«

Miss Gina ließ sich nicht bluffen. »Das kannste wem erzählen, der gestern erst auf die Welt gekommen ist.«

Um sie zu necken, sagte Zoe: »Ich bin sicher, dass Mel diejenige hier ist, die viel Sex hat. Selbst Jo hatte Sex. Ich hatte schon so lange keinen mehr, dass ich ganz vergessen habe, wie es geht.«

Miss Gina sagte apfelkauend: »Du kannst mir nichts vormachen.«

Zoe rollte das letzte Garnelen-Pastetchen und schob das Blech in den Ofen. »Du brauchst selber mal wieder Sex.«

»Wer sagt denn, dass ich keinen habe?«

Zoe drehte sich um und starrte sie an. »Mit wem?«

Miss Gina kaute nur.

»Du erzählst einen Haufen Mist.«

»Ach ja?« Und genauso schnell, wie sie gekommen war, verließ Miss Gina die Küche wieder. Zoe starrte ihr hinterher. »Das gibt's doch nicht …«

»Was gibt es nicht?«, unterbrach Mel ihre Gedanken.

»Miss Gina hat gerade angedeutet, dass sie welchen hat.«

»Welchen was?« Mel öffnete den Kühlschrank, um eine Flasche Wasser herauszunehmen.

»Sex.«

Während sich Mel umdrehte und nun Zoe fassungslos ansah, hörte man die Fliegengittertür zuschlagen.

»Das gibt's doch nicht.«

»Hat sie denn jemanden?«, fragte Zoe.

»Nicht, dass ich wüsste. Sie fährt jede Woche nach Eugene zum Einkaufen.«

»Bleibt sie über Nacht weg?«

Mel legte die Hand auf die von Zoe. »Oh Gott, ja. Sie behauptet, dass sie an einem Tag nicht so viel fahren will und sich lieber ein bisschen Zeit lässt.«

»Dann hat sie tatsächlich jemanden.«

Mel ließ sich auf einen Küchenstuhl plumpsen. »Warum hat sie uns nichts erzählt?«

Zoe wandte sich wieder den gefüllten Pilzen zu. »Ich glaube, das hat sie doch gerade.«

»Das erklärt, warum sie in letzter Zeit so fröhlich herumspringt.«

Was neuerdings irgendwie alle taten.

»Hallo? Wer da?« Die Stimme eines Mannes und Mel schien genau zu wissen, um welchen es sich handelte.

»Bill?« Sie sprang auf und rannte zur Rezeption.

Zoe arbeitete weiter und ließ Mel ihren zukünftigen Schwiegervater begrüßen.

Wieder ging die Fliegengittertür. Diesmal war es Hope.

»Grandpa Bill und Grandma Kay sind hier!«

Sie rannte so schnell zu ihnen, dass sich Sir Knight beeilen musste, um mitzuhalten.

Zoe wollte Hope schon ermahnen, dass sie im Haus nicht rennen durfte, aber dann rief sie sich in Erinnerung, dass sie nicht die Mutter, sondern die Tante war. Und zwar von der coolen Sorte, eine, die sich nicht über dreckige Schuhe oder Hunde aufregte.

Außer der Hund kam in die Küche. Das war ein No-Go.

Zoe kochte weiter, während noch mehr Wochenendgäste eintrudelten. Ungefähr eine Stunde vor Partybeginn schob Zoe eines der letzten Bleche in den Ofen, zog die Schürze aus und verließ ihren Posten, um sich umzuziehen.

Mel hatte ein paar junge Bedienungen von Sam's Diner angeheuert, damit sie während der Party den Gästen die Häppchen servierten.

Zoe schlich die hintere Treppe nach oben zu ihrem Zimmer. Sie wusch sich schnell und zog sich ihr kleines Schwarzes an. Ob das ärmellose Kleid vielleicht zu kalt war? Aber dann dachte sie daran, wie viele Leute am Abend kämen, sodass es sicher warm genug sein würde.

Sie trug ein bisschen Rouge auf, tuschte die Wimpern, und benutzte einen glitzernden Lipgloss. Dann kämmte sie die Haare und steckte die Füße mit den schön lackierten Nägeln in ein teures Paar Stöckelschuhe, das sie sich früher nicht einmal erträumt hätte.

Zoe nahm nicht wieder heimlich die hintere Treppe, sondern entschied sich für die große Vordertreppe.

Von unten ertönte Gelächter und Musik.

Als sie die Mitte der Treppe erreicht hatte, kamen Mr und Mrs Miller mit einer großen Torte zur Eingangstür herein.

Zoe wurde sofort warm ums Herz, als sie die beiden sah. Luke konnte sie jedoch nicht entdecken.

»Misses M.« Lukes Mutter hieß Audrey, aber Zoe hatte sie schon immer Misses M. genannt.

»Sieh dich einer an.« Misses M. lächelte und breitete die Arme aus.

Zoe stand immer noch auf der Treppe, als Luke hereinkam.

Sie zögerte, ihr Blick wanderte von seiner Mutter zu ihm.

Als ob sie sich in einem Tunnel befände, sah sie nur noch Luke. Er hatte eine Anzughose an und ein langärmliges, förmliches Hemd, das sich über seiner Brust gerade so weit spannte, dass man ihm die körperliche Arbeit ansah. Zoe hatte ihn, abgesehen vom Abschlussball und dem großen Schulfest damals, noch nie in etwas anderem gesehen als in Jeans.

Ihr Mund wurde wässrig.

Luke schien sie mit seinen Blicken zu streicheln und die Raumtemperatur stieg an.

Misses M. sagte irgendetwas.

Zoe hatte nicht zugehört.

Luke ließ von ihrem Blick ab und nahm seiner Mutter die Torte aus der Hand. »Hi, Zoe.«

Er hatte schon immer gern einen auf cool gemacht. »Misses M.«, sagte sie wieder und umarmte schließlich die ältere Frau. »Ich freue mich so, Sie zu sehen.«

»Du bist zu dünn.«

Zoe umarmte sie noch fester. »Ich mag Sie auch«, kicherte sie.

Zoe begrüßte Lukes Vater ebenso herzlich und entschuldigte sich, weil sie schnell in die Küche musste. Sie roch, dass etwas kurz davor war, anzubrennen. Hoffentlich hatte in der Zwischenzeit niemand die Temperatur des Ofens verdreht.

Der Empfangsraum war voller Leute, die sie kannte und sie freute sich auf den Abend. Erst musste sie aber noch letzte Hand ans Essen anlegen und die Kellner instruieren, in welcher Reihenfolge serviert werden sollte.

Ihre Schuhe klapperten auf dem Weg zur Küche. Sie bog um die Ecke und lief direkt in Lukes Arme, die sich sofort um ihre Taille legten. Seine Lippen begrüßten sie mit einem unerwarteten Kuss.

Sie schmolz in seinen Armen.

»Du siehst umwerfend aus«, murmelte er, als er sie losließ.

Ihr Kopf war wie in Wolken. Was hatte sie eigentlich in der Küche machen wollen?

»Du lenkst mich ab.«

»Gut.« Luke gab ihr einen Klaps auf den Hintern und schob sie zum Ofen.

Der Ofen. Ihr Ofen!

Luke wollte gerade die Küche verlassen, als diesmal Zoe ihn aufhielt. Sie holte ein Stück Küchenrolle und wischte ihm den Lippenstift vom Mund. »Benimm dich«, flüsterte sie und gab ihm ebenfalls einen Klaps auf den Hintern.

Kapitel 8

Mel strahlte ohne Unterlass, während sie mit Wyatt an der Seite von einem Gast zum nächsten schlenderte. Die beiden passten zusammen wie zwei Puzzlestücke. Zoe hatte vom ersten Moment an gewusst, dass die beiden füreinander bestimmt waren und es machte sie so unbeschreiblich glücklich.

Der Fotograf für die Verlobungsparty war einer von Wyatts Leichtathletikschülern. Er war sechzehn, schmächtig, hatte Akne, eine Digitalkamera und sehr viel Ehrgeiz. Er kam in Begleitung seiner ebenfalls sechzehnjährigen Assistentin mit Körbchengröße D.

Jo stand neben Zoe. Sie war in Uniform, weil ihr Vertreter ein Magen-Darm-Virus hatte und sie auf Abruf bereitstehen musste, falls etwas los war.

»Hat sich unser Paparazzo gerade ein Glas von Miss Ginas Speziallimonade genommen?«, fragte Jo.

Sie hatte vorher schon beobachtet, wie er sich einen der roten Becher stibitzte und dessen Inhalt heimlich in eine leere Limodose schüttete. »Ja.«

Jo grummelte.

»Ich erledige das für dich.«

Jo hasste es, bei Teenagern die Böse spielen zu müssen. Ein Relikt aus ihrer eigenen Jugendzeit. Zoe dagegen machte es nichts aus, für ihre Freundin einzuspringen.

»Kommt eigentlich deine Mom noch?«

Zoe schaute auf die Eingangstür. Sie hatte sich das auch schon gefragt. »Eigentlich schon, aber wer weiß.«

Lukes Lachen ließ Zoe zur anderen Seite des Raumes blicken. Sie ertappte sich dabei, wie sie ihn beobachtete.

Er wirkte entspannt. Mehr als sie ihn in jüngster Zeit je gesehen hatte.

»Was läuft da zwischen euch?«, flüsterte Jo ihr ins Ohr.

»Was?«

»Luke?«

»Nichts.« Das klang selbst in Zoes eigenen Ohren nach einer Lüge.

Jo warf ihr lediglich einen unterkühlten Blick zu. »Erstens war ich dabei, als du Mel und mir erzählt hast, dass du deine Jungfräulichkeit an diesem Mann verloren hast. Und zweitens: Ich bin Polizistin. Möchtest du mir das Wort *nichts* bitte ausführlicher erklären?«

Zoes Wangen wurden heiß. »Ich weiß nicht«, korrigierte sie ihre vorige Aussage. »Es sollte eigentlich nichts zwischen uns sein.«

»Aber da ist etwas.«

»Er ist nach Texas gekommen.«

Jo lachte. »Ich auch.«

Zoe blickte weiterhin zu Luke. »Ja, aber du hast mir nicht meine Jungfräulichkeit genommen.«

Jo verschluckte sich an ihrem Softdrink.

Dann sah Zoe wieder den jungen Fotografen, was sie dazu veranlasste, ihn sich vorzuknöpfen.

Sie streckte ihm die Hand entgegen.

Sein Blick wanderte von der Hand zu ihrem Dekolleté. »Wollen Sie meine Kamera?«, fragte er.

»Deinen Autoschlüssel.«

Seine Zahnspange blinkte, als er grinste. »Wie bitte?«

Zoe blickte demonstrativ zu Jo hinüber.

Mr Paparazzo folgte ihrem Blick.

»Ich habe Miss Ginas Limonade schon getrunken, als du noch in die Windeln gemacht hast. Gib mir den Schlüssel, Junge.«

Er wurde etwas blass um die Nase und suchte in der Hosentasche.

Als sie ging, grinste Luke sie an. »Bist mir zuvorgekommen.«

Er konnte ihr immer ein Lächeln entlocken. »Nicht, dass wir das nicht auch getan hätten, als wir jünger waren.«

Der Autoschlüssel des Jungen landete bei Luke. »Den nimmst lieber du. Ich habe keine Ahnung, welches Auto er fährt.«

»Miss Zoe?« Einer der Kellner kam zu ihr und brauchte ihre Hilfe. Luke ließ den Schlüssel baumeln. »Geh nur. Ich kümmere mich darum.«

»Danke. Und sag ihm, dass er auch mal Fotos machen soll.«

Er zwinkerte ihr zu.

In der folgenden Viertelstunde hatte Zoe wieder die Schürze übergezogen, damit ihr Kleid nicht schmutzig wurde und damit ihre Helfer für den Abend nichts anbrennen ließen, was eigentlich nur aufgewärmt werden sollte.

Als sie zum gefühlten hundertsten Mal an diesem Tag wieder aus der Küche kam, hörte sie die Stimme ihrer Schwester. Wie Zoe es sich vorgestellt hatte, saß Blaze schon bei Misses M. auf dem Schoß, um Zanya mal eine kleine Pause zu gönnen. Offenbar war Zanya ohne ihre Mutter gekommen. Zoe wusste nicht, ob sie erleichtert oder wütend darüber sein sollte.

»Hallo Schwesterherz.« Zoe ging ihrer jüngeren Schwester mit offenen Armen entgegen. »Ich habe gehofft, dass du kommen würdest.«

Zanya hatte Augenringe und noch ein paar Kilo Babyspeck auf den Rippen. Sie sah aus, als wäre sie um ein paar Jahre gealtert, seit Zoe sie das letzte Mal gesehen hatte.

Sie umarmten sich und Zanya flüsterte: »Mom ist zu Hause geblieben.«

»Weißt du, warum?«

»Du kennst sie doch. Wusste nicht, was sie anziehen sollte.«

Zoe hatte ihrer Mutter zu Weihnachten und zum Geburtstag schon oft Klamotten geschenkt. Sie war sich sicher, dass sie irgendwas in ihrem Schrank hatte, was für diese Party angemessen gewesen wäre. Das war nur eine Ausrede.

Sie sah an ihrem eigenen Kleid herab und hatte trotzdem ein schlechtes Gewissen.

»Und bevor du fragst: Zane arbeitet. Hat aber gemeint, dass er morgen vor der Arbeit mal kurz vorbeischaut.«

Sie mischten sich unter die Leute. Zanya winkte Blaze, dem es anscheinend nichts ausmachte, bei jemand anders auf dem Arm zu sein.

»Jo sagt, er stellt zurzeit nichts an.«

Zoe wartete auf eine Antwort auf ihre unausgesprochene Frage.

»Er trinkt nicht mehr so viel, wenn du das meinst. Zumindest soweit ich das weiß. Manchmal kommt er heim, um da zu schlafen.«

»Trägt er zum Lebensunterhalt bei?«

Zanya nickte und nahm sich ein paar Häppchen von einem Tablett.

»Schon. Laut Mom zwar nicht sehr viel. Aber wer weiß. Sie benimmt sich in letzter Zeit so komisch.«

Das klang nicht gut. »Sie schien nicht sehr glücklich, als ich vorhin da war.« Zoe wartete, dass ihre Schwester etwas wegen Blaze und dem Babysitten sagen würde.

Zanya hielt den Zahnstocher in die Luft. »Die sind echt lecker. Hast du die gemacht?«

Zoe nickte. »Und wie läuft es mit dir und Mylo?«

»Läuft. Er wollte kein Dad sein, aber er bemüht sich.«

»Passt er auf Blaze auf, während du arbeitest?« Eine provokante Frage, aber anscheinend würde Zanya sonst nichts erzählen.

»Ab und zu. Seine Mitbewohner haben was dagegen.«

Zoe wand sich innerlich. »Dann soll er sich halt seine eigene Wohnung suchen, meinst du nicht?«

Zanya starrte sie an und sagte nichts. »Lass mich raten. Mom hat sich beschwert, dass sie auf Blaze aufpassen muss.«

Das Letzte, was Zoe wollte, war, dass sie einen Zwist zwischen ihrer Schwester und ihrer Mutter provozierte.

»Es ist sicher nicht einfach für sie, Zanya.«

»Für mich ist es auch nicht einfach.«

Darum geht es jetzt doch nicht!

Statt zu sagen, was sie dachte, legte Zoe den Arm um ihre Schwester. »Ich weiß, dass es das nicht ist. Ich mache mir nur Sorgen.«

Zanya sah sie unsicher an und nahm sich von dem gerade angebotenen Tablett ein Glas Sekt. Zoe nahm sich keines, sondern trank weiter Mineralwasser. Es war mehr als wahrscheinlich, dass sie am Ende der Party mit Miss Ginas VW Bus die Gäste nach Hause bringen würde.

***

Die Anspannung blieb in Zoes Gesicht, auch als Zanya gegangen war, um sich um den quengelnden Blaze zu kümmern.

Luke beobachtete Zoe den ganzen Abend. Wie sie Tim den Autoschlüssel abnahm, wie sie in der Küche verschwand, mit den Kellnern und vollen Essenstabletts wieder erschien, wie sie auf die Zukunft des Brautpaars anstieß, aber lediglich nur einen winzigen Schluck Champagner nippte. Sie trank nicht viel, sie aß nicht viel und sie war eine perfekte Gastgeberin, als ob das Inn ihr gehörte und jeder Anwesende ein persönlicher Gast von ihr wäre.

Er versuchte, seine Hilfe anzubieten. Aber als sie nur lächelte und ihm versicherte, dass sie keine bräuchte, wollte er sich nicht aufdrängen.

Irgendwann begannen die ersten Gäste sich zu verabschieden. Diejenigen, die im Bed & Breakfast übernachteten, gingen die Treppen nach oben, die anderen suchten sich Mitfahrgelegenheiten mit Leuten, die nichts getrunken hatten.

Jo hatte mit einem Kleinbus ein paar Gäste nach Hause gebracht und würde gleich wiederkommen, um das Polizeiauto zu holen.

Miss Gina blickte auf das Chaos und warf die Hände in die Luft. »Es reicht auch, wenn wir morgen alles aufräumen«, verkündete sie. »Ich gehe ins Bett.«

»Du bist ein Engel.« Zoe gab Miss Gina einen Kuss auf die Wange.

Mel stellte die gebrauchten Gläser auf ein Tablett und brachte sie in die Küche. Zoe folgte ihr mit dem schmutzigen Geschirr.

Luke und Wyatt saßen im leeren Wohnzimmer.

»Was für eine Sause.« Wyatt legte die Füße auf den Couchtisch und lehnte den Kopf zurück.

»Ist gut gelaufen«, meinte Luke. »Keine Familienstreitereien, keiner hat auf den Teppich gekotzt.«

Wyatt lachte. »Wenn das deine Kriterien sind, mein Freund …«

»Ich war noch auf keiner Hochzeit, wo weder das eine noch das andere vorgekommen ist.«

»Anscheinend ist das bei Verlobungsfeiern anders.«

Zoe und Mel kamen wieder herein.

Wyatt rutschte auf dem Sofa ein Stück zur Seite und klopfte auf den leeren Platz neben sich. »Du hast Miss Gina gehört. Morgen ist noch Zeit genug.«

Mel wollte nicht widersprechen und ließ sich laut seufzend auf die Couch plumpsen.

Zoe dagegen räumte weiter ab.

»Du hast genug getan, Zoe. Mach mir kein schlechtes Gewissen, weil ich mich hinsetze«, rief ihr Mel hinterher.

»Ich räume das nur noch schnell in die Spülmaschine.«

Luke erhob sein Hinterteil und folgte Zoe. Er nahm ihr die Gläser ab, stellte das Tablett weg und zog sie fort.

Sie wollte protestieren, aber die anderen beobachteten sie.

Am liebsten hätte Luke sie auf seinen Schoß genommen. Stattdessen schob er sie sanft auf den Sessel neben sich und drückte auf ihre Schultern, damit sie sich hinsetzte. »So, schon viel besser.«

»Das Essen war unglaublich«, sagte Mel zu Zoe.

»Das ist halt das, was ich am besten kann.«

Luke wollte widersprechen, doch er hielt sich zurück. Er sah Zoe dabei zu, wie sie den Riemen ihres schwarzen Schuhes löste und diesen abstreifte. Als auch der zweite fort war, rieb sie sich die Sohlen. Ganz selbstverständlich hob er ihre Beine auf seinen Schoß.

Die Frau hatte wirklich wunderschöne Füße.

Als er sie mit dem Daumen zu massieren begann, stöhnte Zoe und schloss die Augen. »Du bist angestellt.«

»Wir müssen uns für die Hochzeit etwas anderes überlegen. Ich will nicht, dass du an unserem großen Tag so schwer arbeitest.«

Zoe öffnete ein Auge. »Du willst, dass jemand anderes kocht?«

»Ich will, dass du den Tag genießt. Außerdem wirst du ja ein Brautjungfernkleid tragen und nicht eine Schürze.«

Luke drückte auf einen Verspannungspunkt an der Wölbung ihrer Fußsohle.

Zoe stöhnte wieder. »Ich kann mein Team mitbringen. Oh Gott, mach das noch mal.«

Luke kam ihrer Aufforderung nach.

»Du hast ein Team?«, fragte Wyatt.

»Ich kann die richtigen Leute engagieren, die euch zubereiten, was ihr wollt. Wir müssen uns nur rechtzeitig auf das Menü einigen, bevor ich sie mal fragen kann.« Zoe hielt beim Sprechen die Augen geschlossen und wackelte mit den Zehen.

Luke widmete sich jedem Zeh einzeln, bevor er zum nächsten Fuß überging.

»Alle wollten wissen, wann der Hochzeitstermin ist.«

»Das überlasse ich dir«, sagte Wyatt zu Mel.

»Warum mir?«

»Weil mir alle Männer heute Abend gesagt haben, dass ich dir alle wichtigen Entscheidungen überlassen soll. Termin, Uhrzeit, Ort, Blumen, Essen, alles. Dann gibt es keine Diskussion und keinen Streit.«

»Willst du das nicht gemeinsam mit mir planen?«, fragte Mel.

Luke und Wyatt sahen sich an.

»Ich plane den Junggesellenabschied«, sagte Wyatt.

Mel zog die Stirn in Falten.

»Das ist meine Aufgabe«, mischte sich nun Luke ein.

Wyatt zeigte auf ihn und sagte zu Mel: »Dann komme ich einfach im passenden Outfit, zieh dir einen Ring über den Finger und küss dich vor der Kamera.«

Mel fand das offenbar nicht lustig.

Selbst Zoe hörte mit dem Stöhnen auf, öffnete die Augen und bemerkte die Anspannung in der Luft.

»Welche Blumen willst du?«, fragte Mel ihren Zukünftigen.

»Egal, Hauptsache keine aus Plastik.«

»Welche Hochzeitstorte?«

»Eine mit Schokolade.«

»Langweilig!«, warf Zoe ein.

»Es könnte eine mehrstöckige werden«, sagte Mel.

»Oder eine Mottotorte«, meinte Zoe.

»Sollen die Einladungskarten eher modern oder klassisch sein?«

»Ist mir egal.«

Luke wäre das auch egal.

»Was ist mit dem Termin? Wollt ihr den nicht gemeinsam festlegen?«

Wyatt beugte sich vor und küsste seine zukünftige Braut. »Es ist mir egal. Ich will, dass du glücklich bist. Wenn du sechs Monate brauchst, um die Hochzeit zu planen, einverstanden. Nur drei, noch besser. Wir werden für immer und ewig zusammen sein, also mach, was du machen musst.«

Nun musste Mel doch lächeln und küsste ihn.

Luke sah zu Zoe und merkte, dass sie die beiden beobachtete.

Als sie ihren Kuss beendet hatten, sagte Mel: »Wir sollten noch über das Budget sprechen.«

Wyatt zog sein Jackett vom Sofa und griff in die Innentasche. Er holte eine Handvoll Umschläge hervor und reichte sie Mel.

»Was ist das?«

»Eine kleine Unterstützung von unseren Familien und Freunden.«

»Echt?« Mel riss den ersten Umschlag auf und zog ein paar neue Hundertdollarscheine hervor.

»Von wem sind die?«

»Von meinen Eltern, deinem Dad. Großtante Minnie.«

»Ich habe keine Großtante Minnie.«

Wyatt lachte. »Ich auch nicht. Aber wen interessiert das? Die Leute wollen uns helfen. Nehmen wir es an.«

Zoe hob die Hand. »Da muss ich Wyatt recht geben.«

»Zähl das zusammen und ich finde heraus, was wir noch brauchen.«

»Der Junggesellenabschied geht auf mich.« Luke wollte seinen Beitrag deutlich machen.

»Und der Abschied für die Junggesellin geht auf mich.« Zoe lehnte den Kopf zurück und genoss wieder ihre Fußmassage.

»Es reicht, wenn wir im R&B was trinken gehen«, sagte Mel.

Zoe und Luke lachten laut auf.

Zoe blickte zu dem glücklichen Paar, dann wieder zu Luke zurück. »Ich hatte eher an Las Vegas gedacht.«

»Es gefällt mit, wie du denkst«, sagte Luke.

Kapitel 9

Wyatt und Mel hatten sich auf ihr Zimmer zurückgezogen und Jo war, nachdem sie Miss Ginas Bus zurückgebracht hatte, gleich mit dem Polizeiwagen heimgefahren. Sie wollte am nächsten Tag wiederkommen.

Zoe weigerte sich, ins Bett zu gehen, wenn in der Spüle noch schmutziges Geschirr stand oder Krümel auf den Tischen waren, über die die Ameisen herfallen würden.

Luke holte noch das letzte Geschirr von der Veranda herein und machte die Lichter draußen aus.

»Du musst mir nicht helfen.«

»Es reicht ein Danke.«

Zoe lächelte müde. »Danke.«

Er holte einen Müllbeutel aus dem Schränkchen unter der Spüle und zog ihn über den Abfalleimer.

»Du kannst es echt nicht bis morgen stehen lassen, oder?«

Ihre Hände ins Spülwasser gesteckt antwortete sie: »Kommt vielleicht daher, weil ich in der Villa Mobilia aufgewachsen bin.«

Es war eine Angewohnheit von ihr, aber sie erwartete nicht, dass man sie verstand.

Luke war mit dem Mülleimer fertig und rollte nun die Ärmel hoch.

Statt die Teller einfach nur abtropfen zu lassen, reichte sie sie Luke. Er trocknete sie ab und fand heraus, wo sie hingehörten.

»Mir ist aufgefallen, dass deine Mom nicht gekommen ist.«

»Das ist mir auch aufgefallen. War wahrscheinlich besser so.« Wenn ihre Mom wieder wegen irgendetwas beleidigt gewesen wäre, hätte Zoe das nur unnötig gestresst. Und irgendeinen Grund dazu fand ihre Mutter immer. Dass Zoe ihr nicht genügend Aufmerksamkeit schenkte oder dass jemand sie schief angeschaut hätte und heimlich über sie lästern würde. Außerdem war sie schon immer eifersüchtig auf die Beziehung zwischen Zoe und Miss Gina gewesen. »Zanya hat erzählt, dass Zane schon länger einen Job hat und auch zu Hause aushilft.«

»Habe ich auch gehört. Hoffentlich hält das an.«

»Das hoffe ich auch.« Ihr kleiner Bruder hatte bereits mehr Zusammenstöße mit dem Gesetz als Jo damals, bevor sie zum Polizeidienst ging.

»Was ist mit deiner Schwester?«

Zoe stöhnte. »Das weiß ich es selbst nicht genau. Sie hatte ihr Leben ganz gut im Griff, bevor Blaze auf die Welt kam. Aber jetzt, jetzt weiß ich nicht, was sie denkt.«

»Wahrscheinlich versucht sie nur, irgendwie durchzukommen.«

»Beschissen, so zu leben.«

»Jeder trifft selbst die Entscheidungen für sein Leben, mein Schatz. Darüber haben wir schon oft geredet.«

Das hatten sie. Schon als Teenager. Immerhin hatte es etwas Gutes. Zoe hatte durch die anderen gelernt, welchen Weg sie für ihr eigenes Leben *nicht* einschlagen wollte.

»Und trotzdem habe ich immer das Gefühl, dass ich irgendwie helfen müsste.«

Luke sagte eine Weile nichts. »Und wie würdest du helfen?«

»Geld schicken. Schauen, dass Zanya ihren Schulabschluss macht. Keine Ahnung, halt irgendwie helfen.«

Zanya hatte sich durch die Schule gemogelt, aber sechs Monate vor ihrem Abschluss alles geschmissen.

»Hat Zanya gesagt, dass sie die Schule fertigmachen will?«

»Nein.«

»Und was würde es helfen, wenn du Geld gibst, für das du hart arbeitest?«, fragte Luke.

Zoe sah ihm zu, während er zwei Gläser in die Kiste zurückstellte, die Miss Gina für die Party bestellt hatte. »Sie wird nur weiter ihr Leben damit verplempern.«

»Sie muss das doch wollen.«

Luke hatte ihr von Anfang an immer dasselbe gesagt. Nämlich, dass nicht Zoe, sondern ihre Mutter, ihr Vater und ihre Geschwister selbst für sich verantwortlich waren. Auch wenn einem ein schwieriger Ball zugespielt wurde, konnte man sich entscheiden, ob man wenigstens versuchte, ihn zu kriegen, oder ob man den Ball einfach ins Aus fallen ließ.

»Meinst du, dass Zane mehr Ehrgeiz hat? Dass er mal aus diesem verdammten Mobilheim raus will?«

Schweigend blickte Zoe auf.

Luke trocknete ein Glas ab. Seine Haare hingen ihm in die Augen, mit denen er sie durchdringend ansah. »Ihr seid alle im selben Zuhause großgeworden und ich glaube, du lebst ihm vor, dass das Leben auch noch andere Möglichkeiten bietet. Das hast du deinen beiden Geschwistern doch gezeigt, Zoe. Es liegt an ihnen, ob sie etwas aus ihrem Leben machen.«

»Vielleicht wissen sie nicht, wie sie es anstellen sollen?«

Luke ging zu ihr, drehte den Wasserhahn ab, nahm ihre Hände. »Ich kenne dich, Zoe. Du hast beiden gesagt, dass du für sie da bist, wenn sie dich brauchen, stimmt's?«

Sie nickte.

»Du hast ihnen gesagt, dass du ihnen hilfst.«

Wieder nickte sie.

»Du hast ihnen wahrscheinlich auch Geld gegeben, ohne dass sie die Hand aufgehalten haben.«

»Ja, jedes Weihnachten.«

»Jetzt liegt es an ihnen. Es ist ihr Leben. Sie müssen ihren eigenen Weg gehen.«

Zoe senkte den Kopf und schloss die Augen. Sie sah ihren kleinen Bruder und ihre Schwester vor sich, an dem Tag, als ihr Vater verurteilt wurde und ihre Mutter von der Gerichtsverhandlung nach Hause gekommen war. Die Furcht in den Augen ihrer Mom war genauso groß wie Zoes Freude gewesen. Auch wenn alle froh waren, nicht mehr verprügelt zu werden, so entstand doch eine Unsicherheit, wenn die Schläge ausblieben. Ein Paradox, das nur Opfer von häuslicher Gewalt verstehen konnten.

Zoe wusste das. Aber sie selbst schaute nie zurück. Sie hatte sich geschworen, ihre Mom zu unterstützen, damit sie wenigstens in dem heruntergekommenen Mobilheim bleiben konnte.

»Du bist die *Schwester* der beiden, Zoe. Nicht ihre Mutter.«

»Ich habe mich immer gefühlt, als wäre ich beides«, flüsterte sie.

Luke nahm ihr Kinn.

Als sie die Augen wieder öffnete, sah sie in seinem Blick, dass er sie verstand und auf ihrer Seite war.

»Ich hasse es, zu sehen, wie sehr es dir wehtut.«

Und es tat ihr tatsächlich weh, mehr als sie zugeben wollte. »Ich wünschte, es könnte mir egal sein.«

Luke streichelte ihre Wange mit dem Daumen. »Sie sind dir aber nicht egal und genau deshalb tut es auch so weh. Wenn es dich kaltlassen würde, wärst du nicht die Zoe, die du bist. Du darfst dich nur nicht davon herunterziehen lassen.«

»Du hast recht.«

Er zwinkerte und erlaubte sich ein schelmisches Grinsen. »Ich habe immer recht.«

»Sehr bescheiden.«

Es gefiel ihr, seine Hand an ihrem Kinn zu spüren. Dass er sie so gut verstand, weckte den Wunsch, sich in seine Umarmung zu schmiegen und einfach dort zu bleiben.

»Ich sollte besser gehen«, flüsterte er.

Nein! Sie wollte nicht, dass er ging. »Und was, wenn du bleibst?«

Er trat einen Schritt näher, sodass sie die Wärme seines Körpers fühlte. »Dann nehme ich dich mit ins Bett.«

Ja! Eine viel bessere Idee.

»Und am Morgen fahre ich so früh, dass uns niemand Fragen stellt, bis wir bereit sind, sie zu beantworten.«

Zoe war sich nicht sicher, ob sie jemals die Antwort auf solche Fragen wissen würde. »Ich reise am Montag ab.«

»Weiß ich.«

»Sollen wir so tun, als ob nichts geschehen wäre?« Der Gedanke tat ihr weh.

Luke fuhr über ihre Unterlippe, sein Blick wanderte von ihren Augen zu seiner Hand am Kinn. »Nein. Ich werde dich anrufen und du wirst ans Telefon gehen.«

»Werde ich?«

»Wirst du. Und dann werden wir uns wiedersehen.«

Sie sah ein Bild wie aus einem Schwarz-Weiß-Film vor sich, wie sie im strömenden Regen in seine ausgebreiteten Arme lief.

»Ein Tag nach dem anderen.«

Nun nahm er ihr Gesicht in beide Hände.

»Was, wenn es nicht klappt, Luke?«

Er drückte seinen Körper gegen ihren, die Küchentheke dahinter ließ keine Ausweichmöglichkeit zu. »Dann sehen wir, was passiert, falls der Fall eintritt. Für jetzt meine ich, dass wir es versuchen sollten.«

Zoe umfasste mit einer Hand seine Hüfte, mit der anderen hielt sie sich an der Theke fest.

»Wir haben uns nie sehr anstrengen müssen.«

»Nein.« Er küsste sie, bis sich ihr Atem vereinte. »Mussten wir nie.«

Sein federleichter Kuss erinnerte sie an ihren allerersten. Sie hatte solche Angst gehabt, dass Luke Miller vielleicht nur Scherze mit ihr machte. Wie konnte jemand, der so gut aussah, etwas mit einem Mädchen vom falschen Ende der Stadt anfangen wollen? Aber er hatte sie so zärtlich geküsst, dass sie diejenige war, die mehr wollte. Wie jetzt, als er aufhörte, nachdem er sie nur kurz berührt hatte. Sie zog ihn an sich.

Zoe spürte, wie er unter ihren Lippen lächelte und sie bettelte, bis er ihr mehr gab.

Ihr Herz hüpfte in der Brust, alle Nervenenden lebten auf. Seine Hände fuhren durch ihre Haare, neigten ihren Kopf nach hinten für einen langen Drink.

Lukes Zunge tanzte mit ihrer zu einer Musik, die bekannt, aber doch so anders war. Sie waren zusammen aufgewachsen, hatten in dem Jahrzehnt, in dem sie getrennt gewesen waren, von anderen gelernt. Aber das hier war irgendwie besser. Vielleicht, weil sie sich das Verlangen für so lange Zeit untersagt hatten. Vielleicht auch, weil jetzt in der Berührung ein Risiko lag, das es nicht gegeben hatte, als sie jung waren.

Als Teenager hatten sie nicht an morgen gedacht.

Sie waren immer vorsichtig gewesen, hatten Kondome benutzt, Zoe hatte die Antibabypille genommen, da war sie nie ein Risiko eingegangen. Ihr Herz hatte eine Weile gebraucht, sich darauf einzustellen. Weil es ihr nicht leichtfiel, anderen zu vertrauen. Jetzt wusste sie, selbst ohne bewusst darüber nachzudenken, dass ihr Herz gefährdeter war als damals.

Sie versuchte, die Gedanken an ein gebrochenes Herz aus ihrem Kopf zu verbannen und erlaubte sich, einfach nur zu genießen.

Luke hielt sie. Sonst würde sie wie Lava zerfließen. Ihn zu küssen war eine Ganzkörpererfahrung. Sein Knie drückte zwischen ihre Beine, seine Hände streichelten über ihren Rücken, bis hoch zum Kopf, um die Position ihrer Lippen zu verändern.

Sein Körper war fest und stärker als zu Teenagerzeiten. Seine Schultern, die sein T-Shirt dehnten, füllten ihre Hände.

Luke zog seine Lippen von ihren fort. »Du fühlst dich fantastisch an.«

Sie nickte zustimmend, konnte nicht die passenden Worte finden.

Wieder küsste er sie, bis sie zu atmen vergaß.

»Wir sollten …« Er ließ sie los. »Nach oben …«

Zoe lächelte und ließ sich von ihm hinaufführen.

Sie nahmen die hintere Treppe in den ersten Stock, gingen durch den Flur in den zweiten. Luke kannte zwar das Bed & Breakfast, aber er wusste nicht, in welchem Zimmer sie war. Zoe ging voraus.

Sie nannte es das blaue Zimmer, obwohl das einzig Blaue dort das Bettzeug war. Wie in den anderen Räumen standen frische Blumen auf dem Beistelltisch und kleine Duftsäckchen ließen die Luft nach Lavendel riechen. Außerdem hatte jedes Zimmer ein eigenes Bad, damit die Gäste den Raum nur verlassen mussten, wenn sie etwas essen wollten. Das Zimmer, in dem sie immer schlief, wenn sie bei Miss Gina wohnte, lag etwas abseits von den anderen Gasträumen, was Zoe sehr gefiel.

»Ah, das weiße Zimmer«, sagte Luke, als er es betrat.

»Es ist das blaue.«

Luke schloss die Tür hinter sich und drehte das Licht an. »Hier ist doch alles weiß.«

Zoe zeigte auf das Bett. »Blau.«

Luke grinste schief. »Wegen der kleinen blauen Blümchen auf der Bettwäsche ist es das blaue Zimmer?«

»Die Seife im Bad ist auch blau.«

»Du bist süß.«

Zoe drehte sich einmal im Kreis. »Die Kerze ist blau.«

»Stimmt. Und eine einzige blaue Kerze in einem weißen Zimmer macht es zum blauen Zimmer.«

Sie stemmte die Hände in die Hüften. »Warum sprechen wir über das Zimmer?«

Luke umfasste ihre Taille und drückte sie gegen das blau geblümte Bett, das in der Mitte des Raums stand. »Tun wir doch gar nicht.« Er küsste sie und musste lachen. »Aber es ist doch weiß.«

Zoe drehte ihn um und drückte ihn aufs Bett.

Er fiel grinsend darauf und stützte sich sogleich auf die Ellbogen. »Dominant. Das gefällt mir.«

»Ich kann mich nicht erinnern, dass du auf so etwas stehst.« Zoe drängte sich zwischen seine Beine und stand vor ihm.

»In zehn Jahren kann sich viel ändern.«

Oh ja, das konnte man wohl laut sagen. Sie legte ihre Arme auf den Rücken und zog den Reißverschluss ihres Kleids auf.

Luke starrte sie an und sein Grinsen verrutschte. Seine blauen Augen verdunkelten sich. Auf halbem Weg begann, der Reißverschluss zu klemmen.

Sie ruckelte daran, versuchte ihn zu lösen.

Ohne Erfolg.

Der lustvolle Blick von Luke verwandelte sich wieder in ein Grinsen.

So viel zu meinem sexy Moment.

»Klemmt was?«

»Mann, dabei wollte ich dir doch 'ne Stripshow präsentieren.« Zoe ließ die Arme fallen und trat einen Schritt zurück.

Luke setzte sich auf, umfasste ihre Hüfte und drehte sie um.

Sie hob ihre Haare hoch und legte sie über eine Schulter nach vorn.

Aber Luke zog nicht am Reißverschluss. Er ließ seine Finger ihre Hüfte bis zur Kniekehle entlangwandern. Dann fuhr er mit beiden Händen wieder zu ihrer Taille zurück.

Sie schloss die Augen, genoss seine Berührung.

Seine Hände fühlten sich groß und kräftig auf ihrem Rücken an, sein Daumen fuhr über den störrischen Reißverschluss.

Doch statt das Kleid auszuziehen, massierte er mit den Fingerknöcheln ihren Rücken, dann glitt er durch den offenen Teil hinein.

Er berührte sie nur ganz sanft, doch ihr Körper war wie elektrisiert.

Luke richtete sich auf, seine Hände lagen noch auf ihren Armen.

Er lupfte den Träger ihres Kleides, streifte ihn über die eine Schulter. Seine Berührung sorgte für ein Prickeln, das seine Lippen mit jedem Kuss wegzauberten. Sie legte den Kopf schief, ließ die Haare fallen.

Luke fuhr mit der Zunge ihren Hals entlang und biss sanft hinein.

Sie zitterte. Vergangene Erinnerungen mischten sich mit neuen Gefühlen. In ihrem letzten Schuljahr gab es diese Vampirfilme und Luke hatte damals geschworen, dass er bei ihr ein Leben lang Vampir spielen würde.

»So ein sexy Hals«, flüsterte er ihr ins Ohr.

Sie grinste, biss sich in die Lippe, wartete.

Als er an ihrem Ohrläppchen knabberte, wurden ihre Knie weich.

Luke umfasste ihre Taille und hielt sie, während er die Stellen, die sie schwach werden ließen, neu entdeckte.

Zoe packte seinen Arm und ließ ihren Kopf auf seine Schulter sinken.

»Genau diese Stelle habe ich vermisst.« Er küsste sie hinter dem Ohr und um ihren Hals herum bis zur anderen Seite. »Und diese auch.«

»Nur diese beiden Stellen?«, fragte sie atemlos.

»Es gibt noch andere, aber jetzt gerade sind es diese beiden.« Er streifte ihre Haare zur Seite und biss ein bisschen fester hinein. Er küsste und leckte den Weg zu ihrer Schulter entlang.

Irgendwie hatte er es in der Zwischenzeit auch geschafft, den Reißverschluss zu öffnen und ließ nun ihr Kleid zu Boden fallen.

Sie stand in ihrem schwarzen Spitzen-BH und dem kaum vorhandenen Höschen vor ihm und fragte sich, was Luke sah. Wie er hatte auch sie sich seit früher verändert. Ihre Hüften waren etwas breiter, ihre Brüste voller.

Luke drehte sie um, nahm ihren Körper in Augenschein, während er immer noch ihre Taille hielt.

»Du bist so schön.«

Nun dachte sie nicht mehr an ihre Rundungen. »Und jetzt bist du dran«, sagte sie zu ihm.

Er begann etwas ungeschickt, die Knöpfe seines Hemds zu öffnen. Beim dritten wurde Zoe ungeduldig und wischte seine Hand fort, um sich selbst der Sache anzunehmen. Als das Hemd offen war, berührte sie seine definierte Brust. Der Mann, der nun vor ihr stand, sah so viel besser aus, als der Highschool-Freund, mit dem sie damals Schluss gemacht hatte.

Sie küsste sein Schlüsselbein und nun war sie diejenige, die an seinem Hals knabberte. Sie genoss das Gefühl, das seine Bartstoppeln an ihren Wangen hinterließen.

Seine Hand fuhr unter ihren BH, umfasste ihre Brust und drückte leicht zu, während sie über seine Lippen leckte. Als sie sich endlich küssten, wurden ihre Berührungen fester, feuriger. Es waren heiße, hungrige Küsse, von denen sie so viele Jahre lang geträumt hatte, ohne dass sie es sich selbst eingestanden hätte.

Luke streifte sein Hemd ab, ein Ärmel nach dem anderen, ohne sie auch nur eine einzige Sekunde lang loszulassen.

Zoe griff nach der Gürtelschnalle, ließ sich aber von der Ausbeulung ablenken, die durch den Platzmangel innerhalb der Hose entstanden war. Sie berührte sie und hörte, wie er die Luft einsog.

Als sie ihn fester umfasste, hörte Luke auf, sie zu küssen. Seine Lippen waren vor ihren und er stöhnte laut auf.

»Du machst mich fertig.«

»Ist das gut?«

Als Antwort folgte ein Kuss, bei dem sie Arme und Beine ineinander verschlangen.

Als seine Hose auf dem Boden landete, legte Zoe ein Bein um seine Hüfte und drückte sich an ihn.

Sie atmeten stoßweise.

Zoe umklammerte seine Pobacken und zog ihm die Boxershorts aus. Als ob sie einen eigenen Willen hätte, war seine Erektion plötzlich in ihrer Hand. Sie fühlte sich seidig, heiß und schwer an und Zoe erinnerte sich wieder an alles. Sie wollte ihn schmecken. Früher war sie zu schüchtern gewesen. Die Zoe von damals, das junge, unerfahrene Mädchen. Jetzt war aus ihr eine Frau geworden und sie hatte vor, Luke wissen zu lassen, dass sie erwachsen war.

Sie drückte ihn auf den Rücken und küsste seine Brust entlang. Ihre Zähne blieben über seiner festen Brustwarze, mit der Zunge machte sie sie noch härter. Sie küsste sich hinab und spürte, wie Luke seine Bauchmuskeln anspannte, als er merkte, was sie vorhatte.

Sie fuhr mit ihren Fingernägeln über seine Hüfte, seinen Oberschenkel entlang, während sie sich zu der Stelle vorküsste, zu der sie hinwollte.

Luke wandte sich vor Erregung, seine Hüften beugten sich ihr entgegen.

Sie küsste seinen Nabel, fühlte seinen Schaft an ihrem Kinn. Ihre Zungenspitze berührte ihn, nahm eine Kostprobe. Luke legte seine Hand auf ihren Hinterkopf. Er zog sie weder an sich, noch schob er sie fort.

Als sie aufblickte, sah sie, dass er ihr mit halb geöffneten Augen zusah. Ohne den Blick von seinen Augen zu lassen, nahm sie ihn in die Wärme ihres Mundes auf. Sie wusste nicht, wer lauter stöhnte, er oder sie. Wahrscheinlich er, aber sie liebte seine Reaktion und nahm ihn noch tiefer auf.

»Oh Gott, Zoe.«

Sie summte, bewegte sich weiter, überließ ihrer Hand die Stellen, die nicht in den Mund passten.

Er hatte nun beide Hände in ihren Haaren, holte sie zu sich heran und drückte sie wieder hinab für mehr. Doch dann unterbrach er ihr Vorhaben. »Ein andermal«, stöhnte er, zog sie nach oben und drehte sie auf den Rücken. »Bring das ein andermal zu Ende.«

»Ganz sicher«, antwortete sie.

Er fuhr mit dem Daumen über ihre Unterlippe und küsste sie.

Als er sie von ihrem Spitzenslip befreite, hob sie ihre Hüfte, um es ihm zu erleichtern. Seine Finger breiteten sich über ihrem Bauch aus und dann glitt er damit in ihre feuchte Mitte.

Sie stöhnte, war bereit für alles, was Luke mit ihr machen wollte. »Ich will dich in mir, Luke.«

Er bewegte seine Finger. »Da bin ich doch schon.«

Sie boxte ihn mit der Faust auf die Brust. »Nicht damit.«

»Du ungeduldiges Luder.«

»Luke«, warnte sie ihn.

Er küsste sie, dann beugte er sich hinab zu seinen Hosen, zog ein Kondom aus der Brieftasche und gab es ihr.

Sie nahm seine Erektion, bedeckte sie und legte sich zurück.

Luke drückte ihre Beine auseinander und während er ganz langsam in sie eindrang, sah er sie an, bis er sie vollständig ausfüllte. Sie hielten beide ganz still, ihre Körper vereint. Luke zeigte ein langsames, wissendes Lächeln und begann, sich zu bewegen. Und als er sie küsste, war Zoe so voller Emotionen, dass ihr Hals dabei eng wurde.

Er flüsterte süße Worte, während er ihren Körper eroberte. Das Bett quietschte leise, doch bald hörte sie nur noch ihren eigenen Herzschlag und ihren schnellen Atem, während sie dem Höhepunkt näherkamen. Als sich ihre Muskeln anspannten, kurz bevor sie explodierte, legte sie die Beine um Lukes Hüfte, damit er noch tiefer in ihr war. Sie zitterte, als sie kam, und rief seinen Namen und wusste, dass ihr Leben nicht mehr war wie früher.

KAPITEL 10

Luke betrat sein Schlafzimmer, während gerade die ersten Sonnenstrahlen durchs Fenster fielen.

Aufzubrechen und Zoe zurückzulassen, war ihm schwerer gefallen als alles andere in den letzten Jahren. Ihr strahlendes Lächeln und wie sie ihn so zögerlich aus dem Bett geschubst hatte, sagte ihm, dass es ihr genauso ging wie ihm.

In seinem Geldbeutel waren keine Kondome mehr und er spürte seine Muskeln.

Sie hatten gerade mal zwei Stunden geschlafen, bevor sie sich ein weiteres letztes Mal liebten.

Er hatte sich in der Nacht geschworen, nicht zu sehr darüber nachzudenken, was zwischen ihnen gerade passierte. Keine Sekunde hatte er gedacht, dass es nur um Sex ging. Mit Zoe war es noch nie so gewesen. Na ja, als Teenager vielleicht, da war es schon darum gegangen, Sex zu haben. Um ehrlich zu sein, hatte er Zoe das erste Mal bemerkt, weil ihn sein Schwanz auf sie aufmerksam gemacht hatte. Er war die meiste Zeit des Sommers weg gewesen, bei seinen Großeltern, den Eltern seiner Mom, die in der Nähe von Seattle wohnten. Er hatte gar nicht fahren wollen, aber seine Eltern hatten ihm wahrscheinlich das Ticket gekauft, damit er sie nicht noch verrückt machte. Das war das

Jahr gewesen, in dem er entdeckt hatte, dass es Mädchen gab. Sehr zu seiner Freude hatten die Mädchen auch entdeckt, dass es ihn gab. Dort verbrachte er einen der besten Sommer seines Lebens. Die Mädels flirteten mit ihm. Und weil sie wussten, dass er später nicht mehr da sein würde, wenn im Herbst die Schule wieder losging, und er somit keine Probleme mit ihren festen Freunden machen würde, gab es auch mal mehr. Luke ließ sich vor allem mit den Mädchen ein, die Lust auf *mehr* hatten. Als er nach River Bend zurückkam, war sein Ego im gleichen Maße gewachsen wie sein Selbstvertrauen.

Er erinnerte sich ganz genau an den heißen Augusttag. Er hatte gehört, dass Jo und ihre Clique mit einer Flasche Whiskey, Wodka oder was auch immer sie ergattern konnten, zum Fluss zum Baden gehen wollten. Es gab eigentlich nur eine einzige Stelle dort, die zum Baden geeignet war, und jeder kannte sie.

Luke gabelte Baily und Mike auf. Sie fuhren zum Fluss, um die Mädels zu beobachten.

Sie parkten weit entfernt von der Badestelle und liefen zu Fuß den weiten Weg dorthin. Sie hofften, dass die Mädchen ihre Badebekleidung vergessen hatten.

Was nicht der Fall war.

Aber trotz Bikini machte es genauso viel Spaß, sie zu beobachten. Vor allem Zoe. Luke hatte gleich zweimal hinsehen müssen. Sonst versteckte sie sich unter weiten Shirts und dicken Pullis. In hässlichen Klamotten, die nicht gut passten und die keinen Hingucker aus ihr machten. Selbst der Bikini, den sie an diesem Tag anhatte, passte nicht richtig. Er war viel zu klein. Ihre Brüste fielen fast aus dem Oberteil und das Höschen bedeckte kaum die Pobacken.

Luke war verzaubert.

Er saß mit den anderen Jungs auf den Bäumen und beobachtete eine halbe Stunde lang die Mädchen, bevor sie sich absichtlich verrieten, indem sie *aus Versehen* eine halb leere Bierdose fallen ließen.

Jo sah die Jungs als Erste und fluchte.

Mel tauchte ins Wasser.

Und Zoe? Sie stemmte die Hände in die Hüften und starrte sie böse an.

Am Ende des Tages waren Whiskeyflasche und Sixpack leer und alle saßen unter dem Sternenhimmel am Lagerfeuer. Luke hatte sich sogar getraut, Zoes Hand zu halten.

Ja, das war schon ein großes Ereignis gewesen.

Nach dem Sex im Sommer war er wieder beim Händchenhalten angelangt. Und es war total aufregend.

Luke sah sich in seiner Junggesellenwohnung und der kleinen Küche um. Zoe hatte noch nie hier gekocht, aber er stellte sich vor, wie sie am Herd stand und ihn für frisches Basilikum oder Thymian – was auch immer – zum Kräutergarten seiner Mutter schickte. Vielleicht sollte er ein paar Kräuter für Zoe anpflanzen.

Was dachte er sich denn da?

Sie hatten gerade zum ersten Mal, seit der Zeit, als man sie noch nicht einmal in eine Bar hineingelassen hatte, wieder etwas miteinander gehabt.

Bei der Erinnerung an die Nacht lächelte er versonnen und fand, dass er eher eine Dusche brauchte als noch ein paar Stunden Schlaf. Er musste planen.

***

»Du weißt schon, dass das blaue Zimmer genau über meinem liegt, oder?«

Zoe blinzelte nur, während sie fieberhaft nach einer Ausrede suchte. Aber wenn sie jetzt log, würde es später nur umso schwieriger werden. »Luke sagt, es müsste eher das weiße Zimmer genannt werden.«

Mel rollte mit den Augen. »Der Bettbezug ist blau.«

»Nicht wahr, find ich auch.«

Mel grinste. »Gibt es da irgendetwas, das du uns erzählen müsstest?«

Zoe, Jo und Mel saßen auf der Hinterveranda von Miss Ginas Bed & Breakfast und blätterten durch Hochzeitsmagazine. Sie suchten all das verrückte Zeug aus, das man eben aussuchen musste, wenn man eine Hochzeitsfeier plante.

»Wovon redet ihr denn?«, fragte Jo, die von dem, was eigentlich offensichtlich war, gar nichts mitbekommen hatte.

Zoe nahm ihren Eistee und sagte über den Rand des Glases: »Luke hat die Nacht mit mir verbracht.«

Jo blickte von den weißen Spitzenkleidern in der Zeitschrift auf. »Die Nacht verbracht.«

»Ganz platonisch im selben Zimmer geschlafen?«, fragte Mel und wusste dabei ganz genau, dass das nicht der Fall war.

Zoe begann mit einem Nicken, das sogleich zu einem Kopfschütteln wurde. »Wir haben uns bis um zwei wie die Kaninchen besprungen, bis wir eingeschlafen sind. Und gegen sechs ist er gegangen.«

»Um fünf Uhr dreißig«, korrigierte Mel. »Nach einer weiteren Runde.«

»Gott, Zoe, und was bedeutet das?«, fragte Jo.

Zoe ließ die Hände in den Schoß fallen. »Woher zum Kuckuck soll ich denn wissen, was das bedeutet? Es heißt nur, dass wir Sex mögen und dass wir gut darin sind.«

»Wir sprechen hier von Luke.«

Zoe und Jo blickten sich an. »Ich weiß.«

»Wenn es hier um Luke geht, dann ist es aber mehr als nur Sex«, wandte Mel ein.

Jos Blick sagte dasselbe.

»Er ist zu mir nach Texas gekommen. Hat mit einem meiner Nachbarn geredet, um die Bar zu finden, in der wir an dem Abend waren.«

»Das kann nur böse ausgehen«, sagte Jo und sprach damit Zoes größte Befürchtung laut aus.

»Wer sagt denn, dass es überhaupt ein Ende nimmt?«, fragte Mel. »Luke und Zoe gehören zusammen.«

»Ich lebe in Texas, Mel.«

Aber Miss Optimismus, mit ihrem glänzenden neuen Verlobungsring und den läutenden Hochzeitsglocken, dachte nicht an mögliche Trennungen und an Streit.

Jo offenbar schon.

»Habt ihr darüber geredet, bevor es passiert ist? Oder ist es einfach passiert?«

»Ein bisschen von beidem.«

Jo fuhr sich durch die Haare. »Ich hätte ihn letztes Jahr fast verhaften müssen, als du nach dem Klassentreffen wieder gegangen bist, Zoe. Er hat eine Schwachstelle, wenn es um dich geht.«

Sie wollte nichts zwischen sich und Jo kommen lassen, sie wollte Jo auf ihrer Seite haben. »Ich weiß, dass du dir Sorgen machst, Jo. Ich bin selbst auch ziemlich verwirrt. Aber seit Luke einfach in Dallas aufgekreuzt ist, kriege ich ihn nicht mehr aus meinem Kopf. Hier zu sein macht es noch schwieriger, an irgendetwas anderes zu denken als daran, wie es früher mit uns war.«

»Du reist morgen ab«, warf Jo ein.

Jo war zerrissen. Wie konnte es auch anders sein, wenn sie diejenige war, die die einzelnen Teile wieder aufsammeln musste, sobald Zoe abgereist war?

»Aber du kommst wieder zurück. Sehr oft.« Mel war wie ein Mittelkind, das zwischen den jüngeren und älteren Geschwistern vermittelte.

»Und Luke kann auch ins Flugzeug steigen, um mich zu besuchen.«

»Hat er das gesagt?«, fragte Jo.

»Er hat Andeutungen gemacht.«

Mel winkte zwischen den beiden. »Oh Mann, jetzt hört aber auf. Es ist doch toll. Zoe und Luke kommen wieder zusammen, das ist wie bei Sandy und Danny aus dem Film ›Grease‹. Es ist großartig und wundervoll.«

»Ich glaube, Jo hat Angst vor einem Ende wie bei Romeo und Julia.«

Jo nickte. »Kein perfektes Ende.«

»Jetzt sei nicht so melodramatisch. Niemand wird sich umbringen.« Mel gab Jo einen Klaps aufs Knie und brach die Anspannung. »Also, wie war's?«

Jos Lippen verzogen sich leicht nach oben und sagten Zoe damit, dass sie ebenfalls alles ganz genau wissen wollte.

»Kann es sein, dass sein Schwanz in den letzten zehn Jahren größer geworden ist?«

Mel quietschte und Jo blickte in den Himmel, als ob sie über diese Frage nachdenken würde.

Die folgende Stunde redeten sie nur über Sex in verschiedenen Formen. Versöhnungssex, Verlobungspartysex und Sex mit namenlosen Männern, wie der, mit dem Jo in Dallas ins Bett gehüpft war. Er war nur namenlos geblieben, weil sie sonst in der Datenbank nach ihm gesucht hätte. Eine Berufskrankheit, wie sie sagte. Seine Tattoos verrieten, dass er eine dunkle Vergangenheit hatte, aber verdammt, war er vielleicht eine heiße Nummer im Bett gewesen.

Laut Jo jedenfalls.

Das Thema wurde erst gewechselt, als Wyatt und Hope mit Wyatts Eltern gegen Mittag zurückkamen.

Zoes Handy vibrierte in ihrer Tasche, während sie gerade Kekse für Miss Gina und ihre Gäste backte.

Luke.

Ich weiß nicht mehr, wann ich das letzte Mal mitten am Sonntag ein Nickerchen gemacht habe.

Bin auch todmüde.

Hat mich wer gesehen?

Zoe lehnte sich an die Arbeitsfläche der Küche und freute sich über diesen neuen Kommunikationsweg mit Luke. Zu Highschool-Zeiten hatten sie sich keine Handys leisten können. Sie waren wahrscheinlich das einzige Paar damals, das sich nicht gegenseitig Nacktbilder schickte. Zoe war plötzlich ganz dankbar, dass es solche blöden Bilder von ihr nicht gab, die vielleicht sonstwo landen konnten.

Nein, aber Mel und Wyatt haben uns gehört, waren ja direkt unter uns.

Au weia. Zwanzig Fragen?

Als die Ofenuhr piepste, legte sie kurz das Handy ab und holte das Keksblech aus dem Ofen. Dann schrieb sie zurück.

Luke hatte ein ungeduldiges Fragezeichen hinterhergeschickt, als sie nicht schnell genug geantwortet hatte.

Tschuldigung, backe gerade. Ja, mindestens zwanzig Fragen. Jo macht sich Sorgen, Mel freut sich.

Diesmal wartete Zoe ungeduldig auf seine Nachricht, während die drei Punkte zeigten, dass er zurückschrieb. Endlich kam sein Text. Höre nur auf Mels Rat. Ich werde mir Jo mal vorknöpfen.

Zoe starrte eine ganze Minute lang auf ihr Handy. Machen wir vielleicht gerade einen Fehler?

Er antwortete sofort. Es fühlt sich nicht falsch an.

Stimmt.

Er schrieb, dass er nach dem Abendessen käme und dann könnten sie vielleicht ins R&B gehen.

Zoe zählte die Stunden und fand, dass ein Nickerchen genau der richtige Zeitvertreib wäre, bis Luke sie endlich abholte.

Kapitel 11

Zoe stand vor den Töpfen. Das Restaurant war gesteckt voll mit Gästen, die zum Abendessen gekommen waren.

Je weniger Dienste sie im Nahana übernahm, umso mehr hatte sie zu tun, wenn sie da war. Das Restaurant gab vorher bekannt, wann Zoe kochen würde und dann waren sie stets ausgebucht. Zoe hatte gedacht, es sei einfacher, wenn sie nur noch zwei Wochenenddienste im Monat übernahm. Am Ende ihrer Schicht aber fühlte es sich an, als hätte sie doppelt so viel gearbeitet.

Mit dem Kopf war sie ihren Händen stets fünf Schritte voraus und wenn so viel Betrieb in der Küche herrschte wie jetzt, dann forderte sie von den anderen, dass sie genauso hart arbeiteten wie sie. Sie war als Küchenchefin sicher kein Unmensch, aber sie konnte es nicht ausstehen, wenn jemand faul war. »Warum ist der Lachs noch hier?«, rief sie, wer auch immer es gerade hörte, damit das Essen schleunigst serviert wurde, bevor es abkühlte.

Als sie wieder aufsah, war der Lachs weg.

Sie schmeckte das Knoblauch-Sauté ihres Souschefs ab, bevor sie es über das beliebte vegetarische Pastagericht goss. Zoe stellte den Teller neben das Filet und den Entenbraten, die zur selben Bestellung gehörten, und rief den Oberkellner, der eiligst die fertigen Gerichte fortbrachte.

Neue Bestellungen erschienen auf dem Bildschirm, woraufhin ein paar der Köche aufstöhnten.

»Die wissen wieder, dass du heute da bist, Zoe«, sagte Oliver. Er war ihr Stellvertreter und fast genauso talentiert wie sie.

Die nächsten beiden Stunden vergingen wie im Flug. Erst gegen zehn wurde es langsam etwas ruhiger.

Zoe konnte sich jetzt die Zeit nehmen, zu sehen, was der Konditor so machte und probierte einzelne Köstlichkeiten. Sie lehnte das Himbeertopping auf der Crème brûlée ab, nachdem sie sich eine Himbeere in den Mund gesteckt hatte und sie zu sauer fand. Sie machte sich dadurch nicht beliebt, aber sie war der Meinung, dass man Leuten, die zwanzig Dollar für eine Nachspeise zahlten, nichts anbieten durfte, was nicht perfekt war. Und weil sie war, wer sie war, ging Zoe durch die Küchentür und betrat das Restaurant. Der Oberkellner führte sie zu einem Tisch mit sechs Gästen, von denen drei das Dessert bestellt hatten, das sie gerade vom Menü entfernt hatte.

Sie stellte sich vor und entschuldigte sich für die Unannehmlichkeit.

Es erstaunte sie immer wieder, dass man sie überall kannte, und dass manche Gäste nur wegen ihr ins Nahana kamen, auch wenn sie gar nicht in der Gegend wohnten.

Zoe ging von Tisch zu Tisch, fragte, ob es schmeckte, und stellte sich auch neben die Gäste, die ein Bild mit ihr machen wollten, bevor der Manager sie genau zur rechten Zeit wieder in die Küche rief. Die Gäste würden sie sonst stundenlang in Beschlag nehmen.

Als Zoe das Restaurant verließ, war es schon nach ein Uhr nachts. Sie hatte sich die Gerichte für die nächste Woche überlegt, mit Zutaten, die gerade frisch verfügbar waren. Meeresfrüchte, frisches Gemüse und texanisches Rindfleisch aus der Umgebung. Für die kommende Woche war sie ausnahmsweise für drei Abende und für das Sonntagsbrunch eingeplant. In der darauffolgenden Woche würde sie wieder mit Felix drehen und am Ende des Monats stand eine Reise nach New York an.

Doch sie konnte nur daran denken, wann sie wieder nach River Bend zurückkehren würde oder sonst Zeit für Luke fand. Er hatte nicht gesagt, dass er zu Besuch kommen würde. Aber er hatte auch nicht gesagt, dass er nicht käme.

Zoe warf ihre Post auf die Küchentheke und hörte ihren Anrufbeantworter ab. Antons Stimme ertönte und berichtete von drei neuen Häusern, die sie *unbedingt besichtigen musste.* Ihre Agentin Suki hatte einige Anfragen, die Zoe zusagen oder absagen sollte, bevor sie sich am Ende des Monats in New York treffen würden. Und dann folgte eine Nachricht von Luke. Seine Stimme vertrieb den ganzen Stress des Tages mit einem einfachen »Hallo«.

»Hallo Zoe. Ich weiß, dass du dein Handy nicht abhörst, wenn du in der Küche bist und ich wollte dich auch nicht während der Fahrt anrufen. Melde dich, wenn es nicht zu spät ist. Was eigentlich heißen soll, melde dich, egal wie spät.«

Er hob nach dem ersten Läuten ab. »Hey, Baby.«

»Es ist halb zwei Uhr morgens.«

»Hier erst elf Uhr dreißig. Wie war dein Dienst?«

Zoe ließ sich aufs Sofa plumpsen, zog die Beine hoch und drückte das Telefon fest ans Ohr. Sie erzählte ihm von der anstrengenden Arbeit und fragte nach seinem Tag.

»Die Autos in River Bend sind zu gut gewartet.«

Sie grinste. »Klingt, als ob sie alle dir gehören.«

»Manchmal fühlt es sich fast so an.«

»Wird es dir eigentlich manchmal langweilig, wenn du immer wieder mit denselben Autos zu tun hast?« Sie fragte sich, ob Lukes Arbeit ihn manchmal so langweilen konnte wie früher Algebra in der Schule.

»Da gibt es schon ein paar Karren, die würde ich am liebsten mit ’ner Ladung Dynamit in die Luft sprengen.«

»Aber ich erinnere mich auch, dass du früher mal gesagt hast, ein Auto muss wirklich jenseits von Gut und Böse sein, ehe man es auf den Schrottplatz bringen darf.« Das hatte er damals gesagt, als es um das Auto ihrer Mutter ging. Vielleicht war er aber nur höflich gewesen, weil sich Zoes Mom kein neues leisten konnte.

»Sagt die Frau, die aus Resten ein Gourmet-Menü zaubert.«

»Würde ich nicht behaupten.«

»Ich aber. Wie geht’s dir so in Texas?«

Ihr gefiel diese Unterhaltung. Mit Luke war sie so vertraut, wie mit noch keinem Mann sonst.

»Mein Immobilienmakler will mir noch ein paar Häuser zeigen.«

»Ach ja?« Er klang nicht wirklich begeistert.

»Ich bin hin- und hergerissen, was ich tun soll.«

»Wegen uns?«, wollte er wissen.

»Das ist einer der Gründe. Im Restaurant geht es auch drunter und drüber, wenn ich da bin, und meine Agentin Suki hat noch eine Handvoll Gastauftritte für mich geplant.«

»Wieder in Fernseh-Kochshows?«

»Ja. Sie stellen einen Haufen Kohle in Aussicht, was es für mich schwierig macht, sie abzulehnen.«

»Was macht dir mehr Spaß, Fernsehauftritte oder im Restaurant kochen?«

»Ich koche gern, Luke. Und das ist bei beidem der Fall. Der Stress in der Küche macht mich jedoch langsam fertig. Felix hat gemeint, dass ich mein eigenes Restaurant eröffnen und aus meinem Namen eine Marke machen soll.«

»Eine Marke?«

»Ja. Irgendwann macht jeder Starkoch sein eigenes Restaurant auf.«

»Klingt stressig.«

Sie redeten über Zahlen, über mögliche Gewinnspannen. Zoe wusste, wie viel Umsatz das Nahana machte, weil sie so eine berühmte Köchin war. »Ich versuche herauszufinden, wie ich an der Spitze bleiben kann und dabei nicht immer so hart arbeiten muss.«

»Klingt, als ob du ohnehin auf dem richtigen Weg bist.«

»Ich bin so beschäftigt, dass ich mich noch nicht mal gefragt habe, ob ich eigentlich glücklich bin.«

»Und all das kommt dir in den Sinn, weil du nach einem Haus suchst?«

Sie versuchte, ein Gähnen zu unterdrücken. »Ich bin irgendwann mal in Texas gelandet. Dallas war nie eine Stadt, in der ich unbedingt wohnen wollte. Felix und sein Team sind zu mir gekommen, sonst habe ich auch Drehs in New York und Los Angeles.«

»Willst du umziehen?«

»Nach Los Angeles oder New York?«

»Ja.«

»Oh Gott, nein. Es sind zwar tolle Städte, aber da würde ich nicht wohnen wollen.«

»Ich dachte, es gefällt dir in Texas.«

»Tut es ja auch. Beziehungsweise, ich habe mich halt daran gewöhnt. Ich lebe in der Nähe des Flughafens und ich habe hier viele Möglichkeiten.«

Luke seufzte. »Mit Möglichkeiten meinst du, viele Angebote als Chefkoch?«

»Hmh.«

»Die hast du doch überall.«

»Ich weiß nicht.«

Luke lachte. »Schatz, du bist doch *die* Zoe Brown. Egal, wo du hingehst, es werden sich alle Restaurants darum reißen, dich anzustellen.«

Sie merkte, wie ihre Wangen heiß wurden. »Ich weiß nicht so recht.«

»Ha!«

»Was?«

»Ich muss dir etwas gestehen.«

Hoffentlich etwas Gutes. »Schieß los.«

»Ich habe deine Karriere, seit du aus River Bend fort bist, ein bisschen genauer verfolgt als andere Männer.«

Plötzlich vergaß sie, wie müde sie war, und setzte sich auf. »Was meinst du mit *verfolgt?«*

»Als »Duell der Köche« im Fernsehen kam und es in River Bend jede Woche einen Zoe-Abend gab, bin ich trotzdem zu Hause geblieben und habe mir die Sendung allein angesehen. Ich habe die Einträge im Food Network abonniert und die automatische Benachrichtigung aktiviert, damit ich immer informiert werde, wenn wieder irgendwas über dich im Internet geschrieben wurde.«

»Wenn ich dich nicht kennen täte, würde ich dich für einen Stalker halten.«

»Ja, ich war wie ein Stalker. Ich habe mich selbst damit ein bisschen verrückt gemacht, auch wenn ich echt versucht habe, über uns hinwegzukommen. Und weißt du, was ich herausgefunden habe?«

»Dass in vielen Bundesstaaten das Nachspionieren eine Straftat ist?«, lachte sie.

»Nein, dass jede neue Sprosse auf deiner Karriereleiter wieder bestätigt hat, dass du aus River Bend weggehen musstest. Und so sehr ich dich auch vermisst habe, ich war trotzdem stolz auf dich, dass du es gemacht hast.«

Zoe legte eine Hand auf die Brust. »Ach, Luke.«

»Ich meine das ernst, Zoe. Wir waren noch halbe Kinder und du musstest diesen Weg gehen, um dich selbst zu finden. Und wenn du jetzt da sitzt, kurz vor zwei Uhr morgens und dich fragst, ob du gut genug bist, um woanders einen Job zu bekommen, dann hast du vielleicht nicht mitgekriegt, wie berühmt du wirklich bist.«

»Ich frage mich ja gar nicht …«

»Doch, das tust du. Du bist unglaublich talentiert, du siehst bezaubernd aus und du stellst alle anderen TV-Köche in den Schatten. Und bist dabei trotzdem so natürlich.«

»Ich bin nicht …«

»Doch, das bist du! Du hast viele Möglichkeiten, Zoe. Unzählige.«

Sie wartete, bevor sie antwortete. »Du bist gut für mein Ego, Miller.«

»Du bist für meines auch nicht so schlecht, Brown. Und jetzt sag mir mal, was du anhast.«

Er brachte sie zum Lachen. »Kein sexy Outfit.«

»Dann schwindle mir was vor.«

In der nächsten Viertelstunde tat sie das. Wobei sie nur bezüglich ihres Outfits schwindelte. Und dann kletterte sie ins Bett und entschloss sich, Lukes Theorie am nächsten Morgen zu testen, und zu sehen, wohin das führen würde.

***

Zoe traf Felix in einem mexikanischen Restaurant, wo es unglaublich leckere Steak-Tacos mit eisgekühltem Bier gab. Sie hatte sich vorgenommen, ihren Freund außerhalb der Arbeit zu fragen, damit niemand ihre Unterhaltung mitbekommen würde.

Felix trug eine dunkle Sonnenbrille und einen Filzhut. Entweder wollte er damit sein Gesicht verbergen oder er wollte erst recht auffallen, was ihm eher gelang. Er zog einige Blicke auf sich, während sie einen Tisch unter einem rot-grün gestreiften Schirm fanden, der Schutz vor der sengenden Dallas-Sonne bot.

»Sehr unauffällig«, sagte Zoe und berührte den Hut.

»Du hast gesagt, dass du mich privat treffen willst. Solche Einladungen kriege ich nicht sehr oft.« Er zog die Sonnenbrille ein wenig nach unten, zwinkerte ihr zu, und sah sich um. »Zumindest nicht von so schönen Frauen.«

Er öffnete die beiden Bierflaschen, stellte Zoe eine hin und nahm sogleich einen Schluck. »Also, was ist so dringend, dass es nicht bis nächste Woche warten konnte?«

Das Bier kühlte ihre Kehle und half ihr, sich ihm zu öffnen. »Ich habe gestern Nacht mit Luke telefoniert …«

»Mit James Dean?«

Sie nickte.

»Er ist heiß!«

»Hände weg«, warnte sie im Scherz.

Felix schob wieder die Sonnenbrille nach unten und taxierte sie über den Gläserrand hinweg. »So, so, da macht wohl jemand hier ein bisschen Knick-Knack mit dem Schnittchen.«

Auf diese Bemerkung hin schenkte sie ihm lediglich ein vielsagendes Grinsen und fuhr fort: »Luke hat etwas gesagt, von dem ich nicht sicher bin, ob es stimmt.«

Felix schob die Brille auf die Nase zurück und lehnte sich entspannt nach hinten. »Lass hören.«

»Er hat gemeint, dass ich überall, egal wo, einen Job finden würde, wenn ich wollte.«

Felix nippte an seinem Bier. »Ah ha. Und was hat er noch gesagt?«

»Äh, das war alles. Er meinte, ich sei mittlerweile so ein Star, dass ich selbst am Arsch der Welt einen Job bekäme.«

Dieses Mal, als Felix seine Augen zeigte, nahm er die Brille ganz ab und legte sie auf den Tisch. Er starrte Zoe an. »Ist das eine Neuigkeit für dich?«

Sie blinzelte. »Na ja, ich weiß, dass ich bekannt bin und dass es Leute gibt, die extra dann ins Restaurant gehen, wenn ich koche …«

»Zoe, mein Honigschnäuzchen,« beugte er sich vor, »und wenn du nach Frankreich, Belgien oder Tallahassee umziehen wolltest, es gäbe überall Restaurants, die sogar ihre Küche umbauen würden, nur damit du dort arbeitest. Dein Name macht alles zu Gold, was du berührst. Sagen dir das nicht die Zahlen auf deinem Konto?«

Sie dachte an ihr Konto, an die Summe die sie seit ihrer allerersten Gage in »Duell der Köche« angespart hatte. »Es könnte morgen alles wieder vorbei sein.«

»Wer hat dir denn diesen Floh ins Ohr gesetzt?«

»Ich mir selbst, schon vor Jahren. Man hat nie eine Garantie.«

Felix nahm ihre Hand. »Weißt du, warum du in Feinschmeckerkreisen und Koch-Networks, die sich auf Pastasoufflé und dergleichen spezialisiert haben, so beliebt bist?«

»Weil ich kochen kann?«

»Kochen können viele. Nein, sondern weil es dir etwas bedeutet. Du bist so normal geblieben und vor der Kamera so charmant. Deine Geschichte hat jeden Durchschnittsamerikaner bezaubert, als »Duell der Köche« ausgestrahlt wurde. Alle haben mit dir mitgefiebert und geweint, als du nicht den ersten Platz gemacht hast.«

»Sebastian war einfach besser als ich. Er hat den ersten Platz verdient.«

»Mag ja sein, aber du warst das Mädel von nebenan, das entschlossen war, zumindest den zweiten Platz zu ergattern. Dein Freund Luke hat recht, Süße. Wenn du mir nicht glaubst, rufe ich ein paar Geschäftsfreunde an, und sage ihnen, dass du nach neuen Herausforderungen suchst. Wenn du so viel im Nahana schuftest, ist das ja auch ganz schlecht für deinen Teint.«

»Es ist ein Superjob.«

»Es ist nur eine Sprosse auf der Karriereleiter.«

»Sie zahlen gut.«

»Das macht mein Produzent auch. Und wenn du von ihm mehr verlangst, würde er auch noch mehr zahlen. Aber sag ihm bloß nicht, dass du das von mir hast!«, setzte er nach.

Zoe blickte auf ihre in Alufolie gewickelten Tacos und öffnete ein Röllchen.«

»Danke, Felix.«

»Immer gern.« Er beugte sich wieder zu ihr vor. »Falls du vorhast umzuziehen, dann bloß weg von diesem grässlichen Bundesstaat. Ich will mir langsam wirklich keine Cowboystiefel mehr anziehen.«

Sie blickte auf seine Füße, die in Lederslippern steckten.

Kapitel 12

»Mel hat ein Datum festgelegt.«

»Also, spann mich nicht weiter auf die Folter.« Luke saß in Wyatts Garten, vor ihm ein riesiger Fastfoodbehälter mit frittierten Hühnchenschlegeln.

»Das letzte Augustwochenende.«

»Das ist ja schon in drei Monaten.«

»Ich weiß. Aber wenn wir noch länger warten, dann können wir nicht mehr in Miss Ginas Garten feiern. Hope hat Ferien und sie kann bei meinen Eltern bleiben, während wir in die Flitterwochen fahren.«

»Und wohin wollt ihr fahren?«

»Keine Ahnung.«

Luke biss vom Huhn ab und winkte mit der Keule in der Luft. »Wann soll der Junggesellenabschied stattfinden und wen soll ich einladen?«

»Denkst du immer noch an Las Vegas?«

»Ja. Ich werde das mit Zoe absprechen und koordinieren.«

»Ich glaube, bei dem Junggesellenabschied sollte die Braut nicht dabei sein.«

»Wird sie auch nicht. Wir sind auf der einen Seite vom Strip und die Mädels auf der anderen. Abgesehen vom Flug dorthin, werden wir ihnen nicht begegnen.«

Wyatt verzog das Gesicht. »Und wenn ich flachgelegt werden will?«

»Dann kannst du heimlich verschwinden und dich mit deiner Frau treffen, ohne es jemandem zu sagen.«

Da musste Wyatt lachen. »Wie läuft es denn mit dir und Zoe?«

»Es ist komisch. Wir telefonieren jeden Abend, schicken uns Nachrichten aufs Handy. Fühlt sich an, als ob ich wieder ein Teenager wäre.«

»Planst du, dass ihr euch in Las Vegas trefft?«

»Ich plane alles Mögliche.«

»Ach ja?«

Luke legte die Hühnerkeule ab und wischte sich die Hände an der Serviette sauber. »Ich fliege nächste Woche nach Texas.«

»Das wird bald ganz schön ins Geld gehen.«

Luke dachte an die Vorstellungsgespräche, die er bekommen hatte. »Ich spiele mit dem Gedanken umzuziehen.«

Wyatt, der gerade nach seinem Bier greifen wollte, hielt mitten in der Bewegung inne. »Nach Texas?«

Luke zuckte mit den Schultern. »Ich will wissen, was es noch gibt.«

»Aber du hast hier dein Zuhause. Und den Job bei deinem Dad.«

»Wie süß, Wyatt. Ich wusste ja gar nicht, dass du so besorgt um mich bist.«

Wyatt verdrehte die Augen. »Es geht doch nur um Zoe.«

»Mit Zoe hat es angefangen. Ich streite es nicht ab. Ich werde im September dreißig …«

»Und?«

»Ich weiß nicht. Ich habe noch nicht so viel mit meinem Leben angestellt.«

Wyatt lehnte sich zurück, spielte mit der beschlagenen Bierflasche, wischte die Tropfen fort. »Ich verstehe schon. Ich wusste immer, dass ich nicht in einer Stadt leben will. Als ich nach River Bend kam, war mir sofort klar, dass hier der Ort ist, an dem ich bleiben will. Wenn du aber noch nie weg warst, dann weißt du vielleicht nicht, dass du hierhergehörst.«

»Ich versuche, nicht zu sehr darüber nachzudenken. Ich entscheide aus dem Bauch heraus.«

»Und der sagt dir, dass du nach Texas gehen sollst?«

»Ja, mein Bauchgefühl sagt mir, dass ich zu Zoe will.« Das konnte er nicht abstreiten.

»Und du bist sicher, dass es sich da um ein *Bauch*gefühl handelt?«

»Mir kommt es so vor, als ob ich ständig bei Flaute gesegelt bin, bevor Zoe und ich wieder zusammengekommen sind. Ich habe meinen Job nie gehasst und River Bend auch nicht. Ist ja immer noch nicht der Fall. Aber jetzt, da sie wieder ein Teil meiner Welt ist, fühlt es sich vollständiger an. Sie ist ganz schön bekannt.«

»Heißt trotzdem nicht, dass sie nicht auch zu dir kommen könnte«, meinte Wyatt.

»Ich bin mir aber auch nicht zu gut dafür, zu ihr zu ziehen.«

»Wow, da hast du wohl viel drüber nachgedacht.«

Luke zuckte mit den Achseln. »Nein, nur ein bisschen. Ich fliege nach Texas, um zu sehen, welche Möglichkeiten es gibt.«

»Ich fände es schade, wenn du von hier weggehst, aber ich kann dich schon verstehen.«

Er glaubte nicht an die Option, dass Zoe wieder zurückzukommen könnte. »Also, Las Vegas …«, wechselte Luke das Thema.

Sie entschieden sich, Mitte Juli zu fahren. So hätten sie noch genügend Zeit, den Trip zu planen. Auch wenn die Frauen da nicht könnten, schworen sie sich – nach sechs Bier – dass sie auf jedem Fall bei diesem Datum bleiben würden. Dabei wussten sie ganz genau, dass sie ihren lauten Schwur doch brächen, wenn zwei von den drei Mädels nicht dabei wären.

Luke ging zu Fuß nach Hause. Schließlich wollte er Jos Freundschaft nicht weiter aufs Spiel setzen, nachdem er den ganzen Abend Alkohol getrunken hatte.

Es würde ohnehin eine schwierige Woche für sie werden.

Am Todestag ihres Vaters würde wie schon im Vorjahr wieder das jährliche Klassentreffen des Highschool-Abschlussjahrgangs stattfinden. Luke nahm sich vor, für Jo da zu sein und ihr beim Betrinken zu helfen oder beim Nüchternbleiben. Wie sie es wollte.

Er machte das Licht an und öffnete das Küchenfenster. Er brauchte eigentlich kein weiteres Bier, aber er holte sich trotzdem noch eins. Unterdessen wählte er Zoes Handynummer, weil er vermutete, dass sie gerade von ihrer späten Schicht nach Hause gekommen war.

»Hey, Baby.«

»Richard?«

Er stockte. »Boah, das ist gemein.«

Zoe lachte.

»Das kriegst du zurück.«

***

Jo stand am Rande des Geschehens während des großen Klassentreffens und wohnte dem altbekannten Ritual der Lügen bei.

»Du hast dich ja überhaupt nicht verändert.«

»Du schaust noch viel besser aus als früher.«

»Ich habe einen Haufen Kohle an der Börse gemacht.«

Niemand hatte seit Jahren einen Haufen Kohle an der Börse gemacht. Sie logen, bis sich die Balken bogen, um die ehemaligen Klassenkameraden zu beeindrucken.

Jo ließ ihre Blicke über die Leute schweifen und prüfte, ob irgendetwas aus dem Ruder laufen könnte.

»Was zieht Ihre Aufmerksamkeit so in den Bann, Sheriff?«

Jo zuckte zusammen, als Luke sie von hinten ansprach. »Es ist nicht sehr weise, sich an eine bewaffnete Frau heranzuschleichen, Miller.«

Luke zwinkerte ihr zu und grinste. »Du würdest mich nicht erschießen. Schließlich brauchst du mich noch, um dein Auto zu reparieren.«

»Ha!« Sie bemühte sich, ihren Puls wieder ruhiger werden zu lassen, und richtete ihre Aufmerksamkeit erneut auf die Geschehnisse in der Schulturnhalle.

»Aber im Ernst, Jo. Was ist los?«

Sie wollte nicht darüber reden, dass sie auf die ehemaligen Schüler ein Auge gerichtet hatte, um irgendwelche Anhaltspunkte über den Tod ihres Vaters zu finden. Falls jemand etwas darüber wusste, würde er sicher nicht mehr in River Bend leben, vermutete Jo. Und so hatte sie es sich zur Gewohnheit gemacht, die früheren Schüler, die zum Klassentreffen zurückkamen, genau unter die Lupe zu nehmen.

Statt weiter mit Luke zu reden, beobachtete sie ihre Umgebung und hörte nebenher den Halbwahrheiten der Leute zu, die vor zehn Jahren die Highschool absolviert hatten. »Ich frage mich, wer von diesen Deppen dieses Mal für das Klopapier in meinen Bäumen verantwortlich war.«

Luke schmunzelte und musste schließlich laut auflachen.

»Das ist nicht lustig.«

»Und wie es das ist. Ich finde, dass sie dieses Jahr sogar noch besser waren als letztes.«

Als Jo an diesem Morgen aus dem Fenster gesehen hatte, waren die Bäume ihres Gartens weiß gewesen. Voller Toilettenpapier. Anscheinend gehörte der Klopapierstreich im Garten der Polizistin nun zum neuen Ritual.

»Es hat fast ein halbes Jahr gedauert, bis der letzte Rest von dem Zeug wieder aus meiner Pinie verschwunden war«, murmelte sie.

Luke schaute die Leute an. »Ich sehe jetzt aber auch niemanden, der verdächtigerweise Klopapier aus seiner Hosentasche hängen hätte, Jo. Vielleicht musst du nächstes Jahr einfach Wache halten, um den Schuldigen zu finden.«

Das Problem war nur, dass die Klorollenschlacht in ihrem Vorgarten letztes Jahr am Partyabend selbst stattgefunden hatte, in diesem aber bereits einen Tag vorher.

»Was ist heutzutage so das Strafmaß für Klopapierstreiche, Sheriff? Lebenslänglich mit Bewährung?«

Jo gab ihm einen Schubs und blickte ihn finster an, als er lachte. Sie ging.

Vielleicht waren es doch ihre Freunde gewesen, die ihr diesen Streich gespielt hatten.

***

Luke räumte die Werkstatt auf, legte alle Werkzeuge an den Platz zurück, und bemühte sich mehr als sonst, alles ordentlich zu hinterlassen.

»Langsam glaube ich, dass du dich schon bereit machst, ganz von hier zu verschwinden.« Lukes Vater stand mit einem Öllappen in der Tür, die zum angrenzenden Büro führte.

Luke blickte auf. Er sortierte gerade den Steckschlüsselsatz der Größe nach.

»Es sind nur ein paar Tage.«

»Hier ein paar Tage und da ein paar Tage. Wie geht es Zoe?«

Ihr Name brachte ihn zum Lächeln. »Zoe geht es gut.«

Fred Miller stellte sich neben Luke und blickte in die Werkzeugkiste. »Deine Mom und ich haben dieses Mädel schon immer sehr gemocht.«

Luke brauchte zwar nicht die Zustimmung seiner Eltern, aber es freute ihn trotzdem. »Sie mag euch auch.«

Fred nahm einen Steckschlüssel heraus und steckte ihn an den richtigen Platz.

»Glaubst du, dass es mit euch klappt?«

Sein Vater sprach nie mit ihm über Beziehungen. Nun gut, Luke hatte seit der Highschool auch nicht wirklich welche gehabt.

»Ich hoffe ja.«

»Dass ihr so weit weg voneinander wohnt, ist nicht gerade ideal.«

»Weshalb ich sie besuchen werde.«

Fred richtete nun seinen Blick auf Luke und betrachtete ihn. Luke hielt seinem Blick stand.

Eine Weile sagte keiner etwas.

»Ich weiß noch genau, wie du zum ersten Mal mit mir unter ein Auto gekrochen bist«, erinnerte sich sein Vater.

»Dein alter Chevy. Und es war kein Auto, sondern ein Truck«, erinnerte ihn Luke.

»Ich war der glücklichste Vater der Stadt. Du hast uns nie Probleme beschert und du hast freiwillig deine Hände mit mir zusammen schmutzig gemacht.«

Luke war sich nicht sicher, wohin das Gespräch führen würde. »Ich mag Autos. Gut für mich, weil du mir beibringen konntest, wie man sie am Laufen hält.«

Fred nickte seufzend. »Ja, und ich habe mir nie etwas vorgemacht. Dass du für immer hier bleibst. River Bend ist ja nicht gerade groß.«

»Worauf willst du hinaus, Dad?«

Sein Vater blickte weg. »Ach, ich weiß nicht. Dein Mädchen wohnt in Texas. Sie hat hier ja auch nicht wirklich viel Familienhalt.«

»Zoe hat eine Menge Freunde hier.«

»Ich weiß schon. Aber sie ist wegen ihrer Familie abgehauen. Das macht es schwierig, sie zurückzuholen.«

Aus welchem Grunde Luke ja auch die anderen Möglichkeiten in Betracht zog. »Es ist nur ein Besuch.«

Fred zwinkerte. »Trotzdem will ich dir sagen, dass ich den Laden hier auch allein schaffe. Nur falls du das Gegenteil denken solltest.«

Eine Mischung aus Wärme und Wehmut durchströmte Luke, als er sich bewusst wurde, was sein Vater ihm damit sagen wollte.

»Versuchst du, mich loszuwerden?«

Fred schüttelte den Kopf. »Ich versuche nur, dir klarzumachen, dass du deinem Herz und deinen Träumen folgen sollst und nicht aus Pflichtgefühl hierbleiben musst.«

Lukes Hals schnürte sich zusammen. »Ich habe mich nie verpflichtet gefühlt.«

»Ich weiß. Und ich will, dass du dich auch jetzt nicht verpflichtet fühlst.«

Luke umarmte ihn und sein Vater hielt ihn länger als sonst. »Ich hab dich lieb, Dad.«

»Ich dich auch, Sohnemann.«

Kapitel 13

Zoe streckte die Beine aus, ihre Zehen berührten Lukes Füße. »Ich kann gar nicht glauben, dass du hier bist.«

Er schlang die Arme um ihren Rücken und drückte seinen nackten Körper gegen ihren. Das Laken war noch feucht von der letzten halben Stunde, in der sie sich geliebt hatten.

»Hoffe, du hast nichts gegen einen Mitbewohner in den nächsten paar Tagen.«

Sie fuhr mit dem Finger über seine Brust. »Die Kompensation für den Platzmangel im Bett ist ganz angemessen.«

Er schmunzelte, küsste ihren Kopf.

»Aber jetzt mal im Ernst, wenn ich gewusst hätte, dass du kommst, hätte ich mir freinehmen können.«

»Ich finde es besser, wenn wir während unserer normalen Alltagsroutine Zeit miteinander verbringen.«

»Bei mir gibt es so etwas wie Alltag nicht. Wenn ich daran denke, dass du hier allein rumsitzt, stresst mich das.«

»Ich bin sicher, dass mir eine Beschäftigung einfällt, während du arbeitest. Außerdem habe ich vor, morgen das Set unsicher zu machen.«

Ob das weniger Stress für sie bedeutete, war zweifelhaft.

»Falls du vorhast, mich abzulenken …«

Er legte sein Knie auf ihre Beine. »Was meinst du mit *falls?*«

»Felix mag dich, aber er schmeißt dich raus, wenn ich mich nicht konzentrieren kann.«

»Klingt, als ob du mich lieber nicht dort hättest.«

Zoe sah ihn an. »Ich hatte noch nie einen Gast beim Drehen dabei.«

Luke machte ein erstauntes Gesicht. »Noch nie?«

»Keinen persönlichen Gast. Es waren schon Leute da, Produzenten, andere Köche, Geschäftsfreunde, aber kein …« Wie sollte sie es nennen, was Luke für sie war? *Liebhaber* klang nicht richtig. *Ein Freund* klang nach zu wenig, *ihr Freund* klang zu sehr nach Teenager.

Er merkte ihre Anspannung, beugte sich zu ihr, gab ihr einen sanften Kuss. »Du wirst gar nicht merken, dass ich da bin. Versprochen.«

***

Nicht nur sie wusste, dass er da war, sondern auch ungefähr alle anderen am Set.

Felix hatte hinter den hellen Scheinwerfern einen zweiten Regiestuhl aufgestellt und zwang Luke, sich neben ihn zu setzen.

Das Set war weihnachtlich mit Lichterkerzen und einem kleinen Christbaum geschmückt.

Das Team hatte für die Gerichte schon die Zutaten abgewogen und vorbereitet. Zoe würde nur noch kochen müssen.

Die Maske dauerte heute etwas länger. Felix fand, dass Zoe unbedingt ein bisschen Glitzer an den Augen brauchte, um das weihnachtliche Ambiente zu untermalen. Sie trug einen roten Strickpulli, schwarze Leggings und hohe Schuhe. Die Klimaanlage blies mit kühlen fünfzehn Grad ins Studio, weshalb alle, außer ihr, froren.

»Also Zoe. Versuchen wir, so wenige Klappen wie möglich zu machen.« Felix war aufgestanden, um schnell noch ein großes Glas mit bunten Bonbons an die richtige Stelle für die Kamera zu rücken. »Ganz schön kalt hier.«

Zoe zupfte an ihrem Pulli. »Find ich nicht.«

September reichte ihr ein großes Glas mit Eiswasser, während die anderen um sie herumwirbelten und die Küche vorbereiteten.

Sie spürte Lukes Blicke, als sie an der Arbeitsfläche stand.

Er winkte ihr zu.

Sie lächelte und wandte den Kopf zu Kamera zwei und dem Teleprompter, der ihr die Begrüßungsworte einblenden würde, bevor sie den Rest dann improvisierte.

Felix tänzelte zu seinem Stuhl zurück, seine Worte schallten durchs Studio. »Jetzt siehst du deine kleine Lady gleich *in action.* Freu dich auf den Augenschmaus, Luke.«

Zoe rollte bei diesem Kommentar bloß mit den Augen.

»Ich habe sie schon öfters *in action* gesehen«, hörte sie Luke antworten.

Ein paar Leute am Set lachten und Zoes Wangen wurden heiß.

Sie warf ihm einen warnenden Blick zu und deutete auf ihn. »Setze keine Gerüchte in die Welt.«

Er machte eine Geste, als ob er mit einem Schlüssel den Mund absperrte, und zwinkerte ihr zu.

»Also, Leute. Ruhe jetzt. Kamera zwei auf Zoe. Kamera eins das Profil und drei bitte Zoom auf ihre Hände.«

Ein letztes Mal blickte Zoe zu Luke, dann rief Felix »*Action*«.

Acht Stunden später hatte Zoe fünf verschiedene Nachspeisen in allen Farben des Weihnachtsregenbogens gezaubert. Sie hatten ein Gericht fertiggefilmt, die Küche aufgeräumt, dann mit dem nächsten begonnen. Zoe hatte auf einfachen

Weihnachtsrezepten bestanden, die lecker aussahen, und die jedermann zu Hause leicht nachkochen konnte.

Als sie in der Garderobe endlich die Winterkleidung abgelegt hatte, kam sie heraus und fand Luke zusammen mit der restlichen Crew bei den Desserts stehen und sich über die Leckereien hermachen.

Luke hatte den Mund voll. »Schmeckt's?«, fragte sie.

»Oh Gott. Das sind doch die Karamelldinger, die du immer für Miss Gina gemacht hast.«

Er hielt ihr eines hin und sie biss ab. »Mmm. Ja.«

»Sie schmecken sogar noch besser, als ich es in Erinnerung habe.«

Über sein Lob freute sie sich ganz besonders. »Ich hoffe doch. Ich kann jetzt ein bisschen mehr als früher, als ich im Bed & Breakfast gekocht habe.«

»Was für ein Bed & Breakfast?«, fragte Felix, der sich die restlichen Pfefferminzkeksbrösel von den Fingern leckte.

»Das von Miss Gina. In meinem Heimatort.«

September mischte sich ins Gespräch. »Ist das nicht da, wo wir hinfahren sollen, um bei der Hochzeit von deiner Freundin zu helfen?«

»Ja. Das ist in Oregon.«

»Trägt man in Oregon auch Cowboystiefel?«, fragte Felix.

Zoe unterbrach das Kauen und schaute den Regisseur scharf an.

***

Es begann langsam zu nerven, sich ständig am Flughafen verabschieden zu müssen. Lukes Stimmung war gedrückt, als sie auf dem Weg dorthin waren.

»Wenn ich nach Hause komme, dann buche ich das Hotel in Las Vegas«, sagte er zu Zoe, die am Steuer saß.

»Ich habe vor, für Mel einen Lap-Dance zu organisieren. Sieh zu, dass ihr Jungs möglichst weit weg von uns seid.«

»Das würde ich ja zu gern sehen.«

»Kannst dich hinten anstellen, du bist nicht der Einzige.«

»Wann kommst du wieder nach River Bend?«

Nun war wieder sie an der Reihe und da sie schließlich bei der Hochzeitsorganisation half, hatte sie mehr als einen Grund zu kommen. »In zwei Wochen. Jetzt, da der Weihnachtsdreh im Kasten ist, muss ich neue Verträge aushandeln. Im Moment hab ich nur den Job im Restaurant.« Den Job, über den sie ernsthaft nachdachte, ihn zu kündigen. Sie traute sich allerdings noch nicht, es laut auszusprechen, und sei es auch nur Luke gegenüber. Sie wollte auf irgendein Zeichen warten, dass sie das Richtige machte. Was wäre, wenn die Einschaltquoten für ihre Weihnachtssendung nicht so hoch waren? Was, wenn ihre Fernsehtage gezählt waren? Sie würde wieder einen normalen Job brauchen.

Und seit wann war sie so vorsichtig? Als Kind war sie einfach ins Wasser gesprungen, aber jetzt, als Erwachsene, tauchte sie vorsichtig einen Zeh hinein, um die Temperatur zu prüfen.

»Ich muss dir was gestehen«, sagte Luke.

Sie sah über den Rand ihrer Sonnenbrille.

»Während du gestern gearbeitet hast, hatte ich zwei Vorstellungsgespräche bei anderen Autowerkstätten.«

»Vorstellungsgespräche? Hier?« Sie musste sich zwingen, wieder auf die Straße zu sehen.

»In Cedars gibt es eine Werkstatt, die auf Motorräder spezialisiert ist, und in der Innenstadt eine für Autos, wo auch Verstärkung gesucht wird.«

Verdammt. Das hatte sie nicht erwartet. Sie hatte keine Ahnung, wie sie darauf reagieren sollte. »Luke, ich …«

»Du findest die Idee nicht gut.«

Sie versteckte sich hinter der Sonnenbrille. »Es kommt etwas überraschend. Ich habe immer gedacht, dass du den Betrieb von deinem Dad übernehmen willst, wenn er in Rente geht.«

»Mein Dad hat noch ein paar Jahre bis zum Ruhestand.«

»Aber du wohnst doch in River Bend.«

Er blickte aus dem Fenster. Ihre Reaktion hatte ihn verstimmt. »Ach, egal.«

»Luke, es ist nur … Wir sind gerade erst wieder zusammengekommen.«

Er lehnte den Kopf zurück.

»Nach Texas zu ziehen, wäre ein großer Schritt.«

»Ich habe mich nur umgesehen, Zoe. Entspann dich. Ich habe mein Haus noch nicht zum Verkauf angeboten.«

Sie hatte schon lange nicht mehr Anzeichen von Ärger in seiner Stimme gehört. Dass sie der Grund dafür war, versetzte ihrem Herzen einen Stich.

Auf dem restlichen Weg zum Flughafen schwiegen sie. Er meinte, sie solle ihn einfach dort absetzen, aber sie parkte trotzdem.

Sie blieben sitzen, es herrschte unangenehmes Schweigen. »Luke, ich …«

»Du musst nichts dazu sagen.«

»Doch muss ich. Du bist sauer.«

»Ich habe gedacht, dass du dich freust.«

Sie zwang sich zu lächeln. »Darüber, dich öfters zu sehen schon. Aber extra hierherzuziehen, wegen mir, wegen uns, dafür ist es noch zu früh, Luke. Was ist, wenn du Dallas hasst? Was ist, wenn es doch nicht mit uns klappt?« *Was ist, wenn ich nicht für eine feste Beziehung geschaffen bin? Was ist, wenn ich die falsche Frau für dich bin?*

»Und was, wenn ich es nicht hasse und es doch klappt?« Er drehte ihre Worte um.

Eine Welle der Angst überrollte sie. Sie blickte auf ihre Hände und merkte, dass sie zitterte. »Ich kann vieles aushalten, Luke. Aber ich will nicht dafür verantwortlich sein, dass du wegen mir dein ganzes Leben auf den Kopf stellst. Zumindest noch nicht.«

Mit einer Hand bedeckte er beide von ihr.

Zoe spürte Tränen aufsteigen. »Bitte, hass mich nicht.«

Luke führte eine ihrer Hände zu den Lippen. »Dich zu hassen ist ein Ding der Unmöglichkeit.«

Jetzt sah sie ihn an. »Können wir nicht einfach das genießen, was wir gerade haben?«

»Für diesen Sommer, ja. Aber nach der Hochzeit von Wyatt und Mel werden wir das Thema noch mal aufgreifen.«

Für den Sommer. Knappe drei Monate. »Okay.« In drei Monaten konnte sich vieles ändern.

***

Nachdem Mel eine Farbe für die Kleider der Brautjungfern gewählt hatte, ging es nun um den passenden Stil. Obwohl Zoe sich in Sachen Mode gut auskannte, nahm sie stets Felix mit, wenn sie ihre Garderobe erweitern wollte.

»Erzähl mir mehr über die Hochzeit.« Felix besah sich die halblangen Kleider, die an einer Stange hingen. Die Verkäuferin stand wartend daneben.

»Sie findet in dem Bed & Breakfast statt.«

»Das von Miss Gina, ja, das hast du ja schon gesagt. Sie klingt köstlich, diese Miss Gina.«

Zoe nahm ein schulterloses, dreiviertellanges Seidenkleid und hielt es vor sich.

Felix betrachtete sie mit schief gelegtem Kopf. »Das könnte dir ganz gut stehen, aber deine Freundin Jo hat nicht so viel Busen wie du.«

Zoe drehte sich zur Seite. »Hat sie schon, aber den versteckt sie.«

»Warum in aller Welt macht sie so etwas?«

»Sie ist halt ein Bulle.«

Felix nahm ihr das Kleid ab und reichte es der Verkäuferin. »Wir probieren dieses hier.«

Sie suchten weiter.

»In diesem Bed & Breakfast, gibt es da eine große Küche?«

»Eine relativ moderne. Miss Gina hat sie kurz vor meinem Abschluss renoviert. Ich hatte ihr geraten, dass sie die alte Butler-Kammer entfernen soll, damit sie genügend Platz für einen großen Herd und ein zweites Spülbecken hat.«

Felix fand ein trägerloses Kleid mit perlenbesetztem Oberteil und legte es sich über den Arm.

»Soll alles in dieser Küche gekocht werden?«

»Nur das, was unmittelbar davor zubereitet werden muss. Bei Sam's Diner gibt es eine Profiküche. Wahrscheinlich wird das Restaurant für den Tag geschlossen bleiben.«

Felix schaute sie ungläubig an. »So etwas ist noch möglich auf dieser Welt?«

»Ja, in River Bend schon. Da ist auch zum Nationalfeiertag am vierten Juli alles geschlossen und der ganze Ort versammelt sich auf dem Marktplatz.«

»Kennt da jeder jeden?«

»Fast, ja. Die Randbezirke sind etwas gewachsen, was wahrscheinlich ganz gut ist, sonst wäre River Bend schon vor Jahren ausgestorben.«

»Und was ist mit der Industrie? Gibt es genügend Arbeitsplätze?«

»Kleine Familienbetriebe. Außerdem haben wir einen Bauernmarkt, da kommen auch Kunsthandwerker hin.« Zoe entdeckte ein Kleid mit angeschnittenen Ärmeln, das bis zum Knie ging.

Felix schüttelte den Kopf. »Zu jugendlich.«

Sie fand es eigentlich ganz süß, aber wahrscheinlich war es nicht für eine Hochzeit geeignet.

»Und was hält den Ort am Leben?«

»Die Schulen. Wir haben eine Highschool, zu der auch die Schüler aus den umliegenden Ortschaften kommen. Die Verwaltung ist in Waterville. Wir haben also keinen eigenen Gemeinderat wie die anderen Orte. Aber immerhin gibt es einen Diner und ein paar Imbissbuden. Und gerade genügend Geschäfte, sodass man im Ort auch mal Nägel oder Motorenöl kriegt.«

»Und eine Autowerkstatt.«

Zoe grinste. »Millers Kfz-Reparaturen gibt es schon, so lange ich mich erinnern kann.«

»Klingt bezaubernd.« Felix hatte noch ein weiteres trägerloses Kleid gefunden und gab es der Dame, die immer noch geduldig dabeistand. »Warum bist du von da weggegangen?«

Zoe blickte auf das Preisschild eines Kleides, dann drehte sie es zu Felix. »Wenn ich geblieben wäre, hätte ich mir so etwas nie leisten können.«

Dagegen konnte er nichts sagen.

»Erzähl noch mehr von Miss Ginas Küche. Könnten wir da die Filmcrew reinbringen?«

Zoe ließ die Hände sinken. »Worauf zielt diese Frage ab, Felix?«

»Ich hasse diesen Bundesstaat. Und ich glaube, die Fernsehlandschaft könnte eine Kochshow vertragen, in der gezeigt wird, wie man auf dem Land kocht. Wenn wir der Welt die Küche zeigen, in der du aufgewachsen bist …«

»Die Küche, in der ich aufgewachsen bin, war ein Loch«, unterbrach sie ihn.

»Na gut, ich meine ja auch die Küche, in der du deine Liebe fürs Kochen entdeckt hast. Ich glaube, damit hätten wir was. Ein Bed & Breakfast ist viel heimeliger als ein großes Stadtrestaurant. Viel charmanter.«

Sie ließ von den Kleidern ab und starrte ihn an.

»Ich hab Newton schon von der Idee erzählt.«

Newton war der Produzent der derzeitigen Kochshow und der Mann, mit dem sie und Suki jedes Jahr neu verhandelten.

»Was hast du?«

»Du musst nicht gleich so gestresst klingen, Schätzchen. Ihm hat die Idee gefallen. Er hat aber auch gesagt, dass er dich sowieso immer filmen will, egal wo. Er hat auch vorgeschlagen, dass du über ein Bed-&-Breakfast-Kochbuch nachdenken solltest, wenn wir in River Bend filmen.«

»Ein Kochbuch?« Funktionierte ihr Gehör noch richtig?

»Warum nicht? Du bist Köchin. Da ist das doch nur logisch.«

Die Verkäuferin nahm ihr das Kleid ab. »Möchten Sie in dieses mal hineinschlüpfen?«

»Ein Kochbuch!« Sie stellte sich das Bed & Breakfast auf dem Cover vor, ihr Bild im Hintergrund.

Man würde Miss Gina die Türen einrennen.

Der Gedanke, dass sie sich mit einem Kochbuch bei der Frau für alles, was sie für Zoe getan hatte, bedanken konnte, stellte plötzlich jegliche Überlegung, was für sie karrierefördерlich wäre und was nicht, in den Hintergrund.

»Ein Kochbuch.«

Kapitel 14

Zoe buchte für sich und ihre Freundinnen natürlich eine ganze Suite in Las Vegas. Schließlich hatte sie Beziehungen, denn sie kannte viele berühmte Köche in der Stadt.

Die Suite befand sich im Venetian, die Männer stiegen im Caesar Hotel ab. Ihre Unterkünfte lagen zwar nicht weit voneinander entfernt, da aber Tausende von Touristen umherliefen, war es höchst unwahrscheinlich, dass sie aufeinandertreffen würden.

Mels Bruder Mark war aus Seattle eingeflogen, um mit Wyatt und Luke zu feiern.

Auf dem Couchtisch der Suite stand ein Willkommenskorb mit frischen Früchten und eine Flasche Wein. Ein Gruß von Owen, einem Koch, der ein gleichnamiges Restaurant am Kanal besaß, durch den mehrere Casinos miteinander verbunden waren. Und er schickte nicht nur den Wein, sondern lud sie selbstverständlich auch zu einem kostenlosen Abendessen und Drinks ein.

»Schon verrückt«, sagte Zoe und legte den Brief, der der Weinflasche beigefügt war, zur Seite. »Als ich mir einen Restaurantbesuch nicht leisten konnte, wollte niemand für mich zahlen und jetzt, wo das kein Problem mehr ist, wollen mich alle einladen.«

Jo zog eine Erdbeere aus dem Korb und knabberte daran. »Ich mag deine Freunde.«

Mel stand vor dem Fenster, von dem man den Boulevard sehen konnte. »Die Aussicht ist spektakulär.«

Zoe stellte sich neben ihre Freundin und legte ihr den Arm über die Schulter. »Nach dem letzten Jahr hast du das echt verdient.«

Mel legte den Kopf auf Zoes Schulter und dankte ihr ohne Worte.

Jo kam dazu, stellte sich auf die andere Seite. »So, und was machen wir als Erstes?«

Zoe holte die Champagnerflasche aus dem Eiskübel.

»Wir stoßen an.«

Sie riss die Folie vom Verschluss, drehte vorsichtig den Korken heraus, um keinen einzigen Tropfen zu verschwenden, und schenkte ein.

»Auf Wyatt und Mel?«, fragte Jo.

Zoe schüttelte den Kopf. »Nein, dafür haben wir nächsten Monat noch Zeit. Heute geht es um uns.« Zoe erhob das Glas, die beiden anderen taten es ihr nach. »Wir waren bisher ganz gut. Aber ich habe das Gefühl, dass das Beste noch kommt.«

Sie stießen miteinander an.

»Auf uns!« Mel nahm einen Schluck, dann quietschte sie auf. »Wir sind in Las Vegas, Mädels!«

»Wir werden krass viel Spaß haben.«

Zoe blickte auf die Uhr, stellte das Glas wieder ab. »Okay, Ladys. Unser Tag geht jetzt los. Schnappt euch die Taschen.«

Jo blickte Mel an. »Wo gehen wir hin?«

»Zum Wellness natürlich, du Dummerchen.«

Mel quietschte wieder und war als Erste zur Tür heraus.

***

»Ich nehme die Couch.« Mark ließ die Tasche auf den Boden fallen. An dem Doppelbett war er vorbeigelaufen.

Luke protestierte nur schwach. »Du musst doch nicht. Ich könnte auch …«

»Hab Rückenprobleme. Ist besser da für mich.«

Wyatt stellte seine Tasche auf dem Bett ab und öffnete die Minibar. Er holte drei Bier heraus und reichte jedem eines. »Ich war schon seit Jahren nicht mehr hier.«

»Und ich überhaupt noch nie!« Luke hatte immer fahren wollen, aber entweder hatte er keine Zeit gehabt oder niemanden gefunden, der mitkam. Er öffnete einen Korb, der auf einem kleinen Tischchen stand. Auf einem Schildchen stand sein Name.

»Was ist das?«

Luke entfernte das Einschlagpapier und fand eine Flasche Whiskey, ein paar Tüten mit Nüssen und Knabbergebäck vor. Außerdem befand sich ein Kärtchen darin. *Zoe hat erzählt, dass du noch nie in Las Vegas warst. Hier sind Karten für den Players Club. Sagt, dass Felix euch schickt. Und denkt dran, wer nüchtern bleibt, erlebt Las Vegas nicht richtig. Prost!*«

»Ich mag Zoes Freunde.«

Wyatt nahm ihm den Whiskey ab und ließ das Bier stehen. »Oho, das nenne ich mal Feiern mit Stil.«

»Was steht auf dem Plan, meine Herren?«

Luke wedelte mit der Clubkarte. »Casino oder Strip-Club?«

Marks Augen begannen zu leuchten. »Ja und ja!«

***

»Oh Gott, ist das toll.« Man konnte Mel kaum verstehen. Sie lagen alle drei mit dem Gesicht nach unten auf Massageliegen, während die Masseurinnen ihnen die Anspannung von der Anreise wegmassierten.

»Miss Gina sollte das im Inn anbieten.«

Zoe hob ihren Kopf, um Jo kurz anzusehen. »Das ist gar keine schlechte Idee.«

Zoes Therapeutin bearbeitete gerade einen Verspannungspunkt unterhalb der Schulter, sodass Zoe laut aufstöhnte.

»Das ist meine erste Massage«, sagte Mel.

»Dann haben Sie ja etwas verpasst«, meinte Jos Masseurin.

»Für mich ist es auch die erste.«

»Das ist schon verrückt.« Obwohl Zoe früher weniger hatte als beide Freundinnen, so hatte sie doch mehr Erfahrung mit den angenehmen Dingen des Lebens gemacht.

»Woher kommen Sie?«

Jo und Mel antworteten gleichzeitig: »River Bend«.

»Ein kleines Nest in Oregon«, fügte Zoe nüchtern hinzu.

»Wenn ich eine Pediküre möchte, muss ich bis nach Waterville fahren«, erzählte Mel.

»Ich mach so was erst gar nicht«, sagte Jo.

»Pediküren sind super.«

»Nur wenn man offene Schuhe trägt«, meinte Jo. »Aber ich habe ja immer Stiefel an.«

»Nicht an diesem Wochenende. Pediküren kommen als Nächstes und falls du keine anderen Schuhe dabeihast, dann gehen wir noch shoppen.«

Jo schnaubte.

»Was anderes kommt nicht infrage. Wir ziehen das kleine Schwarze an und Männer werden uns Getränke spendieren.«

Zoes Masseurin mischte sich ein. »Na wenigstens eine, die weiß, wie man sich in Las Vegas verhält.«

»Die anderen beiden werden es auch bald lernen.«

»Männer schütten einem K.-o.-Tropfen in die Drinks«, warnte Jo.

»Sie dürfen ruhig für die Drinks zahlen, Jo. Aber du lässt sie nicht die Getränke überreichen.« Zoe kannte sich aus. »Außerdem bist du ja die Einzige von uns, die heute jemanden abschleppt.«

»Das will ich sehen«, frohlockte Mel.

»Du hättest mal den Typen in Dallas sehen sollen. Der war heiß«, erzählte Zoe.

»Oh Gott, und wie!«

Jo brachte sie damit zum Lachen. Und schon waren sie beim Thema Schwanzgröße angelangt.

Die Masseurinnen kicherten, hielten sich aber mit Kommentaren zurück.

***

»Erinnere mich daran, dass ich diesem Felix danke, wenn ich ihn mal kennenlerne.« Wyatt tat, was ein echter Junggeselle bei seinem Junggesellenabschied in Las Vegas tun musste. Er hatte glasige Augen und würde bald umfallen.

Luke schüttete immer wieder Wasser in Wyatts Getränke, damit er nüchtern genug blieb, um etwas von dem Abend zu haben.

Durch die Verbindung zu Felix waren sie nicht nur in den Players Club gekommen, sondern hatten außerdem noch die Begleitung zweier schöner, langbeiniger Damen, die kaum mehr als Bikini und High Heels trugen, gestellt bekommen. Sie brachten den Männern was zu trinken und unterstützten Luke beim Würfelspiel. Wyatt hatte es auch schon versucht, aber dabei immer wieder die Konzentration verloren. Was ihn aber anscheinend nicht daran hinderte, Geld zu gewinnen. Mark ging zum Roulettetisch, während Luke auf Wyatt aufpasste, wie es sich für einen anständigen Trauzeugen gehörte.

Der Mann, der am Kopf des Tisches saß, rollte den Würfel. Alle jubelten auf.

»Haben wir gewonnen?«, fragte Luke seine halb nackte Begleitservice-Dame, Cici, kleine Aufmerksamkeit von Felix.

»Ja, Sie haben gewonnen.«

»Soll ich die Chips da hinlegen?«

Sie zuckte mit den Schultern. »Können Sie machen.«

Er blickte sie an. »Spielen Sie gar nicht?«

»Oh Gott, nein. Ich arbeite zu hart für mein Geld.«

Da musste er lachen.

»Aber ich wohne ja auch hier. Ab und zu ist es schon okay.«

»Ich bin nicht Ihr Chef, meine Liebe. Und ich freue mich über Ihre Ehrlichkeit.«

Sie blinzelte mit ihren falschen Wimpern und lächelte.

Wieder erschallte Gejubel am Tisch.

»Haben wir immer noch eine Glückssträhne?«

Cici zwinkerte ihm zu, lehnte sich mit ihrem Busen gegen seinen Arm und flüsterte, sodass nur er es hören konnte. »Ich würde gehen, solange die Glückssträhne anhält.«

Luke zog Wyatt vom Tisch. Beide hatten fünfhundert Dollar gewonnen. Wie das passiert war, wusste er selbst nicht. Er gab Cici und ihrer Freundin ein großzügiges Trinkgeld und versprach, am nächsten Abend wiederzukommen.

Die drei verließen das Casino, um was zu essen zu suchen. Es war schon dunkel, aber immer noch fast dreißig Grad. Zumindest war es nicht so feucht, dass ihre Hemden am Körper klebten.

Die hellen Lichter heizten den Boulevard noch zusätzlich auf. Straßenverkäufer boten eiskaltes Wasser für einen Dollar an und fragwürdige Gestalten teilten kleine Kärtchen aus, auf denen nackte Frauen zu sehen waren, die einen angenehmen Zeitvertreib versprachen. Obdachlose saßen mit Geldschalen und Schildern, auf denen stand, dass sie Hunger hätten, auf der

Straße. Eltern, die mit ihren Kindern unterwegs waren, zogen ihre Sprösslinge von den Frauen fort, die am Oberkörper nichts weiter als zwei Nippelaufkleber trugen und Geld für ein Foto haben wollten.

»Echt verrückt hier.«

»Je später der Abend, desto verrückter wird es, mein Freund.« Mark kannte sich offensichtlich aus.

Luke fragte sich, wie es den Frauen ging, und zwang sich, das Telefon in der Tasche zu lassen.

Mark führte sie zu einem Restaurant, wo sie eine anständige Mahlzeit zu sich nahmen, damit Wyatt eine Basis für den Alkohol hatte. Es war erst kurz nach zehn und der Abend würde erst jetzt richtig losgehen.

***

Zoe hielt herzlich wenig von dem Spruch »Was in Las Vegas passiert, bleibt in Las Vegas«. Sie nahm ihr Handy und schoss möglichst viele Bilder von der lachenden Mel, die ganz rot im Gesicht war.

Ein junger Mann um die zwanzig wackelte gerade mit seinem knackigen, halb nackten Po vor der Braut in Spe und er war jede Dollarnote wert, die Mel ihm in den Tanga steckte. Die Revue stellte Sexszenen aus einem bekannten französischen Erotikfilm dar und Zoe sorgte dafür, dass Mel für die Männer gut erreichbar war.

Die Frauen im Publikum jubelten und warfen Geldscheine, als ob es sich dabei nur um Papier handelte.

Und die Männer auf der Bühne flirteten mit den Frauen und liefen wie stolzierende Pfauen umher.

»Hier müssen wir wieder herkommen«, rief Jo den anderen zu.

Zoe stieß mit ihrer Faust zustimmend gegen die von Jo und machte wieder ein Bild von Mel für künftige Zwecke.

***

An der Stange zog sich eine Tänzerin kopfüber so weit nach oben, dass ihre ausgestreckten Arme nicht mehr den Boden berührten.

Luke staunte darüber, dass ihre Brüste trotzdem in dem Outfit blieben.

Alle anderen Männer im Publikum waren genauso beeindruckt wie er. Die meisten sahen schweigend zu und nur wenige riefen oder pfiffen anerkennend. Die Musik dröhnte und die Damen auf der Bühne hatten kein Problem damit, dass die Männer ihnen Geldscheine in den Tanga steckten.

»Sind die Dinger echt?«, fragte Luke.

»Kann ich mir nicht vorstellen«, meinte Mark neben ihm.

Als die feurige Rothaarige auf der Bühne das Oberteil von sich warf, bewegte sich bei ihr nichts und verhärtete den Verdacht, dass ein Schönheitschirurg der Natur etwas nachgeholfen haben musste. Was Luke aber nicht davon abhielt, die Show zu genießen.

***

Die Musik dröhnte laut, dichtes Gedränge auf der Tanzfläche.

Zoe passte auf Mel auf, die schon mehr getrunken hatte als Zoe und Jo zusammen. Sie lachte und nahm artig das Wasser, das Zoe ihr hinhielt. »Du bist die Beste.«

»Bitte kotz nicht.«

Mel schlug Zoe auf die Schulter. »So besoffen bin ich doch gar nicht.«

Der Mann, der neben ihr tanzte, hatte das gehört und grinste sie an. »Sie ist verlobt«, warnte Zoe.

Was ihm anscheinend egal war. »Magst du noch was trinken?«

Zoe nahm Mels Hand und suchte eine andere Stelle, wo sie weitertanzten.

***

Gegen drei Uhr morgens zog Luke die beiden anderen in ein Restaurant für ein kleines Frühstück. Anschließend stolperten sie auf ihr Zimmer und keiner bewegte sich mehr, bis mittags um zwölf das Zimmermädchen an die Tür klopfte, um sauber zu machen.

***

»Wie es den Jungs wohl geht?« Mel hatte eine dunkle Sonnenbrille aufgesetzt und saß unter einem Schirm am Pool.

»Die sind höchstwahrscheinlich noch nicht einmal wach«, meinte Zoe, die bereits eine Bloody Mary in den Händen hielt.

Es war Mittag und jetzt wurde am Pool weitergefeiert.

Jo drehte sich, um ihrer weißen Haut offensichtlich zum ersten Mal seit hundert Jahren ein paar Sonnenstrahlen zu gönnen. »Ich mach ein kurzes Nickerchen. Passt auf mich auf, dass ich keinen Sonnenbrand kriege.«

Zoe sah auf die Uhr und nahm sich vor, ihre Freundin in zwanzig Minuten zuzudecken oder wenigstens noch eine Lage Sonnencreme aufzutragen.

Stunden später stand Mel mit einer Boa und einem Brautkrönchen geschmückt, wie es sich für eine angehende Braut in Las Vegas gehörte, wieder mit ihren Freundinnen in einer Bar. Zoes Handy klingelte in der Handtasche.

Sie ignorierte es, doch schon bald läutete es ein weiteres Mal.

Wahrscheinlich war es Luke oder vielleicht auch Wyatt. Überraschenderweise aber erschien das Bed & Breakfast von Miss Gina auf dem Display.

Zoe wandte sich von Jo und Mel ab, die gerade wie Teenager Gläschen mit wabbeliger, alkoholintensiver Götterspeise – Jell-O-Shots – leerten, und hob ab.

»Hallöchen, Miss.«

»Zoe?«

Die Musik war so laut, dass man kaum etwas verstehen konnte. »Ist bei euch alles in Ordnung?«

»Zoe, Liebes …«

Zoe verstand kein Wort von dem, was Miss Gina sagte, doch konnte sie der Stimme entnehmen, dass irgendetwas los war.

»Warte mal.«

Zoe ging nach draußen auf die Straße, wo der Lärmpegel so früh am Abend nicht viel geringer war als in der Bar.

»Was ist los?«

»Ich weiß nicht, wie ich es dir am besten beibringen soll.«

Zoe bekam eine Gänsehaut.

»Es ist dein Dad.«

Alle Luft wich aus ihrer Lunge. »Oh nein.«

»Er ist wieder draußen, Zoe. Zanya hat angerufen, deine Mom hat ihn heimgebracht.«

Kapitel 15

Jo hatte gesehen, wie Zoe mit dem Handy am Ohr die Bar verließ. Sie dachte sich nichts dabei, bis Zoe nach fünfzehn Minuten wieder erschien und sich einen Drink nach dem anderen hinter die Binde kippte. Bisher war Zoe diejenige gewesen, die sich zurückgehalten hatte, und auf die beiden anderen aufpasste. Für Jo eine willkommene Abwechslung, weil das mit ihrem Sheriffstern sonst immer ihre Rolle war.

Jetzt trank Zoe sogar auch einen Jell-O-Shot, gefolgt von einer Runde Tequila.

Irgendetwas war anders, sie lächelte anders. Und dann flirtete sie mit dem Typen, der sie schon den ganzen Abend angebaggert hatte.

Jo schrieb Luke heimlich eine Nachricht.

Hast du mit Zoe geredet?

Jo und Zoe vergnügten sich auf der dicht gedrängten Tanzfläche. Mel redete mit ein paar Frauen, die für denselben Anlass gekommen waren.

Luke schrieb zurück. Nicht mehr, seit wir euch am Hotel abgesetzt haben.

Als Zoe, noch während Jo zurückschrieb, bereits den nächsten Tequila leerte, wusste Jo ganz sicher, dass irgendetwas mit ihrer Freundin los war.

Jo schrieb Luke, wo sie waren, und schlug vor, dass die Männer am besten zu ihnen kämen.

Falls Luke sich wunderte, so schrieb er es zumindest nicht zurück.

Beim nächsten Blick aufs Handy hatte sie eine Nachricht von Deputy Emery.

Ziggy Brown ist zurück.

Jo hielt Mels Arm fest, die gerade einen Schluck trinken wollte.

»Was is'?«

Sie hielt Mel das Handy hin.

Beide drehten sich gleichzeitig um und blickten zu Zoe.

***

Es war schon komisch, wie man als Erwachsener von jetzt auf gleich wieder nüchtern sein konnte, wenn es nötig war. Vorausgesetzt, man hatte einen gewissen Punkt noch nicht überschritten, konnte man sich aus dem Nebel herausziehen und wieder klar denken.

Luke war froh, dass er sich zurückgehalten hatte, weil er die Kopfschmerzen, mit denen er an diesem Morgen aufgewacht war, nicht unbedingt noch einmal haben wollte. Außerdem wäre der Heimflug auch für seine Sitznachbarn unerträglich, wenn er wieder über die Stränge schlug. Das überließ er lieber Wyatt und hoffte, dass man auf ihn genauso aufpasste, wenn er selbst seine letzten Tage als Junggeselle feierte.

Statt Wyatt zu sagen, wo sie hingingen, tat Luke einfach das, was er ohnehin schon das ganze Wochenende getan hatte. Er bestimmte, wo es langging.

Das Taxi brachte sie zu dem Hotel, in dem sich der Nightclub befand. Jo hatte geschrieben, dass sie hier sein würden. Zoe war wie ein Leuchtfeuer. Ihre dunklen Haare glänzten, ihr Lachen war, trotz Musik und der Lautstärke der anderen Leute, glockenhell herauszuhören.

Ganz offensichtlich versuchte der Typ an ihrer Seite gerade alles, um sie betrunken zu machen. Was ihm anscheinend gelang.

Luke sah Jo und gab Zoe ein Zeichen.

Mel sprang sofort zu Wyatt. »Hallo, du heißer Mann.«

Luke machte für Wyatt Platz, der seine zukünftige Braut an sich zog.

Zoe sah das Paar und blickte sich suchend nach Luke um.

Als sie ihn entdeckt hatte, ließ sie den anderen Typen, der sie so gern nackt gesehen hätte, links liegen und legte einen Arm um Luke. »Was machst du denn hier?«

Nach dem nächsten Drink würde sie wahrscheinlich anfangen zu lallen. »Ich brauche mein Mädel.« Eine Lüge, auch wenn es wahr war.

»Hey, weg da.« Der Kerl von vorhin trat vor.

Zoe begann zu lachen und Jo nutzte den Moment, um sich dazwischenzustellen. »Hör auf«, warnte sie den Mann.

Als dieser noch einen Schritt näher kam, holte Jo etwas aus der Handtasche.

»Ja, ja, schon gut.«

Jo nickte Luke zu und deutete verstohlen auf ihr Handy.

»Bestellst du mir einen Cocktail?«, fragte Zoe.

Luke versuchte, die Aufmerksamkeit des Barkeepers zu bekommen.

»Habt ihr Mädels Spaß?« Während er fragte, zog er das Handy aus der Tasche und hoffte auf einen Hinweis darauf, warum Wyatt und Mel plötzlich so aussahen, als sei der Himmel herabgefallen und er hätte das noch nicht mitbekommen.

»Es ist super. Mel sollte jedes Jahr heiraten.«

»Ich glaube, das ist nicht gerade der Plan.«

Jos Nachricht kam und sagte alles.

Ziggy Brown ist wieder in River Bend.

Jetzt verstand er die Gesichter und warum Zoe nicht mehr nüchtern war.

Er sagte nichts. Er bestellte einfach die Getränke und blieb den restlichen Abend an Zoes Seite. Am nächsten Morgen würde die Realität noch früh genug über sie hereinbrechen.

Dann würde er bei ihr sein und helfen, wenn sie es zuließ.

***

Die Suite im Venetian war doppelt so groß wie die der Männer im Caesar Hotel.

Luke war sich sicher, dass Zoe gar nicht mitbekam, wie um sie herum alle wieder nüchtern geworden waren. Sie schlief sturzbesoffen ein, während sich die anderen im Nachbarzimmer unterhielten.

»Wie kann das denn sein?« Luke richtete diese Frage an Jo, auch wenn es natürlich nicht ihre Schuld war, dass Ziggy aus dem Gefängnis gekommen war.

»Keine Ahnung. Ich werde mich am Montag hinters Telefon klemmen. Ich will wissen, welches Ding er gedreht hat, um herauszukommen.«

»Er hatte lebenslänglich. Das heißt doch, dass er für immer drinbleibt, oder?« Mels Frage hing in der Luft.

»Offenbar nicht, Schatz.« Wyatt hielt sie fest an sich gedrückt.

»Ziggy ist ein krimineller Scheißkerl«, sagte Mark. »Ich erinnere mich noch, wie er Sheryl an den Haaren aus Sam's Diner gezogen hat und herumschrie, weil sie ihm nichts gekocht hatte.«

»Daran kann ich mich gar nicht mehr erinnern«, meinte Mel.

»Da warst du nicht dabei. Dad hat mir gesagt, dass er der Grund war, warum du früher nicht zu Zoe nach Hause durftest.«

»Was denkt sich Sheryl bloß dabei, dass sie ihn jetzt wieder bei sich aufnimmt?«, fragte Wyatt.

Luke blickte zur geschlossenen Tür, hinter der Zoe lag und die Auswirkungen dieser Nachricht wegschlief. »Wenn er es wagt, ihr etwas anzutun …!«

Jo stand am offenen Vorhang, sie schaute auf die Lichter des Strips. »Hat er doch längst.«

***

Jo hielt Zoes Haare zurück, während sie über der Schüssel hing und die letzten drei Drinks des vergangenen Abends bereute. »Scheiße.« Wieder entleerte sie ihren Magen, in dem sich ohnehin nichts mehr befand.

»Ich bin zu alt für so was.«

»Du bist noch nicht mal dreißig.«

Zoes Haut war schweißnass und sie fühlte sich wie hundert.

»Was hab ich Idiotin mir nur dabei gedacht?«

Jo klopfte ihr auf den Rücken und sprach mit besänftigendem Ton. »Du hattest schon deine Gründe.«

Zoe hatte die fragenden Blicke am Abend vorher ignoriert, aber jetzt, um zehn Uhr morgens, aus allen Poren nach Alkohol stinkend, konnte sie die Wahrheit nicht länger leugnen. »Miss Gina hat angerufen, oder?«

»Deputy Emery.«

Zoe setzte sich auf den harten Marmorboden und nahm den kalten Waschlappen entgegen, den Jo ihr reichte. »Das hätte nicht passieren dürfen, Jo.«

Jo hockte sich auf den Badeschemel und stützte die Hände auf die Knie. »Ich versteh das auch nicht. Man hat mir gesagt, dass er selbst bei guter Führung noch mindestens sechs Jahre sitzt.«

Zoe hatte aber in den Nachrichten gehört, dass die Gefängnisse überfüllt seien und dass viele Häftlinge vorzeitig entlassen wurden.

»Wie geht's?« Mel brachte eine Flasche Wasser ins Bad.

Zoe nahm sie, aber statt zu trinken, kühlte sie sich damit die Stirn und schloss die Augen.

»Dass er es irgendwie geschafft hat, aus dem Knast zu kommen, geht ja gerade noch in meinen Schädel, aber was meine Mutter da macht ... Was soll der Scheiß?«

Mel setzte sich auf die freie Ecke neben Jo. »Sind sie denn nicht geschieden?«

Zoe drehte sich bei dem Gedanken erneut der Magen um. »Das behauptet sie zumindest, aber wer weiß.«

»Ich kann im Registereintrag nachsehen, um das herauszufinden.«

Zoe nickte kaum merklich. Eigentlich hasste sie es, ihre Freundin um diesen Gefallen zu bitten, aber sie wollte trotzdem die Fakten wissen. Die Lügen ihrer Mutter betrafen schließlich alle. »Hat irgendwer mit Miss Gina gesprochen?«

»Ich, ja. Sie hat gesagt, dass Zanya wissen wollte, wann wir zurückkommen.«

»Ich muss nach River Bend. Der arme Blaze. Er darf nicht so aufwachsen.« Auch wenn Zoe wollte, dass ihre Schwester das Leben selbst in die Hand nahm und ihre eigenen Entscheidungen traf, konnte sie nicht tatenlos zusehen, wenn ihr Neffe dasselbe durchmachen musste wie sie früher.

»Eins nach dem anderen, Zoe.«

Mel, die ewige Optimistin, überlegte: »Vielleicht hat er sich ja verändert? Vielleicht ist er jetzt …«

Jo und Zoe stoppten sie mit einem Blick, Mel verstummte.

Zoe öffnete nun doch die Flasche und trank einen kleinen Schluck. »Wo sind die Jungs?«

»Sie packen. Luke ändert seinen Flug und bucht dir auch einen für später.«

Sie schaute, ob im Bad irgendwo eine Uhr hing. »Müssen wir nicht gleich auschecken?«

»Mach dir keinen Kopf. Wir haben einen späteren Check-out organisiert.«

»Wir fliegen voraus und versuchen so viele Informationen zu sammeln, wie es geht, bevor du ankommst.«

Zoes Magen protestierte gegen das Wasser. Sie beugte sich über die Schüssel. »Wir hatten so viel Spaß.«

»Ich hatte eine Menge Spaß, Zoe. Und ich lasse deinen bekloppten Dad nicht unser ganzes Wochenende versauen.«

Zoe versuchte zu lächeln, selbst als ihr Magen wieder das loswurde, was sie ihm gerade zugeführt hatte.

Ihre Freundinnen steckten sie wieder ins Bett und als Zoe aufwachte, saß Luke neben ihr.

Sie kuschelte sich an ihn heran und ließ sich über den Kopf streicheln.

***

Neuigkeiten verbreiteten sich in einer Kleinstadt wie ein Lauffeuer.

Sobald Jo ihre Wohnung betreten hatte, zog sie ihre private Kleidung aus und schlüpfte in die Uniform. Es fühlte sich gut an, wieder die Waffe an der Hüfte zu tragen. Die würde sie nun so lange bereithalten, bis Ziggy Brown entweder aus der Stadt verschwunden oder wieder hinter Gittern war.

Sie hatte die Akten, die ihr Vater über den Mann angelegt hatte, gelesen.

Er war ein Dreckskerl, der wenig Respekt für sein eigenes Leben hatte, geschweige denn für das seiner Frau oder seiner Kinder. Auch wenn Zoe nach River Bend kam, um das kaputte Puzzle wieder zusammenzusetzen, so hoffte Jo insgeheim, dass ihre Freundin bald wieder nach Texas zurückflog, damit sie das, was passierte, gar nicht erst mitbekam.

Jo kam nach achtzehn Uhr zur Wache.

Es war Sonntag und normalerweise ließ Glynis an diesem Tag die Anrufe zu Deputy Emery weiterleiten, beziehungsweise nach siebzehn Uhr zu Jo. In River Bend gab es zwar hin und wieder Probleme, die Kriminalitätsrate war aber nicht so hoch, dass eine Besetzung rund um die Uhr nötig gewesen wäre. Außer es saß jemand in der Ausnüchterungszelle. Meistens aber wurden die Kurzzeitinsassen nach Waterville gebracht, wo es eine wesentlich größere Polizeistation gab. Jos Gebiet war zwar recht groß, besaß jedoch eine geringe Bevölkerungsdichte. Seit Ziggy Brown aus dem Gefängnis war, fühlte sich River Bend plötzlich viel kleiner an.

Glynis streckte sich in ihrem Stuhl, als Jo eintrat.

»Was machst du denn noch hier?«

»Ich wusste, dass du kommen würdest.«

Jo sagte dazu nichts, sondern blickte sich nur um. »Irgendwas, das ich wissen müsste?«

Glynis schüttelte den Kopf. »Nichts, was man dir nicht schon gesagt hätte. Es war ja so ruhig seit … also …«

Jo erlöste Glen von ihrem Stottern. »Danke, dass du dich so kümmerst. Aber du kannst jetzt gehen. Ich übernehme.«

Glynis stand auf und holte ihre Tasche hinter dem Schreibtisch hervor. »Wie geht es Zoe?«

»Sie ist durch den Wind. Aber sie ist stark.«

»Das glaub ich gern. Gute Nacht, Jo.«

»Gute Nacht, Glynis.«

Jo setzte sich ans Funkgerät und nahm Verbindung zu Emery auf. »Bin zurück. Was ist Ihre Position?«

»Bin außerhalb auf einer ruhigen Straße unterwegs, Sheriff. Hätte nichts gegen eine kleine Pause.«

Sie wusste, was das bedeutete. Bevor sie die Station verließ, packte sie alle Unterlagen ein, die es über Ziggy Brown gab. Sie hatte vor, sie genauestens zu studieren, um vielleicht noch ein Detail über den Mann zu erfahren, von dem sie gehofft hatte, dass sie ihn niemals wieder in River Bend sehen müsste.

Kapitel 16

Nachdem der umgebuchte Flug auch noch Verspätung hatte, war es schon fast Mitternacht, als Zoe und Luke vom Flughafen nach River Bend fuhren. An diesem Abend würden sie niemanden mehr treffen.

Sie hätte ohnehin nicht gewusst, was sie sagen sollte.

Der Gedanke, dass sie ihrem Vater wieder ins Gesicht sehen müsste, ließ sie hyperventilieren und sie kratzte sich wie eine Drogenkranke auf Entzug.

Sie hatte diesem Mann nicht mehr unter die Augen treten müssen, seit ihre Mutter sie damals gezwungen hatte, ihn im Gefängnis zu besuchen. Kurze Zeit später aber war Ziggy in ein Hochsicherheitsgefängnis gebracht worden. Es hatte sich in Portland befunden und ihre Mutter hätte für den weiten Weg weder das Benzin zahlen können, noch Zeit für die lange Fahrt gehabt.

Zumindest hatte Zoe das gedacht.

Eine halbe Stunde, bevor sie River Bend erreichten, sprach Zoe eine der vielen Fragen, die in ihrem Kopf kreisten, laut aus. »Glaubst du, sie hat sich wirklich von ihm scheiden lassen?«

Luke fuhr den Truck seines Dads, den sie auf dem Langzeitparkplatz am Flughafen abgestellt hatten, während sie in Las Vegas waren.

»Zumindest hat sie nicht ein zweites Mal geheiratet.«

»Sie hat in der ganzen Zeit noch nicht mal einen Freund gehabt. Ich dachte, weil sie Angst vor Männern hatte. Jetzt aber frage ich mich, ob das der wirkliche Grund war.«

»Ich habe deinen Dad nie kennengelernt.«

»Er ist bösartig. Und trotzdem haben das nur sehr wenige gewusst, bis zu dem Tag, an dem er verhaftet wurde. Ich erinnere mich noch, wie er meiner Mom von den vielen Frauen erzählt hat, die ihn begehrten. Wie er mit jeder zusammen sein könnte, und dass sie das nicht vergessen dürfe.« Immer wieder tauchten Erinnerungsbilder in Zoes Kopf auf, von der Zeit, als sie alle zusammen in dem schäbigen Mobilheim gewohnt hatten. »Ich weiß noch, damals, kurz vor der Highschool. Zane musste in der Dritten und Zanya … in der Ersten gewesen sein?«, überlegte sie, ob sie die Daten richtig im Kopf hatte. »Da hat er seinen Job in der Fabrik bei Waterville verloren.«

»Da, wo die Campingwagen gebaut werden?«

»Ja. Dort hat er ein gutes Jahr gearbeitet. Ich weiß noch, wie toll es war, als wir genügend Geld für die Heizung im Winter hatten.«

»Oh Gott.«

»Wir hatten immer zu wenig Geld. Das war mir sehr bewusst. Wahrscheinlich haben die meisten Kinder in der Schule noch nicht einmal gewusst, dass man fürs Heizen zahlen muss.«

»Mein Dad hat mich geschimpft, wenn ich das Fenster offen gelassen habe. *Du wohnst doch nicht im Stall,* hat er immer gesagt«, erzählte Luke.

»Bei uns lief es anders ab. Mein Vater kam nach Hause, hat gebrüllt, dass er doch kein Geldscheißer wäre, und hat dann die Heizung ausgedreht. Egal, ob draußen Schnee lag und Minusgrade herrschten. Er selbst hat so viel getrunken, dass er geschwitzt hat und wir anderen saßen zusammengekauert unter Decken. Meine Mom hat, wenn er weg war, heimlich die Heizung angedreht, gerade so viel, dass die gröbste Kälte wegging und bevor er heimkam, hat sie sie wieder ausgemacht. Ich habe vor mein Fenster eine Decke als Kälteschutz gehängt. Das hat aber nur manchmal ein bisschen geholfen. Eines Abends kam er heim und hat gemerkt, dass vorher die Heizung gelaufen ist. Daraufhin hat er uns gezwungen, so lange draußen zu sitzen, bis wir wüssten, was Kälte wirklich war. Es hat geregnet. In den nächsten Tagen sind wir alle mit einer Grippe in die Schule gegangen. Unsere Mom konnte sich nicht von der Arbeit freinehmen, wenn wir krank waren.« Zoe hatte das fast vergessen. Wahrscheinlich war es das Beste, solche Erinnerungen zu verdrängen. Aber Zanya und Blaze wohnten noch dort. Und Zane, obwohl sich Zoe sicher war, dass er andere Möglichkeiten hatte als ihre kleine Schwester. Der Gedanke daran, dass Ziggy nun Blaze zwingen könnte, in der Kälte zu hocken, machte sie wütend.

»Hat deine Mom wenigstens die Heizung wieder angestellt, als dein Dad ins Gefängnis kam?«

»Am Anfang nicht. Ich glaube, sie hatte Angst, dass er jederzeit zurückkommen könnte. Er hat uns nicht nur in die Kälte rausgeschickt, sondern meine Mom auch geschlagen, damit sie es wirklich kapieren würde.« Wie sie dieses Wort hasste. *Kapieren.*

Du *kapierst* nicht, dass ich das bloß für dich tu.

Das *kapierst* du erst, wenn du selber mal Kinder hast.

Wenn ich dir keine Disziplin beibringe, dann *kapierst* du die Regeln nicht.

So was hatte er gesagt, wenn er gut drauf war. Wenn er getrunken hatte oder ihm gerade alles egal war, dann schrie er herum, warf Sachen durch die Gegend und setzte vor allem seine Fäuste ein.

»Ich weiß, dass er deine Mom manchmal geschlagen hat. Aber hat er auch …?«

Zoe merkte, dass Luke das Lenkrad fester hielt als nötig. »Immer wieder«, sagte sie, ohne sich zu schämen. Es war nicht ihre Schuld, dass er gewalttätig war. »Er hat das ganz geschickt angestellt. Hat genau darauf geachtet, dass er keine sichtbaren Spuren hinterlässt. Wenn wir irgendwo gewohnt hätten, wo es heißer ist, dann wäre er wahrscheinlich nicht so lange ungestraft davongekommen.« Und wieder kamen neue Erinnerungen. »Ihm ist immer eine Ausrede eingefallen. Warum wir krank waren, warum wir blaue Flecke hatten. Sind ausgerutscht und hingefallen. Das Seil der Schaukel ist gerissen. Glatteis in der Einfahrt. Ich glaube, niemand hat darüber nachgedacht, dass unsere Einfahrt eigentlich gekiest war.« Sie lehnte den Kopf zurück, als sie weitererzählte. Viele Jahre hatte sie nicht mehr daran gedacht, geschweige denn darüber geredet.

»Kurz vor dem Raubüberfall hatte er begonnen, sein wahres Ich zu zeigen. Hatte aufgehört, zu den Leuten in der Stadt höflich zu sein. Hat uns zu Hause gelassen, damit niemand mitbekam, dass es ein Problem gab. In der Sechsten war ich im Winter drei Wochen nicht in der Schule. Die Betreuungslehrerin, Miss Jennings, kam kurz vor den Weihnachtsferien zu uns nach Hause, um nach mir zu sehen. Ich erinnere mich noch genau an ihre schicke Hose, an die polierten Schuhe. Keine Ahnung, warum ich gerade die Schuhe in Erinnerung habe, aber das ist hängen geblieben. Sie stand in meinem Wohnzimmer. Dad war nicht da, er hat mir gesagt, dass ich zu Hause bleiben und auf Zanya aufpassen soll und er ist gegangen, um Geld zu ›suchen‹.« Sie schnaubte lachend. Heute wusste sie ganz genau, was er mit *suchen* gemeint hatte. »Miss Jennings stand mit ihren polierten Schuhen auf unserem alten Teppich. Sie hat mich gefragt, warum ich nicht in der Schule sei. Ich hatte Angst, ihr die Wahrheit zu sagen. Ich habe, glaube ich, nicht geantwortet.«

»Was ist dann passiert?«

»Es gab ein Gespräch mit Jos Dad, also ein offizielles. Ich habe ihn natürlich schon vorher gekannt. Aber er kam am nächsten Tag, um nach uns zu sehen. Später habe ich erfahren, dass Ziggy in der Stadt auf sich aufmerksam gemacht hatte und er auch Gesprächsthema unter den Lehrern war.« Andere Leute hatten ebenfalls mitbekommen, dass irgendwas schiefläuft, und wollten endlich einschreiten. »Ich hatte gerade angefangen, auf dem Schulweg immer bei Miss Gina vorbeizusehen. Sie hat nie etwas gesagt, aber ich glaube, sie hatte etwas damit zu tun, warum plötzlich Miss Jennings aufgetaucht war.«

Zoe blickte zu Luke. Er versuchte ganz offensichtlich ruhig zu bleiben, aber sein Kiefer war angespannt und seine Hände am Lenkrad verkrampft. »Wahrscheinlich willst du das alles gar nicht hören.«

Luke sog hörbar die Luft ein, dann nahm er ihre Hand. »Es ist furchtbar, was du alles durchgemacht hast. Aber ich will es trotzdem hören. Als du früher erzählt hast, dass dein Dad ein Arschloch ist und im Knast sitzt, habe ich mir schon denken können, dass er euch nicht gut behandelt hat. Und im Laufe der Jahre habe ich das eine oder andere aufgeschnappt, aber wirklich gewusst habe ich darüber nichts.«

Zoe drückte seine Hand. »Ich habe Mel und Jo schon vor Jahren erzählt, wie schlimm es war. Aber sie mussten schwören, niemandem etwas davon zu sagen.«

»Nicht einmal mir?«

Sie nickte. »Erst seit ein paar Jahren ist mir mein Dad, meine Kindheit, nicht mehr peinlich. Oder na ja, ein bisschen ist das immer noch der Fall.«

»Man kann nichts für die Familie, in die man hineingeboren wird.«

»Das weiß ich.«

Luke bog von der Hauptstraße ab, die weiter zum Ortszentrum führte. »Wenn du keine Einwände hast, dann würde ich mich sehr freuen, wenn du heute Nacht bei mir bleibst. Ich kann dich aber natürlich auch zu Miss Gina bringen.«

»Nein. Ich würde lieber …« Sie küsste seinen Handrücken. »Bei dir fühle ich mich sicher, Luke.«

Er hielt sie fest. »Ich lasse nicht zu, dass er dir wieder etwas antut, Zoe.«

»Um mich selbst habe ich gar keine Angst.«

***

Am nächsten Morgen regnete es in Strömen. Zoe trank ihren schwarzen Kaffee und starrte aus Lukes Küchenfenster. Von der Rinne fielen schwere Tropfen auf die Veranda. Es entstanden Pfützen, in denen sich die Vögel baden würden, wenn der Regen aufhörte. Ob es im Garten wohl viele Vögel gab? Sie beugte sich über das Spülbecken, um besser hinaussehen zu können. Es war kein Vogelhäuschen zu sehen.

Auf einer Veranda durfte ein Vogelhäuschen nicht fehlen.

Ein Knarzen hinter ihr riss sie aus den Gedanken an ihre gefiederten Freunde.

Luke legte den Arm um ihre Hüfte und seinen Kopf auf ihren.

»Du riechst gut«, sagte sie zu ihm. Frisch geduscht und rasiert.

»Du auch.«

Eng umschlungen blickten beide zum Fenster hinaus.

»Ich war noch nie im hinteren Teil deines Gartens.«

»Du kannst ihn dir gern ansehen. Wirst halt eventuell ein bisschen nass.«

Sie schmunzelte und kuschelte sich an ihn.

»Wie fühlst du dich heute Morgen?«, erkundigte er sich.

Sie hatte schlecht geschlafen und sich im Bett gewälzt, gestresst und geplagt von Erinnerungen. Erst gegen vier Uhr morgens, nachdem sie auf der Suche nach einer kühlen Stelle ihr Kissen sicher hundert Mal gewendet hatte, war sie eingenickt.

»Tut mir leid, wenn ich dich die ganze Nacht wach gehalten habe.«

»Ich habe geschlafen.«

»Lügner. Aber danke, dass du mir kein schlechtes Gewissen machen willst.«

Er gab ihr einen Kuss aufs Haar. »Rieche ich hier Kaffee?«

»Tust du, ja«, sagte Zoe.

Luke holte eine Tasse aus dem Schrank und schenkte sich ein.

»Ich habe nach Zimt gesucht, um ihn damit aufzubrühen, aber keinen gefunden.«

»Gut, dass überhaupt Kaffeepulver da war. Manchmal habe ich länger keins, erst dann, wenn ich mal wieder einkaufen gehe.«

Sie schmunzelte. »Ich habe schon gemerkt, dass es hier und da etwas hapert.«

Er lehnte sich lässig gegen die Theke, trank Kaffee und grinste. »Fühl dich so frei wie ein Künstler vor einer leeren Leinwand.«

»Aber es ist doch *deine* Küche.«

»Na und?«

Sie blickte sich um. »Wenn, dann müsste ich die ganze Küche umgestalten. Aber na ja, das ist schon ein großer Schritt.«

»Es ist nur eine Küche.« Luke blickte sie über den Rand seiner Tasse hinweg an.

»Hast du vergessen, mit wem du hier sprichst?«

»Es ist trotzdem nur eine Küche. Mir selber ist es schnurzpiepegal, wo sich was befindet.«

Sie tat entrüstet.

»Es wäre was anderes, wenn du eine freie Schublade in meiner Schlafzimmerkommode haben wolltest. Da hätten wir eher ein Problem.«

Sie stoppte ihn mit einer Handbewegung in der Luft. »Warte. Ich dürfte deine Küche umräumen, aber meine Stringtangas dürfen sich nicht mit deinen Boxershorts vermischen?«

Er versuchte, sich das Lachen zu verkneifen, aber er konnte ihr ohnehin nichts vormachen. »Das müssten wir erst aushandeln.«

»Und über welche Art von Verhandlungen sprechen wir hier?«

Er hielt die Tasse in beiden Händen vor sein Gesicht. »Forderung eins: Wenn du deine Schlüpfer bei mir parkst, dann ziehen ein paar von meinen zu dir um.«

»Nach Texas?«

»Wohnst du noch woanders?«

Er nahm die Tasse wieder herunter, an seinen Augen zeigten sich kleine Lachfältchen. Es war bereits das zweite Mal, dass er darauf anspielte, ihre Beziehung zum nächsten Level zu führen. Aber was, wenn es nicht klappte? Und was, wenn es *doch* klappte? Einer ihrer besten Freunde war gerade wieder in ihr Leben getreten und sie wollte, dass er blieb.

»Sag mir, wovor du Angst hast, damit ich sie dir nehmen kann.« Lukes Worte holten sie zurück.

»Nicht mal mit einer Pistole kannst du meine Angst vertreiben.«

Aus den Lachfältchen wurden nun Sorgenfalten. »Ich glaube, von einer Pistole habe ich gar nichts gesagt.«

Sie schaute auf die pedikürten Füße und fragte sich, warum ihre Gedanken plötzlich so gewalttätig waren. »Ich lebe in Texas. Dort hat jeder eine Waffe.«

Sie knallte die Tasse auf die Theke und blickte auf, als er beide Hände auf ihren Arm legte. »Wenn du bereit bist, mir von deinen Ängsten zu erzählen, dann bin ich für dich da.«

Auf einmal fühlte sie sich so von ihren Ängsten überwältigt, dass sie gar nicht wusste, wo sie anfangen sollte.

Zoe lehnte sich gegen seinen Oberkörper und legte den Kopf auf seine Schulter. Er hielt sie ganz fest.

»Na gut, ich räume dir ein Plätzchen in meiner Schlüpferschublade frei, wenn du mir in deiner Platz machst.«

Er gluckste, hielt sie noch fester. Viel später sagte er: »Ich habe gar keine Schlüpferschublade.«

***

Jo war eine Stunde, nachdem die Lichter im Mobilheim der Browns ausgegangen waren, nach Hause gefahren. Um fünf Uhr morgens läutete wieder der Wecker. Um sechs hatte sie einen neuen Stapel Papiere vor sich liegen, daneben stand ein Liter Kaffee und etwas Essbares, das ein Donut sein sollte, aber keiner war.

Ziggy Brown war damals, als ihr Vater noch Sheriff gewesen war, verhaftet worden. Letzte Nacht hatte sie die Berichte ihres Vaters studiert. Eine Dokumentation von häuslicher Gewalt, oft ohne Beweise, manchmal mit. Es gab gegen Ziggy auch offizielle Aussagen von Geschäftsbesitzern, die aber keine Anzeige hatten erstatten wollen. Trotzdem halfen sie als Beweis für Ziggys kriminelle Energie, als er vor Gericht stand.

Ziggy hatte in einem kleinen Supermarkt einen bewaffneten Raubüberfall verübt. Er hatte den Angestellten brutal zusammengeschlagen, dann alles Geld aus der Kasse genommen und war mit einem Sixpack Bier abgehauen. Man hatte das Auto, mit dem er fortgefahren war, auf den Beobachtungskameras von gegenüber gesehen. Da Ziggy bei der Tat eine Skimaske getragen hatte, konnte ihn der Mann bei einer Gegenüberstellung nicht als Täter identifizieren. Doch dann fand man Blutspuren in Ziggys Auto. Eine DNA-Analyse ergab, dass es sich um das Blut des Supermarktangestellten handelte.

Wegen der Brutalität des Überfalls und der Tatsache, dass er bewaffnet gewesen war, wurde Ziggy ins Gefängnis gesteckt. Er hatte bereits eine lange Liste an vorangegangenen Vergehen, darunter Alkohol am Steuer, Fahren ohne gültige Fahrerlaubnis und mehrfache Körperverletzung. Außerdem war er davor schon einmal wegen eines Gewaltverbrechens zu einer Haftstrafe von sechs Monaten verurteilt worden. Nach drei Monaten hatte man ihn auf Bewährung entlassen.

Jo blätterte weiter durch die Berichte ihres Vaters. Besonders genau studierte sie die Einträge der letzten sechs Monate, in denen Ziggy als freier Mann herumgelaufen war. Die vorangegangene Haftstrafe hatte er im Sommer verbüßt, kurz bevor die ersten Meldungen von der Schule kamen. Offensichtlich hatte ihn die kurze Zeit im Gefängnis noch brutaler gemacht und als er damals wieder freikam, wurde er erst recht gewalttätig gegenüber Zoe und dem Rest der Familie.

Es gab zwei Gesprächsprotokolle, die Jos Vater angelegt hatte.

Zu lesen, was ihre Freundin ausgesagt hatte, tat ihr selbst nach so langer Zeit noch weh.

Die Schulkrankenschwester hatte den Sheriff gerufen, weil sie auf Zoes Rücken Striemen entdeckt hatte.

Sheriff Ward: »Woher sind diese Striemen auf deinem Rücken, Zoe?«

Zoe Brown: »Das Seil von der Schaukel ist gerissen und zurückgeschnalzt.«

Sheriff Ward: »Bist du von der Schaukel gefallen?«

Zoe Brown: *Antwortet mit einem Nicken.*

Sheriff Ward: »Als du gefallen bist, wie bist du da auf dem Boden aufgekommen?«

Zoe Brown: *Das Kind schweigt dreißig Sekunden, beginnt dann zu zittern.* »Ich weiß es nicht mehr.«

Sheriff Ward: »Bist du auf den Po gefallen? Oder auf die Knie? Oder hast du dich mit den Händen abgefangen?« – *Bemerkung: Keine Verletzungen an den Händen. Das Kind trägt lange Hosen und ein langärmliges Hemd.*

Zoe Brown: »Ich weiß es nicht mehr.«

Sheriff Ward: *Ich beende die Befragung, als das Kind zu weinen beginnt.*

Auf dem Bericht stand auch, dass Jos Vater zu den Browns nach Hause gefahren war und dort Ziggy Brown allein vorfand. Zoes Dad sagte dasselbe aus: »Das Seil der Schaukel ist gerissen und ist zurückgeschnalzt.«

Auf die Frage, an welchem Baum sich die Schaukel befunden hatte, zeigte Ziggy auf eine alte Pinie. Allerdings ließen sich keine Anzeichen dafür finden, dass sich dort eine Schaukel befunden hätte. Ziggy erklärte, dass sie noch nicht lange dort gehangen hatte.

Jos Dad konnte nichts tun, als ihn im Auge zu behalten und weiter nach Beweisen für häusliche Gewalt zu suchen. Auf einem Randvermerk stand, dass Zanes Lehrer gefragt hatte, ob sie zu Hause eine Schaukel hätten und Zane habe verneint.

Ohne Beweise und ohne eine Anzeige wegen Kindesmisshandlung waren Jos Dad jedoch die Hände gebunden.

Jo saß in ihrem Streifenwagen, die Augen auf das frühere Zuhause von Zoe geheftet, und trank Kaffee. Sie hatten dort zusammen auch viel Spaß gehabt, als Ziggy im Knast war. Jo erinnerte sich noch daran, wie ihr Vater ihr damals verboten hatte, auch nur in die Nähe des Mobilheims zu gehen, solange Ziggy noch dort wohnte. Jo und Zoe waren zwar befreundet gewesen, aber Jo war damals zu sehr mit ihrer eigenen Welt beschäftigt, als dass es ihr aufgefallen wäre, was bei Zoe wirklich los war. Erst in der Highschool rückten Mel, Jo und Zoe näher zusammen und wurden unzertrennlich.

Der Trailer hatte sich kaum verändert. Er war lediglich noch stärker heruntergekommen und schien sich auch ein bisschen nach links geneigt zu haben. Oder vielleicht war es auch nur das Unkraut, das links höher wuchs und dem Ganzen einen schiefen Anschein gab. Auf der gekiesten Einfahrt stand der alte Pontiac von Sheryl und manchmal auch Mylos alter Pritschenwagen. Zane fuhr meistens mit einem Motorrad, aber das war gerade nicht zu sehen.

Im hinteren Schlafzimmer ging das Licht an.

Jo öffnete das Autofenster, obwohl es daraufhin hereinregnete. Sie hörte Blaze weinen.

Als die Haustür aufging und Zanya herauskam, setzte sich Jo auf. Zanya hielt Blaze im Arm. Sie trug nur einen Bademantel und wippte Blaze hin und her, anscheinend um ihn zu beruhigen. Sie sprach sanft auf ihn ein, aber Jo konnte nicht verstehen, was sie sagte.

Als ein zweites Mal die Tür aufging, legte Jo die Hand an den Türgriff, bereit hinauszuspringen.

Diesmal war es Sheryl, die den Kopf hinausstreckte. Sie hatte eine Babyflasche in der Hand.

Zanya nahm sie, steckte sie Blaze in den Mund, und wollte wieder hineingehen.

In diesem Moment entdeckte Sheryl Jos Auto und sah zu ihr herüber.

Jo winkte. Sheryls Gesichtsausdruck war erst überrascht, dann verärgert.

Auch Zanya blickte nun über die Schulter und schenkte Jo ein schwaches Lächeln, bevor sie von Sheryl hineingeschubst wurde und die Tür zuging.

»Scheiße«, fluchte Jo vor sich hin. Schon jetzt gab es zwei Lager in der Familie Brown. Sheryl tat sich mit Ziggy zusammen, die anderen wurden auf die Straße geschickt.

Der Vorhang bewegte sich, offenbar spähte jemand hinaus.

Statt wegzufahren, entschied sie sich, so lange stehen zu bleiben, bis Zoe kam.

Jo wusste, dass ihre Freundin an diesem Tag nicht lange im Bett bleiben würde.

Sicher hatte sich Zoe nicht nur ihre Worte, sondern auch die Uhrzeit gut überlegt, um den Tatsachen ins Auge zu sehen.

Kapitel 17

Als sie sich dem Haus näherten, begann Zoe die Bäume zu zählen. Wie ein Countdown, eine tickende Uhr bis zum Verhängnis. Es war erst kurz nach zehn Uhr morgens. Früh genug, dass alle noch zu Hause sein würden, aber so spät, dass sie niemanden mehr aus dem Bett holte.

Allein die Vorstellung, wie ihre Mutter neben dem Vater schlief, machte sie krank. Insgeheim hoffte sie auf irgendwelche Anzeichen dafür, dass einer von beiden auf dem alten Sofa geschlafen hatte.

In unmittelbarer Nähe des Trailers stand Jos Einsatzwagen am Straßenrand.

Zoe bemühte sich um ein Lächeln.

Luke hielt neben dem Polizeiauto an.

Jo zog die Sonnenbrille mit dem Drahtgestell herunter. »Bist du bereit?«

»Nein.«

»Du musst nicht.«

»Wir wissen beide, dass ich muss.« Zoe starrte zum Mobilheim hinüber, das ihr so fremd geworden war. Abgesehen davon, dass es schon seit zehn Jahren nicht mehr ihr Zuhause war, fühlte es sich nicht mal mehr wie ein Ort an, an dem sie überhaupt willkommen war. Sie würde jetzt zu dieser Tür gehen müssen.

»Soll ich lieber mitkommen?«

Zoe schüttelte den Kopf. »Luke wird mich begleiten.« Allein würde sie da nicht hineingehen.

Aber Jo mitzunehmen würde schon wegen der Uniform für Verstimmung sorgen.

»Ich bin hier, wenn du mich brauchst.«

Zoe riss sich von dem Anblick des Trailers los und blickte Jo an. Das gequälte Lächeln auf Jos Gesicht passte zu ihrem eigenen. Sie legte eine Hand auf Lukes Bein. »Okay, bringen wir es hinter uns.«

Der Regen hatte nachgelassen, aber der Himmel war immer noch wolkenverhangen. Es war nebelig. Bei Nebel wirkte die Nachbarschaft hier immer sauberer als sie war.

Luke ging um seinen Wagen herum und nahm ihre Hand. Sie drückte fester zu als normal.

»Ich bin bei dir.«

Wie in Zeitlupe gingen sie die Stufen zum Eingang hoch. Sie hielt kurz inne, dann überwand sie sich und klopfte. Früher war sie nach einem kurzen Klopfen einfach eingetreten.

Heute tat sie das nicht.

Die Vorhänge am Fenster neben der Tür bewegten sich, dann hörte sie, wie jemand den Türknauf betätigte.

Zoe hielt die Luft an.

Es war Zanya, die schweigend öffnete. Zoe hätte gern behauptet, dass sie irgendetwas sah, eine Art stille Botschaft in den Augen ihrer Schwester. Aber so war es nicht.

Dahinter, auf dem uralten Sofa, saß Zoes Vater. Ihre Blicke trafen sich.

Für einen kurzen Moment drohte ihr Herz zu versagen. Ihre Knie wurden weich.

Das Verlangen, den Mann zu schlagen, war genauso stark wie das, sich einfach umzudrehen und abzuhauen.

Sie tat weder das eine noch das andere.

Ihre Mom stand in verblichenen Jeans und einem weißen T-Shirt daneben. »Du musst doch nicht anklopfen«, sagte sie.

Zoe konnte ihre Mom nicht ansehen. Sie starrte nur diesen Mann an, diesen Versager, den sie als Vater hatte. Er war der Teufel in Person. Ein unbeteiligter Beobachter hätte vielleicht sagen können, dass er eigentlich recht ansehnlich war. Im Gefängnis hatte er graue Schläfen bekommen. Sein Bart war gepflegt, sein Gesicht wirkte entspannt. Er blickte von ihr zu Luke und wieder zurück. Ziggy wirkte gut trainiert. Kein Wunder, wenn man eingesperrt war und nichts tun konnte, außer seinen Körper zu stählen. Er war kaum älter geworden. Im Gegenteil, er sah sogar gesünder aus als das letzte Mal, als sie ihn gesehen hatte. Wahrscheinlich lag das daran, dass er gezwungenermaßen auf Alkohol hatte verzichten müssen. Im Vergleich dazu wirkte ihre Mutter fast wie eine Obdachlose. Weil Sheryl kein leichtes Leben hatte und es keine Aussicht auf Verbesserung gab.

»Warum bist du hier?« Diese Frage war an Ziggy gerichtet.

»Dir auch erst mal *Hallo,* mein Mäuschen.«

Zoe schluckte schwer. Sie blickte ihn scharf an. »Du hast hier nichts zu suchen.«

»Zoe!«, rief ihre Mutter warnend.

Ziggy lehnte sich zurück, machte sich auf der Couch breit. »Ich wohne doch hier.«

»Du wohnst seit siebzehn Jahren nicht mehr hier.«

»Das ist Vergangenheit, meine Kleine. Ich bin jetzt ein neuer Mann.« Er öffnete die Arme. »Komm und begrüß mich mal anständig.«

Zoe drückte sich näher an Luke und unterbrach den starr auf ihren Dad gerichteten Blick. »Was macht er denn hier, Mom? Hilf mir, das zu verstehen.«

Sheryl öffnete den Mund, um etwas zu sagen, aber Ziggy kam ihr zuvor.

»Das ist mein Zuhause.«

Zoe sah jetzt ihre Mutter an. »Mom?«

»Der Trailer hat schon immer ihm gehört.«

»Aber du hast doch gesagt, dass er auf deinen Namen läuft.«

Sheryl blieb stumm.

»Das Haus gehört mir, meine Kleine. Deine Mutti ist hier nur zu Gast.«

Wut kochte in ihr hoch. »Ich bin nicht deine *Kleine,* Ziggy!« Sie benutzte nun bewusst seinen Namen, um ihm Einhalt zu gebieten. Als sie noch ein Kind war, hatte er sie vielleicht einschüchtern können, jetzt aber würde sie nicht mehr die Opferrolle einnehmen. »Und meine *Mutti* hat dieses Ding hier in Schuss gehalten, schon bevor du im Knast gelandet bist. Du hast kein Recht darauf, dass du …«

»Zeig ein bisschen mehr Respekt, meine Kleine.« Ziggys Lächeln wurde zu einem schmalen Strich.

»Ist das wirklich sein Haus?«, fragte sie ihre Mutter ein letztes Mal.

Ihre Mom nickte.

»Ich habe dir doch Geld gegeben, um die Hypothek abzuzahlen. Weil ich gedacht habe, dass sie auf deinen Namen läuft.« Es traf sie wie ein Blitz. Sie hatte die ganze Zeit in Ziggys Tasche gezahlt.

»Da muss ich dir wohl meinen Dank aussprechen, Püppchen.«

»Rede nicht so mit mir. Du hast kein Recht dazu.«

»Zu Hause ist man der König. Dein Ton gefällt mir nicht.«

Zoe blickte zu Zanya, die während dieses Austauschs schweigend danebengestanden hatte. »Wie du willst! Mom, Zanya, packt euer Zeug.« Entweder nahm sie die beiden mit nach Texas oder sie würde für sie etwas anderes in River Bend finden. Irgendeine Unterkunft. Wenn Ziggy ein Druckmittel hatte, bloß weil er es irgendwie geschafft hatte, den beschissenen Trailer auf seinen Namen laufen zu lassen, dann sollte er ihn doch behalten.

Zanya rührte sich nicht vom Fleck und Sheryl setzte sich auf die Armlehne der Couch.

Ziggy legte den Arm um die Taille ihrer Mutter und zog sie auf seinen Schoß. Als ihre Mutter sich das ohne Widerstand gefallen ließ, droht Zoes Herz in Stücke zu zerreißen. »Was machst du da? Los, lasst uns verschwinden. Ihr müsst nicht hier bleiben. Ich kümmere mich um alles.«

Keine von beiden bewegte sich.

Ziggy zeigte nur sein hämisches Scheißgrinsen.

Zoe wollte es ihm am liebsten aus dem Gesicht schlagen.

»Mom!«

»Dein Dad hat sich verändert, Liebes. Ich weiß, du verstehst nicht …«

»Oh Gott, das hast du nicht wirklich gesagt. Er ist ein Stück Scheiße, er hat dich halb tot geschlagen.«

»Nun übertreib mal nicht«, sagte Ziggy.

Zoe ließ Luke los, um Ziggy die Stopphand zu zeigen. »Ich war dabei, Ziggy. Ich weiß, wovon ich spreche. Und ich weiß auch noch, wie es war, wenn du uns mit dem Gürtel eins verpasst hast und wie ich meine Lehrer und meine Freunde anlügen musste. Aber diese Zeiten sind vorbei. Keine Ahnung, wie du es angestellt hast, dass man dich aus dem Knast gelassen hat, aber du kriegst keine Gelegenheit mehr, uns noch einmal wehzutun.«

»Du warst schon immer so ein kleiner Sturkopf.«

Zoe trat einen Schritt näher. Sie wollte ihm zeigen, was für ein Sturkopf sie sein konnte. Lukes Griff hielt sie zurück. Er schaltete sich nun auch ins Gespräch ein. »Sheryl, Zanya. Ich habe ein Gästezimmer in meinem Haus. Ihr könnt gern bei mir wohnen, bis wir alles geklärt haben.«

Lukes Körperwärme und seine sanfte Stimme, mit der er ihrer Familie anbot, bei ihm zu wohnen, erwärmten Zoes kalt gewordenes Herz.

»Du bist doch der Sohn von Miller, oder?«, fragte Ziggy.

Luke machte sich keine Mühe, ihn anzusehen.

»Komm, Mom.« Warum saß die Frau immer noch auf Ziggys Schoß? Hatte er sie bereits bedroht, sie mit irgendetwas erpresst, womit er sie zwang zu bleiben?

»Lass meine Ehefrau in Ruhe, Kleine. Sie gehört hierher, zu mir.«

Bei dem Wort *Ehefrau* zuckte Zoe zusammen. Sie starrte ihre Mutter an. »Mom?«

Als Ziggy ihrer Mom einen Kuss auf die Wange gab, sprühte Zoe regelrecht vor Hass.

»Scheiße, du hast dich gar nicht scheiden lassen, oder?«

»Du verstehst das nicht.«

»Das verstehe ich nicht, da hast du ganz recht. Er ist ein Krimineller, er misshandelt dich, hat uns misshandelt!« Sie schrie jetzt.

»Zoe, es reicht.« Dieses Mal war es Sheryl, die sie unterbrach. »Wir können ein anderes Mal darüber sprechen. Du bist hysterisch.«

»Er schlägt uns, Mom! Du bist die ganzen Jahre mit ihm zusammengeblieben, hast zugesehen, wenn er sich besoffen hat und mit Fäusten auf uns losgegangen ist. Wie kannst du es überhaupt ertragen, dass er dich anfasst?« Zoe sah ganz bewusst nicht zu ihrem Dad. Sie tat, als sei er Luft.

»Disziplin hat heutzutage eine dünne Grenze«, meinte Ziggy. »So viele Leute nennen es gleich misshandeln. Vielleicht war ich manchmal ein bisschen streng, aber ich habe dich doch nicht geschlagen, meine Kleine.«

Jetzt sah sie zu ihm, wollte ihn mit Blicken töten. »Ich bin nicht deine Kleine oder dein Mäuschen. Ich bin für dich gar nichts. Du bist für mich gestorben.«

»Zoe!«, warnte ihre Mom. »Bitte.«

Ganz offensichtlich würde ihre Mutter nirgendwo hingehen. Das Schlimme daran war, dass sie scheinbar freiwillig bleiben wollte. Zoe wandte sich zu Zanya. »Hol Blaze. Wir werden schon etwas finden.«

Zanya schüttelte den Kopf. »So schlimm war es auch nicht, Zoe.«

Zoe glaubte, keine Luft mehr zu bekommen. Am liebsten hätte sie ihrer Schwester in ausführlicher Einzelheit ins Gesicht geschrien, wie es war, wenn sie geprügelt wurden. Aber alles, was sie herausbrachte, war ein verrücktes Lachen. »Nicht zu glauben.«

»Ich glaube, ihr geht jetzt besser«, sagte Ziggy.

»Komm, Zoe.« Luke zog sie zur Tür.

Zoe drehte sich um, blieb aber mitten in der Bewegung stehen. Sie blickte zu ihrer Mutter, ihrer Schwester. »Er wird euch wieder schlagen.«

Im hinteren Zimmer begann Blaze zu weinen.

Falls Zanya es zuließ, dass Ziggy auch seinen Enkel so misshandelte wie früher seine eigenen Kinder, dann würde Zoe jegliches Rechtsmittel einsetzen, um Blaze herauszuholen.

Luke behielt den Arm um sie gelegt. Sie zitterte, als sie zum Wagen gingen. Luke half ihr auf den Beifahrersitz und stieg, ohne ein weiteres Wort, ein.

Als sie wegfuhren, schwor sich Zoe, nie wieder zurückzukommen.

***

Jo kam in Uniform zu Miss Gina.

Der Schlafmangel hatte Jo dunkle Augenringe beschert. Zoe fragte sich, ob ihre Freundin die ganze Nacht im Polizeiauto verbracht hatte.

Zoe bereitete ein einfaches Abendessen zu und sagte Luke, dass er doch Zeit mit Wyatt oder seinen Eltern verbringen könne. Sie wollte mit ihren Freundinnen sprechen. Nicht, dass sie Geheimnisse vor Luke hätte, aber sie brauchte Zeit mit ihren Freundinnen, um sich alles von der Seele zu reden und die Sache mit Ziggy zu verarbeiten.

Die Wolken waren zu schwer geworden, nun fiel der Regen in Strömen. Im Bed & Breakfast waren keine Gäste und so konnten sie sich im Wohnzimmer ausbreiten, ohne befürchten zu müssen, dass jemand störte oder ihrem Gespräch lauschte.

Mel legte ihrer Freundin eine Decke über die Schultern. Zoe hatte sich auf der Couch niedergelassen, einen Teller Hühnereintopf mit Reis auf dem Schoß. Sie zog die Beine hoch und setzte sich auf die Füße, während Jo ihren Waffenhalter, in dem die Pistole steckte, abnahm und auf den Couchtisch legte.

»Sie hat sich also nie von ihm scheiden lassen«, sagte Mel, während sie aßen. »Das ist verrückt und bescheuert.«

»Warum hat sie gelogen?«

»Was, wenn sie die Wahrheit gesagt hätte?«, fragte Jo zwischen zwei Bissen. »Du hättest ihr die Hölle heißgemacht, damit sie sich scheiden lässt.«

Zoe stocherte in ihrem Essen herum. »Wahrscheinlich. Sie hat wegen allem gelogen. Wenn das Mobilheim tatsächlich Ziggy gehört, hätte sie mir das auch sagen können. Ich hätte ihr doch geholfen, etwas anderes zu finden.«

»Wenn ich etwas gelernt habe, seit ich diese Uniform trage, dann, dass manche Leute einfach keine Hilfe annehmen wollen. Alkoholiker wollen nicht trocken werden, Diebe wollen keinen Job haben, damit sie nicht mehr stehlen müssen, um an Kohle zu kommen, und Frauen, die geschlagen werden, wollen ihren Mann trotzdem nicht verlassen, weil sie Angst vor dem Alleinsein haben.«

»Aber sie war siebzehn Jahre lang allein. Sie hat sich vor keinen Fäusten fürchten oder in der Kälte sitzen müssen.« Für Zoe ergab das keinen Sinn. Nichts davon ergab Sinn. »Und was in Gottes Namen ist bloß mit meiner Schwester los? Sie weiß doch, was für ein Arsch er ist, oder?«

»Zanya ist deiner Mutter viel ähnlicher als du. Sie braucht jemanden, der auf sie und Blaze aufpasst. Und vielleicht ist euer Dad ...«

»Nenn ihn nicht so, Mel.«

Mel hob entschuldigend die Hand. »Vielleicht hat Ziggy ihr die Welt versprochen.«

»Ich habe ihnen auch die Welt versprochen und sie wissen, dass ich meine Versprechen sogar einhalten kann.«

Beide Freundinnen schüttelten den Kopf.

»Wir müssen einfach abwarten, was passiert. Mir ist ganz egal, was das Rechtssystem sagt, aber Tiere wie Ziggy ändern ihre Streifen nicht. Er ist auf Bewährung draußen. Wenn er sich besäuft, dann krieg ich ihn schon dran. Er muss nur einmal auffällig werden. Und dann, wenn er wieder eingelocht wird, können wir eine Lösung finden.«

Zoe schob sich lustlos eine Gabel voll Essen in den Mund. Nicht einmal ihr Trostgericht wirkte heute.

»Ich will nicht erst abwarten, bis er etwas anstellt. Ich muss wissen, ob er meine Mom irgendwie erpresst.«

»Und wenn nicht? Wenn sie sich für ihn entscheidet und es ihr egal ist, wem sie damit wehtut, was ist dann?«, fragte Mel.

»Dann gehe ich. Ich kann diesen Stress nicht in meinem Leben gebrauchen.«

»Das sagst du jetzt, aber wenn du sie mit blauen Flecken siehst, würdest du sie doch wieder aus dem Dreck ziehen wollen«, entgegnete Jo.

»Dann verlasse ich mich darauf, dass ihr beide mir helft, diesen Teufelskreis zu durchbrechen. Vielleicht ist es auch jetzt schon verlorene Liebesmüh. Aber wenn euch klar wird, dass ich nur meine Tränen verschwende, dann brauche ich euch zwei, damit ihr mich an diesen Abend erinnert.«

»Und was sollen wir dann machen?« Jos stoischer Gesichtsausdruck zeigte Zoe, dass sie aufmerksam zuhörte.

»Sagt mir, dass ich es aufgeben soll. Erinnert mich daran, dass sie immer wieder auf ihn hereinfallen wird. Wenn sie dieses Arschloch liebt und den ganzen Scheiß noch einmal durchmachen will, dann bitte sehr. Ich bin kein Kind mehr und ich muss auch nicht bleiben, um das mit anzusehen.« Der Gedanke, dass ihre Mutter von allen Männern gerade Ziggy auswählte, machte sie kaputt. Was hatte sie nur für eine Mutter?

Aber was machte sie sich vor? Sheryl war schon ihr ganzes Leben so.

So wie sie auf Ziggys Schoß gesessen hatte, schien sie bereit zu sein, sich erneut auf ihn einzulassen.

Mel legte die Gabel nieder. »Das regt mich echt auf. Jetzt habe ich gedacht, dass wir dich wieder zurückgewinnen, und dann vertreibt dich deine Familie.«

»Ach Mel, ich werde euch weiter besuchen kommen.« Wenn Ziggy wieder alle in Schach hielt, konnte sie sich nur nicht vorstellen, zu bleiben und ständig ihrer Familie zu begegnen.

»Ich will das bitte schriftlich«, bettelte Mel.

»Jetzt lasst uns lieber über was Angenehmeres sprechen«, schlug Jo vor. »Also. Wie ist der Sex mit Luke? Noch besser als früher?«

Und schon war Zoes Lächeln zurück.

Kapitel 18

Am nächsten Tag begleitete Luke Zoe zu Sam's Diner. Er selbst ging weiter zur Polizeiwache. Er hoffte, dass Zoe mit Sheryl mal unter vier Augen sprechen konnte und sie irgendeine Lösung finden würden. Zoe hatte seit ihrer Rückkehr aus Las Vegas nicht mehr geschlafen. Und auch nicht viel gegessen. Vielleicht war es doch besser, wenn sie wieder nach Texas zurückflog, um Abstand von ihrer Familie zu gewinnen. Hier war sie zu nahe am Geschehen und konnte nicht mehr klar denken. In drei Wochen, wenn sie zur Hochzeit von Mel und Wyatt käme, hätte sie die Tatsache, dass ihr Vater zurückgekehrt war, vielleicht schon verdaut.

Aber es mochte genauso gut sein, dass Ziggy in diesen drei Wochen wieder etwas anstellte und in den Knast zurückwanderte.

Luke betrat die Wache und winkte Glynis im Vorbeigehen zu. »Ist Jo da?«, fragte er und zeigte zum Büro.

»Ja.«

Er zwinkerte und ging zur Tür.

»Ach, Luke?« Er drehte sich um.

»Was?«

»Sag ihr, dass sie etwas essen soll.«

Was war das nur mit diesen Frauen, dass sie nichts essen wollten? »Mach ich.«

Auf Jos Schreibtisch stapelten sich volle Ordner und leere Kaffeetassen. »Na, hier lebt wohl jemand gerade ausschließlich von Koffein?«

»Hi.«

»Was ist das hier?«

Jo klopfte auf einen überquellenden Ordner. »Das ist das Leben von Ziggy Brown, illustriert durch die Beamten des Strafvollzugs der letzten siebzehn Jahre.« Sie legte die Hand auf einen anderen Ordner, der nur ein Viertel so dick war. »Und dies hier ist das Leben von Ziggy Brown, illustriert von meinem Dad und seinen Kollegen in Waterville.« Sie zeigte auf die linke Seite des Schreibtisches. »Das ist von der Schulverwaltung, die Akten der Brown Kinder. Und hier, zu guter Letzt, ist die Akte von Sheryl Brown.« Jo zeigte auf den dünnsten Ordner.

»Und wer hat Sheryls Akte illustriert?«

»Mein Dad und der Bundesstaat Oregon.«

Luke lehnte sich zurück. »Dein Dad?«

»Er hat versucht, ausreichend Beweise für das Jugendamt zu sammeln, damit der Fall nicht wieder fallen gelassen wird.«

»Schade, dass er nicht so weit kam.«

»Laut dem Bundesstaat Oregon ist Sheryl Brown die Ehefrau von Theodore Brown, genannt Ziggy. Und zwar seit achtundzwanzig Jahren.«

Luke überlegte mit zur Seite geneigtem Kopf. »Sheryl und Ziggy haben geheiratet, nachdem Zoe geboren wurde?«

»Jawohl. Ich weiß nicht, ob Zoe das weiß.«

»Und wenn Ziggy gar nicht ihr leiblicher Vater ist?« Ganz automatisch stellte er sich vor, was dann anders wäre. Es war allerdings nur ein flüchtiger Gedanke, weil Zoe dem Mann recht ähnlich sah.

»Das bezweifle ich.«

»Ich auch. Aber für eine Sekunde war es ein schöner Gedanke.«

»Nein, es war eher so, dass Sheryl schwanger wurde, und erst als Zoe auf die Welt kam, hat sich Ziggy eingebracht. Nicht, dass sie es damit besser gehabt hätte.« Jo schwieg. Dann fragte sie: »Wo ist Zoe eigentlich?«

»Sie konfrontiert ihre Mutter im Diner. Sie wollte das allein machen.«

»Ich habe das Gefühl, dass Sheryl ihr nicht das sagen wird, was sie gern hören würde.«

Luke dachte dasselbe. »Ich werde nie verstehen, warum eine Frau, die von ihrem Mann geschlagen wird, weiterhin an der Beziehung festhält.«

»Wir sind alle dazu fähig, für Liebe auch Leid in Kauf zu nehmen.«

Er dachte an sein eigenes Liebesleben, an Zoe. »Stimmt, aber nicht, wenn es darum geht, seine Kinder in Gefahr zu bringen. Ich gebe dafür Sheryl die Schuld. Ich will sie eigentlich gernhaben, aber das wird von Tag zu Tag schwieriger.«

»Sie steht auch nicht auf der Liste meiner Lieblingsleute. Stand sie sowieso noch nie. Sie denkt nur an sich selbst und nutzt andere aus. Als Zoe berühmt wurde, hat sie sofort die Hand aufgehalten.«

»Zoe ärgert sich auch sehr, dass sie für das Mobilheim Geld gegeben hat.«

»Wenn Sheryl zugegeben hätte, dass es Ziggy gehört, hätte Zoe das nicht getan.«

»Du sagst ja immer, dass man nichts von dem, was man hört und auch nur die Hälfte von dem, was man sieht, glauben darf, oder?«, fragte Luke.

Jo nickte.

»Der Spruch passt hier mal wieder. Sheryl lügt, was das Haus und die Scheidung betrifft. Und die Justizbehörde hat behauptet, dass Ziggy noch ein paar Jahre sitzt, und selbst das war ein Haufen Mist.«

»Er hat seine Zeit abgesessen.« Sie klopfte wieder auf den größten Ordner auf ihrem Schreibtisch. »Hatte im letzten Jahr keine einzige Schlägerei. Er hat sich mit den Wärtern angefreundet. Bekam auch regelmäßig Besuch.«

»Lass mich raten: Sheryl Brown?«

»Bingo.«

Luke spähte auf die Namen, die auf den Akten standen. »Kann ich irgendetwas machen, Jo? Wir wissen alle, dass Ziggy irgendwann wieder Scheiße baut. Was hat er denn für Bewährungsauflagen?«

»Nur die Standardauflagen. Kein Alkohol, keine Drogen. Und er muss sich von bekannten Kriminellen und krimineller Aktivität fernhalten. Der Führerschein wurde ihm entzogen, er darf also auch nicht fahren. Aber es kann sein, dass er den Lappen in ein paar Monaten schon wieder zurückbekommt.«

»Ich kann mir nicht vorstellen, dass er für immer trocken bleibt.«

»Ich auch nicht. Und ich bezweifle stark, dass er hier irgendwo einen Job bekommt, aber wer weiß. Der Wohnmobilhersteller sucht wieder Leute.«

»Was ihn unweigerlich wieder dazu bringen wird, Geld bei ahnungslosen Leuten zu ›finden‹.« Luke benutzte das Wort aus den Zeiten von Ziggys Diebeskarriere.

Jo blickte auf die Uhr und stieß sich vom Schreibtisch ab. »Ich habe Josie gebrieft, falls er im R&B auftaucht.«

Wenn es irgendwo Probleme geben würde, dann im R&B. Schließlich war es die einzige Bar in River Bend und lag dazu so nahe an der Autobahn, dass auch immer wieder Motorradgruppen Halt machten. »Buddy arbeitet da noch in der Küche, oder?«

Buddy war derjenige, der Luke und Wyatt letztes Jahr in eine Schlägerei verwickelt hatte. Er war ein Herumtreiber gewesen, bis er sich nützlich machen konnte, als es darum ging, den Mann zu finden, der Hope entführt hatte. Er war ein Schrank von einem Mann und hatte schon ein paar Schlägereien auf dem Buckel. Viele Leute waren ziemlich überrascht gewesen, dass gerade er es war, der geholfen hatte, den Entführer von Hope zu stellen. Offensichtlich hatte Buddy keine Lust mehr auf sein früheres Leben gehabt und sich entschlossen, ein paar Dinge zu ändern. Dass er jetzt in der Bar arbeitete, die er früher mit den Prügeleien fast auseinandergenommen hatte, entbehrte nicht einer gewissen Ironie.

»Jawohl.«

»Ich würde mal schätzen, dass er sich lange genug mit solchen Typen wie Ziggy umgeben hat und deshalb genau weiß, wie er tickt.«

»Was willst du damit sagen?«

»Vielleicht kann Buddy ein Auge auf ihn haben. Er soll mich anrufen, wenn er was sieht, das Josie nicht mitbekommt.«

Jo ging um den Schreibtisch herum und nahm ihre Jacke vom Garderobenhaken an der Tür. »Wir können gar nicht genügend Augen und Ohren offen halten. Je früher Ziggy wieder hinter Gittern sitzt, desto besser ist es für River Bend.«

»Und desto besser für Zoe.« Luke stand auf und folgte Jo nach draußen.

»Ich hätte mir so gern eingebildet, dass Zoe wieder ein Teil von River Bend wird.«

Ja, das ging ihm ganz genauso.

***

Zoe beobachtete ihre Mutter durch das Fenster des Diners. Eigentlich war sie eine attraktive Frau. Zumindest, wenn sie sich um ihr Äußeres bemühte. Make-up war früher eine Notwendigkeit gewesen, um die blauen Flecke, die Ziggy ihr zugefügt hatte, zu verbergen. Deshalb war Zoe nun nicht wirklich erstaunt, dass ihre Mutter Puder aufgetragen hatte. Vielleicht war es nur vorbeugend, damit es die Leute nicht so komisch fanden, wenn sie bald wieder Make-up brauchte, weil er sie schlug? Oder war ihre Mutter schon jetzt wieder Ziggys Zorn ausgesetzt?

Zoe fragte sich, wie viele Leute hier im Diner überhaupt die Wahrheit über ihren ›guten alten Dad‹ wussten? Als er damals verhaftet wurde, hatte man in der ganzen Stadt über ihn geredet. Zoe erinnerte sich noch, dass ihre Mutter damals gesagt hatte, sie solle die Blicke und das Gerede einfach ignorieren. *Bei jedem ist doch zu Hause irgendetwas los.*«

Seit Zoe erwachsen war, fand sie, dass sie zu Hause eher ›eine Leiche im Keller‹ gehabt hatten. Sie hatte genügend Zeit mit ihren Freunden und deren Familien verbracht, um herauszufinden, ob diese Dads ebenfalls ihre Kinder schlugen. Es hatte eine Weile gedauert, bis sie gelernt hatte, nicht zusammenzuzucken, wenn jemand schrie. Selbst jetzt kam es manchmal noch vor, dass sie wie versteinert war, wenn sich Leute lautstark stritten.

Ihre Mutter musste sich irgendwie beobachtet gefühlt haben. Jedenfalls hob sie beim Tischabwischen den Kopf und sah Zoe.

Zoe betrat den Diner.

Die Türglocke kündigte ihr Eintreten an, einige Gäste drehten sich zum Eingang.

Brenda stand hinter der Theke. Sie hielt eine Kaffeekanne in der Hand. »Hi, Zoe.«

»Hi, Brenda.«

»Ich habe schon gehört, dass du hier bist. Bleibst du länger?«

Zoe versuchte, eine direkte Antwort zu umgehen. »Na ja, ich bin mal hier und mal dort. Wegen Mels Hochzeit und so.«

Während sie einem anderen Gast Kaffee nachschenkte, sagte Brenda zu ihr: »Lass dich ruhig öfters blicken.«

Zoe schaute zu ihrer Mom. »Ja, mach ich. Könntest du vielleicht den Tisch von meiner Mom übernehmen? Ich wollte mal kurz mit ihr sprechen.«

Im Diner waren nur wenige Gäste. Erst gegen Mittag würde es voller werden.

Sheryl wollte protestieren. »Das ist nicht nötig.«

»Wirklich?«, fragte Zoe und hasste es, dass ihre Mom sich vor einem Gespräch mit ihr drücken wollte. »Willst du nicht lieber unter vier Augen mit mir sprechen?«

Sheryl gab es auf. Sie legte den Lappen auf die Theke und führte Zoe zur Hintertür hinaus, wo sie vor neugierigen Blicken und lauschenden Ohren sicher waren.

Hinter ihnen standen die Mülleimer. Zoe wollte ihrer Mutter noch eine Chance geben.

»Warum benimmst du dich so? Erpresst er dich irgendwie?«

Sheryl wollte ihr nicht in die Augen sehen. »Nein, nichts dergleichen.«

»Was ist es dann?«

Sheryl hielt die Luft an. »Hast du schon mal jemanden richtig geliebt, mein Schatz?«

Das war schlimmer, als Zoe erwartet hätte. »Willst du damit sagen, dass du dieses Monster etwa liebst?«

»Er ist kein Monster.«

»Doch, das ist er und das weißt du ganz genau! Wir haben nicht viel über ihn geredet, als er weg war, aber das, was er uns angetan hat, ist dadurch nicht ungeschehen gemacht worden.« Sie hatten nicht mehr zurückgeblickt und nie wirklich über das Unheil, das Ziggy über sie gebracht hatte, geredet. Sie hatten besser geschlafen und nicht mehr so viele Pflaster gebraucht oder Eis, um Schwellungen zu kühlen.

»Er konnte halt nicht so gut mit Kindern umgehen, Zoe. Ihr wart als Kinder aber auch echt anstrengend.«

Die Worte ihrer Mutter trafen sie hart. »Schiebst du etwa uns die Schuld in die Schuhe?«

»Nein. Es ist nur … Es war schwierig.«

»Und was ist jetzt anders? Zanya ist immer noch da. Und Blaze. Wie lange wird es denn dauern, bis Ziggy erneut feststellt, dass ihn schreiende Babys nerven?«

Sie hatten kurzen Blickkontakt, dann sah Sheryl schnell wieder weg. »Zanya und Mylo versuchen, eine eigene Wohnung zu finden. Und dein Dad trinkt nicht mehr.«

»Er bleibt ein Arschloch, selbst wenn er nicht mehr trinkt. Das weißt du genauso gut wie ich. Die ganze Scheißstadt weiß das.«

»Menschen können sich auch ändern.«

»Du hast recht. Menschen können sich ändern. Aber *Monster* wie Ziggy nicht.«

Sheryl sah sie nun hasserfüllt an. »Tut mir leid, wenn du so denkst. Aber um ihn und mich musst du dir keine Sorgen machen. Kümmere dich einfach um dein eigenes Luxusleben und vergiss uns.«

Noch mehr hätte ihre Mutter sie nicht verletzen können. »Mein Luxusleben?«

Sheryl reckte das Kinn hoch und hielt ihrem Blick stand.

»Ich habe mir den Hintern aufgerissen und alles getan, um von hier wegzukommen. Um dahin zu kommen, wo ich jetzt bin.« Zoe spürte Hitze aufsteigen.

»Das liegt wohl auch an meiner Erziehung.«

Ihre Mutter wollte Anerkennung für alles, was gut gelaufen war, aber sich nicht die Schuld für ihre eigenen Fehlentscheidungen eingestehen, unter denen alle gelitten hatten. »Und was ist mit Zane? Klopfst du dir auch selbst auf die Schulter dafür, dass er im Jugendgefängnis gesessen hat? Dass er die Schule geschmissen hat? Und Zanya? Ist es dir zu verdanken, dass sie wie du so früh schwanger geworden ist und keine Möglichkeit hat, ihren Sohn zu unterstützen? Ist das auch dir zu verdanken?«

Sheryl blickte sie finster an. »Ich habe mein Bestes gegeben.«

»Ah ha. Dein Bestes war also, mit Ziggy zusammenzubleiben.« Zoe ballte die Hände zu Fäusten und musste sehr an sich halten, dass sie nicht zu schreien begann. »Weißt du, Mom, irgendwann kann man seinen Eltern nicht mehr die Schuld in die Schuhe dafür schieben, dass man sein eigenes Leben nicht auf die Reihe kriegt. Ich bin von unserem Familienbaum runtergefallen und einfach nur weit weggerollt. Du warst *nicht* diejenige, die dafür gesorgt hat. Das war ich selbst.« Sie klopfte sich auf die Brust. »Versuch also bloß nicht, dir einzubilden, dass du zu meinem Erfolg in irgendeiner Weise beigetragen hast. Wenn du meine Errungenschaften lächerlich machen willst, dann bitte schön. Nur stößt du da bei mir auf taube Ohren. Ich bin gekommen, weil ich gehofft habe, dass es eine echte Erklärung dafür gibt, warum du wieder mit diesem Mann ins Bett hüpfst. Aber jetzt ist es mir langsam egal.« Und zum ersten Mal, seit Zoe erwachsen war, hatte sie ihrer Mutter nichts mehr zu sagen.

Kapitel 19

Zoe saß auf Lukes Terrasse und beobachtete, wie die letzten Sonnenstrahlen gerade vom Himmel verschwanden. Sie hörte sein Motorrad. Endlich kam er, nachdem er den halben Tag in der Werkstatt zugebracht hatte.

Am nächsten Morgen würde sie wieder zurückfliegen. Sie wollte eigentlich nicht aus River Bend abreisen, ohne etwas geklärt zu haben, andererseits wusste sie ganz genau, dass es überhaupt nichts gab, was sie tun konnte, wenn sie blieb.

»Zoe?«, rief Luke durchs Haus.

»Hier draußen.«

Die Fliegengittertür ging auf.

Seine Jeans saß perfekt auf der Hüfte, durch das schwarze T-Shirt zeichnete sich seine Brust ab.

Zoe lehnte sich zurück, spitzte die Lippen für einen Kuss.

Luke grinste und ohne zu zögern, kam er ihrer Aufforderung nach. Er zog dabei ihr Haar zurück. »Das gefällt mir.« Und dann küsste er sie erneut. »Wie war die Arbeit?«

Er blickte auf seine Hände. »Ölig.«

»In zwanzig Minuten gibt es Abendessen. Falls du noch duschen willst.«

Er tat so, als röche er an seinen Achseln. »Willst du mir damit etwa etwas sagen?«

Zoe griff nach seiner Hand. »Ganz genau.«

Sie nahm noch einen weiteren Kuss entgegen. »Dann geh ich besser mal.«

Als in der Dusche das Wasser lief, stand Zoe schließlich auf, um den Salat vorzubereiten.

Sie hatte alles versucht, um sich von den Gedanken an ihre Familie abzulenken und herausgefunden, dass es am besten funktionierte, wenn sie kochte.

Luke hatte eine Menge Vorratsdosen mit Deckeln, die sie gut zu nutzen wusste. Als Erstes hatte sie eine Tortillasuppe gekocht, dann Enchiladas zubereitet, die Luke einfach nur im Ofen aufwärmen musste. Sie wanderte von Mexiko nach Westtexas und machte auch noch Chili mit Bohnen. Zoe klebte eine Anleitung zum Aufwärmen auf die Deckel und verstaute die Plastikbehälter im Kühlschrank und im Gefrierfach. Als Nächstes backte sie ein paar Bleche Kekse, bevor sie sich schließlich dem Braten für das Abendessen widmete. Und weil sie nicht anders konnte, machte sie noch eine Pflaumensauce für das Fleisch und zur Verfeinerung der Kartoffeln ein Karottenpüree. Zum ersten Mal seit einer Woche hatte sie wieder Appetit und war richtig hungrig.

Sie öffnete einen Weißwein und kostete davon, während sie den Parmesankäse für den Caesar Salad hobelte.

Luke trat hinter sie und ließ seine Hände über ihre Taille gleiten. Er berührte ihren Hals mit seinen Lippen. »Daran könnte ich mich gewöhnen.«

Sie nahm einen Croûton und steckte ihn Luke in den Mund. »Morgen muss ich schon wieder los.«

Er kaute und murmelte dabei: »Ich weiß.«

Als sie losließ und zum Kühlschrank ging, vermisste Zoe sofort seine Wärme. »Was ist denn das alles?«

»Du sollst ja nicht verhungern, wenn ich weg bin.«

Er nahm einen Behälter mit Suppe heraus. »Im Ernst?«

»Ich kann es auch Mel geben, wenn du nicht …«

»Nein, bloß nicht. Mel soll sich ruhig selber was kochen.« Er stellte die Suppe zurück und nahm sich ein Bier heraus.

Zoe rieb sich die Hände sauber, bevor sie nach der Salatsauce griff. »Kannst du schon mal die Teller holen?«

Luke trank einen Schluck Bier und öffnete automatisch den Oberschrank, in dem sich einst die Teller befunden hatten.

»Einer weiter.«

Er grinste sie schief an, fand schließlich die neu verstauten Teller und deckte den Tisch.

Zoe schenkte sich Wein nach, dann setzte sie sich zu ihm.

»Das riecht aber lecker.«

»Heute gibt es was, das du im Diner nicht kriegen würdest«, verriet sie.

Er begann, das zarte Fleisch zu schneiden. Zoe beobachtete ihn, als er sich den ersten Bissen in den Mund steckte.

Luke verdrehte genießerisch die Augen und stöhnte: »Oh Gott, ist das gut.«

»Freut mich, dass es dir schmeckt.« Dann begann auch sie selbst zu essen und musste sich heimlich auf die Schulter klopfen. Noch besser wäre es mit frischem Estragon gewesen, aber mit den vorhandenen Zutaten hatte sie das Beste daraus gemacht.

Luke probierte die Kartoffeln. »Unglaublich. Kochst du jeden Tag so etwas Gutes, wenn wir heiraten?«

Zoe verschluckte sich an ihrem Wein.

Luke grinste und nahm sich den nächsten Bissen vor.

»Wenn wir heiraten würden, müsste ich dir das Kochen beibringen.«

Er hielt die Gabel hoch. »Abgemacht.«

Sie wusste, dass er nur Spaß machte. Er zeigte seine Grübchen. »Was ist das?«

»Karotten.«

Er schob sich die nächste Gabel davon in den Mund. »Ich mag keine Karotten.«

Sie schmunzelte. »Gut zu wissen.«

Er zog seine Salatschüssel zu sich heran. »Wie geht es dir nach dem Gespräch heute morgen? Du siehst zumindest besser aus.«

Die Unterhaltung mit ihrer Mutter war ihr nicht mehr aus dem Kopf gegangen. Erst nach drei Stunden hatte sie das Braten und Backen schließlich abgelenkt. »Ich werde mich sicher morgen wieder darüber aufregen. Aber im Moment geht es mir ganz gut.«

»Wahrscheinlich ist es richtig, dass du erst mal wieder nach Texas fliegst.«

Natürlich hasste er es, das zu sagen, und mehr noch, dass es die Wahrheit war.

»Ich bin zurück, bevor du überhaupt merkst, dass ich weg war.«

Er stöhnte beim nächsten Bissen. »Gut. Sonst verhungere ich.«

»Du hast deinen Kühlschrank doch gesehen. Außerdem besteht bei dir nicht die Gefahr, dass du verhungerst. Wenn, dann nur, dass du nicht genügend Vitamine abbekommst.«

Luke zuckte mit den Schultern. »So schlecht ernähre ich mich doch gar nicht.«

»Kalte Pizza und Chicken Wings?«

»Da ist auch Gemüse auf der Pizza.«

»Du meinst Salami und Schinken?«

Wenigstens blickte er ein bisschen schuldbewusst. »Die Tomatensauce.«

Zoe rollte mit den Augen.

Während des Essens redeten sie nicht mehr über ihre Mutter oder Ziggy. Sie plauderten vielmehr über die Hochzeit von Mel und Wyatt und über die Geschenke für den Hochzeitstisch. Luke wollte irgendetwas Männliches für Wyatt. Zum Beispiel eine Bierzapfsäule.

»Wie wäre es mit einem Grill?«

»Den hat er schon.«

»Oder einen Weinkühlschrank?«

»Trinken sie überhaupt Wein?«

Zoe hob ihr Glas. »Wenn ich hier bin, schon.«

»Wenn du dafür öfters nach River Bend kommst, dann sofort.«

Sie wollte nicht darüber nachdenken, wie viel Zeit sie in diesem Ort zubringen würde, wenn Ziggy hier war.

Ihr Herz tat weh, sobald sie daran dachte, dass sie wieder abreiste. Doch bei der Vorstellung, dass sie hierbleiben müsse, schrie es förmlich auf. Statt ihre Gedanken laut zu äußern, stand Zoe auf und begann, den Tisch abzuräumen. Als sie die Reste von Pflaumensauce und Karottenmus vom Geschirr spülte, stiegen ihr Tränen in die Augen.

Luke trat hinter sie, nahm ihr einen Teller aus der Hand und stellte das Wasser ab.

Ohne ein Wort, drehte er sie um, schloss sie in die Arme und ließ sie weinen.

Sie hörte ihr eigenes Schluchzen und Luke hielt sie noch fester.

»Es ist okay, meine Kleine, lass alles raus.«

Sie fühlte sich, als ob sie von einer riesigen Welle überrollt wurde. Wieder war sie im Stich gelassen worden.

Mit tränenerstickter Stimme fluchte sie vor sich hin. Sie beschimpfte das Universum für ihr Leid.

Luke ließ es zu, dass sie mit der Faust auf seine Brust schlug und sein T-Shirt mit Tränen und Rotz verschmierte.

Es waren Tränen um ihre verlorene Kindheit. Tränen, die Zoe damals nicht geweint hatte, als sie geschlagen und geschunden wurde. Tränen für die vielen Jahre, die sie nicht in River Bend verbracht hatte, ihre Freunde nicht gesehen hatte, die ihr doch so viel näher waren, als ihre eigentliche Familie es je sein könnte.

Und weitere feuchte Flecken entstanden auf Lukes T-Shirt wegen dem, was noch bevorstehen würde. Ihr Vater war zurückgekehrt und hatte die Mutter in Beschlag genommen. Nicht einmal ihr Bruder Zane hatte ihre Anrufe beantwortet. Sie fühlte sich nun so, als ob die Familie von ihr abgeschnitten sei.

Und warum?

Weil sie alle irgendwie glaubten, dass sich Ziggy geändert hätte. Vielleicht war das nur eine Ausrede, um Zoe gänzlich loszuwerden. Sie hatte sich jahrelang von ihnen distanziert. Vielleicht war das nun der Preis, den sie zahlen musste.

Als ihre Tränen endlich versiegten, stand Luke immer noch gegen die Küchentheke gelehnt, ihr Kopf ruhte auf seiner Brust.

Er flüsterte: »Du bist nicht allein, Baby. Ich bin bei dir.«

Seine Worte lösten einen erneuten Schwall Tränen aus.

»Ich habe dich gar nicht verdient«, murmelte sie.

Luke strich ihr die Haare aus dem Gesicht, sorgte dafür, dass sie ihn ansah. »Du hättest die ganze Welt verdient, wenn ich sie dir geben könnte.«

Sie biss sich auf die Unterlippe. »Ich habe dich verlassen.« Und vielleicht würde sie auch ein zweites Mal gehen. In River Bend gab es zu viel Schmerz für sie.

»Psssst.« Seine Lippen berührten ihre. Die salzigen Tränen mischten sich in den Geschmack seines Kusses.

Sie erwiderte den Kuss, war hungrig nach ihm.

Luke ging es ebenso.

Sein Verlangen wuchs im selben Maße wie ihres, er griff in ihr Haar, hielt sie fest, damit sie nicht zurückweichen konnte.

Nicht, dass sie das gewollt hätte.

Sie wollte ihn. Der Mann ließ sie vergessen, wie verrückt ihr Leben war. Der Mann, der ihr andere Gefühle schenkte als Verzagen und Hass.

Zoe zog ihn an sich, ihre Hände waren überall, auf seiner Brust, unter seinem T-Shirt, sie strich seinen Rücken entlang. Seine glatte Haut wurde noch heißer unter ihrer Berührung, bis sie schließlich nicht mehr anders konnten und die ersten Kleidungsstücke auf den Boden fielen.

Luke strich über ihren Bauch, seine Finger fanden den Bund ihrer Jeans.

Zoe knöpfte sie auf. Und stöhnte, als er seine Hand zwischen ihre Beine schob. »Ja.« Sie biss in seine Lippe, als er hungrig ihren Mund suchte.

Sein Finger war in ihr, sie drückte sich dagegen. Es fühlte sich so gut an. Sie wollte mehr.

Hastig zog sie Lukes Jeans von den Hüften, stieg mit den Füßen darauf, um sie festzuhalten, damit er sich ohne Hände herauswinden konnte. Während der ganzen Zeit hörte er nicht auf, sie zu stimulieren, bis sie kurz davor war zu kommen.

»Schlafzimmer«, sagte er mit kehliger Stimme.

Sie schüttelte den Kopf, entfernte seine Hand und drückte ihn auf den Küchenstuhl. »Hier. Jetzt!«

Zoe zog ihre Hose aus, dann den Slip. Sie hatte nur noch den BH an, als sie sich auf Lukes Schoß setzte und seine Erektion in sich aufnahm.

»Oh Gott.« Luke sagte laut, was sie auch dachte.

Er war so unglaublich, so perfekt, so verdammt tief in ihr.

Sie versuchte, sich zu bewegen, aber er hielt sie fest. »Halt, sonst komme ich gleich.«

Zoe kicherte, spannte die Muskeln um sein Glied herum an.

»Verdammt, du Luder.«

Er gab es auf, hob sie hoch und zog sie an sich.

Nun war sie diejenige, die die Kontrolle hatte, den Druck bestimmte.

Sie ritt ihn, und zwar richtig.

Er biss durch den Stoff des BHs in ihre Brust, was sie noch weiter erregte. Ihre Körper glitten übereinander, bis Zoe aufstöhnte und sich jeder Nerv ihres Körpers in der Mitte vereinte, wo sie miteinander verschmolzen waren. Sie war so kurz davor und der Stuhl ächzte so sehr, dass er jeden Moment drohte auseinanderzubrechen.

Sie hörte sein Stöhnen, als er kam, und sie explodierte selbst mit einer Kraft, die sie so noch nie erlebt hatte.

***

Er trug sie zu seinem Bett und zog sie kuschelnd zu sich heran.

Zoe schmiegte sich an ihn, machte seine Welt komplett. »Es könnte nicht besser werden als das, oder?«

»Nein, besser geht es nicht«, sagte er.

»Möglicherweise ist jetzt der Stuhl kaputt.«

»Ich werde ein Podest bauen und daraus ein Kunstobjekt für den Garten machen.«

Zoe lachte und kraulte seine Brust. »Wir haben die Küche in einem ganz schönen Chaos hinterlassen.«

»Ich räume morgen früh auf.«

»Das ist so eine schlechte Angewohnheit«, sagte sie schläfrig. »Danke, dass du für mich da bist, Luke. Ich weiß nicht, was ich tun würde, wenn …«

Er ließ sie nicht weiterreden, legte einen Finger auf die Lippen.

Sie öffnete die Augen, blickte ihn an.

»Es gibt keinen anderen Ort, an dem ich jetzt lieber wäre.«

Zoe küsste ihn und kuschelte sich an ihn heran.

Ihr Atem wurde lang und gleichmäßig, die Hand lag schwer auf seiner Brust. Sie war schon im Land der Träume.

Auch er war kurz davor, einzuschlafen und stellte dabei zwei Dinge fest.

Erstens, dass er Zoe schon jetzt vermisste. Sie war noch nicht einmal fort und schon zählte er die Tage, bis er sie wieder sehen würde. Und zweitens, dass sie kein Kondom benutzt hatten.

Kapitel 20

Ein paar Stunden nach Zoes Abflug ging Luke ins R&B. Bald würde er dieses ständige Abschiednehmen nicht mehr aushalten. Als er am Morgen aus dem Bett geklettert war, hatte Zoe längst in der Küche gestanden und aufgeräumt.

Sie hatte besser geschlafen als in der Nacht zuvor, aber unter ihren Augen waren immer noch dunkle Ringe. Vielleicht auch davon, dass sie eine ganze Stunde lang geweint hatte, bevor sie miteinander schliefen.

Luke erinnerte sie daran, dass sie keinen Gummi benutzt hatten, doch Zoe beruhigte ihn. Sie nahm die Pille. Jetzt erinnerte er sich wieder, dass sie das vorher schon mal erwähnt hatte. Trotzdem wollte er ihr sagen, dass sie nicht allein war, falls etwas passierte.

Zoe brachte ihn mit einem Vorschlag auf andere Gedanken. Sie könnten doch mit einer gemeinsamen Dusche Wasser sparen. Als sie aus dem Bad kamen, hatten sie ihr Verlangen ein weiteres Mal gestillt. Jetzt schwor er sich, alle seine Kondome wegzuwerfen, denn sie war einfach die einzige Frau in seinem Leben.

Das R&B war für einen Mittwochabend recht gut besucht. Auf dem Parkplatz standen viele Harleys herum, was bedeutete, dass eine Motorradgruppe hier eine Pause eingelegt hatte. Deshalb überraschten Luke die neuen Gesichter nicht, ein paar Männer mittleren Alters, die gepflegt aussahen, leichtes Bier tranken und Pool spielten.

Er suchte sich einen leeren Barhocker und winkte Josie herbei.

Josie, die schon Mitte vierzig war, schmiss die Bar in sehr knappen Shorts. Im Winter hatte sie stets hautenge Jeans an. Als sie sich nach einer Flasche Whiskey streckte, zeigte sie obendrein noch ein Stück von ihrem nackten Bauch. Luke fand schon immer, dass sie eine attraktive Frau war, wenn auch ein bisschen zu alt für ihn. Eigentlich würde ihn interessieren, warum sie nicht verheiratet war, aber auch nicht so sehr, dass er sie gefragt hätte.

»Sieh mal an, wer ist denn da?« Josie umarmte ihn.

»Zoe ist heute Morgen wieder heimgeflogen.«

»Oh Gott, fang bloß nicht wieder eine Schlägerei an«, neckte sie ihn.

Er hatte das verdient. Schließlich war schon vorgekommen, dass er sich schlecht benommen hatte, wenn Zoe abgereist war. »Sie kommt in drei Wochen zur Hochzeit.«

Josie streifte die langen braunen Haare hinter die Schulter. »Du siehst glücklich aus.«

Er versuchte, nicht zu grinsen. »Bin ich auch.«

Sie wischte vor ihm den Tresen sauber. »Welches Gift willst du heute?«

Er bestellte sein Lieblingsbier und sah sich währenddessen in der Bar um.

Es dauerte nur zwei Minuten, dann war Josie mit dem Getränk zurück. Das Bier kühlte angenehm seine Kehle.

»Ich habe von Ziggy gehört. Das ist echt scheiße.«

»Zoe ist total aufgewühlt deswegen.«

»Ich kann mir echt nicht vorstellen, was sich Sheryl nur dabei denkt.«

»Das ist die Eine-Million-Dollar Frage, die sich jeder stellt.«

Ein anderer Gast wollte etwas.

Josie winkte ihm, um zu signalisieren, dass sie gleich käme.

»Ziggy ist hier nicht willkommen. Obwohl die Versuchung eigentlich groß ist, ihm einfach Alkohol auszuschenken, um ihn damit wieder ins Kittchen zu bringen.«

Luke hob sein Glas. »Kein schlechter Plan.«

Josie klopfte auf die Bar und ging zu dem anderen Gast.

Luke suchte nach bekannten Gesichtern.

Schulrektor Mason saß mit seinem erwachsenen Sohn an einem kleinen Tisch neben der Jukebox.

Matt, mit dem er schon mal in eine Prügelei verwickelt war, saß vor seiner Flasche und flirtete mit einer Frau, die nicht seine Gattin war.

Dann waren da noch ein paar jüngere Leute, die Luke zwar vom Sehen kannte, aber deren Namen er nicht wusste. Jugendliche, die gerade einundzwanzig geworden waren und nun an einem Mittwochabend in der Bar saßen, weil sie das endlich durften.

Waterville wuchs immer näher an River Bend heran und so sah Luke immer öfter Gesichter, die er nicht kannte. Wachstum war wichtig, sonst würde es mit Kleinstädten wie River Bend bei schwacher Konjunktur bergab gehen. Wenn man bedachte, dass sie es geschafft hatten, sich während der schlimmsten Flaute seit der Weltwirtschaftskrise über Wasser zu halten, dann ging es River Bend nicht schlecht.

Und als Folge dessen waren auch Kneipen wie Josies Bar selbst unter der Woche gut besucht.

Luke nahm sein Getränk und ging um die Theke herum Richtung Küche. Er sah zu dem kleinen Fenster, durch das die Kellnerin oder Josie die Zettel mit den Essensbestellungen reichte. Wobei man das frittierte Zeug, das es im R&B gab, manchmal gar nicht unbedingt als *Essen* bezeichnen konnte. Buddy erschien in der Öffnung.

Luke hob sein Bier zum Gruße. »Hi, Buddy.«

»Viel los heute«, murmelte dieser, während er einen Teller in die Durchreiche stellte und eine Klingel betätigte.

Dafür, dass der Mann vor gar nicht langer Zeit Luke ziemlich eins übergebraten hatte, plauderten sie eigentlich ganz freundlich miteinander.

»Kann ich dich mal kurz sprechen?«

Buddy blickte hinter sich in die Küche, nickte und kam heraus.

Luke stellte das Bier ab und traf Buddy in einer ruhigeren Ecke der Bar.

Sie gaben sich die Hand und Luke kam gleich zum Punkt. »Hast du von Ziggy Brown gehört?«

»Josie hat ihn bei der letzten Besprechung erwähnt. Kenn ihn gar nicht.«

Luke holte das Handy aus der hinteren Jeanstasche und zeigte Buddy ein Bild von Ziggy, das er von den Aktenordnern in Jos Büro gemacht hatte.

»Er ist ein Drecksack. Hat Frau und Kinder geschlagen, bevor er eingelocht wurde.«

Buddy war einer, der sich normalerweise nicht einmischte. Außer, es ging um Kinder.

»Wir haben alle eine Vergangenheit.«

»Schon, aber jetzt ist er zurück und sein Enkel wohnt auch dort. Wäre furchtbar, wenn er dem Kind etwas antun würde.

Buddy war ein großer Mann. Wegen seiner Masse und der Hitze in der Küche schwitzte er so sehr, dass er sich die Tropfen von der Stirn wischte.

»Männer, die Kinder schlagen, gehören eingesperrt.«

»Stimme dir völlig zu. Ich dachte, vielleicht kannst du mich anrufen, wenn du ihn siehst. Wenn du irgendwas mitbekommst, das nicht ganz sauber ist.«

Buddy machte die Augen schmal. »Ist das Kind von dir?«

Luke schüttelte den Kopf. »Nein, nein, nichts dergleichen. Es ist der Neffe meiner Freundin. Sie wollte ihre Schwester von daheim wegholen, aber die traut sich nicht.«

Buddy blickte noch einmal auf das Foto und nickte langsam. »Schadet wohl nicht, mal die Augen offen zu halten.«

Luke gab ihm die Hand. »Danke. Ich weiß es zu schätzen.«

Nur ein kurzes Nicken, dann war Buddy wieder in der Küche verschwunden.

Luke wollte sein Bierglas nehmen, aber auf der Oberfläche schwamm etwas. Er ließ es stehen.

Als er gerade gehen wollte, blickte er direkt Zane Brown ins Gesicht. Dieser drehte sich sogleich um und wollte schnell wieder abhauen.

Luke rannte um die Bikerfahrer und ein paar Besoffene herum, die schon einen sitzen hatten, und eilte zum Ausgang. Auf dem Parkplatz sah er Zane, der gerade wieder ins Auto stieg.

Luke hatte ihn eingeholt, bevor er die Zündung drehte.

»Zane! Warte.«

Verärgert, weil er es nicht rechtzeitig geschafft hatte, schenkte er Luke ein schwaches Lächeln. »Hi Luke.«

Luke legte eine Hand aufs Autodach. »Wie geht's denn so?«

Zane sah seinem Dad sehr ähnlich. Nur jünger und ohne graue Haare, aber er hatte eindeutig seine Gene geerbt. »Passt schon. Und dir?«

»War eine harte Woche.« Warum sollte er lügen. »Zoe ist heute wieder nach Texas zurückgeflogen.«

Zane nickte mechanisch. »Ja, hab gehört, dass sie da war. Ich bin meistens in Waterville. Wegen dem Job. Weißt ja.«

Ganz offensichtlich hatte Zoes Bruder keine Lust, irgendetwas über Ziggy zu sagen. Deshalb tat es Luke für ihn. »Wie geht's dir denn damit, dass dein Dad wieder zurück ist?«

Zane blickte demonstrativ aufs Handy, als ob er nach der Zeit sehen müsse. »Weiß nicht. War ja klar, dass er irgendwann rauskommt. Hat ja schließlich keinen umgebracht oder so.«

Noch nicht. »Zoe macht sich Sorgen. Sie meint, dass deine Mom einen Fehler macht, weil sie ihn zurücklässt.«

Er hielt das Lenkrad fest und blickte jetzt zu Luke. »Zoe ist nicht …« Er brach den Satz ab. »Ja, aber ... mein Dad hat eine zweite Chance verdient.«

Unwillkürlich ballte Luke die Hände zu Fäusten.

»Ich verstehe, dass du dir wünschst, er hätte sich geändert.«

»Nicht jeder hat eine perfekte Familie, Luke. Manche von uns sind mit weniger Geld aufgewachsen und das ist halt stressig.«

Zane wollte offensichtlich nicht hören, was Luke zu sagen hatte.

Luke richtete sich auf und nahm die Hand vom Auto. »Du weißt, wo du mich findest.«

»Ja. Muss jetzt los.«

Und dann fuhr er mit quietschenden Reifen davon.

***

Zoe hatte vier Gerichte versaut und jetzt auch noch die Orangensauce für die Ente. Sie riss sich die Schürze vom Leib und stürmte aus der Küche.

Ihr Körper war zwar in Texas, ihr Geist aber immer noch in River Bend. Dort war alles, was gut in ihrem Leben war. Aber auch alles, was beschissen war. Wirklich alles. Sie setzte sich in den Pausenraum des Restaurants und schenkte den erstaunten Blicken der Kellner keine Beachtung. In dem Raum war sie sonst nie. Außer bei Besprechungen für die neuen Menüs und wenn die anderen neue Gerichte verkosten durften. Sie saß eine halbe Stunde da und versuchte, sich zusammenzureißen.

Schließlich holte sie ihre Tasche aus dem Spind, entschuldigte sich bei dem Sous-Chef und verließ das Restaurant durch den Diensteingang.

Auf dem Weg zu ihrer Lieblingskneipe schrieb sie Felix eine Nachricht und bat ihn zu kommen. Nicht, dass sie ihn wirklich *bitten* musste. Er liebte es, sich auf einen Drink zu treffen.

Sie war die Erste, legte an der Bar die Tasche auf den Stuhl neben sich und wartete auf ihren Lieblingsregisseur, während sie Rum mit Cola trank.

»Hallo. Sie habe ich ja schon seit Wochen nicht mehr gesehen.«

Zoe drehte sich um und erblickte Raymond, den sie letztes Mal in dieser Bar kennengelernt hatte. Sie umarmte ihn zur Begrüßung. »Wie geht es Ihnen?«

»Passt schon.« Er schaute auf den freien Platz neben ihr. »Sitzt da schon jemand?«

Sie nahm die Tasche fort. »Bald, aber noch ist er nicht da.«

Raymond deutete mit dem Daumen auf einen leeren Sitz an der Bar. »Ah, okay, ich kann auch …«

»Seien Sie nicht albern. Setzen Sie sich. Felix kommt immer zu spät.«

Er setzte sich und blickte sich um. »Wo ist denn Ihre Freundin?«

»Meine Freundin?«

»Die Blonde. Die auf große Kerle steht.«

»Ach so, Jo. Sie wohnt nicht hier.«

Er hob sein Kinn. »Ah, eine Freundin von früher?«

»Ja. Wie geht's Ihnen denn? Wie geht es Ihrer Frau?«

»Gut.« Er winkte dem Barkeeper. »Alles beim Alten, aber was kann ich da schon machen?«

Zoe trank einen Schluck. »Tut mir leid, dass ich an dem einen Abend einfach so abgehauen bin.«

»Kein Thema. Hat schwierig ausgesehen. Ich hoffe, alles war in Ordnung.«

Sie grinste. »Klar, Luke kenne ich schon sehr lange.«

Der Barmann nahm Raymonds Bestellung entgegen. »Ihr Luke, wohnt er in der Nähe? Ich habe ihn hier noch nie gesehen.«

»Nein, nein. Er lebt in Oregon.«

»In Oregon? Wo denn da?«

»In River Bend. Das ist ein kleiner Ort …«

Raymond setzte sich auf. »Ich kenne River Bend. Das liegt neben Waterville.«

Zoe konnte es nicht glauben. »Echt, Sie kennen Waterville?«

»Ja, meine Familie hat da eine Weile gewohnt.«

»Das ist verrückt. So eine kleine Welt. Ich bin in River Bend aufgewachsen.«

Auch Raymond schüttelte ungläubig den Kopf. »Was für ein Zufall. Und wie in aller Welt sind Sie in Dallas gelandet?«

Die Antwort war leicht, wenn sie an damals dachte.

»River Bend war einfach nichts für mich.«

Raymond nickte verständnisvoll.

Zoe widmete sich wieder ihrem Drink und stellte fest, dass das Glas fast leer war.

»Darf ich Ihnen noch einen bestellen?«

»Ich sollte eigentlich nicht. Aber was soll's …«

Raymond lachte und winkte dem Barkeeper.

Kapitel 21

»Aus dem wilden Mädel ist eine Polizistin geworden. So ein Zufall aber auch.«

Noch nie zuvor hatte Jo das Verlangen verspürt, jemandem ihre Knarre an den Kopf zu halten. Als Ziggy Brown ihr mit diesem Kommentar die Tür öffnete, allerdings schon.

»Mr Brown.«

»JoAnne Ward. Siehst aus wie dein Daddy, mit der Uniform und so.« Es hätte auch ein Kompliment sein können, doch dann wanderten seine Blicke ihren Körper entlang und blieben demonstrativ an der Brust haften, bevor er ihr wieder in die Augen sah.

Jo drückte die Sonnenbrille auf die Nase und tat, als hätte sie nichts gemerkt.

»Ist Zanya da?« Jo kannte zwar die Antwort, aber sie wollte ihn zum Reden bringen, damit sie herausfand, wie er nüchtern klang und einen Unterschied merken würde, wenn er getrunken oder anderes Zeug eingenommen hatte.

»Sie besucht mit meinem entzückenden kleinen Enkel den Kindsvater.«

Jo schauderte es.

»Und Sheryl?«

»Du weißt doch genau, dass sie auf der Arbeit ist. Ihr Auto kann man auf dem Parkplatz, an dem du ja vorbeigekommen bist, kaum übersehen, Sheriff.«

Wenigstens stimmte jetzt die Anrede.

»Und wie geht es Ihnen?«, fragte sie. »Gewöhnen Sie sich an das bürgerliche Leben?«

Ziggy Brown fuhr sich mit beiden Händen durch die Haare. Dabei spannten sich die Muskeln über seiner Brust an. »Das tue ich. Ich habe drinnen viel gelernt. Da muss ich deinem Vater schon dankbar sein. Er hatte ja ein Händchen dafür, mich in den Knast zu bringen.«

Jo trat unwillkürlich einen Schritt zurück, bevor sie es selbst merkte.

Ziggys Blick veränderte sich, er hatte ihr Zögern bemerkt.

»Im Gefängnis wird ziemlich viel gepredigt. Wusstest du das schon, JoAnne?«

»Für Sie bin ich Sheriff Ward, Mr Brown.«

Er stemmte die Hände in die Seiten. »Natürlich. Ich will ja nicht respektlos sein. Es ist halt nur komisch, wenn ich daran denke, wie du noch klein warst und mit meiner Tochter gespielt hast. Und jetzt seid ihr beide so erwachsen geworden. Mit eigenem Willen. Na ja ... Jedenfalls gibt es viele gottesfürchtige Menschen da drin. Ist wahrscheinlich zu erwarten.«

»Wollen Sie mir sagen, dass Sie zu Gott gefunden haben?«

»In gewisser Weise ja.«

Und in anderer Weise? Aber das fragte sie nicht laut. Sein höhnisches Grinsen und wie er seine Muskeln spielen ließ, während er immer noch die Tür aufhielt, sagte ihr, dass er sie nach Strich und Faden verarschte.

Er versuchte, sie einzuschüchtern.

»Schön und gut, Mr Brown. Ich bin hier, um Ihnen mitzuteilen, dass mich der Justizvollzug über Ihre Bewährungsauflagen informiert hat. Ich werde mit Ihrem Bewährungshelfer in Eugene im regen Austausch bleiben und ich erwarte von Ihnen, dass Sie sich zu hundert Prozent aus Schwierigkeiten heraushalten.«

Ziggy beäugte sie wieder von oben bis unten, was bei ihr eine Gänsehaut verursachte. »So, so.«

»Das lässt Ihnen keinen Spielraum, Ziggy.« Diesmal verwendete sie seinen Rufnamen.

Er starrte sie immer noch durchdringend an. »Ich werde der perfekte Exknacki sein, Sheriff.« Er hob drei Finger in die Luft. »Altes Pfadfinderehrenwort.«

Sie biss die Zähne fest aufeinander und verließ die Veranda.

Als sie im Auto saß, atmete sie tief durch.

Ziggy stand immer noch grinsend auf der Veranda und beobachtete sie. Beim nächsten Besuch würde sie Deputy Emery mitnehmen. Wenn irgendwer in River Bend Unruhe stiften würde, dann war es Ziggy Brown.

***

Die Hochsommerhitze flimmerte über den Straßen von Dallas und die Luftfeuchtigkeit sorgte dafür, dass man kaum Luft bekam, sobald man aus dem klimatisierten Auto stieg. Allein der kurze Weg zwischen Auto und Gebäude war eine Herausforderung.

Selbst die Hunde, die vor den Wohnhäusern lagen, waren zu schlapp, um den Kopf zu heben und zu bellen. Diese Jahreszeit war für Zoe fast unerträglich. In den Jahren zuvor hatte sie meistens eine Reise nach Europa gebucht. Selbst in den Tropen war es besser, weil man dort mit einem Schirmchengetränk am Strand sitzen konnte.

Während sie durch die Gegend fuhr, in der sie vor einer Weile Häuser besichtigt hatte, überlegte sie, wie sie später der Hitze entkommen könnte, wenn sie erst mal ein Haus besaß und nicht nur in einer Wohnung wohnte. Das Problem waren dabei nicht die Finanzen, sondern vielmehr die Verpflichtungen, die zu einer Immobilie gehörten.

Die Luftfeuchtigkeit in Oregon war selbst an der Küste nicht so hoch wie in Texas. Außerdem waren die Nächte in River Bend deutlich kühler. Sie dachte an Lukes kleinen Garten und das offene Fenster über dem Spülbecken.

Tja, so etwas gab es im Sommer in Dallas nicht. Da stellte man die Klimaanlage an und sah monatelang nicht auf den Thermostaten. Manchmal gab es Stürme, die für eine kurze Weile für Abkühlung sorgten, gerade so lange, dass man auch mal das Fenster öffnen konnte, aber sobald die Wolkendecke wieder aufbrach, kam die feuchte Hitze zurück.

Zoe beobachtete ein paar Kinder, nicht älter als acht oder neun, die in einem Garten spielten.

Alles, was sie brauchten, um Spaß zu haben, war ein Rasensprenger. Zwischen ihnen sprang bellend ein Hund umher.

Würden ihre eigenen Kinder auch mal hier mit dem Wasser im Garten spielen? Hätten sie mal einen Hund? Aber wie sollte das gehen, wenn sie wochenlang weg war, weil sie vor der Hitze flüchtete?

Und woher war plötzlich dieser Gedanke mit den Kindern gekommen? Sie wäre eine schreckliche Mutter. Sie hatte, weiß Gott, nicht gerade die besten Vorbilder, von denen sie gelernt hätte, wie man ein Kind großzieht. Nicht mal Großeltern hatte sie gehabt.

Ihr Opa väterlicherseits hatte die Familie schon so früh verlassen, dass sich nicht einmal Ziggy mehr an ihn erinnern konnte. Wahrscheinlich gehörte genau das zum Problem ihres Vaters. Er hatte kein männliches Vorbild gehabt. Hatte nicht gelernt, wie man ein Mann sein konnte, ohne die Fäuste einzusetzen. Ihre Großmutter war so oft umgezogen, dass jedes zweite Jahr die Weihnachtskarten wieder zurückkamen.

Die Eltern ihrer Mutter lebten zwar noch, waren jedoch geschieden, was für Zoes Familie nicht sehr überraschend war. Ihr Großvater hatte wieder geheiratet, seine neue Frau wollte jedoch nichts mit ihnen zu tun haben. Deshalb hatten die Brown-Kinder zu dem einzigen Großvater, den es gab, keine Beziehung.

Grandma Workman glaubte, sich ihrerseits unglaublich ins Zeug gelegt zu haben, indem sie mal eine Geburtstagskarte oder ein Päckchen zu Weihnachten geschickt hatte. Sie wohnte in San Francisco in einem winzigen Apartment. Zoe wusste, dass Sheryl ihre Mutter manchmal nach Geld gefragt hatte, aber auch bei ihr war nicht viel zu holen.

Als »Duell der Köche« ausgestrahlt wurde, hatte Onkel Don, der Bruder von Sheryl, Zoe einen Brief geschrieben. Dass er sich für sie freue. Immerhin. Darüber hinaus ging auch diese Beziehung nie.

Zoe hatte also einen Onkel, dem sie Weihnachtskarten schickte, und eine Großmutter. Mehr nicht. Und sonst gab es niemanden, den sie *Familie* nennen konnte.

Schon oft hatte Zoe über eigene Kinder nachgedacht. Aber der Gedanke, dass die Kinder so furchtbare Großeltern hätten, war sehr abschreckend. Deshalb tat Zoe alles, um eine unabhängige Frau zu sein, die die Unterstützung ihrer Familie nicht brauchte.

Jetzt, mit dem ganzen Drama, war Zoe sehr froh, dass sie Luke, Jo und Mel hatte. Auch Miss Gina schickte immer wieder Nachrichten und fragte, wie es ihr ginge. Und Lukes Mutter war gekommen, bevor Zoe wieder abreiste, um sie noch einmal zu umarmen und ihr zu sagen, dass sie immer ein offenes Ohr für sie hätte, wenn Zoe jemanden zum Reden brauchte.

Plötzlich merkte Zoe, dass sie gar nicht weitergefahren war, sondern die ganze Zeit mit laufendem Motor dagestanden hatte, während sie diesen Gedanken nachhing.

Zoe wählte Antons Nummer und wartete.

Es ging nur der Anrufbeantworter dran.

»Hallo Anton, hier ist Zoe. Tut mir leid, aber ich muss die Suche nach einem Haus in Dallas erst mal unterbrechen. Mein Leben ist gerade so kompliziert, dass ich dafür keinen Kopf habe. Ich gebe Ihnen Bescheid, wenn ich die Suche wieder angehen möchte.« Zoe fuhr weiter, ließ die namenlosen Kinder zurück, ohne noch einmal in den Spiegel zu blicken.

***

»Ich fliege morgen Früh nach New York.«

Luke lehnte sich gegen die Arbeitsbank in der Werkstatt, das Telefon ans Ohr geklemmt. »Sind das neue Pläne? Ich kann mich gar nicht erinnern, dass du das schon erwähnt hättest.«

»Ein spontaner Plan. Ich muss mit meiner Agentin sprechen.«

Es gefiel ihm, wenn sie sich so geschäftsmäßig anhörte. Sie war wie ausgewechselt, wenn sie mit dieser Bestimmtheit sprach, ganz anders als die niedergeschlagene Frau, die sie war, wenn es um ihre Familie ging. »Klingt wichtig.«

»Könnte es auch sein. Ich denke darüber nach, mir ein neues Standbein aufzubauen.«

»Heißt was genau?«

»Versprich mir, dass du nicht lachst.«

»Wenn du mir jetzt nicht erzählst, dass du beim Zirkus auftreten willst, dann lache ich nicht.«

Sie schwieg daraufhin so lange, dass Luke dachte, sie würde es ihm gar nicht erst sagen.

»Ich, äh, also, ich denke darüber nach, ein Buch zu schreiben. Ein Kochbuch.«

Er grinste. »Warum sollte ich darüber lachen? Ich finde das eine super Idee.«

»Schon, oder? Vielleicht könnte ich dazu auch eine Videoserie drehen. Entweder fürs Internet oder auch fürs Fernsehen, mit den Rezepten aus dem Buch. Ich habe mit Felix gesprochen und wir hatten ein paar Ideen, wie das ganz groß werden könnte.«

Die Begeisterung in ihrer Stimme freute ihn. »Und wofür brauchst du da deine Agentin?«

»Ich habe ihr alles am Telefon erzählt und sie macht Termine mit ein paar Verlegern. Ich habe ja noch nie etwas veröffentlicht und weil das für mich unbekanntes Terrain ist, möchte ich diese Leute persönlich treffen, damit ich weiß, mit wem ich es zu tun habe.«

Sie erzählte Luke von früheren Projekten, wo sie am Ende den Produzenten nicht hatte ausstehen können und es jedes Mal Streit gab, wenn sie zum Set kam.

»Klingt, als ob du es diesmal klüger anstellst.«

»Es hat ja auch keine Eile. Darum kann ich vorher in Ruhe herausfinden, ob ich mit den Leuten auch zusammenarbeiten will, oder?«

»Guter Plan. Ich kann mir gar nicht vorstellen, wie viele Entscheidungen solcher Art du in den letzten zehn Jahren getroffen haben musst.« Dass sie keine Strapazen scheute, um sich »ein neues Standbein« aufzubauen, machte ihn noch stolzer auf sie.

»Am Anfang war es leicht. Wenn man mir Geld angeboten hat, habe ich es gemacht. Aber laut Suki und Felix kann ich jetzt wählerisch sein und mir aussuchen, was ich will, und ich kann auch mehr verlangen.«

»Ich bin stolz auf dich, Baby.«

Er hörte sie seufzen. »Es bedeutet mir viel, dass gerade du das sagst.«

»Kann ich dich irgendwie unterstützen?«

»Hast du schon mal ein Kochbuch geschrieben?«

Er lachte. »Ich habe noch nicht einmal ein Kochbuch *gelesen.*«

Zoe stimmte in sein Gelächter mit ein. »Wie ist denn alles so zu Hause?«

Es war erst eine Woche her, seit sie wieder abgereist war. »Ruhig.«

»Ich weiß nicht, ob das was Gutes heißt.«

»Ich auch nicht. Jo beobachtet alles ganz genau. Und die anderen im Ort auch. Hast du eigentlich mal mit deiner Schwester oder Zane gesprochen?«

»Ich habe Zane eine Nachricht hinterlassen, aber er ruft nicht zurück. Hast du einen von ihnen gesehen?«

Er hatte ihr eigentlich die Unterhaltung mit Zane verschweigen wollen. Aber jetzt erzählte er Zoe doch davon, auch wenn sie es nicht gern hören würde.

»Anscheinend haben wirklich alle bei uns zu Hause vergessen, wie niederträchtig dieser Mann ist.«

»Bald wirst du ihnen sagen können: ›Ich habe es euch gleich gesagt‹.«

»Das will ich aber gar nicht.«

Luke wechselte zum anderen Ohr. »Das weiß ich. Erzähl mir mehr von New York. Ist es so, wie alle sagen?«

»New York ist total verrückt …«

Ihre Stimme wurde bei dem Themawechsel wieder fröhlicher. Bevor sie auflegten, musste Zoe ihm versprechen, dass sie ihn von New York aus anrufen und alles erzählen würde.

Er ging gut gelaunt wieder an die Arbeit.

***

In dem Trailer war es beschissen ruhig.

Nach siebzehn Jahren Lärm – dem Geheul von erwachsenen Männern, ihrem Gebrüll, dem Stöhnen, wenn sie sich einen runterholten oder ihre Zellengenossen verprügelten – brachte ihn die Stille fast um.

Sheryl arbeitete in diesem bescheuerten Diner und Zanya war mit ihrer Brut unterwegs.

Ziggy hatte einiges an Nachholbedarf und verbrachte viel Zeit zwischen Sheryls Beinen, auch wenn sie sich schon nach der ersten Woche darüber beklagte, dass sie wund sei. Sie wusste, dass sie sich lieber nicht beschwerte. Das hatte er ihr schon beigebracht, bevor die Kinder auf die Welt gekommen waren.

Ziggy hatte sich bereits sehr bemüht, nett zu ihr zu sein, als er noch saß. Er hatte keine andere Wahl gehabt. Sie einzuschüchtern war keine Option, wenn sie einfach wieder gehen konnte.

Aber es war gut, wenn er die Oberhand hatte, die Kontrolle. Langsam kam diese Kontrolle wieder zurück. Und diesmal war es anders. Es war eine stille Macht, bei der er gar nicht viele Muskeln bewegen musste.

Die vier Wände des beschissenen Mobilheims wurden ihm irgendwie zu eng. Was zum Geier hatte er vor siebzehn Jahren bloß mit seiner Zeit angestellt? Damals hatten seine Kumpel in Waterville gewohnt. Einer davon saß sicher noch zehn Jahre im Knast und der andere war weggezogen, nach Montana oder so.

Ziggy stellte den Fernseher lauter. Das blöde Weib zahlte nicht fürs Kabelfernsehen. So konnte er nur die beknackten Seifenopern und Talkshows ansehen. Aber die Geräusche aus dem Fernseher reichten nicht, um seinen Kopf zu füllen.

Er brauchte eine Beschäftigung.

Und damit meinte er nicht einen Job.

In River Bend würde ihn sowieso niemand anstellen, noch nicht einmal, um Hundescheiße aufzusammeln. Und in Waterville, na ja, von diesem Städtchen hielt er sich lieber fern. Im Knast wollte er auf keinen Fall noch einmal landen. Als man ihn in den Hochsicherheitstrakt verlegte, lernte er, was er falsch gemacht hatte.

Ziggy würde keine Minimarts mehr ausrauben. Siebzehn Jahre seines Lebens waren verschwendet wegen eines beschissenen Supermarkts.

Das höhnische Gelächter seiner Knastkumpels für dieses lächerlichen Vergehen hatte zu einigen Prügeleien geführt. Er hatte ihnen oft genug seine Stärke demonstriert. Auch ein Grund dafür, warum er immer wieder verlegt worden war.

Und dann hatte er Axel kennengelernt.

Axel hatte dasselbe Temperament und dieselbe Schlagkraft. Sie hatten sich einmal geprügelt, was beiden für eine Weile Einzelhaft bescherte. Doch fortan hatten sie die folgenden zehn Jahre Seite an Seite verbracht. Axel brachte Ziggy bei, seine Worte und Taten so zu kontrollieren, dass er ruhiger wirkte, als er wirklich war. Das machte die Bewährungsanhörungen einfacher und seine Zellengenossen wachsamer. Und irgendwann führte es auch dazu, dass Ziggy tatsächlich entlassen wurde.

Axel musste noch zwei Jahre sitzen. Vielleicht auch ein bisschen weniger.

Und dann würden sie sich zusammentun. Wieder mal etwas trinken gehen. Überlegen, was sie tun wollten. Ziggy wusste, dass er nicht in River Bend bleiben konnte. Die ganze verdammte Stadt beobachtete ihn wie einen Fisch im Aquarium. Besonders diese Göre JoAnne Ward. Er musste sich sehr zusammenreißen, dass er nicht über das kleine Flittchen lachte, wenn er es sah. Die Nase erhoben, die Hand an der Knarre.

Lächerlich.

Einfach lächerlich.

Immer, wenn er zum Fenster raussah, weil ein Auto vorbeifuhr, sah er die Rücklichter des Polizeiautos. Das hatte er seiner eingebildeten Tochter zu verdanken, der er ganz offensichtlich nicht genügend beigebracht hatte. Nur deshalb musste er jetzt in River Bend ständig auf der Hut sein.

Er selbst hatte natürlich keine Angst vor dem kleinen Mädel, das die ganze Stadt »Sheriff« nannte, aber Sheryl und der Rest von ihnen hatte Angst vor ihr.

Verdammt, war es ruhig.

Ziggy kratzte sich am Hodensack und blickte auf die Uhr. Er musste unbedingt mal wieder vögeln und er brauchte verdammt noch mal was zu trinken, aber in dem bescheuerten Trailer gab es keinen Alkohol. Immerhin sorgte sein Bewährungshelfer dafür, dass er bald den Lappen zurückbekam. Vorausgesetzt, seine Pippiprobe war drogenfrei.

Wenn er endlich fahren durfte, würde er sich als Erstes nach Eugene aufmachen, um sich mal wieder richtig volllaufen zu lassen.

Im Moment ging es ihm nicht viel besser als im Gefängnis. Na ja, er konnte vielleicht das Haus verlassen. Aber um wohin zu gehen und um was zu tun?

Nur noch ein paar Schritte, dann würde er seine richtige Freiheit wieder haben.

Er sah aus dem Fenster. Wo zum Henker blieb nur seine Frau?

Kapitel 22

Zoe trug ihr kleines Schwarzes. An den Füßen hatte sie ihre Jimmy Choos und im Gesicht ein Lächeln. Der Ausblick von der Bar SixtyFive im Rockefeller Center war atemberaubend. Und der Martini war auch nicht gerade schlecht.

»Du triffst die richtige Entscheidung«, sagte Suki.

»Ich habe doch noch gar keine getroffen.«

»Du hast drei Verleger für das Buch und zwei Produzenten, die dich zu einem Essen einladen, damit sie dich filmen dürfen. Ich würde mal sagen, dass du gar keine falschen Entscheidungen treffen kannst. Jetzt geht es nur noch um dein Bauchgefühl.«

»Ich will alles hören, was deine Literaturagentenfreunde über diese Verleger zu sagen haben. Und mit alles meine ich *alles.* Besonders das, was schlecht ist. Es wird zwangsläufig auch mal Unstimmigkeiten geben. Und wie sie damit umgehen, entscheidet, ob es mit uns klappt oder nicht.«

»Du bist zu jung, um so weise zu sein, Zoe.«

»Ich bin für mein Alter sehr weit.« Letzte Woche hatte sie sich gefühlt, als sei sie sechzig. »Ich will es richtig machen. Ich hätte gern, dass mein Einkommen so bleibt. Beziehungsweise so bleibt, ohne, dass ich im Nahana arbeite.«

»Du wirst ein bisschen öfters reisen müssen.«

Sie nickte. »Das ist kein Problem.«

Suki lehnte sich zurück, schlug die Beine übereinander und nippte an ihrem Drink. »Worum geht es hier eigentlich? Hast du genug von Texas?«

Zoe blickte aus dem Fenster. »Ja, ich glaube, ich habe die Schnauze voll von Texas.«

»Und wo meinst du, dass du mal landen wirst?«

Sofort sah sie Lukes Haus vor sich. »Wo landen denn erfolgreiche Köche?«

»Kommt drauf an. Manche eröffnen eigene Restaurants in einer Großstadt. Manche gehen wieder in ihre Heimatstadt, machen irgendwas Spezielles dort auf oder sie geben Kurse. Das wiederum kann ich mir noch nicht so für dich vorstellen.«

»Zumindest nicht ohne Kamera. Oh Gott, ich höre mich an wie eine Diva.«

»Du bist toll vor der Linse. Da musst du nicht bescheiden sein.«

»Es gibt viele Fernsehköche.«

»Und du bist einer davon. Und du hörst ja nicht auf. Sag mir, was deine Ziele sind und ich helfe dir dabei, sie umzusetzen.«

»Wie gesagt, ich will nicht mehr das tägliche Gerichteplanen und auch keine Wochenendschichten im Nahana.«

»Und wie wäre es, wenn du selbst was eröffnest?«

»Ich weiß nicht so recht. Jetzt zumindest noch nicht.«

»Irgendwann mal schon?«

Zoe dachte wieder an River Bend. »Ich wüsste nicht wo. Ich glaube, ich muss erst mal irgendwo ankommen, mich zu Hause fühlen, bevor ich meine Zeit und mein Geld investiere.«

»Schon, aber solltest du diese Möglichkeit nicht auch in Betracht ziehen? Wenn das Kochbuch ein Erfolg wird und du Verträge fürs Fernsehen bekommst, dann wirst du ziemlich viel Geld verdienen.«

Zoe gefiel diese Vorstellung. »Ich kümmere mich darum, was ich mit dem Geld mache, wenn ich es verdient habe.«

Suki nahm ihren Drink und beugte sich vor. »Aufs Geldverdienen.«

Zoe stieß mit ihrem Glas an. Als sie aus dem Fenster sah, überlegte sie, ob Luke diese Aussicht auch gefallen würde.

***

Zoe wollte sich diesmal nicht von Luke am Flughafen abholen lassen. Sie würde ohnehin ein Auto brauchen und so war es praktischer, wenn sie sich eines in Eugene mietete und damit nach River Bend fuhr. Sie mietete sich einen großen City-Geländewagen, damit sie genügend Platz für alles und jeden hatte. Mit *jeder* war vor allem Felix gemeint.

Der Mann reiste wie die Leute früher in den Zwanzigern. Angefangen bei seinem Filzhut, der seine Glatze bedeckte, bis hin zu seinen Slippern, der schicken Nadelstreifenhose und dem Hemd. Felix war stets darauf vorbereitet, die große Liebe seines Lebens zu treffen. Es war nur schade, dass er denjenigen wohl nicht in River Bend finden würde.

Sein Koffer war so groß wie ihrer, nur würde sie länger bleiben.

»Das gefällt mir schon mal sehr gut«, verkündete er, als er auf den Beifahrersitz kletterte.

»Wir sind in Eugene.«

»Ich meine das Wetter, mein Herzchen. Dieses Wetter.«

»Hoffen wir, dass es anhält. Wäre furchtbar, wenn es an Mels Hochzeit regnen würde.« Zoe setzte sich hinters Steuer und bog aus dem Parkplatz.

»Also, sag mir noch mal. Wie weit ist der Stellplatz für die Crew vom Bed & Breakfast aus entfernt?«

Zoe hatte organisiert, dass die komfortablen Wohnwagen für die Crew auf Graysons Farm, die zwischen der Stadt und der Frühstückspension von Miss Gina lag, abgestellt werden konnten. In dem viktorianischen Haus gab es nicht genügend Zimmer, um alle unterzubringen, hatte sie ihm gesagt. Für den Produktionswagen gab es dort allerdings genügend Platz.

»Bist du sicher, dass die Stadt keine Probleme macht, wenn wir hier sind?«

Zoe lachte. »Du überschätzt das Konzept *Stadt*. Und nein. Jo hat schon mit den Nachbarn gesprochen und niemand hat etwas dagegen, dass wir in River Bend einen ›Film drehen‹.«

Felix lehnte den Kopf zurück und schloss die Augen. »Wir drehen keinen Film.«

»Das denken sie auch nicht.«

Zoes Produzent war einverstanden gewesen, einen Fernsehbeitrag über die Vorbereitung des Hochzeitsessens zu machen. Das brachte gutes Geld und Zoe konnte ihr ganzes Team an Hilfsköchen für das Fest mitnehmen.

Mel und Wyatt mussten nur die Lebensmittel bezahlen. Und selbst dabei hatte Zoe ihre Hände im Spiel und nutzte ihre Beziehungen, um einen gehörigen Preisnachlass auszuhandeln.

Sie dachte an die Hochzeit, an die Vorbereitungen für den Empfang, aber die ganze Zeit war in ihrem Hinterkopf auch das Familiendrama, das nur auf seine Aufführung wartete. »Ich möchte mich jetzt schon für meine Familie entschuldigen, während wir hier sind.«

Felix rollte den Kopf zur Seite und blickte sie an. »Das musst du nicht.«

»Oh doch, das muss ich. Für ihre Art zu leben. Für die bösen Blicke und dummen Kommentare, die sicher fallen werden. Ich hoffe zwar, dass ich ihnen aus dem Weg gehen kann, aber das bezweifle ich.«

Felix nahm ihre Hand. »Zoe, meine Liebe. Ich bin schon mein ganzes Leben lang schwul. Ich bin hässliche Kommentare, höhnisches Gelächter und Animositäten von meiner Familie gewohnt. Ich erwarte mindestens dasselbe von deiner.«

Sie tätschelte seine Hand. »Danke.«

Er lehnte sich wieder zurück. »Wie lange müssen wir noch fahren?«

»Zwei Stunden.«

»Weck mich, kurz bevor wir ankommen. Ich möchte River Bend ab der Ortsgrenze erleben.«

Zoe bog auf die Autobahn und drehte das Radio lauter, als Felix zu schnarchen begann.

Vielleicht würde es doch nicht ganz so furchtbar werden.

***

»Wow, das ist mal eine Küche. Zoe, warum hast du mir denn nicht erzählt, wie entzückend es hier ist?« Felix hatte Miss Gina euphorisch begrüßt und das Bed & Breakfast kurz von außen betrachtet, bevor er das Haus betrat, als ob es ihm gehörte. »Ich habe großartige Visionen.«

Miss Gina grinste von einem Ohr zum anderen. »Dieser Mann gefällt mir, Zoe.«

»Oh, hat sie etwa schon andere Regisseure vorbeigebracht, von denen ich wissen sollte?«

»Na klar«, flunkerte Miss Gina. »Meinen Sie, Sie wären der Einzige in Zoes Leben?«

Miss Gina und Felix gehörten zur selben Generation. Zumindest fast. »Ich weiß jetzt schon, dass es recht lustig wird«, meinte Zoe.

»Ich denke zwei mobile Kameras und eine feste am Regal.« Felix tat, was Felix eben tat. Er murmelte Anweisungen vor sich hin, selbst wenn niemand da war, der mitschrieb. »Wann kommt September?«

»Morgen früh, zusammen mit Rupert und der restlichen Crew.«

Sie fuhren von Dallas mit dem Filmwagen und würden erst später eintreffen.

»Vielleicht brauchen wir auch einen Weitwinkel, damit wir alles draufkriegen.«

Miss Gina lehnte sich gegen Zoes Arm. »Will er damit sagen, dass meine Küche zu fett ist?«

Zoe lachte. Und da hörte sie schon Hope vom Garten hereinkommen, gefolgt von Sir Knight.

»Tante Zoe!«

Zoe schwang Hope in die Luft. »Langsam wirst du zu schwer dafür.«

»Das hat Daddy auch schon gesagt.«

Ihr wurde warm ums Herz, als sie hörte, dass Hope »Daddy« zu Wyatt sagte. Das Mädchen hatte den besten Daddy der Welt verdient und Wyatt war wie für diese Rolle geschaffen.

Man hörte die Fliegennetztür des Hintereingangs. Mel und Wyatt kamen herein. »Sieh an, was der Wind hier für Leute herbeiweht.« Mel umarmte sie.

Zoe hielt sie von sich weg, um sie zu betrachten. »Du schaust so verdammt glücklich aus.«

»Schimpfwörterdose!« Hope rannte aus dem Zimmer, um diese sogleich zu holen.

Die Erwachsenen lachten und Zoe stellte alle einander vor.

Felix umarmte die beiden, als ob sie sich schon lange kannten, und erzählte von seinen Plänen, aus Miss Ginas Bed & Breakfast einen Hit zu machen. Die Hochzeit würde der Auftakt dazu sein.

Als sie gerade von der Küche ins Wohnzimmer gingen, tauchte Luke auf.

Er sah sie an. Nur sie.

Zoe hielt die Luft an, bis sie bei ihm war. Sie umfasste ihn, seine Lippen suchten und fanden ihre für einen anständigen Begrüßungskuss.

Sie unterbrachen ihren Kuss erst, als Hope die Treppen wieder herunterkam und angeekelt »Bäh, warum küssen sich hier denn alle die ganz Zeit« sagte.

»Muss an der Luft liegen«, erklärte Luke, seine Arme immer noch um Zoes Hüfte gelegt.

Hope hielt Zoe die Dose unter die Nase. »25 Cent, weil du verdingsbums gesagt hast.«

Zoe rollte zum Spaß mit den Augen und ging ihre Tasche holen.

»Ach, das ist eine super Idee, junges Fräulein. Du musst unbedingt hier bleiben, wenn wir drehen, denn dann wirst du einen Haufen Kohle verdienen«, sagte Felix zu ihr.

»Und hinterher kennst du mehr Schimpfwörter als ein Matrose«, fügte Zoe hinzu.

»Vielleicht sollte sich Hope doch besser von euch fernhalten.« Mel winkte Hope zu sich.

Hope hielt die Dose schief und blickte auf die Münzen darin. »An Miss Gina verdiene ich ja auch schon ganz schön. Sie verwendet immer so viele Schimpfwörter.«

Miss Gina blieb der Mund offen stehen. »Aber das stimmt doch gar nicht!«

Alle außer Felix lachten.

***

Während Felix in Miss Ginas Küche alles für die Produktion vorbereitete, wies Zoe den anderen Teil des Teams in der Küche von Sam's Diner ein.

Am nächsten Tag fuhr sie um zwei Uhr mittags mit Ernie und Tiffany wieder zu Sam's Diner.

An der Tür befand sich ein Schild, auf dem stand, dass sie am Vorabend und am Tag der Feier von Mel und Wyatts Hochzeit geschlossen hätten.

Sam empfing sie und umarmte sie. Sofort fühlte sie sich wie zu Hause.

»Meine Küche gehört dir.«

»Du sagst das doch bloß, weil du eine kostenlose Mahlzeit willst.«

Sam klopfte sich auf den dicken Bauch. »Was Gutes kann ich immer vertragen.«

Zoe lachte. »Tiffany und Ernie werden das meiste kochen.«

»Deine Freunde sind meine Freunde.«

Zoe spähte in den Gastraum des Diners.

Sam senkte die Stimme. »Sie hat die Spätschicht.«

Plötzlich kamen ihr wieder die Tränen. Sie wollte ihre Mutter nicht sehen und das wusste anscheinend die ganze Stadt. »Danke.«

Sie führte Tiffany und Ernie in die erste offizielle Gastroküche, in der sie jemals gearbeitet hatte. Sam hatte alles besonders gut geputzt. Dass er sich so bemüht hatte, machte ihr das schwere Herz wieder etwas leichter.

»Eure Lieferungen sind heute Morgen eingetroffen.«

Zoe öffnete die riesigen Kühlschränke und fand die bestellten Vorräte. Sie machte eine kurze Inventur mit Tiffany und Ernie, die alles mitschrieben, was sie wissen mussten. Dann gingen sie noch einmal das Menü durch und sprachen über die Öfen und Lagerkapazitäten.

Brenda winkte ihnen durch die Durchreiche zu, während sie eine Bestellung ans Fenster steckte. Sam wendete einen gefrorenen Hamburger auf dem Grill.

Ernie und Tiffany wechselten einen Blick, verkniffen sich aber einen Kommentar. Das war eben der Unterschied zwischen einem Diner-Koch und einem Küchenmeister. Sam hatte kein Problem damit. Es gefiel ihm, dass Zoe Brown ihre Karriere als Starköchin in seiner Küche begonnen hatte. Und noch mehr gefiel es ihm, wenn sie zurück war und ihm half, den Laden mit Gästen zu füllen.

»Bei dem Zeug sollten eigentlich auch noch frische Kräuter dabei sein. Aber wenn was fehlt, gib mir Bescheid. Ich kenne ein paar Leute, die einen Kräutergarten haben, und die aushelfen könnten.«

Zoe zeigte auf manche Eigenheiten der Küche, mit denen sie früher schon Probleme hatte. Zum Beispiel, dass ein Ofen zu heiß wurde und dass einer der Kühlschränke zu sehr kühlte, egal wie oft Sam ihn hatte reparieren lassen. »Ich will keinen gefrorenen Romanasalat haben.«

»Wer wird denn von der Belegschaft hier sein?«, wollte Tiffany wissen.

»Sam?«, fragte Zoe. »Wen hast du eingeteilt?«

»Brenda hat sich freiwillig gemeldet. Solange sie bei der Hochzeit dabei sein kann.«

»Bis dahin wird das ganze Essen dann schon im Inn sein.« Oder zumindest fast.

Sie klärten, wann sie die Küche für ihre Vorbereitungen benutzen konnten.

Zoe verließ erst kurz vor vier wieder den Diner.

Gerade als sie dachte, sie würde ihrer Mutter gar nicht begegnen, rannte Tiffany an der Hintertür fast in Sheryl hinein.

Sheryl trat einen Schritt zurück, etwas konsterniert. »Mann, wer sind …« Da sah sie Zoe und sagte nichts mehr weiter.

Tiffany und Ernie schauten fragend, aber Zoe stellte ihre Mom gar nicht vor.

Ein beklemmendes Gefühl schnürte ihren Hals zu. »Hallo«, war alles, was sie zustande brachte.

Ihre Mutter nickte ihr nur zu, dann ging sie an ihnen vorbei und betrat den Diner.

Zoe stieß einen hörbaren Seufzer aus. Ihr war schwindelig, als sie das Gebäude verließen.

»Wer war das denn?«, fragte Tiffany, als sie ein paar Schritte zum Wagen gegangen waren.

Zoe riss schwungvoll die Autotür auf. »Meine Mutter.«

***

Die Scheinwerfer von Sheryls Auto leuchteten zum Fenster hinein, als sie in die Einfahrt bog.

»Wird aber auch langsam Zeit«, murmelte Ziggy vor sich hin.

Er öffnete sogleich seine Jeans, um sich Platz zu verschaffen. Er hatte Zanya schon vor Stunden mit dem Baby aufs Zimmer geschickt, weil er diesen Windelgestank nicht gerade prickelnd fand. Und Zane würde erst gegen Mitternacht zurückkommen.

Erst mal vögeln und dann was essen.

Sheryl kam leise herein.

»Hallo Schätzchen.«

Sie hatte ihn wahrscheinlich nicht gesehen, weil sie sich erschrocken an den Hals griff.

»Was ist los, haste schon vergessen, dass ich wieder zurück bin?«

Sie schüttelte den Kopf und sah sich um. »Ich wollte dich nicht wecken, ich hab gedacht, du schläfst.«

Er stand auf und ging auf sie zu.

Sie roch nach Hamburgern und Frittierfett. Er packte ihre Hüfte und drückte seine Lenden gegen ihre. »Aber du weißt doch, dass ich nicht schlafen kann, wenn ich so spitz bin.« Ziggy presste sie an sich. »Schau, was du mit mir machst, Liebes.« Er küsste ihren Hals, während sie versuchte zurückzuweichen.

Doch er ließ sie nicht los und sah ihr erst jetzt ins Gesicht.

Das schwarze Zeug an den Augen war verschmiert und lief die Wangen hinunter. »Warum heulst du?« Und wer ruinierte da seinen Abend?

»Alles gut. Bin nur ein bisschen müde.« Sie versuchte, von ihm loszukommen.

Sein Schwanz protestierte. Es gab nur eins, auf das er sich freute, und ihre blöden Tränen würden ihn nicht davon abhalten, es zu bekommen.

»Na, dann hilf mir, meine Jeans auszuziehen.« Seine Hand war schon wieder fordernd auf ihrer Taille.

»Ziggy, bitte. Ich bin müde. Es war ein langer Tag.« Sie duckte sich unter seinem Griff weg.

Seine Armmuskeln spannten sich zwar an, aber er ließ sie los. »Langer Tag? Du hattest einen langen Tag?«

Immerhin zögerte Sheryl jetzt. »Ja.« In der Küche legte sie die Tasche auf die Theke neben das schmutzige Geschirr. »Zoe ist wieder hier.«

»Ach so, es geht also um deine spießige Tochter.«

»Unsere.«

Er rieb sich die Leisten, um zu verhindern, dass die aufkommende Wut seine Leistung beeinträchtigen würde. »Du hast sie großgezogen.«

Sheryl murmelte etwas und wandte sich ab.

»Willst du dazu was sagen?« Seine Stimme übertönte den Fernseher.

»Ich – ich habe nur gesagt, dass ich dir was zu essen mache.«

Ziggy bemühte sich, seine Zähne nicht zu fest aufeinanderzubeißen und folgte ihr langsam in die Küche. »Hast du das wirklich gerade gesagt?«

Sheryl wandte ihm den Rücken zu. Ihr knochiger Hintern reckte sich ihm entgegen, als sie die Kühlschranktür öffnete und die Milch herausnehmen wollte.

Er griff nach ihrem Ellbogen und übte gerade so viel Druck aus, dass sie nichts weiter herausholen konnte. »Ich glaube nicht, dass du das gerade gesagt hast. Willst du es noch mal probieren?«

Die Angst in ihrem Gesicht, als sie ihn diesmal ansah, gefiel ihm schon viel besser.

»Lass mich was für dich kochen.«

»Ich will nichts gekocht haben.« Er drückte sie gegen die Arbeitsfläche, um sicherzugehen, dass sie genau wusste, was er vor dem Abendessen noch einfordern würde. »Und du musst aufhören zu lügen. Du weißt genau, wie wenig ich das mag.«

Sie neigte den Kopf. »Tut mir leid. Es war nur harter Tag. Ich bin müde.«

»Hart?« Er drückte sich zwischen ihre Beine. »Ich zeige dir gleich, was hart ist. Siebzehn Jahre, in denen du nur deine Hand zum Vögeln hast und dann kommst du raus und deine Frau will dir erzählen, dass sie müde ist.«

Ein Knarzen hinter ihnen ließ Sheryl über seine Schulter blicken.

»Alles in Ordnung, Zanya. Geh wieder ins Bett.«

Aus dem Augenwinkel sah Ziggy, dass Zanya sich nicht von der Stelle rührte.

»Du hast deine Mutter gehört!«, brüllte er.

»Mom?«

Er drehte sich um und da packte ihn Sheryl an den Hüften. »Geh jetzt, Zanya.«

Ziggy näherte sich ihren Lippen, als sich Zanya schließlich abwandte.

»So, und jetzt wollen wir mal sehen, wie müde du bist.« Er drückte seine Hand in Sheryls Hose und diesmal stieß sie ihn nicht von sich.

Kapitel 23

»An deiner Stelle würde ich da nicht reingehen.«

Luke ging an Mel vorbei Richtung Küche.

»So schlimm?«

»Sie schreit Felix an.«

Luke wartete auf den schlimmen Teil. »Und?«

»Er ist doch der Regisseur.«

Luke nahm die Sonnenbrille ab und zwinkerte. »Ich glaube, ich bin auf der sicheren Seite.«

Mel wandte sich wieder ihrer Zeitschrift zu. »Du musst es wissen, ist schließlich deine Haut.«

Er lachte. »Ich mag es irgendwie, wenn sie was mit meiner Haut macht.«

»Männer!«, sagte Mel nur, als er eintrat und sich direkt in das Geschrei begab.

Ein köstlicher Duft stieg ihm in die Nase. Die Küche war hell erleuchtet und es waren mehr Leute darin, als eigentlich hineinpassten.

»Oh, dich schickt der Himmel. Luke, bitte sag ihr, dass sie super aussieht.« Felix sprang Luke fast an, sobald er nur seinen Kopf hineingesteckt hatte.

»Er muss das sagen, ich schlafe schließlich mit ihm.« Zoe warf September einen Blick zu, die ihr gerade das Gesicht puderte.

Ein paar Leute hinter der Kamera lachten.

Auch Luke.

Statt Felix zu beruhigen, trat er vorsichtig über die Kabel und Kisten und ging zu Zoe.

Sie sah zauberhaft aus. Ein bisschen mehr Make-up, als ihm lieb war, aber er wusste, dass sie das für die Kamera brauchte. Sie hatte von der Müdigkeit leichte Augenringe, über die sie sich wahrscheinlich gerade beschwert hatte.

»Irgendwas passt noch nicht«, sagte er.

Felix stöhnte auf und September trat zur Seite, um ihm Platz zu machen.

»Hab ich es doch gesagt«, meinte Zoe über Lukes Schulter hinweg zu Felix.

»Lass mal sehen …« Er steckte einen Finger in die Zuckermasse für die Kuchenglasur, an der sie gerade arbeitete, und benetzte damit ihre Lippen.

»Luke«, protestierte sie.

Und dann, bevor sie noch etwas sagen konnte, küsste er sie weg.

Zoe kicherte. Als sie zurückzuweichen wollte, umfasste er ihren Nacken und hielt sie fest. Dann leckte er den restlichen Zuckerguss von ihren Lippen.

Er spürte, wie die Anspannung aus ihren Schultern wich.

Luke musterte sie erneut. »Schon viel besser.«

Sie leckte sich den Rest von den Lippen und grinste. »Du bist furchtbar.«

»Du bist schön.« Er tauchte erneut einen Finger in die Sauce und leckte ihn ab. »Und das hier, das ist unglaublich lecker.«

»Okay, bringen wir es endlich hinter uns«, sagte sie.

Felix ließ sich in seinen Regiestuhl fallen. »Na endlich.«

Luke entfernte sich und sah vom Rand des improvisierten Filmsets zu.

Die ganze nächste Stunde blieb er dort und beobachtete Zoe in ihrem Element. Er hätte nicht stolzer auf diese Frau sein können.

Als sie verkündeten, dass die Dreharbeiten für diesen Tag beendet waren, kamen zwei Leute, die Luke schon vom Sehen kannte. Sie kochten mehr von den Gerichten, die Zoe bereits für die Dreharbeiten zubereitet hatte.

Luke war erstaunt, als sie zu ihnen sagte: »Ich muss mich nur eben umziehen, dann komme ich euch helfen.«

»Lass dir Zeit.«

Er folgte ihr aus der Küche. »Du musst ziemlich müde sein.«

»Ich bin etwas erschöpft, ja. Aber wir müssen uns für morgen vorbereiten, damit am Samstag alles fertig ist.«

Er hielt sie zurück, bevor sie die erste Stufe erreicht hatte.

»Du übernimmst dich.«

»Mel verdient nur das Beste.«

»Und das wird sie kriegen. Du hast doch alles perfekt organisiert. Hast sogar die Kosten reduziert.«

»Sie würde dasselbe für mich machen. Ich bin ja nur noch für eine Stunde oder so in der Küche. Danach setze ich mich auf die Veranda mit einem Gläschen Limonade.«

»Ich nehme dich beim Wort.«

Als Zoe schließlich nach oben gehen wollte, hörte man draußen einen lauten Auspuff.

Sie gingen hinaus, wo bereits Mel, Miss Gina und Felix mit einem Glas der wodkahaltigen Limo standen. Auch sie hatten sich nach dem Geräusch umgedreht.

Zane knallte wütend die Autotür zu.

»Zane?« Zoe wollte zu ihm, aber Luke hielt sie zurück.

»Das hast du mal wieder super gemacht. Hättest du nicht einfach alles so lassen können, wie es ist?«, schrie Zane sie an.

»Von was sprichst du?«

»Mom. Sie heult schon den ganzen Tag.«

»Ich habe sie gar nicht gesehen.«

»Sie hat gesagt, dass du sie gestern ignoriert hast und heute hast du ihr diesen Brief geschrieben.«

Luke stellte sich schützend vor Zoe, als Zane auf sie zuging.

»Welchen Brief?«

»Der Brief, in dem du ihr schreibst, dass sie von der Hochzeit wieder ausgeladen ist.« Zane blickte zu Mel. »So eine Scheißaktion.«

»Ich habe gar nicht …«

»Alles war gut. Und dann kommst du daher und stachelst ihn an.«

Zoe ging um Luke herum. »Kannst du mal einen Moment mit dem Geschrei aufhören und mir zuhören?«

»Du hältst dich wohl für was Besseres.«

Miss Gina mischte sich ein. »Das ist genug jetzt!«

»Ich habe keinen Brief geschrieben, Zane!«

»Dad hat mir schon gesagt, dass du das sicher abstreiten wirst.«

Luke sah Zoe an und sie begriff, was geschah. Wahrscheinlich hatte Ziggy selbst diesen Brief geschrieben, um Zoes Familie noch mehr gegen sie aufzuhetzen.

»Ziggy? Du glaubst Ziggy also mehr als mir?«

»Jetzt ist er sauer und brüllt den ganzen Tag rum. Vorher war alles gut.«

Zoe schüttelte Luke ab und stand nun direkt vor Zane. »Zane, hör mir bitte zu.«

Sie legte besänftigend eine Hand auf den Arm ihres Bruders und alles begann, sich wie in Zeitlupe abzuspielen.

Zane schubste sie und Zoe stolperte mit den hohen Schuhen. Sie fiel zu Boden, versuchte dabei, sich mit den Händen abzufangen.

Luke sprang den Treppenabsatz herunter, stieß mit beiden Händen gegen Zanes Brust und drängte ihn gegen sein Auto.

Ein Adrenalinschub, wie er ihn noch nie zuvor gespürt hatte, durchfuhr ihn, und sorgte dafür, dass seine Faust direkt in Zanes Gesicht landete.

Irgendwer packte seinen Arm, bevor er ein zweites Mal zuschlagen konnte.

Er hörte, wie Zoe aufschrie.

Mel und Miss Gina halfen Zoe wieder auf die Beine, Felix hielt Lukes Arm fest und die gesamte Produktionsfirma stand am Eingang und beobachtete das Spektakel.

Er atmete stoßweise.

Luke sah zu Zane, der Zoe anblickte, als ob es ihm leidtäte.

Miss Ginas Stimme übertönte das laute Keuchen. »Du bist hier nicht willkommen, Zane Brown. Ich weiß nicht, wer deiner Mutter gesagt hat, dass sie am Samstag nicht kommen soll, aber wenn wir so was hier zu erwarten haben, dann soll sie sich tatsächlich lieber fernhalten. Niemand wird Melanie und Wyatt den Tag ruinieren.«

Zane wechselte den Blick von Miss Gina zu Luke.

Felix hielt Luke zurück, während Zane ins Auto sprang und mit quietschenden Reifen davonfuhr, sodass der Dreck hinten hochspritzte.

Alle Aufmerksamkeit richtete sich nun auf Zoe.

Sie zitterte. »Ich hätte ihn nicht berühren dürfen.«

Luke eilte zu ihr und übernahm für Mel und Miss Gina.

Felix machte eine scheuchende Handbewegung. »So, meine Lieben, das Schauspiel ist vorbei. Husch, husch, in die Küche zum Aufräumen. Wir haben noch eine Hochzeit vorzubereiten.«

***

Zoe hatte ein ganzes Glas Speziallimonade in einem Zug geleert. Anschließend hatte sie geduscht und die Schürfwunden an den Händen desinfiziert. Und trotzdem zitterte sie noch immer.

»Ich hätte ihn nicht berühren dürfen.«

»Hör auf damit, Zoe. Er hat dich geschubst. So etwas darf er nicht machen.« Mel saß auf der Bettkante, während Zoe sich anzog.

»Ich kann ihn zu mir einbestellen. Musst es nur sagen«, meinte Jo.

»Nein. Bitte. Wir sind nur alle angespannt. Ziggy stiftet Unruhe. Meine Mom ist einfach eine Idiotin.«

»Das entschuldigt aber nicht so ein Benehmen.«

Zoe wusste, wie ihre Worte klangen. Sie kannte das Verhaltensmuster ihrer Mutter zur Genüge. »Wenn es noch mal vorkommt, dann ja. Aber lass es für jetzt gut sein. Immerhin hat er Luke nicht zurückgeschlagen, nachdem er ihm eine verpasst hat.« Sie versuchte, das Zittern ihrer Hand zu verbergen, aber ohne Erfolg. »Oh Gott, ich glaube, ich brauche ein Beruhigungsmittel.«

Mel nahm beide Hände von Zoe. »Es ist schon okay. Völlig verständlich, dass du durch den Wind bist.«

»Es tut mir leid, Mel. Ich will nicht, dass es dir deine Hochzeit versaut.«

Mel blickte sie an, als sei sie verrückt geworden. »Du bedeutest mir alles, Zoe. Ich finde es furchtbar, was bei dir gerade los ist. Aber ich bin froh, dass ich für dich da sein darf und dass wir gemeinsam über deine Sippe lästern können.«

Zoe zog sie in eine feste Umarmung. »Ich liebe dich.«

Mel umarmte sie zurück. »Bin leider schon vergeben.«

Sie gingen zu dritt nach unten. Das Geflüster stoppte, als sie auftauchten.

Jo rief ihnen zu: »Sehr unauffällig, Leute.«

Luke sprang auf und war schon an Zoes Seite. »Fühlst du dich besser?«

»Mir geht's gut.« Sie nahm seine Hand. Sicher würde er merken, wie sie zitterte.

Felix zwinkerte ihr von der anderen Seite des Raumes aus zu. »Du kriegst auf jeden Fall den ersten Preis für die verrückteste Familie, Zoe.«

»Hauptsache, Ziggy kreuzt nicht auf.«

Jo setzte sich auf die Armlehne des Sofas. »Dafür werde ich schon sorgen.«

»Echt?« Wyatt war auch gekommen und setzte sich neben Mel.

»Ein paar Freunde aus Waterville haben mir versprochen, dass sie aufpassen.«

Zoe konnte sich schon denken, was das bedeutete. »Keine schlechte Idee. Tut mir leid, dass es ist, wie es ist.«

»Genug, Zoe. Es ist nicht deine Schuld. Ich will nichts mehr davon hören.« Mel verwendete wieder ihre Mamastimme.

Zoe nickte untergeben und Luke zog sie an sich.

Felix flüsterte Mel zu: »Wie schafft ihr es nur, sie so schnell zur Einsicht zu bringen?«

»Jahrelange Übung.«

Kapitel 24

Waterville war der nächste Ort nach River Bend. Er war dreimal so groß und bot mehr Anonymität, was Ziggy Brown wahrscheinlich gut finden würde.

Jo war sich sicher, dass es nur eine Frage der Zeit sei, bis er allen Auflagen zum Trotz wieder an den Ort seiner Schandtat – das Verbrechen, das ihn für fast zwei Jahrzehnte in den Knast gebracht hatte – zurückkehren würde.

Jo ging in den riesigen Baumarkt und direkt dorthin, wo die Lastwagenfahrer die Waren anlieferten.

Ihre Uniform hatte sie absichtlich zu Hause gelassen. Sie war so sauer wie lange nicht mehr, und in Uniform hätte sie dem Mann, wegen dem sie hier war, wahrscheinlich gleich Handschellen angelegt. Aber schließlich hatte sie Zoe versprochen, das nicht zu tun und so war Jo privat hier.

Ihren Long Colt hatte sie trotzdem in einem Halfter am Bein dabei. Sie war ja nicht blöd.

Zane Brown trug, wie alle Mitarbeiter, ein hellblaues Diensthemd mit dem Logo des Ladens und eine Bandage, um den Rücken beim schweren Heben zu unterstützen.

Jo war sich sicher, dass sie hier, wo eigentlich nur Mitarbeiter erlaubt waren, so manche Blicke auf sich zog. Aber sie wusste auch, dass man nicht angesprochen wurde, wenn man so tat, als gehöre man dazu.

Sie ging zu Zane, der sie noch gar nicht gesehen hatte.

Er half gerade einem Fahrer, riesige Kisten, die halb so groß waren wie er selbst, auf eine Sackkarre zu laden.

Der andere bemerkte sie zuerst.

Dann erst sah Zane sie und erschrak.

Ein Blick genügte, um zu verstehen, dass sie nicht zum Spaß vorbeigekommen war.

Der Lastwagenfahrer begutachtete sie mit einem lustvollen Grinsen.

Nix da, Freundchen.

Nach ein paar Kisten entschuldigte sich Zane und wandte sich zu ihr.

»Zane.«

»Sheriff.« Er sagte es so leise, dass es sonst niemand hören würde.

»Hast du eine Minute?«

»Ich hab eigentlich zu tun.«

Jo neigte den Kopf zu Seite. »Doch, du hast eine Minute.« Sie drehte sich um und ging aus dem Lager zum großen Vorplatz.

Zane kam hinterher.

Sie blickte ihm in die Augen, doch hielt er ihr nicht sehr lange stand. »Ich wollte sie nicht schubsen.«

»Es waren genügend Augenzeugen anwesend, die anderer Meinung sind.«

Zane steckte die Hände in die Hosentaschen. »Wie geht's ihr?«

»Sie ist verletzt, Zane!« Jo zeigte mit zwei Fingern auf die linke Brustseite. »Und zwar hier. Ich weiß nicht, welchen Scheiß euch Ziggy erzählt, aber er wird euch kaputtmachen.«

»Das werde ich nicht zulassen.«

»Ach ja? Und wie willst du das verhindern? Ich hätte jedes Recht dazu, dich jetzt mit zur Wache zu nehmen. Mit deiner Akte könnte ich dich lang genug festhalten, dass du diesen Job hier verlierst und neue Freunde kennenlernst, die vielleicht auch schon die Zellenkumpels von deinem Dad waren.«

Zane sah wenigstens etwas besorgt aus, bevor er dann sehr intensiv den Dreck auf seinen Stahlkappenschuhen betrachtete.

»Ich will zwei Dinge von dir.«

Zane hob das Kinn. »Keiner von euch taucht bei der Hochzeit auf. Zoe braucht den Stress nicht und Mel verdient ihren großen Tag.«

Er nickte. »Und zweitens?«

Jo blickte sich auf dem Vorplatz um. »Hast du hier einen festen Dienstplan?«

»Dienstags und donnerstags die Spätschicht. Mittwoch, Freitag und Samstag die frühe für die Fracht.«

»Sechs Uhr morgens. Dienstag und Donnerstag.«

Seine Augen verengten sich.

»Treffpunkt Sportplatz von der Highschool.« Jo klopfte ihm auf den Arm, ließ ihn spüren, dass die Sache nicht verhandelbar war. »Bring deine Laufschuhe mit.«

»Wie bitte?«

Jo hob beide Hände Richtung Himmel und streckte sie dann in entgegengesetzte Richtungen. »Das Leben ist voller Optionen, Brown. Entweder kommst du am Dienstag um sechs oder ich komme zu dir. Du hast die Wahl.«

Jo machte auf dem Absatz kehrt und war sich sicher, dass Zane leise hinter ihr fluchte.

***

Die Probe und das Abendessen verliefen reibungslos. Selbst das geschiedene Ehepaar Bartlett riss sich während ihres ersten gemeinsamen Essens seit elf Jahren zusammen.

Mel hatte die Auswahl getroffen und Zoes Aufgabe bestand darin, sie in die Tat umzusetzen. Beziehungsweise ihre schwer arbeitende Crew.

Und Jos Aufgabe war, die Trauzeugin zu sein.

Am liebsten hätte Mel sich gar nicht erst entscheiden müssen, welche von den beiden Freundinnen die Ehre bekam, aber auf der Eheurkunde gab es nur eine Unterschriftenzeile für den Trauzeugen der Braut. Zoe hatte Jo den Vortritt gelassen und klargemacht, dass sie nicht beleidigt sein würde. Außerdem wohnte Jo in River Bend und hatte es am meisten verdient.

Als das Essen vorüber war und die meisten Gäste, die nicht bei Miss Gina übernachteten, gegangen waren, verließen die drei Freundinnen das Bed & Breakfast, um bei Jo zu Hause Mels allerletzten Abend als unverheiratete Frau zu feiern.

Sie öffneten eine Flasche Wein, die Zoe extra für diesen Anlass reserviert hatte, und machten sich Popcorn in der Mikrowelle.

Das Gespräch drehte sich nur um Mel.

Zoe fand, dass Mel von innen heraus leuchtete.

Als sie bei Jo waren, zogen sie sich etwas Bequemes an. Abgeschminkt und ohne BHs legten sie ihre Lieblingsmusik auf und machten es sich in Jos Wohnzimmer gemütlich.

»Es ist total komisch, in diesem Haus Alkohol zu trinken, Jo.« Zoe blickte zum Kaminsims, über dem die Flagge hing, die einst den Sarg von Sheriff Joseph Ward schmückte. Sie befand sich in einem dreieckigen Rahmen mit einer Gedenktafel, die Jo am Tag der Beerdigung überreicht worden war.

Zoe hätte sich nie getraut, im Haus von Sheriff Ward zu trinken, aber jetzt lud seine Tochter schließlich dazu ein.

Auch Jo warf einen Blick zu dem Symbol, das alle an ihren Dad erinnerte.

»Als Teenager hatte ich nie Probleme damit. Stell dich also nicht so an.«

Mel lachte und hielt Zoe das Glas hin, damit sie ihr nachschenkte.

»Ich dachte, Wein ist heute vielleicht besser als Tequila«, sagte Zoe.

»Oh Gott, ja.«

Zoe schenkte auch Jo nach.

»Wann war eigentlich das letzte Mal, dass wir, nur wir drei, zusammen Tequila getrunken haben?«, fragte Mel.

»Beim Schulabschluss.«

Zoe schüttelte sich. Sie schenkte auch sich selbst nach.

»Gott, fühl ich mich alt«, verkündete Jo.

»Warum haben wir das danach nie mehr gemacht?«

»Na ja, Mel ist aufs College gegangen.«

»Hat ja nicht gerade viel gebracht.«

Jo winkte ab. »Und du, du warst so schnell weg, wie der Greyhoundbus dich fahren konnte.«

Zoe stellte die Flasche ab. »Schon irgendwie Ironie des Schicksals, oder? Ich habe immer gedacht, du wärst die Erste, die von hier weggeht, und dabei warst du die Einzige, die geblieben ist.«

Jetzt sahen alle zu der Flagge am Kamin.

»Denkst du oft an ihn?«, fragte Mel.

»Immer.«

Eine kurze Weile hing jede ihren Gedanken nach, dann sagte Mel: »Könnt ihr es eigentlich glauben, dass meine Eltern den Abend friedlich überstanden haben?«

»Nein!«, rief Jo prompt.

»Das sollten sie morgen besser auch tun.«

Jo schwang die Füße unter den Po. »Ich glaube, Miss Gina hat sie schon beim Betreten der Schwelle gehörig geimpft.«

»Und wenn sie es nicht war, dann ich.«

Mel und Jo sahen zu ihr.

»Was glotzt ihr so?«

Jo und Mel warteten, was sie erzählen würde.

»Ich habe nur gesagt: ›Sie haben damals schon das Schulabschlussfest von Ihrer Tochter versaut, also verhunzen Sie nicht auch noch ihre Hochzeit. Ihre Streitthemen, egal welche, diskutieren Sie bitte woanders‹.«

Mel fiel die Kinnlade herab.

»Das hast du nicht wirklich gesagt.«

»Aber natürlich habe ich das.«

»Und was hat meine Mom geantwortet?«

»Sie fand, dass ich übertreibe. Da habe ich sie wissen lassen, dass wir damals eine halbe Flasche Cuervo gebraucht haben und du dir die halbe Nacht die Seele aus dem Leib gekotzt hast.«

»Hast du nicht gesagt.«

»Oh doch. Warum auch nicht? Es war echt scheiße, dir just in dem Moment, in dem du dein Abschlusszeugnis kriegst, zu sagen, dass sie sich scheiden lassen. Klar, Leute trennen sich, aber sie hätten den Meilenstein in deinem Leben schon etwas mehr respektieren können.«

Jo musste lachen und hob dann die Hand für ein High-Five.

»Süße, ich hab dich lieb.«

»Tja, also ich würde dasselbe erwarten, wenn ich jemals heirate. Meine Familie wäre eine Katastrophe. Ich glaube, ich würde das lieber irgendwo heimlich machen.«

»Apropos …«

Zoe blickte zu Jo.

»Luke. Wie läuft's mit ihm?«

Zoe biss sich auf die Lippen. »Es ist …« Sie seufzte. »… unglaublich. Ich habe fast Angst, es laut zu sagen.« Das hatte sie tatsächlich.

»Warum denn?«

»Ich habe Angst, dass dann die Seifenblase platzt.«

Mel trank ihren Wein. »Was für eine Seifenblase? Du bist gerade in einer schwierigen Lage und selbst da klappt es gut mit euch.«

»Eigentlich schon, oder?« Er lebte in Oregon, sie in Texas. Mit einer verrückten Familie und einer verrückten Karriere.

»Weißt du, was ich zufällig gehört habe?«, fragte Mel, während sie zur Weinflasche griff.

»Was denn?«, fragte Jo.

»Felix hat mit diesem Rupert über neue Projekte geredet. Haben Sie dich schon gefragt, ob du öfters bei Miss Gina drehen willst?«

»Felix hat mal so was erwähnt …«

»Aaah!« Mel war entzückt.

»Erwähnt, habe ich gesagt, Mel. Das machen Regisseure ständig.«

Enttäuschung huschte über ihr Gesicht.

Jo ließ sich nicht blenden. »Du bist bloß übervorsichtig.«

»Felix findet jeden Ort, der nicht in Texas liegt, toll. Dazu kommt, dass er gerade mit seinem Freund Schluss gemacht hat. Ich liebe ihn echt, aber nach ein paar Wochen in River Bend würde seine Euphorie wieder nachlassen.«

»Mir gefällt es hier«, sagte Mel.

»Mir auch«, verteidigte sich Zoe. »Aber Felix ist einer, der edle Restaurants braucht und Männer mit denselben sexuellen Vorlieben. Mit wie vielen schwulen Männern könnten wir ihn hier in River Bend denn verkuppeln?«

Jo und Mel blickten sich ratlos an.

»Ich kenne sonst keinen hier.«

Mel lachte.

»Er muss ja nicht gleich hier wohnen«, sagte Jo. »Er kommt halt, um eure Exzellenz in der Küche zu filmen und haut dann wieder nach Eugene ab.«

Der Gedanke war ihr auch schon in den Sinn gekommen, aber sie hatte ihn bisher nicht weiter verfolgt.

»Eins nach dem anderen.«

Mel quietschte plötzlich. »Mädels, ich heirate morgen!«

Jo und Zoe beugten sich vor, hielten die Gläser in die Luft. »Auf ein langes und glückliches Leben«, sagte Zoe.

»Auf großartigen Sex!«, fügte Jo hinzu.

Mel klatschte wie ein Seehund mit den Füßen und alle lachten.

Kapitel 25

Zoe hatte zwar schon an vielen Veranstaltungen teilgenommen, aber noch nie an einer Hochzeit.

Geschweige denn für eine gekocht. Und daran geglaubt hatte sie bisher erst recht nicht.

Die Trauung war für fünfzehn Uhr angesetzt. Doch vor dem Gang zum Traualtar gab es noch ein paar wichtige Dinge zu erledigen.

Zwei Frauen aus Waterville waren gekommen, die dafür sorgen würden, dass sie hübsche Hände und lackierte Zehennägel hätten. Außerdem mussten noch Make-up und Haare gemacht werden.

Mel saß auf dem Königinnenstuhl und bekam gerade von Zoes Stylistin die komplizierte Brautfrisur verpasst. Gleichzeitig steckten ihre Füße in warmem Wasser. Auch Jo nahm gerade ein Fußbad.

Zoe aber musste noch schnell das Haus verlassen, um bei der unermüdlichen Kochmannschaft in Sam's Diner nach dem Rechten zu sehen.

Am Himmel hingen ein paar weiße Federwölkchen.

Zoe betrat das Restaurant durch den Hintereingang, noch ohne Make-up, die Haare zurückgebunden und in einer Trainingshose mit der Aufschrift »Juicy« auf dem Hintern.

Sie verschaffte sich sofort einen Überblick. In der Küche, die eigentlich nur für zwei Personen ausgerichtet war, arbeiteten vier Leute. Auf offener Flamme kochte Pasta in einem großen Topf. Ernie rührte gerade eine cremige Sauce an. Brenda stand vor dem Becken und putzte Gemüse und Tiffany rief allen die Uhrzeit zu.

»Ich habe gewonnen!«, verkündete Ernie nach einem Schulterblick. Er freute sich mit Gewinnerfaust in der Luft, dann widmete er sich wieder seiner Sauce.

»Was hast du gewonnen?«, fragte Zoe, als sie zu den Öfen ging, die Tür öffnete und dann die Temperatur ein kleines bisschen herunterstellte.

»Sie schließen Wetten ab wegen deiner Kontrollneurose«, erklärte Brenda.

»Meine Kontrollwas? Ich habe keine Kontrollneurose!« Zoe nahm den Löffel aus Ernies Gericht, tauchte einen Finger ein, kostete. »Perfekt«, sagte sie, als sie zum nächsten Topf ging.

»Oh doch, hast du.« Tiffany nahm eine Styroportasse vom Fenster und drehte sie so zu Zoe, dass sie sehen konnte, was darauf stand.

Jeder in der Küche hatte neben seinem Namen eine Uhrzeit geschrieben.

»Was ist das?«

Tiffany zeigte auf ihren Namen. »Ich habe eigentlich gedacht, dass du schon vor einer Stunde kommen würdest. Ernie lag mit fünf Minuten knapp daneben, aber Dell hat dir eine halbe Stunde länger gegeben.

»Und nur, weil ich dachte, dass du erst deine Nägel gemacht kriegst«, mischte sich Dell von der anderen Seite der Küche ein.

Zoe verdrehte die Augen, schaute auf das Geld in der Tasse und reichte sie angewidert zurück. »Zehn Euro Wetteinsatz?«

»Nicht kleckern, klotzen«, sagte Ernie nur.

»Ihr seid furchtbar.«

Sie lachte, machte ihre Runde zu Ende und blickte wieder auf die Uhr. »Shit, ich muss los.«

Als sie außer Sichtweite war, hörte sie noch, wie Tiffany sagte: »Okay, euer Wetteinsatz für Runde zwei.«

***

Wyatt und Luke saßen auf der hinteren Veranda von Miss Gina. Sie beobachteten ein geschäftiges Team von Leuten, das die Stuhlreihen vorbereitete und eine improvisierte Gartenlaube aufstellte. Überall, wo es möglich war, wurde mit Blumen dekoriert.

»Was meinst du, was die Frauen gerade machen?«, fragte Wyatt.

»Ich glaube jetzt mal nicht, dass sie fernschauen.«

Wyatt lachte.

»Sieht schön aus.«

»Ja, find ich auch. Mel hat ganze Arbeit geleistet.«

Das Zelt für den Empfang war auf der Nordseite des Gartens. Bis jetzt spielte das Wetter gut mit. Es sah ganz danach aus, als ob die Zeremonie im Freien stattfinden würde, bevor sie dann im Zelt durch die Nacht tanzen würden.

Wyatt zeigte auf die Ladefläche eines Kleinlasters, auf dem weitere Tische standen. »Sollten wir nicht vielleicht helfen?«

Luke zuckte mit den Achseln. »Ich glaube, sie schimpfen mit uns, wenn wir das wagen.«

Wyatt hob die Füße, die er auf dem Geländer abgelegt hatte, und stand auf. »Könnte ein Sandwich vertragen. Willst du auch eines?«

Luke nickte. »Das wäre super. Ohne Mayo.«

»Kriegst du.«

***

Die Frisuren von Mel, Jo und Zoe waren endlich fertig, die aufwendigen Haarknoten waren mit kleinen Blümchen versehen.

»Jetzt wäre ein Nickerchen gerade recht«, sagte Mel mit geschlossenen Augen, während die Stylistin Lidschatten auftrug.

»Auf gar keinen Fall!«, sagte Zoe, deren Hand gerade manikürt wurde.

»Außer, du kannst schlafen, ohne deinen Kopf hinzulegen.« Mels Hochsteckfrisur hatte fast eine Stunde gedauert. Bei Jo dreißig und bei Zoe dagegen nur noch fünfzehn Minuten. Da hatten die Damen schon Übung. Und weil neben der Stylistin auch noch die Maskenbildnerinnen von der Filmcrew da waren, halfen sie ebenfalls mit, die Frauen hübsch zu machen.

»Ich habe ja auch nur gesagt, dass es *recht* wäre. Nicht, dass ich eines machen würde.«

Mel trommelte mit den Fingern auf die Stuhllehne.

»Nervös?«

Sie blickte zu Zoe, ohne ihren Kopf zu bewegen. »Aufgeregt.«

Zoes Handy vibrierte neben ihr. Vorsichtig, damit sie den frischen Nagellack nicht ruinierte, las sie ihre Nachricht.

Das Zelt für den Empfang steht, die Tische sind gedeckt, die Blumen sind angekommen und die Floristin dekoriert gerade. Mel braucht sich also keine Sorgen zu machen.

»Wer schreibt?«

»Luke. Will dir sagen, dass sie gut in der Zeit liegen und alles schon fast fertig ist.«

Mel grinste breit. »Aaaaaaaaaah! Ich heirate heute!«

Jo blies den Lack trocken. »Du alberne Nudel, Mel.«

***

Sie saßen zu viert auf der Veranda. Neben Wyatt und Luke saß Wyatts Vater und trank Kaffee, Mark hatte eine Bierflasche in der Hand.

»Zählt Herumsitzen zum Beaufsichtigen?«, fragte Luke.

Bill blickte auf das Papier in der Hand, schob es dann wieder in die Tasche. »Wenn ihr mitmachen wollt, tut euch keinen Zwang an. Aber wenn ihr was falsch macht, kann es halt sein, dass euch jemand erschießt.«

»Klingt mir zu anstrengend«, meinte Mark.

Wyatt lehnte sich im Stuhl zurück und schloss die Augen. »Weckt mich so um zwei.«

Luke schaute auf die Uhr. »Das ist wohl mein Job.« Mann, er könnte auch ein Nickerchen vertragen. Aber irgendwer musste ja wach bleiben und dafür sorgen, dass der Bräutigam am Ende frisch gestriegelt und gebügelt pünktlich auf der Matte stand.

***

»Haben wir alles?«, fragte Mel.

Sie hatten ein Make-up-Täschchen, ein Haarspray und ein Notfall-Maniküre-Set eingesteckt, falls bei einer von ihnen in der nächsten Stunde noch ein Nagel abbrechen sollte.

Sie trugen immer noch ihre Sporthosen und Baumwollblusen, die sich aufknöpfen ließen, damit sie sich nicht die Frisuren ruinierten, wenn sie sich umzogen. Ihre Kleider hingen in Mels Zimmer im Bed & Breakfast.

»Oh Scheiße«, rief Jo und rannte noch schnell ins Schlafzimmer zurück.

Als sie wiederkam, hatte sie eine winzige Pistole in einem Halfter dabei.

»Wofür brauchst du das?«, fragte Mel.

Jo ging an ihnen vorbei. »Macht euch keine Sorgen, ich befestige sie am Oberschenkel. Keiner wird wissen, dass ich eine Knarre habe.«

Zoe rollte mit den Augen. »*Du* bist aber auch eine alberne Nudel.«

***

Luke drehte den Kopf, als er hörte, wie die Verandatür geöffnet wurde.

Miss Gina steckte den Kopf heraus und zeigte auf den schlafenden Wyatt.

»Lass ihn jetzt nicht hier rein.«

»Warum?«

»Die Mädels sind gerade gekommen und Mel will ihn bis zur Zeremonie nicht sehen.«

Sie betrachteten den schlafenden Bräutigam.

»Ich glaube, es besteht kein Grund zur Sorge.«

Miss Gina nickte. »Ich sag dir, wenn die Luft wieder rein ist.«

***

Als das Essen geliefert wurde, musste sich Zoe sehr stark zusammenreißen, dass sie nicht gleicht dorthin eilte.

Zoe und Jo standen links und rechts in schulterfreien, altrosafarbenen, festlich mit silbernen Pailletten bestickten Kleidern neben der Braut.

Mels Augen leuchteten mehr als die diamantbesetzten Ohrringe in Tropfenform, die ihr Zoe für diesen besonderen Tag geliehen hatte.

Der Fotograf war im Zimmer und machte Bilder von Melanie vor dem Fenster.

»Spektakulär.«

Jo nickte zustimmend, während jemand anklopfte.

Zoe sah vorsichtig nach draußen, um sich zu vergewissern, dass es nicht Wyatt war.

Felicia, Mels Mutter, stand mit Hope an der Hand vor der Tür.

Zoe ließ sie schnell herein und schloss dann wieder die Tür.

Hope trug ein Kleid in derselben Farbe wie das von Zoe und Jo. Ihre Haare waren gelockt und ebenfalls mit kleinen Blümchen, die von Spangen gehalten wurden, verziert. Sie wirkte wie eine Miniaturausgabe der beiden Brautjungfern. Alle sahen zu Hope, die zu ihrer Mutter ging und vorsichtig über das Kleid strich. »Oh, Mommy, du bist so schön.«

Mel kniete sich nieder und berührte ihre Wange. »Danke, mein Schatz. Aber schau dich an. Hat dir Grandma geholfen, die Blumen in deine Haare zu stecken?«

Hope blickte zu Felicia und nickte.

Erneutes Klopfen. Diesmal waren es Miss Gina und Felix, die Blumensträuße für Braut und Brautjungfern brachten.

Zoe grinste. »Bald ist es so weit.«

***

Luke rüttelte Wyatt wach. »Kumpel.«

Wyatt blinzelte und streckte sich. »Muss ich jetzt duschen?«

»Ist wahrscheinlich keine schlechte Idee.«

Wyatt und Luke stiegen die Hintertreppe nach oben, während Mark und Bill nach vorn gingen.

Der Wasserdruck in dem alten Gasthaus war nicht gerade überragend, aber wenigstens war das Wasser warm.

***

Felicia und der Fotograf waren gegangen und Hope hüpfte mit ihrem neuen besten Freund Felix die Treppen herunter.

Zoe hoffte nur, dass der Hund irgendwo untergebracht würde, wo er nicht störte. Die Vorstellung, dass Sir Knight zwischen Kellnern und vollen Essenstabletts frei umherlaufen könnte, war für sie so unerträglich wie das Geräusch von quietschender Kreide an einer Tafel.

Jo blickte hinaus. »Sieht aus, als kämen bereits die ersten Gäste.«

»Siehst du Wyatt?«, fragte Mel, die sich vom Fenster fernhielt.

»Nö.«

»Er wird schon da sein, keine Sorge.«

Mel legte eine Hand auf den Bauch. »Oh je.«

»Jetzt doch endlich nervös?«

Mel schüttelte den Kopf. »Ich glaube, wir haben vergessen, etwas zu essen.«

***

Luke richtete Wyatts Krawatte gerade. »So übel siehst du gar nicht aus, Gibson.«

Wyatt knuffte Lukes Arm. »Du auch nicht, Miller.«

Luke blickte auf die Uhr. »Und was machen wir in der nächsten halben Stunde?«

Wyatt zog die Hemdsärmel unter dem Sakko hervor. »Ich würde mal sagen, wir klauen uns ein paar von diesen Shrimpsteilen, bevor sich alle anderen draufstürzen.«

»Guter Plan.«

Kapitel 26

Luke hatte sich früher oft vorgestellt, wie er selbst mal ganz vorn stehen würde und Zoe, im weißen Kleid, neben ihm.

Sein Herz pochte so sehr, als sie um die Ecke bog und durch die Reihen schritt, dass er glaubte, fast ohnmächtig zu werden.

Zoe Brown lief aufrecht, mit erhobenem Haupt. Ihr dunkles Haar war hochgesteckt, der Ausschnitt des Kleids gerade so tief, dass es sexy und trotzdem edel wirkte.

Sie lächelte den bekannten Gesichtern zu und ließ sich Zeit. Für Felix hatte sie ein dezentes Augenrollen übrig, weil sich dieser bereits mit einem Taschentuch die Augen trocken tupfte.

Dann sah sie Luke an und ihr Lächeln wurde zu einem Strahlen.

Er wusste, dass sie genau dasselbe empfand wie er.

Nun war Jo an der Reihe und Luke war beeindruckt. Die Polizistin sah im Kleid ziemlich gut aus. *Ist das etwa ein Dekolleté?* Er hatte nie gewusst, dass Jo überhaupt so etwas wie eine Oberweite besaß.

Er war sich ziemlich sicher, dass die Gäste, die auch in River Bend wohnten, sich gerade dasselbe zuflüsterten.

Heiliger Bimbam, ist das etwa Sheriff Ward?

Wyatt hatte dagegen kaum Augen für die Brautjungfern. Er beugte sich vor und flüsterte: »Du hast doch den Ring, oder?«

Lukes Lächeln verschwand, seine Augen wurden groß.

Und kurz bevor sein Freund einen Herzinfarkt bekam, zwinkerte er und grinste.

»Miller, du Misthund«, flüsterte er.

Mark, der neben Luke stand, gluckste leise.

Luke sah wieder zu Zoe. Ihr Profil, ihre Schönheit, ihre Haltung. Er wollte, dass sie seine wurde. Und zwar richtig.

Hope war die Nächste. Sie streute, ein bisschen zu schnell, Rosenblätter auf dem Weg nach vorn.

Am Podest angelangt, sagte sie Wyatt etwas ins Ohr.

Er beugte sich zu ihr herunter, um sie besser zu hören.

»Ich dich auch.«

Man hörte viele *Aahs* und *Oohs,* dann änderte sich die Musik und alle erhoben sich.

Als Mel erschien, kam von allen Gästen die Reaktion, die sie verdiente.

Sie war wunderschön und schritt mit rosigen Wangen und einem leuchtenden Strahlen Wyatt entgegen.

***

Die Fotos nahmen mehr als eine Stunde in Anspruch. Zoe genoss zwar die ausgelassene Stimmung, doch fragte sie sich trotzdem dauernd, ob alles mit dem Essen klappen würde.

Wyatt hatte ein paar von den Jugendlichen, die er trainierte, angestellt. Sie hatten alle schwarze Hosen und weiße Hemden an und würden später das Essen servieren.

Felix hatte sich seinerseits die Freiheit genommen und einen Kameramann dafür abgestellt, einen anständigen Hochzeitsfilm aufzunehmen, als Geschenk für Braut und Bräutigam.

»Das ist toll, Zoe. Das ist mal eine Art von Kochshow, die es so noch nicht gibt.«

»Zu einer Hochzeit gehört mehr als nur das Essen.«

Felix zeigte mit dem Daumen über die Schulter. »Sag das denen mal.«

Mit *denen* meinte er die Hochzeitsgäste, die sich bereits über die Häppchen hermachten.

Zoe hatte selbst schon davon probiert und wusste, dass Ernie und Tiffany ganze Arbeit geleistet hatten. Wenn es in ihrem Leben wieder etwas ruhiger zuging, würde sie sich bei ihnen erkenntlich zeigen.

Und weil sie gerade an ›ruhig zugehen‹ dachte, wollte sie einmal sehen, wer alles gekommen war.

Sie war die Einzige aus der Familie Brown.

Es tat ihr im gleichen Maße weh, wie es sie beruhigte. Das Allerletzte, was sie jetzt brauchen könnte, wären schubsende Brüder oder vorbestrafte Väter. Ihr Job war es, Mel vor allem Unschönen zu bewahren und für ein Essen zu sorgen, über das man noch viele Jahre in River Bend reden würde.

Da die Trauzeugin eine Feuerwaffe am Beinhalfter trug, war wohl Jo diejenige, die den Beschützungspart übernahm.

Luke trat heimlich hinter Zoe und umfasste ihre Taille. »Du hältst es kaum noch aus, oder?«

»Was denn?« Sie blickte verstohlen zum Cateringzelt.

»Komm. Wir werden hier nicht länger gebraucht.« Luke zog sie von den Fotografen weg Richtung Zelt.

Zoe merkte, wie sich ihr Puls normalisierte, je näher sie kamen.

Sie bemerkte kaum, dass Felix ihnen folgte und mit den Fingern in der Luft schnippte. Weshalb wusste sie auch nicht. Sie konnte sich nur auf das konzentrieren, was vor ihr lag.

Ob alles mit dem Essen geklappt hatte?

War es heiß genug?

Hatte die Cremesauce den Transport überlebt?

Brauchten sie von Miss Ginas Küche mehr als nur ein funktionierendes Waschbecken?

Sie wirbelte zwischen den Kellnern herum und eilte zur Servierstation.

Die Sahnesauce hatte überlebt. Der Salat war auch nicht welk, weil es heute nicht zu heiß war.

Sie nahm von allem eine kleine Kostprobe. Als sie bei der Vinaigrette ankam, hatte sie etwas auszusetzen.

»Tiffany?«

Eine Geste genügte, schon stand die Kollegin parat.

»Was fehlt denn da?«

Sie benutzten eine kleine Pipette, um zu kosten.

Tiffany probierte, beim zweiten Mal wussten sie es. »Oregano.«

»Stimmt!« Zoe winkte Tiffany, damit sie ihr folgte.

In hohen Schuhen, die eigentlich nicht dafür geeignet waren, durch die hohe Wiese zu stiefeln, führte Zoe Tiffany zum Kräuterbeet auf der anderen Seite des Bed & Breakfast.

Sie zeigte auf das Grünzeug. »Mach das Beste aus dem, was du findest. Lieber haben wir zu wenig von etwas Gutem als viel von etwas, das man gleich wieder vergisst.«

Tiffany stieg über den Zaun, der den Hund vom Umgraben des Beets fernhalten sollte.

Als sich Zoe umdrehte, standen Felix und Luke neben ihr. Außerdem war da noch ein Kameramann, der sein Objektiv auf sie gerichtet hatte und filmte.

Sie sah beide an, als seien sie verrückt. »Was macht ihr da? Das Kraut muss schleunigst in die Küche, damit Tiffany das Salatdressing richten kann.« Jetzt war sie diejenige, die mit den Fingern schnippte. »Los jetzt. Wir haben nicht mehr viel Zeit.«

***

Jo stand am Rand und beobachtete das Geschehen. Sie sah, wie Zoe ging, dicht gefolgt von Luke und Felix.

Sie sah Mel, wie sie mit ihrem frischgebackenen Ehemann für Fotos posierte. Die Bilder würde man später am Kaminsims aufstellen.

Wyatt hob die kleine Hope hoch, damit es auch viele Bilder von ihnen zu dritt geben würde.

Während Jo die Szene beobachtete, wurde sie plötzlich melancholisch.

Ihr Vater hatte früher auch sein Lieblingsfoto auf seinem Schreibtisch stehen gehabt. Es war von ihnen dreien, Jos Mutter, als sie noch lebte, ihr Vater und Jo ungefähr in dem Alter von Hope.

Sie hatten alle gelacht. Ein kurzer Moment, festgehalten für die Ewigkeit.

Jemand hatte ihr das genommen. Gleich zweimal.

Jo musste wegsehen. Und plötzlich hatte sie das Gefühl, dass sie beobachtet wurde.

Ihre Sinne schärften sich, sie spürte die Pistole oberhalb des Knies, die sie daran erinnerte, dass sie nicht wehrlos war.

Überall standen die Gäste verteilt auf dem Rasen.

Viele sahen sie an. Wahrscheinlich, weil sie verdammt viel von diesem Make-up-Zeug im Gesicht hatte und ein Kleid trug, in dem man sah, dass sie eine Frau und nicht nur ein Bulle war.

Sie richtete den Kopf gerade.

Sie mochte den Bullen in ihr.

So mädchenhaft aufgetakelt fühlte sie sich nicht sehr wohl.

***

Nach dem gelungenen Essen wurden die Teller abgeräumt und Zoe konnte endlich aufatmen.

Zur Nachspeise gab es kleine Delikatessen, die jeder liebte.

Das einzige kulinarische Detail, das nicht von Zoe und ihrem Team stammte, war die Hochzeitstorte. Die Konditorin war höchstpersönlich gekommen, um die Torte zu liefern. Sie hatte Zoe nach ihrer Meinung gefragt und sich sehr über deren Lob gefreut.

Sie wollte zusammen mit Zoe fotografiert werden und Zoe fühlte sich albernerweise ein bisschen stolz.

Mel hatte sich für einen DJ im Zelt entschieden. Meistens kam am Abend Nebel auf, der den Auftritt einer Liveband schmälern würde.

Aus Tag wurde Abend.

Lichterketten, die sonst auf dem Weihnachtsbaum des Orts prangten, beleuchteten den Weg zwischen Haus und Partyzelt.

Im Zelt selbst standen Kerzen auf den Tischen, an den Seiten schienen kleine Lampen und in der Mitte Leuchtkugeln.

Die meiste Zeit des Abends verbrachte Jo an Lukes Seite, weil sie als Trauzeugen immer wieder für gemeinsame Bilder gerufen wurden.

Zoe gesellte sich zu Mark, Mels Bruder.

Als der Hochzeitswalzer gespielt wurde, konnte Wyatt zeigen, was ihm sein Vater beigebracht hatte. Bald darauf wurde die Tanzfläche für alle freigegeben.

Zoe sah zu Mark, doch der zog bereits Jo auf die Tanzfläche.

Lachend schmiegte sie sich in Lukes offene Arme. »Das hast du doch geplant«, flüsterte sie ihm zu.

»Mir reicht es jetzt, dass ständig ein anderer an der Seite der Frau steht, die meine ist.«

Zoe blieb mitten auf der Tanzfläche stehen. »Die deine ist?«

Er hielt inne, dann zog er sie zu sich heran. »Hast du ein Problem damit?«

Wenn es sich nicht um Luke handeln würde, schon.

Sie biss sich auf die Unterlippe, drückte sich an ihn.

Alle Leute sahen sie, aber es war ihr egal.

Sie legte ihren Kopf auf Lukes Schulter und ließ sich von ihm durch den Song führen, der wahrscheinlich schon damals auf ihrem Schulabschlussball gespielt wurde.

Als das Lied zu Ende ging, tippte jemand Luke an die Schulter.

Mr Miller forderte Zoe zum Tanz auf.

»Du hast das wirklich toll gemacht.«

»Hat Ihnen das Essen geschmeckt?«, fragte sie.

Er klopfte sich auf den Bauch. »Ja, mein eigenes Essen und das, was Audrey übrig gelassen hat, auch.«

Zoe konnte das Gefühl, das sie durchströmte, kaum beschreiben.

Sie freute sich, wenn sie die Leute glücklich machen konnte. Es war das, wozu sie sich berufen fühlte. Sie hatte aus River Bend fortgehen müssen, um das lernen, aber nur hier zählte es auch etwas.

Mister M. hatte ein paar beeindruckende Moves auf Lager. Er wirbelte Zoe auf der Tanzfläche herum, während die anderen nur schunkelten.

Sie lachte, versuchte mitzuhalten, und als ein ruhigeres Lied kam, beugte sich Mister M. vor und sagte so leise, dass nur Zoe es hören konnte: »Du bist wie eine Tochter für mich, Zoe. Mir geht das Herz auf, wenn ich dich glücklich sehe.«

Sie schluckte die Tränen, die ihr plötzlich aufstiegen, hinunter und lehnte den Kopf gegen seine Brust, während sie tanzten. Als der Song endete, gab sie ihm einen Kuss auf die Wange.

Er ging und sofort sah sie Luke.

Mit einem Seufzer öffnete sie die Arme und wartete, bis er zu ihr kam.

***

Er verließ leise das Haus.

Zane war endlich gegangen. Irgendwas stimmte nicht mit ihm. Er war ein bisschen stiller, ein bisschen wachsamer.

Nicht gut.

Zanya hatte es wenigstens geschafft, ihr Kind zur Ruhe zu bringen, und Sheryl tat, als ob sie schliefe.

Und deshalb ging Ziggy.

Er traute sich nicht, das Auto zu nehmen. Es gab schließlich nicht nur die eine Polizistin am Ort und er würde sein Geld darauf verwetten, dass Deputy Emery irgendwo lauerte und die Trailertür im Auge behielt.

Aber er kannte einen Geheimweg zu dem Bed & Breakfast.

Er wollte wenigstens einmal sehen, wer sich da herumtrieb und wer noch hier wohnte.

Jenseits des viktorianischen Hauses war alles ruhig und dunkel, aus der Ferne sah man die Lichter, die von der Hochzeitsfeier stammten.

Es war schon spät für eine Kleinstadt, in der sonst um neun die Bürgersteige hochgeklappt wurden. Und trotzdem waren in der Reihe der parkenden Autos entlang der Straße kaum freie Lücken. Offensichtlich waren die meisten Leute noch nicht heimgefahren.

Ziggy blieb im Verborgenen und beobachtete die schick angezogenen Gäste der Hochzeitsgesellschaft.

Als Erstes entdeckte er seine Tochter. Sie lief herum, als ob ihr alles gehörte. Hatte immer die Nase in der Luft, sogar während des Tanzens. Als sie etwas trank, das aussah wie Champagner, wurde sein Mund wässrig.

Alle hatten, wie es schien, ein Glas in der Hand.

Warum auch nicht. Sie waren ja erwachsen. Und er selbst war, verdammt noch mal, auch erwachsen.

Trotzdem wurde er behandelt wie ein Kind. Durfte nur Milch und Wasser trinken.

Ziggy machte schmale Augen, als er JoAnne Ward erblickte.

Sie sah gar nicht wie eine Polizistin aus. Mit tiefem Ausschnitt und entsprechenden Rundungen an den richtigen Stellen. Nicht mehr das kleine Mädchen, das sie mal war.

Sheryl war zu dünn, fand er. Sie ließ sich leicht so hinbiegen, wie er es wollte.

Er brauchte eine Herausforderung. Irgendetwas, das ihn wieder lebendig machte. River Bend war nur ein großes Gefängnis. Ein Gefängnis, das von einem kleinen Mädchen geführt wurde.

Die Frau, die er gerade beobachtete, unterbrach plötzlich ihre Unterhaltung und drehte sich in seine Richtung.

Er drückte sich ins Dunkel, ließ sie nicht aus den Augen, bis sie sich endlich wieder weiterunterhielt.

»Die halbe Stadt ist hier«, flüsterte er zu sich selbst.

Er verließ seinen Beobachtungsposten und streckte sich. Es war ein schöner Abend für einen kleinen Spaziergang. Und eine leere Stadt war ideal für eine kleine Erkundungstour.

Kapitel 27

Obwohl sie erst nach eins das Inn verließen und sich anschließend noch eine ganze Weile, bis halb drei, im Bett küssten und Körperakrobatik betrieben, wachte Zoe schon kurz vor sieben wieder auf.

Diese blöde innere Uhr.

Sie versuchte aufzustehen, aber Lukes Knie hielten sie im Bett fest.

Zoe spürte ihre Zehen nicht mehr, was wahrscheinlich auch ein Grund für das frühe Erwachen war. Einen schlafenden, erwachsenen Mann wegzuschieben, war, wie einen Esel wegzubewegen, der gerade ein saftiges Stück Gras gefunden hatte.

Sie probierte es mit Schieben, Anstoßen, Wegziehen. Nichts funktionierte.

Dann änderte sie ihre Taktik, fuhr mit den Fingernägeln über seine nackte Hüfte und hoffte, dass es ihn genug kitzelte, um sich von ihr wegzudrehen.

Seine Brust bewegte sich, weil er lachen musste. »Willst du da was anfangen?«

Sie legte ihre Hand flach auf. »Wie, du bist wach?«

Luke drehte seine Hüfte, ein warmer Teil seiner Anatomie sagte ihr ganz genau, wie wach er war.

»Eine heiße, nackte, sich räkelnde Frau in meinem Bett lässt mich sehr gern früh wach werden.«

Sie berührte seine Erektion. »Du bist unersättlich.«

Er umfasste ihre Taille, zog sie auf sich.

Ihre Zehen begannen zu prickeln. »Ich habe schlechten Atem«, protestierte sie schwach.

Luke öffnete die Augen und grinste frech. »Ich auch.«

Später, frisch aus der Dusche, tappte Zoe in Lukes Küche umher, mit einer Tasse heißem Kaffee in der Hand. Es fehlte ein Fleischwolf, fand sie. Und vielleicht auch eine anständige Espressomaschine.

Sie hackte eine Zwiebel, rührte sie in die Eiermasse, dann holte sie einen Stift aus der Wühlschublade, die es in jeder Küche gab.

Als Luke dazukam, war das Rührei fertig, der Toast hüpfte wie lebendig aus dem Toaster und Zoe trank bereits ihren zweiten Kaffee.

Er küsste ihren Hals, dann goss er sich selbst einen Kaffee ein. »Guten Morgen«, sagte er in die Tasse.

»Miststück.« Sie lachte und deckte den Tisch.

Luke fand ihre Liste und las sie. »Was ist das denn?«

»Dinge, die man unbedingt in der Küche braucht. Deine Messer sind beschissen und ich hätte fast unser Frühstück anbrennen lassen.«

Er steckte sich eine Gabel Rührei in den Mund und stöhnte. »Wenn du findest, dass das fast angebrannt ist, dann darfst du mich echt niemals für dich kochen lassen.«

Sie probierte ebenfalls und nahm ihm die Liste wieder aus der Hand. Das Fenster vor dem Spülbecken hatte eine Vertiefung, die gerade groß genug war, dass man einen kleinen Kräuterkasten dorthin stellen konnte. Da sich der Wasseranschluss direkt darunter befand, würde Luke sie vielleicht auch nicht verdursten lassen.

Er schaute wieder auf ihre Liste. »Das heißt also, dass du meine Küche neu arrangierst und sie mit Dingen vollstopfst, von denen ich keine Ahnung habe, wie man sie verwendet.«

»Hast du ein Problem damit?«

»Nö.« Er aß weiter. »Überhaupt nicht.«

»Wann fliegen eigentlich Wyatt und Mel heute ab?«

»Ihr Flug geht um zwölf.«

»Soll ich sie zum Flughafen bringen? Ich habe gar nichts von ihren Plänen mitbekommen.«

»Nein, seine Eltern fliegen zur gleichen Uhrzeit los. Sie wollen mit Hope ins Disneyland, bevor es nach San Francisco zurückgeht.«

Zoe gab Marmelade auf ihren Toast, biss ab, schrieb wieder etwas auf die Liste.

»Das wird ihr gefallen. Dann wird sie auch nicht so traurig sein, dass ihre Eltern ohne sie nach Fidschi fliegen.«

»Was kann man denn überhaupt auf Fidschi machen?«, fragte Luke.

Sie selbst war noch nie dort gewesen, aber sie kannte Leute, die schon mal da waren. Zoe zeigte nach rechts. »Man isst.« Dann zeigte sie nach links. »Dann hat man Sex.« Dann winkte sie wieder zurück. »Man sitzt am Strand, hat Sex am Strand. Dann isst man wieder. So was halt.«

»Klingt gut.«

Das stimmte. »Wir sollten auch mal hinfliegen.«

Sein Grinsen sagte deutlich, wie gut ihm diese Vorstellung gefiel.

Luke leerte seinen Teller und schaute gierig auf die Reste auf ihrem. Sie schob sie zu ihm und er machte sich sogleich darüber her.

»So, jetzt ist die Hochzeit vorüber.«

»Glücklich bis ans Lebensende«, sagte Zoe. »Das wird bei ihnen auch der Fall sein, da bin ich mir sicher.«

»Sie sind ein tolles Paar. Mel verdient einen guten Mann.«

»Da gebe ich dir vollkommen recht.«

»Weißt du noch, was ich gesagt habe? Worüber wir noch mal reden wollten, wenn die Hochzeit vorbei ist?«

Sie schaute ihn wortlos an.

»Es ging darum, ob ich nach Texas ziehe.«

Dieses Mal kam es für sie nicht so überraschend. »Gefällt dir Texas so sehr?«

»Es hat seine guten Seiten.« Er sah sie so aufreizend an, dass sie verstehen musste, was er meinte.

Sie dachte an ihre Wohnung ohne Garten, an ihre Wochenenddienste im Nahana, die sie kündigen würde. An die großen Häuser und die leeren Straßen, wo Leute wohnten, die sie nicht kannte. »Wenn du Texas magst, solltest du umziehen.«

Er blickte sie scharf an.

»Ich bin wahrscheinlich nicht mehr da, aber ich kann dich dort besuchen.«

»Ziehst du weg?«

»Wahrscheinlich.«

Luke hörte auf zu kauen. »Wohin denn?«

»Habe mich noch nicht entschieden.«

Er versuchte, nicht zu breit zu grinsen. Luke schnappte sich die Liste. »Ein Vogelhäuschen?«

Zoe winkte Richtung Spülbecken. »Ich brauche ja was, das ich anschauen kann, wenn ich hier stehe.«

Sie spülten gemeinsam das Geschirr und Zoe inspizierte die Essensvorräte für das Abendessen. Sonntags war immer der Bauernmarkt und dort würde sie auch noch ein paar Dinge bekommen. Sie wühlte tiefer im Kühlschrank. Der Wein, den sie für den Fisch gekauft hatte, war nicht zu finden.

Sie dachte an Lukes Kommentar, dass Wyatt und Mel keinen Weinkühlschrank brauchten, und musste lachen. Sah ganz so aus, als würde Mr Ich-mag-am-liebsten-nur-Bier Gefallen an den wirklich guten Sachen gefunden haben.

Mit einem großen Sonnenhut auf dem Kopf schnappte sie sich eine geräumige Leinentasche und Luke, dann spazierten sie gemeinsam zum Markt.

Obwohl sie nicht weiter darüber redeten, wohin Zoe ziehen wollte, war ihr aufgefallen, dass Luke in seiner Wäschekommode Platz für sie gemacht hatte.

***

Über dem Sportplatz der River Bend Highschool hingen Nebelschwaden.

Jo saß auf der letzten Stufe, schnürte ihre Laufschuhe und blickte auf die Uhr.

Das fühlte sich so viel besser an als das schicke Kleid und die Stöckelschuhe.

Sie war noch nie ein mädchenhaftes Mädchen gewesen. Wahrscheinlich kam das davon, dass sie von einem Mann erzogen worden war. Noch dazu von einem Polizisten.

Sie hatte früh gelernt, mit einer Waffe umzugehen, und als sie in die Grundschule kam, kannte sie bereits alle Pfadfindertricks, die es so gab.

Zwei Minuten nach sechs unterbrach das Geräusch eines Motorrads ihre Gedanken an die Blasen, die sie von den unbequemen Schuhen bekommen hatte.

Ohne etwas zu sagen, stellte sich Zane neben sie und zog seine Stiefel aus. »Kannst du mir jetzt bitte sagen, was wir hier machen?«

Sie schaute auf seine Füße, bevor sie sich aufrichtete. »Du bist doch intelligent. Das wirst du schon selbst herausfinden.«

Sie stützte sich an der Tribüne ab, um erst das eine Bein, dann das andere zu dehnen.

»Ist kalt hier«, meckerte Zane, als er sich seine schäbigen Turnschuhe anzog.

Sie hob das Kinn, rannte los und rief über die Schulter zurück: »Los, aufholen, Brown.«

Sie grinste beim Laufen, bis er sie tatsächlich eingeholt hatte. Erst während der zweiten Runde begann Zane, Fragen zu stellen. »Was zum Teufel mache ich hier?«

»Sport ist gut für dich.«

»Man sollte nur rennen, wenn einem die Polizei auf den Fersen ist.«

Jo musste grinsen.

Auch Zane erlaubte sich den Anflug eines Lächelns.

»Ist Zoe noch da?«

Jo überlegte, wie viel sie Zane erzählen sollte. Sie wusste, dass es nur mit ihm klappte, wenn er ihr vertraute, und dafür brauchten sie ein paar ruhige Momente. »Nein. Sie ist gestern Abend abgereist.«

Zane sagte nichts weiter.

»Aber sie kommt wieder.«

»Sie ist ja in letzter Zeit ständig hier.«

Jo rannte eine viertel Runde weiter, erst dann ging sie auf seinen Kommentar ein.

»Es gibt vieles, das sie herbringt.«

Jetzt war es Zane, der eine Weile nichts erwiderte. »Es gibt aber auch viele Gründe, warum sie genauso gut fortbleiben könnte.«

Nun kamen sie also langsam zum Thema.

»Ja, dass dein Dad zurückgekommen ist, hat sie aus der Bahn geworfen.«

Zane warf ihr einen Seitenblick zu, dann musste er sich auf seine Atmung konzentrieren. Luft zu bekommen, wurde immer schwieriger, je länger sie rannten.

Nach knapp drei Kilometern wurde Zane allmählich langsamer. »Wie viele Runden läufst du denn?«

Jo wurde schneller. »Ist dir immer noch kalt?«

Sie hatte aufgehört, die Runden zu zählen, und erst als ein paar Autos eintrafen und Zane aussah, als ob er entweder gleich umfallen würde oder sich übergeben müsste, verlangsamte sie ihr Tempo. Die letzten zweihundert Meter gingen sie, bis sie endlich wieder bei den Schuhen ankamen.

»Heilige Scheiße.« Zane beugte stöhnend den Oberkörper nach vorn.

Jo drückte ihm eine Wasserflasche in die Hand.

Er trank sie in einem Zug leer.

Die ersten Leute vom Dauerlaufteam kamen von den Parkplätzen herüber.

»Hi, Sheriff.«

»Hallo zusammen.«

Zane blickte sie von der Seite an.

»Tim, übernimm bitte das Aufwärmtraining. Ich will nicht, dass mir irgendwer die Ohren volljammert, weil er sich was gezerrt hat.«

Tim salutierte wie ein Soldat und ging mit den anderen zum Hartplatz.

Auf Zane waren neugierige Blicke gefallen.

»Da hat wohl jemand was angestellt«, sagte eines der Mädchen im Weggehen.

»Worum geht's hier?«, fragte Zane mit einem Kopfnicken zu den Teenagern, die sich jetzt dehnten.

»Um nichts. Das sind alles nette Kinder. Sie brauchen nur ab und zu ein bisschen Unterstützung.«

»Ha.« Zane nahm seine Stiefel. »Sind wir jetzt fertig?«

»Ja. Bis Donnerstag.«

»Ist das dein Ernst?« Er wurde ein bisschen grün im Gesicht.

»Punkt sechs.« Sie ließ ihm keine Gelegenheit, zu protestieren, denn schon rannte Jo wieder zur Laufbahn. »Los, ihr Faulen. Wir haben heute noch ein paar Kilometer vor uns.«

Tim stöhnte auf.

»Und außerdem geht es heute bergauf. Einmal den *Lob Hill* rauf und wieder runter.«

»Warum?«, fragte eines der Mädchen, als sie losliefen.

»Ich war auf der Hochzeit, Tina. Ich habe meine Augen überall.« Was bedeutete, dass Jo gesehen hatte, wie sie heimlich Alkohol tranken. Und da keiner etwas entgegnete, wusste sie, dass alle Teenies am Wochenende irgendetwas angestellt hatten, was sie nicht hätten tun dürfen.

Zane verließ kopfschüttelnd den Platz.

***

Die erste Kiste traf zwei Tage nach Zoes Abreise ein.

Luke öffnete das Paket. Es befanden sich Küchenmesser darin und ein Lieferschein, den er gleich zweimal lesen musste.

Er zögerte nicht lange und wählte ihre Nummer.

»Hey, Schatz. Ich habe hier ein Paket für dich.«

»Super.«

»Sehe ich das richtig? Hast du echt zweitausend Dollar nur für Messer ausgegeben?«

»Wie, waren etwa nur die Messer im Paket?«

Er suchte zwischen dem Füllmaterial und holte insgesamt drei kleine Kistchen heraus.

»Es sind drei Messer.«

»Ach so, dann haben sie nur einen Teil geschickt. Ich muss da mal nachfragen.«

Luke drehte eine der Schachteln in seiner Hand. »Aber warte mal, heißt das, du hast wirklich zweitausend Dollar für drei Messer ausgegeben?«

»Jawohl.«

»Das ist verrückt.«

»Echt? Was gibst du denn für eine Bohrmaschine aus? Oder Hydraulikschläuche für deine Autos. Oder hey, für die Hebetribüne, die immer kaputtgeht?«

Luke legte die Schachtel hin und grinste. »Na gut, ich verstehe schon.«

»Gut. Es wird noch mehr kommen, also halte Ausschau danach. Nicht, dass die Kisten lange draußen auf der Veranda stehen.«

»Ich wohne aber nicht in einer schlechten Gegend.«

»Hast recht. Irgendwie habe ich vergessen, dass es noch Orte gibt, wo man seine Wohnungstür offen stehen lassen kann.«

»So weit würde ich jetzt auch nicht gehen.« Aber obwohl er das sagte, kam es oft genug vor.

»Siehst du auch nach Miss Gina?«

»Jeden Tag. Sie wächst mir immer mehr ans Herz.«

»Gut so. Mir gefällt die Vorstellung nicht, dass sie ganz allein ist.«

Luke legte die Messerschachteln auf die Theke und stellte, während er noch telefonierte, den großen Pappkarton auf die Veranda, um ihn später zum Müll zu bringen.

»Bis Mel wieder zurück ist, kommt Brenda, um Frühstück zu machen, wenn Gäste da sind.«

»Ja. Aber wie wird es, wenn Mel und Wyatt jetzt verheiratet sind?«

»Dann wird es noch besser laufen. Angeblich hat Miss Gina in letzter Zeit immer wieder potenzielle Gäste abgewiesen, weil ihr deren Nase nicht gefallen hat.«

»Mel hat mir gesagt, dass das Bed & Breakfast seit dem Vorfall mit Hope letzten Jahres Verluste macht.«

Luke goss die kleinen Pflänzchen über dem Spülbecken, während er telefonierte. »Jetzt hat Hope ja ihr eigenes Zimmer bei Wyatt und darum denke ich, dass bei Miss Gina bald alles wieder so läuft wie eh und je. Beziehungsweise besser. Unser Städtchen scheint in den letzten Monaten Zuwachs bekommen zu haben.«

Er hörte Zoe lachen. »Das liegt daran, dass schon allein die Filmcrew die Einwohnerzahl verdoppelt hat.«

»So weit würde ich jetzt nicht gehen, aber es gibt tatsächlich immer mehr Leute in River Bend, die ich nicht kenne.«

»Das sollte ja eigentlich für alle ganz gut sein.«

»Für alle, außer Jo.«

»Oh, ist etwas passiert?«

Luke ruderte schnell zurück. »Nein. Aber je mehr Leute im Ort sind, desto mehr hat die Polizei zu tun.« Und er wusste natürlich auch, dass Jo, seit Ziggy wieder da war, viel Zeit auf Patrouille verbrachte.

»Dann muss sie halt noch jemanden einstellen.«

»Ich glaube, sie hat nur das Budget für einen Stellvertreter.«

»Ach so, daran habe ich gar nicht gedacht.«

Er hatte keine Idee davon, was alles zu Jos Job gehörte. Er hatte sie zwar seit Jahren in Uniform gesehen, aber sie nie wirklich als Polizistin wahrgenommen. Er sah immer nur das Mädchen, das mit ihm in die Klasse gegangen war.

»Und, was hast du heute so vor?«, fragte er, weil er das Gespräch noch nicht beenden wollte.

»Ich treffe die Eigentümer vom Nahana und werde ihnen meine Kündigung überreichen.«

Hoffnung erfüllte Lukes Brust. »Hörst du da wirklich auf?«

»Ja. Es fühlt sich schon irgendwie komisch an, aber nachdem ich lange mit Suki geredet habe, weiß ich, dass alles gut wird.«

Der Name ihrer Agentin ließ ihn immer grinsen. »Was hat Suki denn mit dem Restaurant zu tun?«

»Wir haben ein Angebot von dem Verlag erhalten, der mir am besten gefallen hat. Rate mal, was sie mir für das Kochbuch zahlen wollen?«

Er hatte überhaupt keine Vorstellung davon. »Nicht die geringste Ahnung.«

»Hunderttausend.«

Luke bekam eine Gänsehaut. »Wie bitte?«

»Verrückt, oder?«

Er ließ sich gegen die Küchentheke plumpsen. »Für ein Kochbuch?«

»Ja. So kann ich im Nahana aufhören und in den nächsten sechs Monaten überlegen, was ich machen will.«

»Krass, Zoe. Wie viel verdienst du denn?«

»Was?«

Er schüttelte den Kopf. »Egal. Es geht mich ja nichts an. Ich freue mich jedenfalls für dich.«

»Ich muss jetzt leider los. Und schau nach meinen Paketen, okay?«

»Mach ich, Baby. Arbeite nicht zu viel.«

Luke legte auf und betrachtete eine der Messerschachteln. Er hatte wahrscheinlich noch nicht einmal für die gesamte Kücheneinrichtung zweitausend Dollar gezahlt.

Kapitel 28

Normalerweise machte sich Jo abends irgendein Fertigessen oder ein schnelles Nudelgericht.

Seit Ziggy Brown zurückgekehrt war, verbrachte sie allerdings viel Zeit bei Sam's Diner und ließ dort ihr Geld.

»Hi, Sheriff«, rief Sam aus dem Durchreichefenster der Küche. »Du bist ja schon wieder hier.«

»Was soll ich sagen, Sam? Ich glaube, Zoe hat dir ein paar ihrer Tricks verraten.«

»Das wage ich zu bezweifeln«, kommentierte Brenda von der anderen Seite des Diners.

Jo setzte sich an die Theke und nickte grüßend einigen Bekannten zu. Es waren auch ein paar Leute im Diner, die sie noch nie gesehen hatte. Das war in diesem Sommer schon öfters vorgekommen.

Sie nahm sich die Speisekarte vor, obwohl sie relativ sicher war, dass sie darauf nichts Neues finden würde.

»Wann änderst du mal das Angebot?«, fragte sie Sam.

»Wenn du deine Freundin dazu bringst, dass sie wieder zurückzieht und mir ein bisschen hilft.«

»Ich glaube, du kannst sie dir nicht leisten.«

Da kam Sheryl durch die schwingende Salontür von der Küche herein.

Sie trug eine Wanne mit Eiswürfeln.

Jo hob das Kinn und bemühte sich, dass ihr Lächeln fest im Gesicht blieb. »Hallo Sheryl.«

Diese Frau war die Mutter ihrer besten Freundin und kannte Jo schon, bevor diese ihre erste Periode bekommen hatte. Und trotzdem reckte sie das Kinn hoch und wandte die Augen ab. Doch schließlich überwand sie sich zu einer schwachen Begrüßung.

Jo zählte das als eins zu null für sich. Beim letzten Mal hatte Sheryl sie gänzlich ignoriert.

Obendrein hatte sich Jo offenbar in den Bereich gesetzt, in dem Sheryl für den Service zuständig war. Sie hatte also gar keine andere Wahl, als mit Jo zu reden.

»Ist die Suppe heute gut?«

»Ist seit zwanzig Jahren dieselbe.«

»Dann verzichte ich darauf.«

Sheryl verzog keine Miene.

»Ich nehme einen Eistee.«

Sheryl steckte den Block ein und ging wieder.

Brenda holte die Kaffeekanne. »Wann kommen eigentlich Wyatt und Mel wieder zurück?«

»Sind noch eine Woche weg.«

»Ich war noch nie in den Tropen«, sagte Brenda vor sich hin. »Ach ja, Fidschi. Hoffentlich machen sie viele Bilder.«

»Hoffe ich auch.«

»Willst du da auch mal hin?«, fragte Brenda.

Jo rückte das Pistolenhalfter zurecht, damit die Waffe nicht so an der Hüfte drückte. »Um dafür das schöne River Bend zu verlassen? Muss nicht sein.«

Sam streckte seinen Kopf durch die Durchreiche. »Du brauchst einfach auch nur einen Wyatt in deinem Leben.«

»Dafür habe ich keine Zeit.«

»Ha!« Ein Lachen von der Theke.

»Grant? Sitzen Sie nicht in der falschen Bar?«

Grant war berüchtigt dafür, dass er viel Zeit in der kleinen Ausnüchterungszelle verbrachte. Weil er gern herumbrüllte, Hunde anschrie, Kinder, egal wen, wenn derjenige nicht mit ihm zusammen trinken wollte. Man scherzte, dass er eigentlich seine eigenen Schlüssel für die Zelle bräuchte.

Aber dazu kam es nie, denn die ernsteren Übernachtungsgäste wurden nach Waterville verlegt, wo sie vierundzwanzig Stunden unter Aufsicht standen.

Was Jo aber nicht davon abhielt, ab und zu mal einen Teenager in die Zelle zu sperren, der vom rechten Weg abgekommen war. Eine Taktik, die ihr Vater schon erfolgreich angewandt hatte.

»Ich bin sehr enthaltsam, Sheriff.«

Jo merkte seinen glasigen Blick. »Was heißt das? Dass Sie nicht mehr trinken?«

»Ach, seien Sie nicht albern.«

Jo musste wider Willen lachen.

Sheryl stellte ihr den Eistee hin, nahm abermals den Bestellblock heraus und wartete schweigend.

»Ich nehme das Roast Beef.«

Ohne sie eines Blickes zu würdigen, kritzelte Sheryl die Bestellung nieder und warf den Zettel durch das Fenster zu Sam.

Brenda kam zu Jo und flüsterte ihr zu: »Das darfst du nicht persönlich nehmen.«

»Würde ich so was tun?«

»Keine Ahnung? Nimmst du es manchmal persönlich?«

Jo winkte sie fort und widmete sich ihrem Getränk.

»Ich muss schon sagen, Sheriff. Du hast neulich echt super ausgesehen.«

»Danke Sam. Ich wusste nicht, dass dir so etwas auffällt.«

»Ich kann mich nicht erinnern, wann ich dich sonst das letzte Mal in etwas anderem als in deiner Uniform gesehen hätte. Du bist halt doch ein Mädchen unter diesem Jungszeug.« Er machte eine wedelnde Bewegung, als ob er damit ihren Sheriffstern entfernen wollte.

»Die meisten Leute wissen das.« *Aber danke, dass du es hier so laut im Restaurant herumposaunst.*

Er zwinkerte und ging wieder an den Herd.

Als Sheryl das Essen servierte, bedankte sich Jo bei ihr. Und dann, weil Grant bei Sheryl noch mehr Kaffee bestellte, nutzte Jo die Situation, dass Sheryl nicht fortkam, aus.

»Sheryl, wie geht es eigentlich Zanya? Hab sie eine Weile nicht gesehen.«

Sheryl füllte hastig den Kaffee nach und wollte die Kanne wieder auf die Warmhalteplatte zurückstellen. »Ihr geht's gut.«

»Und Blaze? Wird wahrscheinlich ganz schön groß, oder?«

Immer noch kein Blickkontakt. Ihre Hände zitterten mit der Kanne in der Hand.

Jo gefiel ihre Körpersprache nicht.

»Ist gewachsen, ja.«

Jo ließ es gut sein. Für heute hatte sie genug herausgefunden. Außerdem war der Donnerstagmorgen nur ein paar Stunden entfernt.

***

Jeder in der Stadt wusste, dass Wyatt Gibson mit seiner frischvermählten Gattin in den Flitterwochen war.

Und weil es in einer Kleinstadt öfters vorkam, dass Teenager Alkohol klauten, schloss sich Ziggy dieser Tradition einfach an.

Deputy Emery hatte seinen Wagen vor dem Haus stehen und JoAnne ließ gerade ihren kleinen, knackigen Hintern auf dem abgewetzten Barhocker bei Sam's Diner nieder.

Ziggy beobachtete, wie seine Frau mit diesem Weibsstück redete. Das würde er vielleicht einmal gegen sie verwenden können.

Für Ende August war es schon ziemlich kalt. Grund genug für Ziggy, einen dunklen Mantel zu tragen, der ihn im schummrigen Dämmerlicht tarnte. Und Handschuhe. Gut, die Handschuhe waren vielleicht etwas übertrieben, aber auch nicht so, als ob er bei Minusgraden Shorts tragen würde.

Er hasste diese Stille in River Bend. Außer, es kam darauf an, jedes Bellen oder Flüstern zu hören.

Seine Sinne waren geschärft, er arbeitete sich zu dem Haus vor, das er zwar schon oft von außen gesehen, aber noch nie betreten hatte. Ein nettes, kleines, etwas abseits gelegenes Häuschen. Perfekt für das, was er vorhatte.

Ziggy hatte ein paar Dinge im Gefängnis gelernt.

Zum Beispiel wie man sich tarnte, falls ihn doch jemand sah. Man konnte sich den Bart dunkel färben oder einen Hut aufsetzen. Zur Not konnte man auch eine Perücke unter dem Hut tragen. In River Bend gab es viele ältere Frauen, die zum Sonntagsmarkt gingen und ihre Häuser offen ließen. Alkohol war dort meist nicht zu holen, aber ab und zu könnte man mal ein bisschen Schmuck finden. Andererseits versuchte Ziggy, sich von solchen Kleinigkeiten fernzuhalten, damit sich in River Bend nicht herumsprach, dass eingebrochen wurde.

Das Adrenalin in seinen Adern half ihm, sich zu konzentrieren.

Die Tür von Wyatt Gibsons Haus zu öffnen war ein Kinderspiel. Und weil Ziggy eben so manches gelernt hatte, zog er sich eine Maske über das Gesicht, als er eindrang.

Es dauerte nicht lange, bis er die Hausbar und auch ein paar leere Wasserflaschen fand. Er versuchte, sich zu benehmen, wie es ein Teenager tun würde. Falls der Einbruch doch bemerkt werden würde, sollte man denken, es wären Teenager gewesen.

Also goss er den Alkohol in die leeren Plastikflaschen. In den Alkoholflaschen ließ er einen Rest und füllte etwas Wasser nach, damit man den Verlust nicht gleich auf den ersten Blick feststellen würde.

Er steckte den Alkohol in seine Taschen, stellte die Flaschen in den Schrank zurück, und in weniger als zehn Minuten war er wieder draußen. Im sicheren Schatten der Bäume lief er den knappen Kilometer bis zum Mobilheim, die Maske versteckte er hinter einem umgefallenen Baumstamm. Die musste ja nicht unbedingt zu Hause herumliegen.

Im Mobilheim war es dunkel.

Er stellte den Fernseher an und öffnete eine seiner ›Wasserflaschen‹.

Zum ersten Mal seit seiner neu gewonnenen Freiheit ließ er Whiskey seine Kehle hinabrinnen.

Er brannte.

Und wie jeder Geschmack der Freiheit machte es ihn gierig auf mehr.

***

Zoe arbeitete noch härter als sonst. Trotzdem fühlte sie sich unbeschwert, weil sie wusste, dass die Tage im Nahana gezählt waren.

Sie telefonierte mit Monroe, ihrem Kollegen. Genau genommen war er der berühmteste Starkoch aller Zeiten. Als sie ihm erzählte, dass sie den Job im Nahana aufgeben würde, gratulierte er ihr. Und als sie sagte, dass sie noch bis Herbstanfang bleibe, damit das Nahana einen guten Ersatz für sie suchen könne, lachte Monroe sie aus.

»Sie verschwenden Ihre Zeit.«

»Wieso?«

»Sie sind einfach zu gutmütig, Brown. Man wird Sie ausnutzen, bis Sie weg sind. Seien Sie lieber genauso egoistisch wie alle anderen und hören gleich auf.«

»So bin ich aber nicht«, sagte sie zu ihm.

Monroe heizte ihr noch zehn Minuten ein und versprach, mit ihr zum Essen zu gehen, wenn sie das nächste Mal wieder in New York sei.

Als sie nach ihrem Dienst nach Hause kam, streifte sie sich die Schuhe ab und schnappte sich das Telefon.

Sie erzählte Luke von ihrem Tag und hörte von seinem. Ja, Miss Gina ging es gut. Nein, vom Hause Brown gab es nichts Neues. Er sagte, dass Zane mit Jo auf dem Sportplatz gesehen wurde, aber er hatte dem Gerücht sonst nichts hinzuzufügen.

Als sie auflegte, fand Zoe, dass es zu still war.

Es fühlte sich an, als ob die Wände ihres Apartments immer enger wurden. Als ob sie gar nicht mehr hierhergehörte.

Sie holte ihren Mietvertrag heraus, dann ihren Kalender. Es würde perfekt passen.

***

Vor Sonnenaufgang klopfte es an Lukes Haustür. Verschlafen zog er sich den Bademantel über und rief auf dem Weg zur Tür: »Wer in aller Herrgottsfrühe …«. Seine Worte verstummten.

Zoe stand vor der Tür, mit dem Koffer in der Hand.

»Was machst du denn …?«

Zoe setzte den Koffer ab.

»Keine Angst, ich ziehe nicht bei dir ein.«

Luke schaute auf ihr Gepäckstück. Es war sehr groß und es musste sich mehr darin befinden, als das, was sie nur für ein paar Tage brauchte.

Ihre Worte tanzten in seinem Kopf.

»Ach, nicht?«

Sie biss sich auf die Unterlippe. »Ich werde bei Miss Gina wohnen. In Mels altem Zimmer.«

Er spürte seinen Atem stoßweise, so schnell, als ob er rannte.

»Ach so?«

»Für sechs Monate, ungefähr.«

»Ungefähr?«

»Und ich muss noch ein paarmal in den nächsten Monaten nach Texas. Für meine letzten Arbeitseinsätze im Nahana.«

»Klingt vernünftig.« Oh Gott. Sie war zurück. Sein Schatz war zurück. Aber er erlaubte sich noch nicht zu grinsen. »Aber du ziehst nicht bei mir ein.«

Ihr ernstes Gesicht war allzu komisch.

Immer noch verkniff er sich ein Schmunzeln.

»Natürlich nicht. Die Leute reden sonst.« Sie machte auf dem Absatz kehrt und ging wieder zum Auto zurück.

In der Einfahrt stand ein nagelneuer Land Rover mit einem Überführungskennzeichen. »Was ist das?«

Sie öffnete die Beifahrertür. »Na ja, ich kaufe jetzt ja doch kein Haus und ich brauche schließlich ein Auto, während ich hier bin.«

Er konnte nicht länger an sich halten.

Luke holte sie ein, drehte sie an der Schulter zu sich um. »Willkommen zu Hause, Baby.« Und dann küsste er sie.

Kapitel 29

In Windeseile hatte es sich herumgesprochen, dass Zoe nach River Bend zurückgekehrt war. Sie betonte immer wieder, dass es nur übergangsweise sei. Sie wollte Miss Gina helfen, das Bed & Breakfast wieder richtig zum Laufen zu bringen, nachdem sie nun fast ein Jahr die Gäste vertrieben hatte, aus Angst, dass Hope wieder etwas zustoßen könnte. Aber niemand glaubte, dass Zoe wieder fortgehen würde.

»Ich finde, das schreit regelrecht nach einer Party«, sagte Miss Gina. Sie saßen auf der Veranda vor dem Haus.

»Wir hatten doch gerade erst ein großes Hochzeitsfest.« Mel war von den Fidschi-Inseln zurück. Gebräunt, entspannt und sie wirkte wie jemand, der viel Sex gehabt hatte.

Hope war immer noch in San Francisco und genoss die Zeit mit ihren neuen Großeltern, bevor in einer Woche die Schule wieder losgehen würde.

Das Telefon läutete. Mel hatte den Hörer bei sich liegen und hob ab. »Miss Ginas Bed & Breakfast. Ja, das ist richtig.« Mel hielt die Hand vor das Telefon und zischte den anderen zu: »Schon wieder einer.«

Zoe schüttelte grinsend den Kopf.

»In den nächsten zwei Monaten wird Miss Brown jeweils am ersten und dritten Wochenende im Monat kochen.«

Miss Gina klopfte Zoes Hand, während sie der einseitigen Konversation, die Mel mit dem zukünftigen Gast führte, zuhörte.

»Vor Thanksgiving? Ich muss das erst mit dem Personal besprechen. Kann ich Sie zurückrufen?«

Zoe deutete mit dem Daumen zwischen sich und Miss Gina hin und her und fragte tonlos: »Sind wir das Personal?«

Miss Gina nickte.

Mel nahm Zettel und Stift und das Gästeregister, das immer parat lag. »Auf welchen Namen soll die Reservierung denn laufen?«

»Klingt nach viel Betrieb in der nächsten Zeit«, sagte Zoe.

»Michael. Und der Nachname?«

Mel wurde blass und ließ den Stift fallen. »Richtig. Nein, ich verstehe.« Sie ging auf die Knie, suchte unter dem Korbstuhl nach dem Kugelschreiber. Dabei fiel das Gästeregister auf den Boden und etwas fahrig und stotternd versuchte sie, sich zusammenzunehmen. Als sie vor dem Stuhl kniend wieder den Stift in der Hand hatte, war die Farbe im Gesicht zurück. Oder war sie jetzt rot geworden? »Nein, nein. Miss Brown ist eine gute Freundin. Ich verstehe natürlich, dass Sie das wollen. Hmh. Ja. Wir melden uns bei Ihnen, sobald wir Bescheid wissen. Natürlich. Danke, Mr Wolfe.«

Mel legte auf und wedelte mit den Händen wie ein Kind, das seine Aufregung kaum für sich behalten konnte. Sie sprang auf die Füße und führte eine interessante Variante des Regentanzes auf. Dabei quietschte sie so laut, dass Sir Knight den Kopf hob und sie schief ansah.

»Oh Gott, das war, also, das war …«

»Mr Wolfe?« Der Name tanzte in Zoes Kopf wie eine kleine Silberkugel im Flipperspiel.

Mel fasste nach Zoes Händen und drückte sie fest. »Michael Wolfe!«

Da erst verstand Zoe, um wen es sich handelte, und bekam eine Gänsehaut. »Der Schauspieler?«

Mel grinste übers ganze Gesicht und kreischte.

»Mädels?« Miss Gina schien das alles kalt zu lassen.

»Michael Wolfe. Spielt immer in solchen Actionfilmen. Total sexy.« Mel fächelte sich Luft zu.

»Er ist auch nur ein Mensch«, sagte Miss Gina.

»Ein megaheißer Promi«, sagte Zoe.

»Jo wird aus dem Häuschen sein!«

»Du weißt aber schon, dass er schwul ist, oder?«

Mel winkte ab. »Mir wurscht. Ist trotzdem lecker anzusehen.«

Zoe kicherte. »Bist du denn nicht gerade erst von deinen Flitterwochen zurückgekommen?«

Mel blieb der Mund offen stehen und sie griff gleich wieder nach dem Hörer. »Das muss ich Wyatt erzählen.« Sie rannte jubelnd hinein.

»Ich glaube, wir sollten die Preise anpassen und wir müssen auch die Webseite ein bisschen aufmöbeln.«

»Tu dir keinen Zwang an. Ich bin schon glücklich, wenn ich die Steuern zahlen kann.«

»Reicht das Geld nicht? Ich helfe wirklich gern …«

»Alles gut. Ist ein bisschen knapp, aber es reicht.«

Zoe setzte sich neben Miss Gina und lehnte sich gegen sie. »Bevor der Weihnachtsmann kommt, schreibst du wieder schwarze Zahlen.«

»Hoffe, Santa Claus ist sexy und kommt mit einer Harley Davidson.«

»Was ist denn mit deinem Mr Eugene?«

»Der wollte nicht mehr.« Miss Gina klang nicht allzu traurig.

»Hat er eine andere?«

»Nein, ich meine, sein Willi war nicht mehr willig. Was soll ich mit einem Mann, bei dem *das* nicht richtig funktioniert?«

Zoe begann zu kichern. »Na ja, man kann mit einem Mann durchaus andere Sachen machen, als sich nur um seinen Willi zu kümmern.«

»So, so. Und was?«

»Sich unterhalten.«

»Dafür habe ich ja euch.«

»Kuscheln?«

Miss Gina legte Zoe den Arm um die Taille. »Kann ich auch so.«

»Sie sind praktisch, wenn man etwas Schweres zu heben hat.«

»Wenn Wyatt und Luke nicht da sind, dann nehme ich die Highschool-Jungs. Die sind froh, wenn sie sich ein paar Groschen dazuverdienen können.«

Miss Gina kümmerte sich immer noch um die Jugendlichen von River Bend.

»Aber gib ihnen bloß keine Limonade.«

»Machst du Witze? Nur deshalb ist doch das Leichtathletikteam so gut aufgestellt.«

»Sein Willi war nicht willig«, fiel Zoe wieder ein und sie musste erneut lachen.

***

Jo lief bereits die zweite Aufwärmrunde, als Zane dazukam.

»Heute ist doch nicht Donnerstag.«

»Ich will eben mithalten, Jo.«

»Ach, jetzt bin ich also Jo?«

»Sheriff sag ich nur an den Tagen zu dir, an denen ich hier sein muss.«

Na gut.

Er schien ihr etwas sagen zu wollen. Jo wartete ab. Es dauerte einen halben Kilometer, bis er endlich mit der Sprache herausrückte. »Ich habe gehört, dass Zoe wieder zurückgezogen ist.«

»Sieht so aus, ja.«

»Ich schaffe es nicht, von hier wegzukommen, und sie kommt freiwillig zurück?«

»Vielleicht solltest du sie das lieber selber fragen.«

»Ich glaube, sie will mich nicht sehen.« Dass er sich schuldbewusst anhörte, war ein gutes Zeichen.

»Und ich glaube, du vertraust deiner Schwester zu wenig.«

Nach Zanes erstem Kilometer sah Jo irgendetwas aus dem Augenwinkel heraus.

Es war leicht neblig, wie immer, wenn der Sommer zu Ende ging, und entweder täuschte sie der Dunst oder im Schatten der Bäume, die den Sportplatz umsäumten, stand jemand.

Jo versuchte, sich nichts anmerken zu lassen und blickte zu Zane, der mit mehr Leichtigkeit rannte als zuvor. Als sie erneut zu den Bäumen sah, war der Schatten verschwunden.

Sie trainierte nie mit Waffe, aber vielleicht wäre das in Zukunft klüger.

»Wir machen das jetzt schon seit drei Wochen«, bemerkte Zane.

»Fühlt sich gut an, oder?«

Er stimmte ihr nicht zu, stritt es aber auch nicht ab. »Du fragst nie nach meinem Dad.«

»Dass du hier bist, hat ja auch nichts mit deinem Dad zu tun. Es geht um dich.«

»Warum? Warum lochst du mich nicht einfach ein?«

Jo wurde langsamer, blieb stehen und legte vornübergebeugt die Hände auf die Knie, um besser Luft zu bekommen. »Warum? Ich sag dir, warum. Weil ich glaube, dass man im Knast nur noch gemeiner wird. Die Verbrecher lernen mehr

Tricks dazu, die sie dann anwenden, wenn sie wieder frei sind.« Sie holte erneut tief Luft und stellte sich aufrecht vor Zane. »Und weil ich daran glaube, dass du mehr Ähnlichkeiten mit Zoe hast als mit Ziggy. Du weißt nur noch nicht, wie du ohne die dunkle Wolke deiner Vergangenheit leben kannst.«

Zane fuhr sich durch die Haare. »Ich dachte, das tu ich schon längst.«

»Du warst schon auf dem Weg. Hast einen Job gesucht, wohnst jetzt mehr in Waterville als hier, oder?«

Er zuckte mit den Achseln.

»Zane?«

»Mal hier, mal dort.«

Nicht, was Jo hören wollte. »Warum?«

»Um auf meine Schwester aufzupassen.«

Jo wusste, dass er damit mehr sagte als alles, was er in den letzten drei Wochen preisgegeben hatte. »Ja, mach das.«

Zane nickte kurz.

»Aber Zane. Wenn etwas aus dem Ruder läuft, dann ruf mich an. Ich will nicht, dass du eingelocht wirst, weil dich jemand zu irgendwas anstiftet.«

Er zog für einen kurzen Moment die Augenbrauen zusammen. »Warum bist du so hinterher, was mich angeht?«

Jo trat auf ihn zu und streckte sich, um ihm durch die Haare zu wuscheln. »Weil ich ein Einzelkind war und du so eine Art kleiner Ersatzbruder für mich bist.«

Zane wich einen Schritt zurück und seinem Lächeln sah man an, dass er sich darüber aufrichtig freute.

Stimmen auf dem Parkplatz kündigten an, dass die ersten Jugendlichen ankamen.

»Wie viele Kilometer läufst du mit ihnen?«, wollte Zane wissen.

»Zwei auf der Bahn und dann ungefähr noch acht durch den Wald. Warum?«

Er blickte auf die Uhr. »Ich muss erst um zwölf zur Arbeit.«

»Du schaffst doch keine zehn Kilometer mehr.«

Sein Grinsen verschwand. »Ist das eine Challenge, Sheriff?«

Jo hob die Hände. »Na, dann zeig, was du draufhast.«

***

»Was soll das sein?«, fragte Zoe, die vor der offenen Kommodenschublade stand.

Luke streckte mit der Zahnbürste im Mund den Kopf aus dem Bad. »Nach was sieht es denn aus?«

Sie hob eine Unterhose hoch. »Männerschlüpfer?«

Er ging wieder ins Bad. Man hörte Wasser und die Türen des Badezimmerschränkchens. »Ich lasse auch eine Zahnbürste hier.«

»Du wohnst doch nur fünf Kilometer entfernt.«

»Na ja, ich ziehe ja nicht ein. Die Leute reden sonst.«

Zoe warf ihre Haare nach hinten über die Schulter und grinste. »Richtig, das wäre schlimm.«

Luke zog sie an sich und warf sie sogleich aufs Bett. Er drückte die Hände über ihrem Kopf auf die Matratze und hielt sie fest. »Hast du ein Problem mit meinen Schlüpfern?«

»Nein«, kicherte sie.

»Gut!« Er küsste sie intensiv, aber nur kurz. Schon war er wieder aufgesprungen und ließ sie etwas kurzatmig zurück. »Lass mich gehen, Weib. Habe Automobile zu reparieren.«

Aber er blieb noch im Türrahmen stehen.

Sein Grinsen sagte alles und sein Zwinkern verriet, dass sie später genau hier weitermachen würden.

Als Luke hinausging, drehte sich Zoe zur Seite und umarmte das Kissen. Sie war noch nie glücklicher gewesen.

Kapitel 30

Ziggy hielt die Hand auf, sobald Sheryl in der Türschwelle erschien. »Du kommst spät.«

»Es war viel los. Hat gedauert, bis alles aufgeräumt war.«

Wieder umgab sie eine Duftwolke von Hamburgern und Pommes. Als ob sie neuerdings mit der Fritteuse schlief.

Er schnippte mit den Fingern, bis sie einen Stapel Geldscheine hervorzog und aushändigte. Es überraschte selbst ihn, wie schnell sie in ihre alte Rolle zurückgefallen war.

Er blätterte durch die kleineren Scheine, um größere zu finden. »Ist das etwa alles?«

»Es ist so viel wie immer.«

Er zählte noch einmal. »Du hast doch gesagt, dass viel los war.«

»Die sind alle erst spät gekommen.«

Er nahm einen Schluck aus seiner Flasche. Das verdammte Teil war schon fast leer.

»Ach ja, spät gekommen?«

Sheryl bewegte ihren dünnen Hintern in die Küche. Ziggy sah sie prüfend an und blieb an ihrem Gesicht haften. »Also, wenn du dich mal mehr schminken würdest und freundlicher schauen tätest, würdest du vielleicht auch mehr Trinkgeld bekommen.«

»Niemanden interessiert es, ob ich mich schminke.«

Er dachte darüber nach, wie Make-up und ein hübsches Kleid eine Frau verändern konnten. Man konnte zum Beispiel eine nervige Polizistin nehmen und aus ihr was Fickbares machen.

»Willst du mir damit sagen, dass ich nicht weiß, wovon ich rede?« Er trommelte auf seine Knie.

Sie hörte auf, die Teller zu verräumen und sah wieder hoch. »Nein, nein, Ziggy. Ich bin nur …«, stotterte sie. »Ich arbeite schon seit zwanzig Jahren in dem Diner. Es interessiert dort niemanden, ob ich Rouge im Gesicht habe.«

Er stand auf, ganz ruhig, und ging betont langsam in die Küche. Seine Brust schmerzte fast, so sehr spürte er das Pochen. *Nimm die Haare. Bloß keine blauen Flecke machen.* Er nahm Sheryl die Pfanne aus der Hand und legte sie in die Spüle.

»Die muss ich noch saubermachen.«

»Ja, ja.«

Er nahm ihren Ellbogen, sanft und ruhig.

»Ziggy, lass mich das zuerst fertigmachen.«

Die arme Frau dachte doch glatt, dass er sie nackt wollte.

Zärtlich strich er ihren Arm entlang bis zum Nacken. Dann packte er ihr Haar und zog. Sie schrie auf.

»Wir brauchen hier mehr Geld. Und wenn ich sage, dass du dich schminken sollst, dann machst du das gefälligst auch.«

Er zog so lange, bis sie nach hinten fiel, weil ihre Knie nachgaben. Er spürte, wie wehrlos sie war. Und jetzt wollte sein Schwanz schließlich doch mitreden.

Mit einer Hand zog er seine dürre Frau aus der Küche durch das Wohnzimmer ins Bad. Er haute mit der Faust auf den Lichtschalter, in seinen Adern rauschte das Adrenalin. Auf dem Waschbeckensims lag eine Kosmetiktasche. Er leerte sie ins

Waschbecken. Einhändig nahm er den Lippenstift und schob die Kappe ab.

Sheryl hielt seine Hand an ihrem Kopf fest, damit er nicht auch noch die Kopfhaut abzog.

»Lippenstift lässt Männer an Blowjobs denken.« Er schmierte ihr die Farbe auf die Lippen und hinterließ dabei rote Klümpchen an ihren Zähnen. Dann warf er ihn ins Waschbecken zurück und nahm die schwarze Tube.

»Ziggy, hör auf!«

Mithilfe der Zähne öffnete er die Mascara. Sheryl kniff die Augen zusammen, während er versuchte, ihr die Wimpern zu tuschen.

Als sie weinte, wurde er nur noch rabiater.

»Ja, so mag ich das.« Er rieb sich gegen ihre Hüfte, ließ sie wissen, was Make-up bei ihm für eine Wirkung zeigte.

Die Tür von Zanyas Zimmer öffnete sich.

Ziggy warf die Tür zu.

Er ließ das Make-up fallen, packte nun mit beiden Händen ihr Haar, legte seine Lippen dicht an ihr Ohr. »Und jetzt sag meinen Namen. Ganz langsam. *Ziggy Baby.*«

Er zog noch fester. »Ziggy. Baby.«

Er wusste, dass seine Tochter auf der anderen Seite der Tür stand und zuhörte.

»Yeah, Baby«, stöhnte er mit einem Blick zur Tür. »Los, stöhn!«

Sie war nicht schnell genug. Als er wieder zog, stöhnte sie, sodass man denken konnte, er würde es ihr gerade besorgen.

»Doch nicht so laut«, sagte er und tat, als müsste er laut lachen. »Sonst hört unsere Kleine noch, wie sehr dir das gefällt.«

Ziggy bemerkte, wie sich die Tür von Zanyas Zimmer wieder schloss, und fühlte sich, als ob er gerade mit der Jacke voller Hasch an einem Bullen vorbeigegangen wäre. Er richtete seine Aufmerksamkeit wieder auf Sheryl.

Grinsend drückte er sie vor sich auf die Knie und öffnete seine Jeans.

***

Die Einladung anlässlich Zoes Rückkehr fand bei Wyatt und Mel zu Hause statt.

»Du weißt, dass Mel nicht kochen kann«, sagte Zoe zu Luke, während sie zu Fuß unterwegs waren. Da es nicht regnete und sie sicher auch etwas trinken würden, kam ein kleiner Spaziergang an diesem warmen Septemberabend gerade recht.

»Aber sie liest jetzt ständig Kochbücher, seit du angekündigt hast, dass du auch eines schreiben willst.«

»Echt? Hat sie denn schon mal für dich gekocht?«

Luke zuckte zusammen. »Oh Gott, nein. Da soll lieber mal Wyatt das Versuchskaninchen spielen.«

Sie stieß leicht mit der Weinflasche, die sie trug, gegen die von Luke. »Wir werden es schon überleben.«

Jos Polizeiwagen war auf der anderen Straßenseite geparkt und Miss Gina bog gerade in die Einfahrt.

Zoe fragte sich, ob sie eigentlich auch etwas anderes im Kleiderschrank hatte als bodenlange Röcke.

Miss Gina sah als Erstes die Weinflaschen. »Ach, Gott sei Dank.« Sie hob die Hand, um den roten Krug zu zeigen, den sie selbst mitgebracht hatte.

»Sehr gewagt, Miss Gina. Ist doch verboten, auf der Straße ein offenes Behältnis mit Alkohol dabeizuhaben.«

»Pff.« Sie knallte die Bustür zu. »Ich habe Beziehungen zu ganz oben.«

Dass Wyatt ein Bauunternehmer war, sah man seinem Haus auch an. Mel begrüßte sie strahlend am Eingang und von drinnen kam, so musste Zoe zugeben, ein köstlicher Duft.

»Ich hätte eigentlich erwartet, dass es irgendwie angebrannt riecht«, sagte Miss Gina frei von der Leber weg.

Mel gab der Frau einen Knuff in den Arm, dann nahm sie ihr den Limonadekrug aus der Hand. »Magst du davon oder lieber Wein?«

»Oder ein Bier?«, fragte Wyatt vom Wohnzimmer aus.

»Gern ein Bier«, meldete sich Luke.

Jo hielt Hopes Hand, als sie vom Flur hereinkamen.

»Tante Zoe!« Hope ließ los und stürzte in Zoes Arme.

»Wie jetzt? Keine stürmische Umarmung für mich?« Luke öffnete ebenfalls die Arme.

»Ach, Onkel Luke.« Hope hatte genug Liebe für beide übrig.

Zoe folgte Mel in die nagelneue Küche und strich über die Arbeitsfläche. »Gefällt mir, Mel.«

»Hat alles Wyatt gemacht. Super, oder?«

Eine Granitarbeitsplatte, Edelstahlgeräte und beleuchtete Schränke. »Der Weinkühlschrank passt auch perfekt.« War also doch ein gutes Hochzeitsgeschenk, dachte sie grinsend.

»Ja. Da drüben wollte er eigentlich eine Bierzapfsäule. Kannst du dir das vorstellen?«

Zoe verschluckte sich beinahe.

Luke, der im Türrahmen stand, räusperte sich.

»Lass mich den mal aufmachen.« Mel nahm Zoe die Flasche ab.

Luke holte für sie den Flaschenöffner, der neben dem Herd lag. Dabei flüsterte er Zoe ins Ohr: »Weihnachtsgeschenk!«

Zoe blinzelte wortlos, dann schickte sie ihn schmunzelnd wieder hinaus.

Luke küsste sie, ohne dass sie ihn dazu aufgefordert hätte, und ließ die zwei Frauen wieder allein in der Küche.

»Weißt du eigentlich, wie toll es ist, euch so glücklich zu sehen?«

»Ich weiß zumindest, wie toll es sich anfühlt.«

Mel umarmte sie einhändig, bevor sie sich der Weinflasche annahm.

Es gab mariniertes, ein bisschen zu lang gebratenes Huhn, gedämpftes Gemüse und braunen Reis, der noch gute zwanzig Minuten länger gebraucht hätte. Trotzdem musste Zoe es ihrer kulinarisch weniger begnadeten Freundin lassen: »Ich bin beeindruckt«, sagte Zoe nach ein paar Bissen.

Die arme Mel sah nervös aus. »Der Reis ist noch nicht ganz fertig.«

»Mir schmeckt's, Mommy.«

Luke wuschelte Hopes Kopf.

»Das Timing lernt man aus Fehlern. Je öfter man kocht und je mehr Fehler man macht, desto besser wird es.«

»Das musst du in dein Buch schreiben«, meinte Jo.

»Sagt die Expertin, die von Tiefkühlkost lebt.«

Jo hielt die Gabel voll Hühnchen in der Luft. »Da ist der Reis wenigstens immer durch.«

Luke und Wyatt stimmten ihr zu.

»Oh Gott, von was habt ihr euch denn in den letzten zehn Jahren ernährt?«, fragte Zoe die Männer.

Wyatt schaufelte den harten Reis auf die Gabel. »Pizza.«

»Chicken Wings«, ergänzte Luke.

»Bier.«

Luke kickte sie unter dem Tisch.

»Ich kann ein fieses Steak grillen«, meinte Wyatt.

»Offensichtlich bin ich gerade noch rechtzeitig nach River Bend zurückgekommen, um euren Cholesterinspiegel zu retten und euch vor zu hohem Blutdruck zu bewahren.«

»Was für Klo-Serilin-Spiegel?«, fragte Hope interessiert.

»Cholesterinspiegel. Der wird ungesund hoch, wenn man leckere Dinge isst«, sagte Miss Gina zu Hope.

Sie erntete böse Blicke dafür.

»Was denn? Stimmt doch, oder?«

»Was ist aus Liebe, Frieden und Ökoessen geworden?«, fragte Zoe.

Miss Gina griff nach dem Weinglas. »Ach, Schätzchen. Das haben wir früher gesagt, bevor man aus ›medizinischen‹ Gründen Gras besitzen durfte. Seit das alles legal ist, ist Gras unser Lieblingsgemüse.«

Jo sah sie fassungslos an. »Hast du etwa so eine Genehmigung?«

»In Eugene gab es mehr als meinen kleinen Freund Willi.«

Zoe spuckte fast ihren Wein aus.

»Du hast einen Freund, der Willi heißt?«, fragte Hope.

Eine Stunde später half Zoe beim Spülmaschineeinräumen und wies die Männer an, die Töpfe zu spülen, während Mel ihre Tochter ins Bett brachte. Zoe und Jo begleiteten Miss Gina zu ihrem Bus.

»Ich kann heute auch in der Pension übernachten, wenn du willst«, bot Zoe an.

Miss Gina winkte ab. »Es ist gerade ein nettes Paar da, das von Eureka auf der Durchreise ist.«

»Und trotzdem bist du hier?« Normalerweise verließ Miss Gina das Inn nicht, wenn sie Gäste hatte.

»Sie haben ja meine Nummer für Notfälle. Außerdem sind sie schon schlafen gegangen, bevor ich weg bin.«

Jo gab ihr einen Kuss auf die Wange. »Ruf mich an, wenn du was brauchst.«

Sie winkten ihr, als sie aus der Ausfahrt bog.

Zoe wollte wieder hineingehen, aber Jo stand noch da und sah sich um.

»Was ist?«

»Nichts.«

***

»Das hier ist aber neu.« Zane zeigte auf das Schulterhalfter, das Jo unter ihrer Trainingsjacke zu verstecken versuchte.

»Ich habe neulich Bärenspuren gesehen«, schwindelte sie.

Vielleicht kaufte Zane ihr das ab, jedenfalls sagte er nichts.

Sie hatten mittlerweile eine Routine entwickelt. Erst liefen sie gute drei Kilometer und wenn die anderen vom Team auftauchten, joggten sie mit ihnen durch das Gelände. Den Jugendlichen blieb noch genügend Zeit, wieder nach Hause zu fahren und sich vor Schulbeginn zu duschen.

»Ich mache mir Sorgen um Zanya«, sagte Zane, während sie nach ihren ersten Runden auf die anderen warteten.

»Warum?«

»Kennst du Mylo?«

»Den Vater von Blaze, klar. Ist ja ganz nett.« Aber noch fast ein Kind und kaum alt genug, die Rolle eines Vaters zu übernehmen.

»Er hat einen Job bei dem Wohnmobilhersteller. Es läuft also ganz gut bei ihm.«

»Das ist ja super.«

»Er hat gesagt, dass er Zanya fragen wird, ob sie bei ihm einzieht.«

Und von Ziggy wegkommt. »Warum machst du dir dann Sorgen um sie?«

»Sie traut sich nicht von daheim weg.«

»Was? Warum denn?«

»Ich glaube, sie hat Angst um unsere Mom.«

Jo wartete, dann fragte sie: »Wegen Ziggy?«

Er nickte nur kurz als Antwort.

Verdammt.

»Ich erinnere mich noch, dass er früher immer rumgebrüllt hat, bevor er ins Gefängnis gekommen ist. Jetzt sitzt er einfach nur da und beobachtet einen.«

»Der Knast macht komische Dinge mit den Leuten.«

»Ja.« Zane trank aus der Flasche.

»Zane, hat er sie geschlagen?«

»Zanya? Nein. Zumindest weiß ich davon nichts.«

»Aber es könnte passieren?«

Er wirkte zerrissen. »Menschen können sich ändern, oder?«

Jo legte eine Hand auf die Brust. »Ich habe mehr getrunken als irgendwer sonst aus meiner Schule. Mein eigener Dad hat mich in die Zelle gesteckt, für die ich jetzt selbst den Schlüssel habe. Und weißt du, was er mal zu mir gesagt hat, kurz bevor er gestorben ist?«

Zane schüttelte den Kopf.

»Er hat mir gesagt, ›du änderst dich nur, falls du zum Militär gehst. Oder falls du etwas verlieren würdest, das dir so am Herzen liegt, dass der Verlust dich fast umbringt.‹« Die aufsteigenden Gefühle drohten sie zu überwältigen.

»Verdammt, Jo, das tut mir sehr leid.«

»Ja, mir auch. Weil er recht hatte und ich keine Möglichkeit mehr habe, ihm das zu sagen. Das Problem ist, dein Dad hat nichts verloren und er ist auch nicht zum Militär gegangen.«

»Ich wünschte, man hätte ihn nie rausgelassen.«

»Da würden dir viele Leute beipflichten.«

»Er ist mein Dad. Ich darf das eigentlich nicht denken.«

»Die Gesellschaft kann dir nicht vorschreiben, was du denken darfst und was nicht. Und du musst keine Gewalt ertragen, um deine Liebe zu beweisen.«

Zane kickte gegen die Tribüne. »Ich habe nur einen Dad. Nur einen.«

Jo legte eine Hand auf Zanes Schulter. »Ich frage dich jetzt etwas, das ich Zoe auch schon gefragt habe, als sie dasselbe durchgemacht hat. War Ziggy wirklich ein Vater für euch? Oder hat er euch einfach nur gezeugt und ist dann abgehauen? Hat er denn je dafür gesorgt, dass es euch gut geht? Wir haben die

Wahl, Zane. Wir entscheiden uns selbst, ob wir uns weiterentwickeln oder ob wir stecken bleiben wollen.«

»Ich hasse das.«

Ihr ging es genauso. »Versuche Zanya zu überreden, dass sie auszieht. Sie muss nicht die Sünden ihrer Eltern wieder gutmachen.«

Zane nickte.

»Und Zane? Rufe Zoe an!«

Kapitel 31

Zoes Auto stand in seiner Einfahrt und die Hoffnung, dass sie etwas Leckeres kochen würde, ließ seinen Magen laut knurren.

Die Vorfreude verließ ihn, sobald er zur Tür hereinkam. Zoe lag zusammengerollt, in eine Decke gehüllt auf dem Sofa und weinte.

Alle Gedanken an Essen waren plötzlich verschwunden.

Er setzte sich zu ihr, nahm sie in die Arme.

»Wen soll ich verprügeln?«

Sie rotzte sein Hemd voll und er wartete. »Ich habe gerade mit Zane telefoniert.«

»Ist das gut oder schlecht?«

»Beides. Er hat sich entschuldigt.« Sie setzte sich auf, sah ihn an. »Er hat geweint, Luke. Ich kann mich nicht erinnern, dass mein Bruder jemals geweint hätte.«

Er wischte ihre Tränen weg. »Ich will ihm trotzdem noch eine Tracht Prügel verpassen.«

Sie legte ihre Stirn auf seine Brust. »Was soll ich nur machen? Alles, was ich liebe, ist hier. Und alles, was ich hasse, ist auch hier! Zanya versucht, meine Mom zu schützen, und Zane versucht, unsere Schwester zu schützen. Ich kann einfach nur dabeistehen und zusehen, wie alles auseinanderbricht.«

In diesen Worten lag viel Schmerz, sodass er sie noch fester hielt.

Wenn wieder etwas von hier Zoe vertrieb, dann war es ihre kaputte Familie.

Er würde es nicht aushalten, sie ein zweites Mal zu verlieren.

***

»Hier sind lauter neue Gesichter.« Jo betrat das R&B in Zivilkleidung. Trotzdem hielt sie gleich zwei Pistolen an verschiedenen Stellen des Körpers versteckt.

Josie wischte fröhlich die Theke sauber. »Ist super fürs Geschäft. Ich habe gehört, dass ein Investor etwas außerhalb von Waterville, in der Nähe des Wohnmobilherstellers, Grundstücke kaufen will. Sie wollen da eine Siedlung bauen.«

»Da draußen?«

»Habe ich zumindest gehört.«

In River Bend und Waterville gab es sonst nur individuelle Häuschen mit richtigen Gärten. Die einzigen beiden Apartmentblocks in Waterville waren so bekannt, dass darin entweder schon fast alle mal gewohnt oder wenigstens Partys gefeiert hatten, als sie jung waren. Wenn überhaupt kam das Wachstum nur in sehr kleinen Schritten. »Ich glaube, die Wirtschaft zieht wieder an.«

»Was willst du trinken?«

»Gib mir irgendwas Sprudeliges ohne Alkohol. Mit Zitrone. Lass es gut aussehen.«

Josie schaute auf Jos Klamotten. »Bist du denn im Dienst?«

»Wie gesagt, Josie. Viele unbekannte Gesichter hier.«

Wenn Jo sonst etwas über die Sicherheit von River Bend sagte, fiel der Kneipenbesitzerin immer ein Kommentar ein. *Hier passiert doch nichts. River Bend ist der sicherste Ort auf der ganzen Welt. Hier schließt man doch nicht mal seine Haustür ab.*

Irgendetwas in der Art. Egal was, jedenfalls dachte Jo jedes Mal, dass sie vielleicht etwas paranoid war.

Aber diesmal salutierte Josie lediglich und sagte: »Alles Klärchen.« Dann verschwand sie, um Jos Bestellung auszuführen.

Im Ort war sie für die meisten Leute Sheriff Ward. Manche ihrer Freunde von früher nannten sie Jo, wenn sie keine Uniform anhatte und im R&B saß. Was allerdings nicht oft vorkam. Erst recht nicht, seit Ziggy zurück war.

Der Mann hatte ihre Arbeitsroutine verändert. Selbst wenn sie mit ihrer Laufgruppe trainierte, fühlte sie sich, als ob eine Gefahr lauerte. Und die Gefahr hatte nichts mit wilden Tieren zu tun.

»Hier, bitte schön.«

Jo nahm ihr Glas und verließ ihren Observationsposten.

Viele Bekannte waren da, die ihr winkten, während sie zum Billardtisch hinüberging.

Ein paar Männer um die dreißig wechselten sich mit ihren Queues ab und versenkten die Kugeln in den Löchern. Jo kannte keinen von ihnen. Mehrere Köpfe drehten sich nach ihr um, als sie an ihnen vorbei zur Jukebox ging und so tat, als würde sie einen Song aussuchen.

In einer lauten Bar einer Unterhaltung zu lauschen, war schwierig, aber es gelang ihr.

»Das wird ja wie Goldschürfen in Klondike. Monatelang in unseren Wohnmobilen wohnen.« Jo drehte sich nicht, um zu sehen, wer redete. Sie bewegte sich zur Musik, holte eine Münze aus der Tasche.

»Mir egal. Hauptsache, ich bin weg von meiner Alten«, sagte ein anderer.

»Wird sie auch nicht mitbekommen, wenn du mal 'ne andere Geschmackssorte bumst.«

Gelächter, das Geräusch von versenkten Billardkugeln.

»Ich sehe ja hier nicht so viel Leckeres.«

»Also na ja …«

Jo spürte ihren Hintern heiß werden. Was davon kam, dass irgendwer draufstarrte.

Sie suchte sich einen Song aus und ging, ohne sich zu den Männern umzudrehen. Es fehlte gerade noch, dass jemand sie anmachte. Anonymität war ihr größter Freund.

Sie ging zum hinteren Teil der Bar und winkte Buddy in der Küche zu. »Brauchst wohl nicht mehr ins Fitnessstudio zu gehen, wenn du hier so viel zu tun hast.« Er rannte herum, als sei er im Schnellimbiss.

»Stimmt. Könntest ruhig mal deine Starkoch-Freundin herschleifen, damit sie mir hilft.«

Jo lachte bei dem Gedanken daran, dass Zoe im R&B arbeiten könnte. »Keine Chance. Hast du irgendwas Komisches hier bemerkt?«

Buddy blickte sie fragend an.

»Komm, ich weiß doch, dass Luke mit dir geredet hat.«

Er stellte irgendetwas Frittiertes in die Durchreiche.

»Ich habe diesen Typen, über den alle reden, noch nicht gesehen«, sagte Buddy. »Manchmal kommen ein paar Gestalten, die wenig sagen. Als ob sie eher schauen als trinken wollen.«

Jo ließ ihre Blicke durch den Raum schweifen.

»Heute ist keiner hier«, sagte Buddy.

»Kommen die an bestimmten Tagen?«

»Sind da, wenn es voll ist. Ich nehme an, damit sie nicht so auffallen.«

»Also eher am Wochenende?«

Er betätigte die Glocke, um die Kellnerin zu rufen.

»Mir kommt es in letzter Zeit fast so vor, als wäre es hier jeden Abend so voll wie am Wochenende.«

Sie klopfte auf die Theke. »Danke, Buddy.«

Abermals spürte sie Blicke auf dem Hintern, als sie an den Billardtischen vorbeiging und ein zweites Mal, als sie ihren Drink abstellte und einen Fünfdollarschein hinlegte.

Draußen spazierte Jo auf dem Parkplatz umher, das Handy in der Hand. Es sah aus, als würde sie ihre Nachrichten lesen. In Wirklichkeit aber nahm sie mit der Videofunktion die Nummernschilder auf, um später auf der Wache im Register nachzusehen.

Als sie alles hatte, was sie brauchte, ging sie um ihren Jeep herum. Sie hörte Schritte hinter sich. Beim Umdrehen zog sie die Pistole.

»Um Gottes willen!«

Es war einer der Männer vom Billardtisch. Er hob beide Hände in die Luft, blickte erschrocken auf die Waffe.

Sie richtete den Lauf zum Himmel und nahm den Finger vom Abzug.

»Wenn man sich von hinten an Leute heranschleicht, kann es vorkommen, dass man erschossen wird.« Sie entschuldigte sich nicht bei dem Fremden, auch wenn sie wusste, dass sie übertrieben reagiert hatte. Ihr Puls ging schnell, die Dunkelheit hinter dem Parkplatz war unheimlich.

Jetzt beruhig dich doch, rief sie sich im Stillen selbst zu.

Er trat einen Schritt zurück, die Hände immer noch in der Luft. »Du bist mir zu anstrengend.« Er starrte nicht weiter auf die Pistole, sondern verschlang sie mit seinen Blicken. »Jammerschade.« Dann drehte er sich um und haute ab.

Eine ganze Minute stand sie an den Jeep gelehnt und versuchte, sich wieder zu fassen.

Sie steckte die Waffe in das Schulterhalfter und öffnete die Jeeptür.

Da hörte sie ein Klatschen.

»Bravo.«

Auf der anderen Straßenseite, im Schatten gegen den Baum gelehnt, sah man die Silhouette eines Mannes.

Jo trat drei Schritte aus dem Restlicht, das aus der Kneipe auf den Parkplatz schien, und brachte Gesicht und Stimme zusammen.

»Sie sind kurz davor, Ihre Bewährung zu versauen, Ziggy.«

»Hundert Meter sind erlaubt.« Er nickte zur Bar. »Und ich schätze mal, dass ich mindestens zweihundert Meter entfernt bin.«

Sie kam näher, um seinen Blick zu sehen, vielleicht auch Alkohol in seinem Atem zu riechen. Irgendetwas, weshalb sie ihn mitnehmen könnte, etwas, das ihn wieder ins Gefängnis bringen würde.

»Erschreckst du immer harmlose Bürger mit deiner Knarre, JoAnne?«

»Für Sie bin ich Sheriff Ward, Mr Brown.«

Betont lüstern betrachtete er ihren Körper. »Du siehst aber heute ganz und gar nicht wie eine Polizistin aus.«

Jo schüttelte sich, um das Gefühl abzuschütteln, gerade in ein monstergroßes Spinnennetz mit lauter frisch geschlüpften achtbeinigen Insekten gelaufen zu sein.

»Ich bin immer eine Polizistin, Mr Brown. Und jetzt sagen Sie mir, was Sie hier draußen machen, im Dunkeln um zehn Uhr abends.«

Er trat aus dem Schatten des Baums und streckte die Hände über dem Kopf aus. »Es hat heute so viel geregnet. Ich brauche ein bisschen Bewegung. Im Ort bin ich ja nicht so beliebt und ich kann auch nichts dafür, dass das R&B hier an der Straße liegt.«

Sie kaufte ihm das nicht ab. »Sie machen hier einen Spaziergang?«

»Ist ja ein freies Land. Und ich bin ein freier Mann.«

»Frei, aber an der Leine.«

Sein Grinsen verrutschte.

»Es gefällt dir wohl, Leute wegzusperren, was, *Sheriff?*«

Die Unterhaltung mit ihm machte wenig Spaß. Wenn sie keine Knarre dabeigehabt hätte, wäre sie schon beendet gewesen, bevor sie überhaupt angefangen hatte.

Geräusche aus der Bar, eine Gruppe kam gerade heraus.

»Ich beobachte Sie, Ziggy.«

Er hob trotzig das Kinn. »Mach das ruhig.«

Er war wirklich zum Erschießen. Stattdessen ging sie ganz ruhig zu ihrem Jeep, stieg ein und blendete ihn mit den Scheinwerfern.

Ziggy steckte die Hände in die Hosentaschen.

Jo legte die Hand an die Waffe.

Da drehte er sich um und ging.

Zehn Minuten später fuhr sie auf der Straße an ihm vorbei.

Es begann zu regnen.

***

Ziggy hatte gegenüber vom R&B auf seinen Kontaktmann gewartet. Er musste aus diesem Nest raus, weg von dem Sheriffweib. Irgendwohin, wo er sich im Laden einfach ein Scheißbier kaufen konnte. Aber dafür brauchte er Geld. Die paar Kröten, die Sheryl nach Hause brachte, reichten ja kaum fürs Essen.

Als er den Jeep der kleinen JoAnne Ward in der Einfahrt des R&B gesehen hatte, duckte er sich wieder in den Schatten und wartete.

Sein Kontaktmann fuhr auf den Parkplatz, ließ die Scheinwerfer aufleuchten. Und als Ziggy nicht kam, fuhr er wieder weg.

Ziggy war sauer gewesen, aber als er dann die Polizistin aus der Bar kommen sah, mit einem Mann an den Fersen, kam der Voyeur in ihm heraus.

Er beobachtete, wie sie die Knarre zog, hörte, wie ihre Stimme zitterte, als sie etwas zu dem Kerl sagte. Das waren wichtige Informationen für Ziggy.

Er wusste jetzt, dass die Frau auch eine Waffe trug, wenn sie in Zivilkleidung unterwegs war. Hätte er sich eigentlich gleich denken können. Außerdem erfuhr er, dass er ihr Angst machte. Gott, er liebte es, wenn er Macht über ein zitterndes Weib hatte. Der Gedanke, mehr mit ihr anzustellen, als ihr lediglich ein bisschen

Furcht einzuflößen, war ihm schon öfters gekommen. Um mit ihr zu machen, wofür sie am besten geeignet war, müsste er sie aber umbringen. Und von da würde es keinen Weg mehr zurück geben.

Im Knast hatte man ihm erzählt, dass man sich, wenn man erst mal jemanden umgebracht hatte, nicht mehr mit Schlägereien abgab.

Und trotzdem, als sie dem Casanova einen Korb erteilte, wollte Ziggy sie vögeln.

Er kannte seine Auflagen, wusste, dass sie nicht viel tun konnte, als leere Drohungen auszusprechen. Und wenn sie ihm tatsächlich Handschellen anlegte, dann umso besser. Er würde keinen Widerstand leisten. Er würde ihr zeigen, wie gern er die Beine für sie spreizte, damit sie ihn abtastete.

Er beobachtete sie eine Weile, wie sie in ihrem Jeep sitzen blieb, dann ging er zum Mobilheim zurück.

Als es zu regnen begann, fluchte Ziggy.

***

Mel betrat die Küche des Bed & Breakfast und schüttelte den Regen von der Jacke. »Hört das denn nie auf?«

Zoe hantierte mit Töpfen und Pfannen. Sie machte Crêpes, Rührei und Würstchen.

»Du wohnst doch schon seit einem Jahr wieder hier, langsam solltest du es gewohnt sein.«

Mel hängte ihre Jacke an den Türhaken. »Das Leben in Kalifornien hat mich verweichlicht.«

»In Texas hatte ich das Problem nicht. Da regnet es die ganze Zeit.«

»Riecht lecker.« Mel holte eine Schürze aus der Speisekammer und zog sie an.

Sie bereiteten sich für das Wochenende vor. Das Inn war ausgebucht und für die folgende Woche hatten sie auch schon einige Reservierungen.

Miss Gina hatte zwei Schülerinnen zur Aushilfe angestellt, die die Zimmer reinigten, während die Gäste frühstückten.

Zoe wusste, dass die Gäste wegen ihr kamen und so hieß sie sie persönlich willkommen und ließ sich auch am Abend für einen Smalltalk blicken, wenn es Wein und Käse gab.

Zoe hatte Miss Gina überredet, ihr Angebot zu erweitern. Zoe kontaktierte einen Winzer aus dem Bundesstaat Washington und fragte ihn, ob er dem Bed & Breakfast einen günstigen Preis machen könne, wenn das Inn ausschließlich seinen Wein anbiete, und er hatte eingewilligt. Der Chef-Sommelier würde im Laufe dieser Woche höchstpersönlich vorbeikommen, um den Deal mit ihnen abzuschließen.

Zoe war froh, dass Miss Gina ihre Strategie änderte und nun das Angebot erweiterte.

Sie hatte sich ein Büro eingerichtet. Ein Kochbuch zu schreiben war schwerer, als sie gedacht hatte. Obwohl sie sich die meisten Zutaten zuschicken ließ, fehlte trotzdem immer irgendetwas, das Zoe zum Ausprobieren brauchte.

Auf der anderen Seite schienen die Gäste des Bed & Breakfast keine Probleme damit zu haben, alles zu verspeisen, was Zoe ausprobierte.

»Hier.« Zoe gab Mel zwei angerichtete Teller. »Für Familie Wong.«

Mel setzte ihr bestes Kellnerinnenlächeln auf und ließ Zoe in der Küche zurück.

Kapitel 32

»Glynis, bist du da?«

Jo flüchtete für einen Moment aus dem strömenden Regen. Sie setzte sich ins Auto und funkte die Wache an. Seit sechs Stunden kamen Unmengen an Wasser vom Himmel. Und jetzt, bei Einbruch der Dunkelheit, gingen die ersten Anrufe ein. *So viel zu dem ruhigen Leben in einer Kleinstadt.*

»Große zehn-vier, Sheriff.« Glynis beherrschte endlich den Code für den Funk und versuchte nun, ihn bei jeder Gelegenheit einzusetzen.

»Ich versuche schon die ganze Zeit, Luke zu erreichen, aber er geht nicht ans Funkgerät. Gleich hinter Graysons Farm herrscht großes Chaos. Wir brauchen einen Abschleppwagen.« Beziehungsweise gleich drei, aber eines nach dem anderen.

Das Funkgerät rauschte, als Glynis antwortete. »Das Letzte, was ich gehört habe, war, dass er gerade den Wagen von Mason aus dem Graben holt.«

»Okay. Sag ihm, der Unfall schneidet uns von Waterville ab. Die Straße ist blockiert und die Autobahnpolizei hat gemeldet, dass es einen Erdrutsch auf der 101 gegeben hat und dass alle Kräfte gerade im Einsatz sind.«

»Alles klar, Sheriff. Ich bemüh mich.«

Auf der entlegenen Straße gab es kaum Handyempfang. Jo wusste, dass sie, wenn überhaupt, nur per Funkgerät jemanden erreichen konnte.

Laut seufzend stieg Jo wieder in den Regen hinaus.

Überall blinkten Warnlichter. Es hatte einen Auffahrunfall gegeben, sechs Pkws und ein Wohnmobil waren zusammengestoßen, weil das erste Auto nach einer Kurve in einen heruntergestürzten Felsblock gefahren war.

So viele Autos gleichzeitig auf der Straße waren eine Seltenheit, aber hier handelte es sich um die Gruppe, die im R&B Pool gespielt hatte. Die Männer waren im Konvoi auf dem Rückweg nach Eugene unterwegs gewesen. Eigentlich hatten sie schon früher fahren wollen, aber sie hatten zu viel getrunken und eine Weile in dem Campingbus geschlafen, der jetzt einen Totalschaden hatte.

Das Wasser tropfte von ihrer Polizeimütze und der Warnweste, als Jo zur Unfallstelle zurückkehrte.

Deputy Fitzpatrick aus Waterville schrieb gerade Namen und Adressen der Leute auf einen kleinen Notizblock.

»Es dauert ein bisschen, bis der Abschlepper von Miller kommt.«

Es gab nur einen Verletzten, der gerade in einem Krankenwagen aus Waterville weggebracht wurde. »Sicher noch dreißig Minuten.«

»Ich hasse solche Abende«, sagte Jo.

»Ja, bei so einem Wetter passiert immer was.«

***

Das laute Prasseln auf dem dünnen Trailerdach machte seine Kopfschmerzen auch nicht gerade besser.

Langsam ging der Alkohol zur Neige, aber Nachschub ranzuschaffen, war bei diesem Regen unmöglich. Außer man konnte einfach in einen Laden gehen und sich was kaufen. Durfte er aber nicht.

In River Bend hatten sie Sheryl nichts verkaufen wollen. Zumindest behauptete sie das, diese Schlampe.

Zum Glück hatte er ein paar Freunde gefunden, die seine Notlage verstanden. Ziggy war es egal, dass er für das Zeug das Dreifache des eigentlichen Preises bezahlte. Es war schon blöd genug, in dem Scheißloch hier zu wohnen, und nüchtern konnte er es einfach nicht aushalten.

Das Scheinwerferlicht kündigte Sheryls Ankunft an.

Sie schüttelte sich den Regen aus dem Haar, als sie hereinkam.

Ohne die Augen vom Fernseher abzuwenden, brüllte er: »Mach die Scheißtür zu.«

Als sie lautstark die Tür zuschlug, schaute er schließlich doch zu ihr.

»Spinnst du?«

»War der Wind.«

Das glaubte er nicht.

»Ist Zanya da?«

Ziggys Blick kehrte zum Fernseher zurück. »Ist mit dem Schreihals auf ihrem Zimmer.«

»Blaze bekommt gerade Zähne«, versuchte Sheryl das Geplärre zu entschuldigen. Wie früher, als ihre eigenen Gören noch klein waren.

»Wenn du sie nicht zum Flittchen erzogen hättest, dann hätte sie jetzt kein zahnendes Baby, oder?« So lange niemand da war, der es mitbekam, musste er sich nicht verstellen und konnte seiner Wut freien Lauf lassen.

»Als ich Zoe bekommen habe, war ich noch jünger, als Zanya jetzt ist.«

Schon wieder diese Tour. Sie versuchte ihm hintenherum zu sagen, dass er Mist erzählte. Er hasste es, wenn man ihn so herablassend behandelte. Jahrelang hatte er genug Erniedrigungen von den Gefängniswärtern ertragen müssen.

»Es ist, wie ich es gesagt habe. Sie ist ein Flittchen.«

Sheryl zuckte zusammen, sagte aber nichts.

Er streckte fingerschnippend die Hand aus.

Sie gab ihm ein paar Geldscheine. »Was sollen denn die paar Kröten?«

»War wenig los. Sam hat uns heimgeschickt, wegen dem Wetter. Da ist man lieber nicht mehr unterwegs.«

Die Kohle reichte noch nicht einmal für seinen Whiskey. Als er das dachte, nahm er noch einen Schluck aus der Colaflasche mit seinem Spezialgetränk. Er wendete die Dollarscheine, als ob es sich um einen Drehschalter handelte. »Und du bist ganz sicher, dass du nicht mehr hast?«

Sie sah ihn schon wieder nicht an und ging schnell in die Küche.

»Ja, ist alles. Wenn wir für dich vielleicht auch eine Arbeit finden, müssen wir uns nicht solche Sorgen ums Geld machen.«

Seine Armmuskeln spannten sich an. »Glaubst du vielleicht, dass ich das nicht schon versuche? Niemand stellt einen Knacki an.«

»Hat dein Bewährungshelfer nicht etwas davon gesagt, dass er ein paar Leute in Eugene kennt?«

»Willst du mich loswerden?«

»Nein, Schatz …« Sie bemühte sich um einen besänftigenden Ton.

»Wir haben nur einfach nicht genug Geld.«

»Du bist in den letzten siebzehn Jahren doch auch gut ausgekommen und jetzt willst du mir sagen, dass das mit mir nicht geht?«

Sie drehte das Wasser auf, rollte die Ärmel hoch. »Zoe hat früher ausgeholfen.«

Wenn er bloß ihren Namen hörte, stieg sein Blutdruck. »Diese bescheuerte Tochter von dir. Ist sie sich jetzt zu gut, oder was?«

»Ich kann sie schlecht dazu zwingen.«

Ziggy nahm wieder einen Schluck. Sein Blick fiel auf Sheryls Handtasche. »Komisch, dass für dieses Baby immer genug Geld da ist.«

Sheryl versuchte, seinen Blick zu meiden, hatte aber gesehen, wie er auf ihre Tasche starrte.

»Weißt du was, meine Liebe?« Seine Stimme klang plötzlich nett und sanft. Schön langsam erhob er sich. »Ich glaube, dass du mich anlügst.«

Ihr Gesicht war wie versteinert.

»Ziggy …«

Er nahm die Tasche, stülpte den Inhalt auf den schmutzigen Boden. Klirrend fielen der Schlüssel, das Portemonnaie und ein paar Münzen heraus. Er schüttelte sie wie wild, bis Sheryl ihm die Tasche wegnehmen wollte.

Er stieß sie weg und fand endlich, wonach er suchte. Zwei Fünfer und einen Zehner. »Das ist alles! Vielleicht sollte ich mir auch einen Scheißjob suchen!«, machte er ihre Stimme nach.

»Ziggy, bitte, ich kann das erklären.« Sie kam zu nahe.

Die Rückseite seiner Hand traf auf ihren Kiefer. Sheryl fiel gegen den Couchtisch.

Ziggy hatte nur Augen für sein Getränk, das dabei umfiel und auslief.

Seine Sicherungen brannten durch. »Ich werde dir schon beibringen, dass du mich nicht anlügen darfst.«

Sheryl nahm schützend die Arme hoch, um weitere Schläge abzufangen. Da ging die Tür auf.

***

Schon den ganzen Tag hatte bei Miss Gina das Licht geflackert. Nach achtzehn Uhr war der Strom schließlich ganz weg. Mel, Miss Gina und Hope hielten die Gäste bei Laune, indem sie mit ihnen Karten und Pictionary spielten. Bei Kerzenlicht kochte Zoe auf dem Holzofen ein einfaches Gericht. Alle waren satt und zufrieden.

Irgendwann gingen die Gäste zu Bett, mehr als nur ein bisschen beschwipst von dem guten Wein, den es gratis gab.

Wyatt war mit Luke unterwegs, er half ihm beim Abschleppen der Unfallwagen auf der Straße nach Waterville. Und die Frauen entschlossen sich, im Inn zu bleiben.

Hope ging mit Miss Gina mit, denn sie wollte unbedingt in deren ›Minihaus‹, wie sie es nannte, schlafen. Zoe und Mel blieben noch ein bisschen auf. Sie machten sich heiße Schokolade und Popcorn.

Mel saß am Feuer und las und Zoe nutzte die Ruhe zum Schreiben. Zu jedem Rezept ihres Kochbuchs wollte sie eine kurze Geschichte darüber, wie sie auf die Idee für das Gericht gekommen war und was daran einzigartig war, hinzufügen. Sie wollte kein herkömmliches Kochbuch, in dem nur langweilige Anleitungen standen.

Als sie gerade noch etwas Kakao holen wollte, klingelte das Telefon.

»Ich gehe schon ran«, sagte sie zu Mel.

Normalerweise stellten sie am Abend immer den Anrufbeantworter an. Doch da bei dem Unwetter das Handynetz so schwach war, hatten sie das Festnetztelefon angelassen.

»Miss Ginas Bed & Br …«

»Zoe? Zoe, Hilfe. Du musst mich holen.«

Ihr wurde eiskalt. »Zanya?«

»Er schlägt alles kurz und klein. Mein Baby!«

Ein lauter Schlag. Irgendetwas war zerbrochen. Zoe fühlte sich wie vom Blitz getroffen. »Um Gottes willen.«

Mel kam aus dem Wohnzimmer herbeigeeilt.

»Ich komme sofort.«

Zoe ließ das Telefon fallen und rannte an Mel vorbei, um ihre Tasche aus der Küche zu holen.

»Was ist los?«

»Es war Zanya. Ich muss sie retten und zwar schnell.«

»Du solltest nicht allein hinfahren.«

»Habe keine andere Wahl. Ruf Jo an!«

Ohne ein weiteres Wort rannte Zoe hinaus, sprang ins Auto und raste davon.

***

»Willste mitmachen, Junge?«

Zane stand in der Tür, hinter ihm peitschte der Regen.

»Lass sie los.«

Doch Ziggy packte jetzt Sheryls sehnigen Hals.

Sie griff nach seinen Händen, versuchte, ihn zu treten.

»Du Arschloch!«

Zane sprang auf ihn und verpasste ihm einen Hieb.

***

Im peitschenden Regen spürte Luke das Handy in der Hosentasche vibrieren. Es war die Nummer von Miss Gina, auf dem Bildschirm war ein Foto der Hippiedame erschienen.

Grinsend hob er ab. Das war sicher Zoe, die wissen wollte, ob bei ihm alles in Ordnung sei. »Hallo mein Schatz.«

»Luke? Gott sei Dank.«

»Mel?« Nicht diejenige, die er erwartet hatte.

»Ist Jo bei dir?«

Luke sah auf der Unfallstelle zwischen den kaputten Autos und dem Abschleppwagen umher. Jo redete gerade mit dem Kollegen aus Waterville. »Ja, warum?«

»Es geht um Zoe. Sie ist losgefahren …« Die Verbindung unterbrach.

»Mel?«

Nur abgehakte Geräusche.

»Mel?«

»Verstehst du mich?«

»Ja, beweg dich nicht. Was ist mit Zoe?«

»Zanya hat angerufen. Zoe muss sie wegholen, bevor es zu spät ist.«

Der Hörer drohte auseinanderzuspringen, so fest hielt er ihn. »Wegen Ziggy?«

»Ja, beeil dich. Es klang nicht gut.«

Luke drehte sich um und rannte rufend zu Jo.

Kapitel 33

Die Haustür des Trailers stand sperrangelweit offen. Zanes Motorrad lag im Vorgarten, die Lichter waren an, der Fernseher lief laut und Blaze schrie aus vollem Hals.

Zoe rannte zur Tür.

Zane und Ziggy rollten auf dem Boden umher, sie schlugen mit Fäusten aufeinander ein.

Zanya stand im Flur mit dem weinenden Blaze auf dem Arm und schrie: »Aufhören!«

Ihre Mom lag auf dem Boden. Sie blutete im Gesicht, ein Auge begann, zuzuschwellen.

Ziggy schaffte es, Halt unter den Füßen zu finden. Er zog Zane mit sich. »Du willst dich wohl unbedingt mit mir anlegen?« Er holte aus und seine Faust landete mit einem furchterregenden Knacken in Zanes Gesicht.

Von der Wucht getroffen, fiel dieser über den Sessel, direkt auf Zoe.

Beide stolperten zu Boden.

Da erst bemerkte Ziggy sie. »Ach, sieh mal einer an, wer da ist.«

Er wischte sich mit dem Handrücken über die Lippen. Es war Blut daran.

Blaze brüllte noch lauter.

»Bring ihn hier raus, Zanya!«, rief Zoe, als sie versuchte aufzustehen.

Ziggy hob warnend die Hand. »Du bleibst, wo du bist!«

Zanya duckte sich weg und Sheryl war nun halb auf den Beinen.

Doch bevor Sheryl bei Zanya war, stellte Ziggy ihr ein Bein, sodass sie erneut hinfiel.

Zane sprang auf.

Zoe rollte sich auf die Füße, während Sheryl nun Zanya wegzog.

Ziggy attackierte Zane wie ein tollwütiger Hund, er prügelte auf ihn ein, jeder Schlag brutaler als der vorangegangene.

Zane kämpfte, ein paarmal traf er Ziggy auch, aber Zoe wusste, dass ihr bösartiger Vater kein Halten kennen würde.

Jetzt war es nur noch Ziggy, der die Fäuste fliegen ließ.

»Hör auf. Du bringst ihn noch um.«

Wieder ein Schlag. Zoe musste etwas tun.

Sie stürzte dazu, wusste, dass sie nun auch seine Fäuste zu spüren bekommen würde. Aber ihr kleiner Bruder lag bereits reglos am Boden. Sie hatte sich geschworen, nie wieder tatenlos zuzusehen, wenn ihr Vater auf den Bruder oder jemand anderen einschlug.

Ziggy lachte wie ein Verrückter, der kurz davor war, die Nerven zu verlieren, und packte eine umgefallene Lampe.

Zoe sprang gerade noch rechtzeitig dazwischen, bevor er ihrem Bruder das Licht auslöschen würde.

Die Lampe erwischte sie an der Schulter, aber wenigstens traf sie so nicht voll ins Ziel.

Es folgte ein Schlag ins Gesicht und als Zoe fiel, trat Ziggy ihr in die Rippen.

Sie hustete, rollte sich zu Zane, schützte ihr Gesicht, als Ziggy erneut mit der Lampe ausholte.

Da explodierte das Zimmer.

***

Jo drehte fast durch. Ihr Tachometer schoss auf den geraden Strecken auf mehr als hundertsechzig und ging in den Kurven nur wenig herunter.

Luke hielt sich verkrampft auf dem Beifahrersitz fest, keiner von beiden sagte auch nur ein einziges Wort.

Der Regen gefährdete ihre Sicherheit in mehr als einer Kurve. Das letzte Stück zum Hause Brown war offene Straße.

Das Licht aus dem Trailer erleuchtete die verregnete Gegend, überall standen Autos.

Sie hatten die Gurte schon gelöst, bevor ihr Wagen zum Stillstand kam.

»Ich gehe zuerst!« Mit gezückter Pistole rannte Jo los.

Sie hörte Zoe schreien, sah von der Tür aus, dass Zoe die Arme hob, als Ziggy mit einem schweren Gegenstand in den Händen über ihr stand.

Bevor Jo schießen konnte, explodierte etwas.

Luke rannte in Jo hinein.

Ziggy ließ die Lampe fallen, blickte auf seine Brust hinunter.

Blut sammelte sich auf seinem Hemd.

Er wurde weiß, sein Gesicht verzerrt. »Du Schlampe.« Er wollte aufstehen. Da traf ihn erneut eine Kugel und nahm ihm den letzten Atem. Ziggy sackte zusammen und fiel auf Zoe und Zane.

Sheryl stand da, ihre Augen glasig, ihr Gesicht völlig ausdruckslos.

»Zoe?«

Jo streckte den Arm aus, um Luke zurückzuhalten.

»Sheryl?« Jo behielt die Waffe auf Abzug, bis Sheryl schließlich ihre Pistole senkte.

Jo bewegte sich schnell und fing Sheryl auf, als diese zusammenbrach. Sie nahm ihr den Revolver aus der Hand.

Hinter ihr schrie Zoe: »Holt ihn von mir runter.«

Luke drückte Ziggys Körper weg und zog Zoe in seine Arme. »Ich habe dich, Zoe. Alles ist gut. Es ist vorbei.«

Jo ging zu Ziggys reglosem Körper, tastete nach dem Puls. Nicht, dass das notwendig gewesen wäre, seine leblosen Augen sagten ihr ohnehin, dass es tatsächlich vorbei war.

Sie sah zu Luke, dem das Entsetzen ins Gesicht geschrieben stand, dann griff sie zum Funkgerät an ihrer Brusttasche. »Glynis, bist du da?«

»Wieder 'ne riesige zehn-vier, Sheriff.«

Glynis fröhliche Stimme passte so gar nicht zu der Szene vor ihren Augen.

»Wir brauchen einen Krankenwagen beim Haus der Familie Brown.«

»Einen Krankenwagen?«

Jo sah wieder zu dem reglosen Monster am Boden. »Ja, und einen Leichenwagen.«

***

Zoe wollte keine Aufmerksamkeit. Und erst recht keine Kameras.

Aber da das nicht möglich war, tat sie ihr Bestes, die Tage nach Ziggys Tod irgendwie zu überstehen. Sie ignorierte alle, die nicht zum engsten Kreis ihrer Vertrauten gehörten.

Sheryl wurde wegen Totschlags nach Eugene in Untersuchungshaft gebracht. Vielleicht würde es als Notwehr angesehen, weil sie ihre erwachsenen Kinder verteidigt hatte, aber die Umstände ließen vermuten, dass sie nicht aus reiner Selbstverteidigung gehandelt hatte. Sie hatte die Waffe gekauft, bevor Ziggy zum ersten Mal ins Gefängnis kam. Er hatte nicht gewusst, dass sie die Pistole im Schlafzimmer im Heizungsschacht versteckt hielt.

Zoe vertraute darauf, dass ihre Mutter freigesprochen werden würde.

Oder nicht?

Die Bilder ließen Zoe nicht in Ruhe. Immer wieder wachte sie auf, weil sie sah, wie Ziggy blutend niedersank. Ohne Luke, der sie nachts in seine Arme nahm, hätte sie sofort psychische Betreuung gebraucht. Zoe konnte sich kaum vorstellen, was ihre Mutter gerade durchmachen musste.

Zane lag drei Tage auf der Intensivstation und im Anschluss noch ein paar weitere Tage in der orthopädischen Abteilung. Er hatte neben der Gehirnerschütterung Knochenbrüche am Schlüsselbein und Handgelenk erlitten.

Miss Gina nahm Zanya und Blaze bei sich auf. Sie waren im blauen Zimmer im dritten Stock untergebracht, damit die anderen Gäste nicht vom Schreien des Babys gestört wurden.

An dem Tag, als Zoes Vater beerdigt wurde, war es ungewöhnlich warm.

Viele Leute sagten Zoe, dass sie doch gar nicht zur Beerdigung gehen müsse. Aber was niemand verstand: Sie ging nicht, um *ihm* die letzte Ehre zu erweisen, sondern sie tat es für sich. Und für ihre Geschwister.

Luke nahm in seinem Land Rover Zane, Zanya und Blaze mit.

Es würde keinen Trauergottesdienst geben. Niemand hätte etwas Gutes über die Seele des toten Mannes zu sagen.

Pfarrer Imman hatte gesagt, dass er kommen und ein paar Worte sagen würde, um ihnen durch diesen schweren Tag zu helfen.

Zoe war einverstanden, hatte aber sonst nichts weiter dazu gesagt.

Zane trug Blaze in der Babyschale, Zanya lief neben ihnen, als sie durch die Gräberreihen gingen.

Die dunkle Sonnenbrille ermöglichte es Zoe, sich umzusehen, ohne Blickkontakt mit Leuten aufzunehmen, die sie womöglich ansprechen würden. Außerdem deckten sie die blauen Flecke in ihrem Gesicht ab, die das Make-up nicht zu verbergen vermochte.

Jo, Mel und Luke gingen neben ihr. Wyatt führte Miss Gina am Arm.

Als Zoe den Sarg sah, verschwand um sie herum alles.

Man hatte ein paar Stühle um das Grab gestellt, aber Zoe wollte gar nicht so lange bleiben.

Als sie wieder aufblickte, kam plötzlich ein Auto nach dem anderen.

Mr und Mrs Miller, Schulrektor Mason mit seiner Frau. Andere Lehrer, Deputy Emery, Sam, Brenda, Josie. Die ganze Stadt kam. Einer nach dem anderen gesellte sich zu dem Grüppchen an dem ausgehobenen Erdloch. Die Türen einer dunklen Limousine gingen auf, Felix, September und andere Leute ihres Filmteams stiegen aus.

Zoe nahm Lukes Hand und drückte sie fest.

Er küsste ihre Schläfe.

Sie führte die Hand an ihre Lippen und dann stellte sie sich zwischen ihren Bruder und ihre Schwester. Sie hakten einander ein und blieben so stehen.

Zane nickte Pfarrer Imman zu.

»Ich danke Ihnen, dass Sie so zahlreich erschienen sind, um Ihre Unterstützung für die Kinder von Ziggy Brown zu zeigen. Jede Beerdigung ist einzigartig, doch diese hier ist eine besondere Situation. Das Leben des Verstorbenen hat dunkle Schatten auf das Leben seiner Kinder geworfen, auf eine Art und Weise, die wir uns nicht vorstellen können. Wir sind dankbar für die Anteilnahme, die ihnen heute zuteil wird. Und zugleich sollte es uns alle daran erinnern, aufeinander zu achten, nicht erst dann, wenn es zu spät ist.«

Zoe blickte zum Pfarrer.

»Viele werden heute sagen, dass der Tod dieses Mannes ein gerechter ist. Gott möge mir verzeihen, wenn auch mich ein solcher Gedanke ereilt hat. Doch es hätte ebenso einen anderen aus der Familie Brown treffen können. Man ruft mich als Pfarrer stets, um den Seelen von River Bend das letzte Geleit zu geben. Doch der Tod dieses Mannes hat mich gelehrt, dass ich nicht nur den Seelen der Verstorbenen Geleit geben muss, sondern vor allem den Lebenden selbst – damit nicht nur ihre Seelen gerettet werden, sondern ihre Haut heil bleibt. Ich weiß, dass diese Lektion nicht nur für mich allein bestimmt war.« Der Pfarrer ließ seine Blicke von einem Anwesenden zum nächsten wandern. Mehr als einer senkte den Kopf.

Zanya drückte Zoes Hand. Sie weinte.

Zane stand kerzengerade, er ließ seinen Blick nicht vom Sarg weichen.

»Lasset uns beten. Heiliger Vater im Himmel, bitte stehe den Kindern bei, die der tote Familienvater zurückgelassen hat. Nimm dich ihrer an, erfülle ihr Herz und hilf ihnen, Vergebung zu finden, damit sie diese schwierige Zeit überstehen und sich ihr Herz wieder mit Freude füllen kann. Heiliger Vater, wir beten auch für Sheryl Brown. Nimm dich ihrer an, sodass auch sie von deiner Güte erfahren darf. Amen.«

Zoe weigerte sich zu weinen, als sie die Augen wieder öffnete.

»Zane, Zoe und Zanya. Ich drücke euch mein Beileid aus. Das Beileid bezieht sich nicht auf den Verstorbenen und Gott möge uns diesen Gedanken verzeihen, sondern es gilt für die

Hoffnung und die Träume, die durch ihn verwirkt wurden. Friede sei mit euch.«

Sie blieben stehen, schwiegen. Es würde keine Rede über Ziggys Leben geben. Es hätte ohnehin niemand etwas sagen wollen.

Außer Zane.

Er löste sich aus der Reihe und trat zum Sarg vor.

Ein Arm war in einer Schlinge, an seinen Augenbrauen sah man, wo er genäht worden war. »Alles, was ich je wollte, war ein richtiger Dad. Aber es war dieser hier, den ich bekommen habe!« Er hob den Arm in der Schlinge. »Du hast versucht, uns alle zu brechen. Aber wir haben dich überlebt. Ich bitte Gott, dass er Gnade für deine Seele zeigt, denn wenn es nach mir ginge, müsstest du in der Hölle schmoren.«

Zane kehrte zurück zu seinen Geschwistern, die ihn umarmten.

»Ich liebe dich, Zane.«

»Es tut mir so leid, Zoe. Ich hätte auf dich hören sollen.«

»Es ist vorbei.« Er nahm Blaze und verließ die Menge.

Zoe blieb neben Zanya stehen. »Willst du etwas sagen?«

Zanya trat einen Schritt nach vorn. »Als ich mit Blaze schwanger war, hatte ich Angst um meine Zukunft. Ich habe mich gefragt, mit welchem Geld ich ein Kind großziehen soll. Wie ich leben würde. Dann bist du zurückgekommen und ich musste um mein Leben als solches fürchten. Und jetzt, jetzt habe ich keine Angst mehr vor der Zukunft.«

Dann ging auch Zanya.

Luke stellte sich neben Zoe. »Was ist mit dir?«

Sie schüttelte den Kopf und Luke führte sie weg.

Kapitel 34

»Ich habe Angst, Jo.«

Es musste einen erwachsenen Mann große Überwindung kosten, so etwas zuzugeben.

»Wovor?«

»Sie hat nicht geweint, keine einzige Träne, seit sie noch am selben Tag aus dem Krankenhaus gekommen ist.«

Jo blickte zu Zoe, die gerade mit den Leuten redete und sich bedankte, dass sie zur Beerdigung gekommen waren. Sie hatten sich nun alle im Inn zum Kaffeetrinken eingefunden.

»Eigentlich hat sie doch schon genügend Tränen wegen diesem Mann vergossen …«

Luke sah besorgt aus. »Ich will sie nicht noch mal verlieren. Was ist, wenn sie jetzt nicht mehr hier leben kann?«

Jo legte eine Hand auf seinen Arm und lächelte ihn an.

»Dann gehst du einfach mit ihr mit, egal wohin.«

»Und wenn *ich* sie an all das hier erinnere?«

»Luke, schau mich an.«

Das tat er.

»Sie liebt dich. Sie wird nicht weggehen.«

Er seufzte laut. Dann gab er Jo einen Kuss auf die Stirn und ging zu Zoe.

»Jo.« Zane kam herbei, ein Wasserglas in der Hand.

»Wie geht es dir?«, fragte Jo.

»Passt schon. Tut noch alles höllisch weh, aber es geht.«

»Du hast wirklich gute Worte gefunden heute.«

»Besser als das, was ich zuerst sagen wollte.«

»Echt? Was wäre das gewesen?«

»Dass er in der Hölle schmoren soll.«

Jo musste schmunzeln. »Ich kann mir nicht vorstellen, dass er jetzt irgendwo anders ist.«

»Ich habe gehört, wie Zanya mit Miss Gina geredet hat. Es ging um einen Job hier.«

»Du kennst Miss Gina, die nimmt doch alle streunenden Hunde auf.«

»Das ist gut. Dann kann ich ja fahren, ohne, dass ich mir weiter Sorgen um sie machen muss.«

Jo war nicht wirklich überrascht. »Wo willst du denn hin?«

»Ich, ähm, also ich hatte ein Vorstellungsgespräch bei der Marine.«

Wie eine Welle überkam sie der Stolz. »Ach tatsächlich?«

»Ja. Sie haben meine Unterlagen angesehen. Anscheinend werde ich trotz meiner Vergangenheit angenommen. Ich muss nur noch die Ersatzprüfung für den fehlenden Schulabschluss machen. Aber dafür lerne ich sowieso schon längst.«

»Echt?«

»Ja, diese rotznasigen Teenager können mich vielleicht auf der Laufbahn schlagen, aber nicht in Sachen Prüfungen.«

Jo dankte ihrem Vater im Stillen für seinen Einfluss auf Zane.

Sie konnte sich ein Grinsen nicht verkneifen. »Zur Marine also?«

»Ja, krass, oder?«

»Ich glaube, das ist die richtige Entscheidung.«

Er nickte und sah mit einem Mal aus, als ob er mit den Tränen kämpfte. »Fühlt sich für mich auch richtig an. Irgendwer hat mal gesagt, dass man sein Leben nur ändert, wenn einem was zustößt oder wenn man zum Militärdienst geht. Heißt, ich habe schon zwei Pluspunkte gesammelt. Beziehungsweise drei, wenn ich als Soldat dann auch so gut ziele wie meine Mom.«

Jo lachte laut auf.

Dann umarmte sie Zane.

»Du wirst dich gut machen.«

»Ich hoffe, ich sehe dich zu meinem Abschluss. Oder wie man es nennt, wenn man zum fertigen Marinesoldat gekürt wird.«

»Ich werde da sein.«

***

Die meisten Gäste waren gegangen. Zoe schlich sich zur Hintertür hinaus. Sie wollte den Sonnenuntergang sehen.

Die Tür hinter ihr öffnete sich erneut und schon fühlte sie einen Arm auf ihren Schultern.

Sie lehnte sich gegen Lukes Brust, genoss die Wärme seiner Arme.

»Wie geht es dir?«

»Es geht schon.«

»Ein sehr schwerer Tag«, sagte Luke.

»Ja, ich hatte schon leichtere.«

Luke küsste ihren Kopf. »Ich würde dich so gern von der Last befreien, wenn ich nur könnte.«

Zoe hielt seinen Arm fest. »Das tust du doch, Luke. Du und alle anderen hier machen es leichter. Ich kann mir nicht vorstellen, wie ich es allein geschafft hätte.«

Luke hielt sie noch fester. »Du bist nicht allein.«

»Das weiß ich. Ich habe gemerkt, wie einsam ich in Texas war. Ich hatte zwar auch ein paar Freunde und Kollegen. Auch sie wären zur Beerdigung gekommen, hätten mir bei der Planung geholfen, aber so richtig verstanden hätten sie mich nicht.

»Hier kennen dich alle, Zoe. Hier in River Bend musst du nichts erklären.«

»Das hat mich früher so frustriert.«

»Und jetzt?«

Sie schmiegte sich an seine Schulter. »Jetzt ist es ein Trost. Das überrascht mich selbst.«

»Warum?«

»Ich bin mir nicht sicher. Als ich letzte Woche im Krankenhaus war und ein Röntgenbild nach dem anderen machen lassen musste, habe ich nur darauf gewartet, dass es mich überkommt, dass ich so schnell es geht von hier abhauen will. Denn wie soll ich jetzt noch in River Bend leben? Was werden die Leute sagen? Ich habe gedacht, dass ich unbedingt aus River Bend wegwill, wie damals, nach der Highschool.

Luke bekam eine Gänsehaut, hielt die Luft an und kniff die Augen zu.

»Aber der Wunsch kam nicht, Luke.«

Langsam öffnete er wieder die Augen und blickte sie an.

Sie wollte, dass die Angst aus seinem Gesicht verschwand.

»Ich habe nicht das Bedürfnis, noch einmal wegzurennen. Ich habe nur das Bedürfnis nach deinen Armen gespürt.«

»Oh Zoe.« Er küsste ihre Schläfe, ließ seine Lippen dort. »Ich bin bei dir.«

Zoe drehte sich zur untergehenden Sonne, die wie ein Feuerball hinter den Bäumen verschwand. Luke brauchte keine Angst mehr zu haben. Sie würde ihn nie mehr verlassen, egal was käme. Und genau das würde sie ihm jetzt sagen.

»Ich habe nachgedacht«, sagte sie seufzend.

»Worüber denn?«

»Vielleicht könnte Wyatt unsere Küche umgestalten?«

Es dauerte eine Sekunde, bis es bei Luke Klick machte. »*Unsere* Küche?«

»Na gut, *meine* Küche. Die Werkstatt ist deine. Vielleicht kannst du dir da auch eine Bierzapfsäule einrichten.«

Er presste seine Lippen gegen ihr Ohr. Sie hörte das Lächeln in seiner Stimme. »Willst du damit sagen, dass wir unsere Schlüpfer an einem Ort haben werden?«

Sie schloss die Augen, dann wagte sie es. »Ganz genau. Wenn wir verlobt sind, müssen wir ja auch nicht mehr so tun, als ob wir nicht unter einem Dach wohnen würden.«

Luke drehte sie um. Sein Blick voller Hoffnung. »Verlobt?«

Sie hob die linke Hand. »Ringgröße fünfeinhalb und im Gegensatz zu Mel scheue ich auch nicht davor zurück, dir das im Schlaf irgendwo einzutätowieren.«

»Ist das dein Ernst?« Er grinste wie ein Kind bei der Weihnachtsbescherung.

Zoe legte die Hände auf seine Schultern. »Ich habe River Bend verlassen, um mich selbst zu finden, um zu entkommen …« Sie brauchte den Satz nicht zu beenden. »Aber ich musste wieder zu dir zurückkommen, um festzustellen, was ich verloren habe. Ich wollte aufhören, dich zu lieben, und eine Weile habe ich auch gedacht, dass ich das geschafft habe. Aber ich lag falsch. Ich habe nie aufgehört, dich zu lieben, Luke. Ich bete, dass diesmal unser Timing stimmt.«

»Ich würde mit dir bis ans Ende der Welt gehen, wenn du das willst.« Er hielt ihr Gesicht mit beiden Händen. Sein durchdringender Blick sagte, wie ernst er das meinte.

»Es reicht eigentlich schon die Straße runter bis zu deinem Haus.«

»Wirklich?«

»Ich bleibe in River Bend.«

»Für immer?«

»Ja. Außer wir beide wollen auf Fidschi alt werden oder so. Ich will hier Wurzeln schlagen.«

Luke neigte den Kopf und küsste sie.

Er holte Luft, unterbrach den Kuss nur für einen kurzen Satz: »Ich liebe dich.«

»Ich lass dich nie wieder los.«

Wieder ein langer Kuss.

Sie hörte auf, ließ ihre Arme noch um seinen Hals. »Gut, dann kann ich es ja sagen: Das mit der Bierzapfsäule war nur ein Scherz.«

Er tat verärgert. »Das werden wir noch verhandeln.«

Jetzt küsste sie ihn wieder. »Was für Verhandlungen sollen das denn sein?«

Sein Kuss wurde sanft, bevor er leise flüsterte: »Solche von der nackten Sorte.«

»Ich glaube, das könnte mir gefallen.« Ihre Lippen pulsierten. »Fünfeinhalb!«

»Heirate mich!«

»Machst du mir gerade einen Antrag?«

»Ich mache dir einen richtigen Antrag, wenn ich den Ring habe. Aber versprich mir jetzt schon, dass du ja sagst.«

Seine Augen wurden feucht und spiegelten die Liebe wider, die sie auch in ihrem Herzen fühlte.

»Ich verspreche es dir, Luke. Wir beide gehören zusammen.«

Er legte seine Stirn an ihre. »Mein Schatz. Ich liebe dich so sehr, dass mein Herz fast zerspringt.«

***

»Agent Burton?«

»Jo, wie geht's?«

»Gut. Mir geht es gut.« Ihr ging es ganz und gar nicht gut.

»So, so. Warum rufst du an? Du bist doch sonst keine Plaudertasche, oder?«

»Woher willst du das wissen?«

»Ich habe dir letztes Jahr gesagt, dass du mich mal anrufen oder mich besuchen sollst, damit wir was trinken gehen. Aber nichts. Und jetzt erst rufst du an. Was ist los, Sheriff?«

Jo spähte vorsichtig zwischen den Vorhängen zum Fenster hinaus. »Hast du auch manchmal das Gefühl, dass du beobachtet wirst?«

Agent Burton lachte. »Na ja, kommt darauf an, was ich anhabe, und in welcher Bar ich bin. Warum?«

»Weil ich irgendwie das Gefühl habe, dass mich jemand beobachtet.« Ein Auto fuhr vorbei und Jo drückte sich gegen die Wand, damit derjenige sie nicht sehen würde.

»Klingt, als ob du Angst hättest, Sheriff.«

Jo sah wieder aus dem Fenster. »Habe ich auch.«

Danksagung

Das Buch ist den Siegern gewidmet, den Leuten, die eine schreckliche Kindheit hatten und trotzdem etwas aus ihrem Leben gemacht haben. In manchen Teilen dieser Geschichte steckt meine eigene und manchmal tat es gut und manchmal auch sehr weh, sie zu schreiben. Unter uns gibt es viele Helden. Man sieht es ihnen nicht immer an, aber manche von ihnen hatten so eine Kindheit wie Zoe mit vielen Hürden auf dem Weg zur eigenen Entfaltung. Wie Zoe mussten einige von ihnen riskante und schwierige Entscheidungen treffen, doch sie haben durchgehalten. Das Buch ist für diejenigen, deren schwere Kindheit lediglich ein Kapitel war, und die dann umgeblättert haben, um ihr eigenes Buch zu schreiben.

Ich möchte mich bei Jane bedanken. Sie ist meine persönliche Stütze und Cheerleaderin für jeden Weg, den ich einschlage. Danke an alle von der Literaturagentur Dystel and Goderich Literary Management. Gott segne euch!

Danke an Kelli und das gesamte Montlake Team. Ich schwöre, ich habe früher auch das Fach Englische Literatur gehabt und den Test bestanden. Ich schwöre wirklich!

Vielen Dank für alles, was ihr macht.

Und nun noch einmal zu Brandy:

Auch wenn wir nicht blutsverwandt sind, so bist du doch meine Schwester. Unser Leben, als wir klein waren, war vielleicht nicht perfekt und unsere Freundschaft – die Freundschaft mit mir, dir und Kari – war oft der Anker, der mich davon abgehalten hat, auf das endlose Meer zu treiben. Auch wenn Zoes Geschichte nicht deine eigene ist, so ist doch die Tatsache, dass du immer noch in der Nähe unserer Heimatstadt wohnst, mitunter ein Grund, warum ich dir dieses Buch widme. Du erzählst mir von den Leuten aus der Stadt, von denen ich manche erst mal in unserem Jahresbuch nachschlagen muss, damit ich mich erinnere. Du warst definitiv diejenige mit der Prognose *›Wird am ehesten die Heimatstadt niemals verlassen‹*. Der enorme Erfolg, den du mit deinem Beruf hast, kann mich nicht überraschen. Du wolltest schon immer so viel mehr aus deinem Leben machen, trotz der Steine, die in deinem Weg lagen. Deine Liebe, deine Wärme, dein offenes Herz, dein Lächeln, deine Unterstützung werde ich dir niemals vergessen.

Ich liebe und bewundere dich, für alles, was du gemacht hast.

Und du kannst dich auch weiterhin in deinem Leben auf mich verlassen.

Catherine

13233242R00207

Printed in Germany
by Amazon Distribution
GmbH, Leipzig